차례

김탁환 장편소설

뱅크
Bank-2
탐욕

살림

뱅크

제 3 부

모든 길은 은행으로 통한다

제1장

출옥

출옥 전야!

장철호는 밤을 꼬박 새웠다.

인천감리서에 투옥된 뒤 처음 있는 일이다. 청일전쟁이 터지고 포성이 높던 작년에도 취침 시간만은 포기하지 않았다.

감옥은 감옥이었다.

춥고 더럽고 배곯았다. 벼룩과 빈대와 쥐와 바퀴벌레들. 아무리 조심해도 사나흘이 멀다하고 어딘가 근지럽고 어딘가 쓰리고 어딘가 아렸다. 변변한 약도 없었다. 좁은 옥에서 건강을 지키는 최선의 방법은 잠이었다. 잠을 설친 날은 어김없이 열이 나거나 목이 붓거나 살갗이 벌겋게 달아올랐다.

1895년 양력 10월 8월 드디어 출옥이다.

출정 전야가 이처럼 떨릴까. 오늘과는 다른 내일이 성큼 가까웠다. 부두가 그리웠다. 갈매기 떼 쫓으며 하역하는 사내들의 시큼한 땀 냄새와 탁한 숨소리.

짐 정리를 마쳤지만 자정을 넘지 않았다. 이 좁은 감옥에서 맞이하는 세 번째 가을이었다. 세 번째 겨울을 살지 않는 것이 다행이다. 무더운 여름 감옥도 고역이지만 손발은 물론 귓불까지 동상에 걸리는 겨울 감옥은 얼음지옥에 코를 비비는 듯했다.

동이 틀 때까지 감옥에서 읽은 책들을 하나하나 떠올리기로 했다. 최인향이 넣어준 책은 성경부터 역사 문학 지리 철학서까지 다양했다. 은행 관련 기록도 많이 읽었다. 인향은 일본뿐만 아니라 청국 러시아 미국 영국 등 세계 각국 은행 소식과 귀한 사진들까지 가져왔다.

한문은 처음부터 글자를 짚으며 뜻을 새겼지만 일어나 영어엔 까막눈이었다. 인향이 어렵게 일한사전과 영한사전 필사본을 구해왔다. 정식으로 인쇄되지 않은, 내리교회나 답동성당 신도들을 위한 사전이었다. 서책을 읽다가 막히면 떠듬떠듬 단어를 찾아 헤맸다. 생김새와 뜻이 신기한 단어와 단어 사이를 뛰놀며 하루 종일 사전만 들여다본 적도 많았다. 어떤 날은 일어와 영어가 어떻게 다른가 알고 싶어 일한사전에서 영한사전으로 건너가기도 하고 영한사전에서 일한사전으로 건너오기도 했다. 혼잣말로 영어를 지껄이다가 일어 단어를 끼워 넣기도 하고 일어로 잠꼬대를 늘어놓다가 영어 단어가 튀어나오기도 했다.

서상진은 여러 눈들 때문에 감리서를 직접 찾진 않았고 진태
는 계절이 바뀔 때마다 석 달에 한 번 정도 얼굴을 내밀었다. 조
명종은 매달 꼬박꼬박 면회를 왔다. 입항하는 외국배가 늘면서
감독관 일이 바빠졌으며 특히 송상과의 거래가 활발하다고 했
다. 송상을 이끄는 으뜸 상인은 조통달이고 조명종의 송도상회
가 핵심 송방이었다.

"현주는 내가 직접 챙기고 있으니 걱정 마."

장철호와 박진태, 두 친구는 인향과 연관된 일이라면 아무리
중요하더라도 서로 피했다. 그미가 올해 초여름 내리교회와 답동
성당 외국인 선교사들의 도움으로 비누회사 천년향을 차렸고,
서상진을 설득해서 배를 구입하려 한다는 사실도 거론하지 않
았다. 둘 사이의 침묵을 메운 이름이 바로 장현주였다.

"조용한 찻집이야. 이름은 나성! 미국 도시 이름에서 따왔대.
술은 내지 않고 가비랑 차만 팔아. 해 질 무렵 현주가 영어 노래
몇 곡 하고 가끔 작은 독창회도 열고. 그게 다야. 출퇴근은 물론
평소에도 호위 장정 둘을 붙여뒀어. 권 행수에게 건드리지 말라
고 경고해두었고. 나도 종종 들러. 안심해도 좋아."

현주는 3년 동안 단 한 번도 감리서를 찾지 않았다. 인향의
설명에 따르면 자신의 불운이 오빠에게 물드는 것을 피하기 위
해서라고 했다. 그 대신 일주일마다 꼬박꼬박 편지를 보내왔고
철호도 제법 긴 답장을 썼다. 오누이의 정이 애틋했다. 여동생의

편지들만 따로 모아 작은 가방에 챙기다가 손에 잡히는 대로 뽑아 폈다.

　철호 오빠 보세요.

　오빠가 억울한 옥살이를 시작한 지도 일 년이 훌쩍 지나갔네요. 오빠를 감옥으로 보낸 계절이 찾아드니 괜히 아침부터 눈물이 났답니다. 슬프고 외로울 땐 오빠에게 편지를 쓰라고 하셨죠. 그래서 가게 문도 열지 않고 편지지와 연필부터 챙겨 탁자 위에 올려놓았어요.

　오빠!

　제 걱정은 마세요. 오빠가 그동안 베푼 어진 덕이 고스란히 제게 돌아오고 있으니까요. 서 행수님이나 진태 오빠의 각별한 보살핌이야 늘 분에 넘치는 일이고, 명종 오빠를 비롯하여 나성을 찾는 손님들도 한두 마디 꼭 오빠와의 좋은 인연을 이야기한답니다. 어젠 부두에서 하역하는 장정들이 스무 명이나 왔다 갔어요. 진태 오빠와 감독관 자리를 놓고 대결할 때 오빠 편에 속한 장정들이라고 하더군요. 찻값을 받지 않겠다고, 오빠 대신 대접하는 것이라고 고집을 부렸지만, 그들은 끝내 제 손에 찻값을 쥐어주고 가셨어요. 찻값보다도 더 많은 돈을 내시기에 물었더니, 차를 마신 건 마신 것이고, 제게 주려고 품삯을 아껴 모은 돈이니 두고 가겠다고 하셨답니다. 스무 명 외에 더 많은 이가 저를 돕겠다고 돈을 모았던 것이에요. 일면식도 없는 그분들이 저를 위해 돈을 모은 이유가 무엇이겠어요? 오빠가 부두에서 그들과 일할 때 쌓은 정 때문이 아니겠어요. 오빠 덕에 이 못난 동생은 잘 지내고 있으니 걱정은 조금도 하지 마세요.

아, 그리고 오빠가 출옥하면 불러드리려고 그분들로부터 '인천아리랑'도 배웠어요. 아직 서툴지만 오늘부터 열심히 연습해서 완전히 익혀놓을게요. 오빠 앞에서 이 노랠 부를 날이 속히 왔으면 좋겠어요.

그럼 건강하시고 편안히 잘 계세요.

또 쓸게요.

못난 동생 현주

당직 순검이 옥문 앞에서 외쳤다.

"장철호, 9시 출옥!"

철호는 소지품을 챙겨 일어서며 문장 하나를 떠올렸다.

─이 세상은 돈이 지배하는 감옥이다.

책에서 읽은 건지 스스로 만든 건지는 확실하지 않다. 어차피 하늘 아래 새로운 문장은 없다. 그 문장을 새롭게 살아내는 사람이 중요할 뿐이다.

출옥 15분 전 인향과 현주가 옥문을 두고 철호와 마주보며 섰다. 철호의 시선이 인향을 거쳐 현주에게 머물렀다. 현주가 손을 들자 그의 입귀에 웃음이 맺혔다.

"기분이 어때?"

인향이 물었다.

"어제와 같습니다."

인향이 현주에게 곁눈을 주며 지적했다.

"봤지? 작년 그러니까 갑오년에 신분제가 폐지되었다고 알려 줬는데도 끝까지 존댓말이야."

현주가 미소 지으며 답했다.

"언니가 참아요. 철호 오빠가 앞뒤 꽉꽉 막힌 사람인 걸 이제 알았어요?"

철호도 내전을 거쳐 노예제를 폐지한 미국을 비롯한 여러 국가들의 역사와 문화를 책으로 읽었다. 믿기 어려운 일들이 세상 곳곳에서 일어나고 있었다. 철호는 신중했다. 책보다 현실을 직시하라고 가르친 이는 아버지 장훈이다.

"잘 지냈어?"

편지로만 소식을 묻던 여동생이다.

"누가 할 소린지 모르겠네요. 그럼요. 인향 언니 덕분에 팔자가 아주 폈답니다. 진태 오빠도 늘 챙겨주시죠."

인향이 끼어들었다.

"저녁에 대불호텔에서 출옥 환영회가 있어."

"원하지 않는다고 말씀드리지 않았습니까?"

철호의 목소리가 낮지만 날카로웠다. 3년 전처럼 부두 노동자로 조용히 돌아가기를 원했다. 감독관 박진태 밑에서 하역을 하며 가을과 겨울을 보내겠다는 것이다.

"따르라 하셨어."

"오빠! 상황이 무척 좋지 않아. 전쟁 통에……."

인향이 현주의 말허리를 잘랐다.

"나쁜 상황 때문에라도 더더욱 환영회가 필요해. 이번엔 따라 줬으면 좋겠어."

철호와 인향의 시선이 부딪쳤다.

청일전쟁은 조계지 풍경을 단숨에 바꿔놓았다. 전쟁 전엔 거주 인원이 적지만 청국 조계가 훨씬 활기찼다. 누구보다도 큰 소리로 말하고 오래 웃고 떠드는 이가 청국 상인이었다. 그러나 전쟁이 일본의 승리로 끝난 뒤 청국 조계 상점들은 개점휴업 상태였다. 반대로 일본 조계 상점엔 물건이 넘쳐났다. 무장한 일본 군인들이 거리를 활보할 때면 상인들이 일장기를 들고 나와 열렬히 흔들며 군가를 따라 불렀다.

전쟁은 청국 상인과 일본 상인의 형편만 바꾼 것이 아니었다. 전쟁이 발발하자 방관적인 태도를 보인 서상진에 비하여 권혁필은 적극적으로 .일본 편을 들었다. 일본 군함이 제물포 앞바다에

정박하고 또 군인들이 조계지에 상륙했을 때는 환영 대열을 주도하며 따로 뒷돈까지 냈다는 풍문이다.

전쟁이 끝난 후 행수들의 이동도 눈에 띄었다. 전쟁 전 서상진과 권혁필의 세력권이 8할 대 2할 정도였다면 지금은 오히려 서상진이 3할 권혁필이 7할에 이르렀다. 그만큼 이문에 밝고 세상 흐름에 민감한 족속이 장사꾼이다.

서상진은 철호의 석방을 상황을 반전시키는 계기로 삼으려는 것이다. 석방 당일 저녁 대불호텔 환영회를 잡은 것도 자신의 건재함을 조계지 전체에 과시하기 위함이었다.

"알겠습니다. 참석하겠습니다."

철호도 더 이상 반대하지 않았다. 서상진이 행사를 하겠단 의사를 거듭 밝혔다면 그만한 이유가 있으리라.

열쇠통을 든 순검이 복도를 걸어왔다. 인향과 현주가 옆걸음으로 비켜섰다. 정각 9시였다. 옥문 앞에 멈춰선 순검이 열쇠를 자물쇠에 끼워 넣고 돌렸다. 철컥 소리가 경쾌했다. 순검이 외쳤다.

"장철호! 석방!"

"괜찮겠어? 같이 갈까?"

감리서 대문 앞에서 진태가 물었다. 인향과 현주는 철호의 물품을 챙기느라 감리서에 잠시 머물렀다.

저물 무렵 대불호텔까지 철호를 호위하라는 서상진의 명을 받았다고 했다.

"됐어. 개항 인천 바닥은 눈감고도 다닐 수 있다고."

철호가 간단히 거절했다.

"그래도 애들 몇 명 붙일게. 방해되지 않게 멀리서 지켜보기만. 그렇게라도 하지 않으면 행수 어른께 내가 꾸중 듣는다."

"알겠어."

"생각은 해뒀어?"

"현익호에서 일을 할까 했었지."

현익호는 1893년 1월 나라에서 직영으로 설립한 해운기업 이운사 소속 기선이다. 1894년 9월부터 서상진과 인천 행수들은 이운사의 배와 창고를 위임받아 운행하고 싶다는 뜻을 최용운을 통해 왕실에 알렸다. 10월 말 505톤 현익호부터 위임한다는 특허가 떨어졌다. 일이 거의 마무리되려는 순간 일본이 이운사의 기선들을 위탁받는 조건으로 13만 원의 차관을 제공하겠다는 제안을 하며 개입했다. 1895년 1월 일본우선주식회사가 이운사의 기선들을 최종적으로 넘겨받았다. 인천 객주들은 닭 쫓던 개 지붕 쳐다보는 신세였다.

"우리가 기선을 운행하는 꼴을 못 보는 거지. 청나라까지 이겨 놨으니 이제 일본 세상이야."

"일본 세상?"

"몸조심하는 게 좋아. 꼽추의 개들이 언제 달려들지 모르니까. 널 물어뜯으려고 3년을 기다렸어. 일본 조계에 들어갈 땐 특히 조심해. 벽에서도 장창이 튀어나오고 땅에서도 칼날이 서걱댈 테니까."

"꼽추의 개!"

혁필이 떠올랐다. 인향이 쏜 총탄에 얼굴을 다치고 현주의 방망이질에 척추가 꺾인 사내.

"고마워. 현주를 지켜줘서."

"나성도 문을 닫는 게 좋아. 언제 개들이 덮칠지 모르거든. 내가 종일 거기에 죽칠 수도 없고. 네가 설득해줘."

설명하지 않아도 짐작이 갔다. 현주는 어려서부터 고집 센 아이였다.

"대불호텔로 바로 갈게."

"여섯 시. 환영회 전에 행수 어른이 잠깐 보시겠대."

철호는 서둘러 걸음을 뗐다. 인향과 현주가 따라붙으면 마음 편한 산책은 물 건너가는 것이다.

곧장 부두로 내려가지 않고 일본 조계로 방향을 잡았다. 9시, 이른 아침이지만 적지 않은 이들이 거리를 활보했다. 자전거도 늘었고 군복 차림 군인도 눈에 띄었다. 청국 조계에서도 일본인의 웃음이 그치지 않았다. 청국인은 상점 안에 숨고 조선인은 고개를 숙인 채 바삐 걸었다.

영국 영사관 앞까지 갔다가 돌아서서 부두로 내려갔다. 인천 부두는 여전했다. 갈매기들이 시끄럽게 울어대고 노동자들은 짐을 옮기느라 지게를 진 채 분주했다. 노동자들 곁으로 가까이 가자 여기저기서 일어가 들렸다.

"이게 누구야? 철호 아냐?"

멀리서 중늙은이 하나가 달려왔다. 엄칠복이었다.

"언제 나왔어? 이즈음 석방된다는 얘긴 들었는데 바빠서 감리서까진 마중 못 갔네. 미안해. 몸은 어때?"

"오늘 9시에 옥문이 열렸죠. 건강합니다. 한데 아저씨! 저치들은?"

엄칠복이 철호의 턱짓을 따라 눈길을 돌렸다가 급히 거뒀다.

"쳐다보지 마. 채찍질도 서슴지 않는 독한 놈들이니까. 권 행수가 하역을 일본인과 나누기로 했대. 하루아침에 조장들이 바뀌었는데 모두 일본인이야. 아, 이제 난 서 행수 밑에서 일 안 해. 권 행수로 넘어온 지 반년 남짓 되었어. 인천 앞바다에 일본 군함이 들어오면서 상황이 완전히 바뀌었지. 한데 이렇게 혼자 돌아다녀도 돼? 권 행수가 자네 석방되기만을 기다렸어. 대로 한복판에서 난자해 죽이겠다며 떠들고 다녀. 피해, 어서!"

철호가 미소 지었다.

"괜찮습니다, 아저씨! 저도 이제 당하지만은 않을 겁니다."

위축되지 않는 것이 중요하다. 적이 거대할수록 숨지 말고 당당히 가슴을 편 채 한 걸음 더 나서라.

철호는 6시 정각 대불호텔에 도착했다.

건너편 스튜어트호텔은 한산했다. 청일전쟁의 여파로 호텔 경쟁도 대불호텔의 압승으로 끝나는 분위기였다. 철호는 2층 객실로 안내되었다. 호텔 주변엔 진태가 미리 배치한 장정들로 그득했다.

서상진과 최용운이 함께 철호를 맞았다. 둥근 탁자에는 와인 세 병이 거의 바닥을 보였다. 얼굴이 불콰하게 달아오른 것을 보니 점심 무렵부터 심각한 이야기를 주고받은 듯했다. 철호가 앉자마자 최용운이 술을 따랐다.

"고생이 많았어. 자네에겐 여러모로 미안하이. 내 딸자식 잘못까지 덮어썼으니……."

최용운은 못 본 사이 부쩍 야위었다. 청일전쟁을 치르면서 마음고생이 심했던 것이다. 청나라의 패배로 전쟁을 마친 지난 4월, 최용운은 사직의 뜻을 담은 밀서를 탑전에 올렸다. 허락할 수 없다는 비답이 내려왔다. 철호가 최용운과 서상진의 빈 잔에 차례차례 붉은 와인을 따랐다. 서상진이 잔을 단숨에 비웠다.

"올해 몇이냐?"

"스물여덟입니다."

"아버지를 점점 더 닮는구나. 아니 그렇습니까? 부사 영감!"

술에 취한 최용운의 검은 눈동자가 철호를 찾았다. 손을 턱석 잡았다.

"네 아비 장훈의 희망을 아느냐?"

"……."

"몇 살이었지, 망극한 일을 당했을 때가?"

"열 살이었습니다."

서상진이 끼어들었다.

"세상 보는 눈이 밝던 내 친구 장훈은 오늘과 같은 날을 예견했지. 청나라보다도 양이보다도 일본을 더 경계해야 한다고 말이다. 그 친구 예측이 옳았어."

최용운이 이야기를 넘겨받았다.

"일본과 싸워 이기려면 거금을 움직일 더 크고 강력한 틀이 필요하다 했지. 한양과 인천 그리고 개성만이라도 함께 돈을 모아 운용할 기관을 만들자는 구상까지 내놓았어. 장훈의 죽음으로 무산되었으나, 비록 그때는 그것을 은행이라고 부르진 않았으나, 지금 돌이켜볼 때 장훈이 꿈꾼 건 은행이었어."

"강한 나라와 약한 나라를 가르는 기준이 무엇이냐고 물으신 적이 있습니다. 제가 어찌 답했는지는 소상히 떠오르지 않습니다만, 제 답에 대한 아버지의 평가만은 또렷이 기억합니다. 강한 나라는 부자 나라고 약한 나라는 가난뱅이 나라다. 가난하고도 강한 나라 없고 부자이면서 약한 나라 없다 하셨습니다."

최용운과 서상진이 동시에 고개를 끄덕였다.

"정녕 옳다. 전하께서도 나라의 부를 쌓기 위해선 은행이 꼭 필요하다 하셨느니라. 조정에선 은행 설립 준비를 시작할 것이고 나 역시 힘닿는 데까지 도울 것이다."

"은행을 만든다 하셨습니까?"

"그래. 조선인을 위한 조선 민족의 은행! 그때까지 인천 객주들이 개항장에서 손실을 입지 않도록 각별히 유념하라 당부하셨느니라. 옥에서 많은 서책을 읽었다고 들었다. 어떤 서책을 읽었느냐?"

"백 년쯤 전부터 새롭게 시작된 세상의 변화를 다룬 서책을 읽었습니다."

"무엇이 그 세상의 새로움을 가능하게 했느냐?"

"돈입니다."

"돈이라고? 돈은 백 년 아니 그보다 훨씬 전부터 있지 않았느냐?"

"맞습니다. 그 시절에도 돈이 있긴 했지요. 하지만 돈을 벌기 위해 목숨을 거는 이들은 장사꾼밖에 없었습니다. 제아무리 돈이 많더라도 나라의 질서를 유지하는 틀은 태어날 때부터 정해진 신분이었지요. 그 신분을 지칭하는 이름은 나라와 민족에 따라 다양하지만, 신분을 절대적인 기준으로 삼아 사회나 국가가 유지되는 방식은 마찬가지였습니다. 그런데 지금은 돈이 지배하는 세상이 되었습니다. 돈은 장사꾼뿐만 아니라 모든 이들에게 가장 소중한 것이 되었습니다. 왜냐하면 돈의 힘이 신분의 힘을 눌렀기 때문입니다. 돈이 곧 신분의 새로운 기준이기 때문입니다. 부자가 빈자를 지배하고 부국이 빈국을 종처럼 부리는 세상입니다."

서상진이 철호의 장광설에 끼어들었다.

"종처럼 부린다고? 그 증거가 무엇이더냐?"

"인천에 들어온 국가들을 헤아려보십시오. 러시아 영국 프랑스 독일 일본에 청나라까지, 그들이 왜 조선까지 찾아왔겠습니까? 단순한 유람이나 탐험은 아닐 겁니다. 자국이 이익을 낼 부분이 전혀 없다면 그들이 조선에 머물 까닭이 없지요. 이런저런 멋진 얘기들을 하겠지만 그들이 가장 바라는 상황은 조선을 극빈국으로 전락시킨 다음 식민지로 두는 겁니다. 영국이 인도를 프랑스가 월국을 이와 같은 방식으로 취했습니다."

최용운이 이견을 제시했다.

"돈을 매개로 먹고 먹히는 관계만 만들어진 것은 아니지 않은가? 미국이나 프랑스와 같은 나라는 공화정이 되었다네. 신분제를 기반으로 둔 나라와 돈에 기초한 나라의 차이도 물론 중요하지만 왕정과 공화정의 차이에 대해서도 검토를 했나?"

"몇몇 책들을 읽었습니다. 특히 미국의 공화정은 유럽의 왕정과는 확실히 다른 면모를 보이더군요. 왕이 있는 영국과 같은 나라에서도 공화정의 많은 요소들이 도입되었습니다. 그러나 공화정이라는 제도 또한 돈의 지배 아래 성립된 것입니다. 투표를 통해 그 나라의 우두머리를 뽑는 일은 놀라운 제도이긴 하지만, 귀족들끼리 모여 나라의 대소사를 처리하던 왕정과는 확실히 다른 면모이긴 하지만, 그 투표에 모든 이들이 참여하는 것은 아닙니다. 특히 식민지로 전락한 국가의 국민들에겐 투표권이 주어지지 않습니다. 빈국의 백성에겐 공화정에서 강조하는 민주주의의 과실을 즐길 기회가 전혀 없습니다."

"무서운 지적이군. 자네 말을 정리하면 새로운 세상은 빈자나 빈국에겐 어떤 배려나 자비도 없단 소린가?"

"극소수의 예외를 두긴 하겠지만 원칙은 그렇습니다. 더 무서운 사실은 이미 부국이 된 나라들은 자신들이 부를 쌓은 방법을 결코 빈국에게 가르쳐주지 않는다는 겁니다. 빈국은 부국의 원조나 협력을 구할 것이 아니라 스스로 부를 쌓을 방법을 찾아야 합니다. 돈을 모으고 그 돈이 나라 밖으로 빠져나가지 않도록 관리하며 적재적소에 사용하는 조직을 만드는 것이 가장 중요합니다."

"은행이로군."

최용운이 결론을 넘겨짚었다.

"그렇습니다. 은행을 세우지 못한 나라는 돈을 모두 부국의 은행에 빼앗기고 빈국으로 전락할 수밖에 없습니다. 또 하나 지적하자면 나라와 나라 사이의 대등한 거래를 위해 노력해야 합니다. 수출과 수입의 품목과 그 양을 정하는 것은 물론이고 가장 좋은 가격에 가장 좋은 시장에서 거래할 운송 수단 확보도 시급한 과제입니다."

최용운과 서상진이 누가 먼저라고 할 것도 없이 고개를 끄덕이며 웃었다. 새 세상을 바라보는 철호의 안목에 감탄한 것이다. 서상진이 말했다.

"인천 객주들이 자유롭게 쓸 배를 구입할 거다. 이운사로부터 기선을 넘겨받지 못했다는 소식은 들었지? 무슨 일이 있어도 미곡 3500석을 한 번에 싣는 현익호 급 배를 사 인천과 팔도의 포구를 왕래하는 물길을 반드시 내겠어."

서상진이 밑에 내려놓았던 기선 모형을 탁자에 올렸다. 나룻배나 고깃배가 아니라 상선이다.

"대불호텔 설립자 호리 히사타로 씨와 최인향 대표 사이에 이야기가 꽤 진척되었네. 호리상회는 무역업 호텔업은 물론이고 해운업에서도 탁월한 성과를 내온 회사야. 철호 자네가 이 거래를 전담하게."

철호는 즉답을 피하고 기선 모형을 뚫어져라 쳐다보았다.

7시, 장철호 출옥 환영회를 시작할 시간이었다.

최용운이 자리에서 일어서는 순간 문 두드리는 소리가 났다. 진태가 상기된 얼굴로 들어와선 읍한 후 서상진과 눈을 맞췄다. 최용운의 목소리에 술기운이 가득했다.

"곧 올라가려고 했어. 오늘은 격식 차리지 말고 곧장 마시며 노래하자고. 철호가 돌아왔으니 이제 날아오를 일만 남았지. 아니 그런가?"

서상진이 억지웃음으로 답한 뒤 진태에게 물었다.

"무슨 일인가?"

"그, 그게⋯⋯."

진태가 머뭇거렸다.

"환영회 시간을 30분만 늦추시는 게 낫겠습니다. 아직 준비가 미흡하여⋯⋯."

"무슨 일이냐고 물었어."

서상진이 말허리를 잘랐다. 준비를 미흡하게 할 진태가 아니다.

"초청객이 아직 좀 도착하지 않았습니다."

서상진의 두 눈이 번뜩였다.

"얼마나?"

"⋯⋯초청한 행수 서른 분 중 현재 여덟 분 오셨습니다. 따로 사람을 보냈으니 30분만 연기하시면⋯⋯."

"연기는 없어. 장사꾼에게 가장 중요한 건 신용이야. 신용의 기본은 약속 엄수고 시간을 지키는 것이 첫걸음이지. 30분이나 늦게 도착하는 이들에게 잔을 권하긴 싫어. 곧바로 시작하겠네. 그리해도 되겠습니까?"

최용운이 고개를 끄덕였다.

"오지 않은 스물두 명보다 기다리는 여덟 명이 궁금하군. 세상물정 모르는 멍청이인가 아니면 서 행수와의 의리를 목숨 걸고 지키려는 쾌남아인가. 하하하. 가세."

진태가 몸을 돌려 비키자 최용운이 먼저 객실을 나섰다. 서상진은 손에 든 빈 잔을 잠시 쳐다보다가 탁자에 놓고 반만 채웠다. 진태가 다가와선 낮은 목소리로 보고했다.

"권 행수가 협박장을 돌렸다고 합니다. 오늘 저녁 대불호텔로 가는 행수는 누구든 그 행동에 책임을 져야 한다고. 어찌하시겠습니까?"

서상진이 잔을 들고 진태의 코앞까지 내밀었다.

"어떤가?"

진태도 곁에 선 철호도 즉답을 못했다.

"빛깔과 향 그리고 맛까지 최상품이지. 단숨에 비우지 않고 보관하고 싶지만 한번 코르크 마개를 딴 와인은 그 맛을 유지하기 어려워."

"우리가 먼저 칠까요?"

진태는 에둘러 제 뜻을 밝히는 서상진의 말버릇이 싫었다. 와인의 맛을 유지하기 어려운 것과 파티를 방해하는 혁필이 무슨 상관이란 말인가.

"우린 장사꾼이야. 흥정으로 다투고 신용으로 승부하지. 주먹질은 무뢰배들이나 하는 짓이라고."

철호가 끼어들었다.

"권 행수가 지금 무뢰배 짓을 하고 있지 않습니까? 그냥 두면 우리가 당합니다."

서상진이 답했다.

"맞아. 내 자리가 탐나는 거지. 혁필이 그놈은 어렸을 때부터 그랬어. 절벽 끝까지 밀어붙이겠다고? 후후후! 날 죽이지 못하면 칼날이 고스란히 놈에게 향할걸. 내가 쉽게 당할 것 같아?"

"……."

이번에도 진태는 답하지 않았다.

"혁필인 기다리는 중이야. 이 서상진이 화를 참지 못하고 분란을 일으킬 때를! 힘으로 날 쓸어버릴 핑곗거리가 필요하니까. 영악한 놈이야. 우린 우직하게 버티면 돼. 녀석이 성급하게 승리를 자신하며 딴 와인의 맛이 변할 때까지. 반드시 한번은 내게도 반격할 기회가 찾아올 거니까."

"이대로 오늘밤 굴욕을 감내하시겠다는 건가요? 구설수에 오를 겁니다."

서상진이 진태의 물음에 답하지 않고 와인을 단숨에 비웠다. 그리고 철호의 어깨를 짚으며 말했다.

"가지. 오늘 연회는 널 위한 거야."

두 사람이 문을 닫고 나갈 때까지 진태는 우두커니 서 있었다. 방금 서상진이 비운 와인 잔을 들어 바닥에 내동댕이쳤다. 쨍! 소리와 함께 파편이 사방으로 튀었다.

그 사이 세 명이 홀을 더 빠져나가 남은 행수는 고작 다섯이 었다. 대불호텔 젊은 사장 호리 리키타로가 홀 입구에서 기다렸 다가 서상진을 보고 다가왔다. 이 호텔 창업자 호리 히사타로의 아들이다. 조선어로 더듬더듬 물었다.

"술과 안주 준비는 마쳤습니다만 손님들이⋯⋯."

서상진이 텅 빈 홀을 확인하곤 답했다.

"약조한 금액은 드리겠소이다."

"부탁하신 기선과 비슷한 놈이 하나 더 저렴한 가격에 나왔습 니다. 아버지가 알려드리라 하셔서⋯⋯."

"그 일은 따로 논의합시다. 하여튼 수고하였소."

최용운과 서상진이 단상에 나란히 올라섰다. 기다리던 다섯 행수의 얼굴에 불편함과 두려움이 가득했다. 중첩된 불행을 가 리키는 사자성어가 그들의 가슴을 파고들었다. 화불단행, 설상 가상, 진퇴양난, 전호후랑.

진태는 출입문에 기대 초라한 연회를 쳐다보았다. 서상진은 이대로 당하진 않겠다며 큰소리를 쳤지만 현실은 명명백백한 그 의 완패였다. 한번 기운 판세를 돌려놓긴 어렵다.

"이게 다야?"

갈색 드레스 차림의 현주가 곁에 섰다. 진태는 대답 대신 턱만 까닥 했다.

"음흉한 권 행수 짓?"

"노래할 분위기가 아냐."

동문서답이다.

"그래도 해야지. 철호 오빠를 위한 노래니까, 나머진 아무래
도 상관없어."

"인향 아기씬?"

"공장에 일이 밀려서……. 늦게라도 온댔어. 차라리 잘되었
네. 이렇게 썰렁한 잔치를 보면 괜히 언니 마음만 아프지. 오지
말라고 오빠가 사람을 보내 알려줘."

"알았어."

진태가 답한 뒤 홀을 빠져나갔다.

"분위기가 좀 썰렁하긴 합니다."

현주에게 다가와서 말을 건 이는 조명종이었다. 철호의 죽마
고우 자격으로 특별히 초청된 것이다.

"명종이 오빠! 말을 편히 하라는데 왜 자꾸 높이는 거예요?
나 장현주예요. 오빠 동생 조명희랑 친구인 장현주! 친구 동생한
테 말을 높이는 경우가 어디 있어요?"

"그, 그래도…… 될까?"

조명종이 말을 더듬었다. 그는 나성의 단골손님이었다. 현주
가 가게에서 노래를 부르는 날에는 30분 전에 미리 와서 맨 뒷

자리에 앉았다. 인향과 진태가 스스럼없이 현주와 이야기를 나누는 사이, 조명종은 꽃다발을 몰래 두고 조용히 사라졌다. 노래를 부르는 현주와 시선이 마주치기만 해도 얼굴이 달아올랐다. 오늘처럼 먼저 다가서서 말을 붙인 것은 조명종으로선 대단한 용기였다.

"그럼요! 언제 철호 오빠랑 셋이서 저녁 한번 먹어요. 근데 명희는 잘 지내나요?"

"개성에…… 할아버지 곁에……."

조명종의 두 눈에 눈물이 그렁그렁했다. 평소에도 여동생 이야기라면 눈물바람부터 앞서는 그였다. 더구나 현주가 안부를 물으니 더더욱 마음이 출렁거렸다. 현주도 오누이의 정을 헤아린 듯 덕담을 보탰다.

"오빠 명희가 얼마나 수를 아름답게 놓는지 모르시죠?"

"명희가 수를 잘 놓아?"

조명종이 눈물을 감추며 웃어 보였다.

"여덟 살 봄이었을 거예요. 우린 어른들 몰래 마지막으로 성황당에서 만났었지요. 명희가 날아가는 학을 수놓은 손수건 두 개를 가져와선, 하나는 명희가 갖고 또 하나는 제게 이별 선물로 줬어요. 고이 간직했었는데 그마저도 철호 오빠와 헤어진 마포나루에서 잃어버렸답니다. 가끔 그 학이 생각나요. 언제 개성에도 함께 가요. 명희가 그 손수건을 가지고 있는지 궁금하답니다.

솜씨가 훨씬 늘었겠죠? 이참에 아예 더 멋진 걸 새로 수놓아 달라고 할까봐요."

"이별 선물을 줬었구나. 난 전혀 몰랐네. 같이 가면 명희도 정말 좋아하겠다."

대여섯 살 아이처럼 구는 여동생에겐 친구가 전혀 없었다. 조통달과 조식병이 문밖 출입을 막는 바람에 스무 살이 넘어서도, 있어도 없는 사람처럼 하루하루를 보냈다. 조명종은 손등으로 눈물을 훔치며 여동생이 가끔 건넨 손수건이며 베갯잇이며 보자기를 떠올렸다. 하나같이 솜씨가 남달랐는데도, 그는 여동생의 손톱 밑에 든 피멍을 보기 싫어서 이런 것들 만들지 말고 편히 지내라고만 타박했다.

"꼭이에요!"

"그래 꼭! 명희를 만나면 부탁이 있는데……."

현주가 눈을 크게 뜨고 조명종을 쳐다보았다. 그가 시선을 내리며 말을 이었다.

"그 앨 위해 노래를 불러줄 수 있어? 명희는 어려서부터 노래 듣는 걸 좋아했어."

개성 시장엔 달마다 소리꾼들이 와서 판을 벌였다. 그러나 조명종은 여동생을 데리고 그곳에 구경 갈 수 없었다.

"그럼요. 하룻밤 아예 명희랑 잘래요. 그래도 되죠?"

"그럼!"

"밤이 새도록 노랠 불러줄게요. 명희랑 함께 삼밭을 돌아다니며 노랠 불렀던 기억이 지금도 나요."

웨이터들이 쟁반에 와인을 담아 와서 권했다. 조명종이 한 잔을 받아들었지만 현주는 고개를 저었다.

"이제 곧 축가를 불러야 해요."

"나…… 정말 좋아…… ."

"네?"

"현주, 네 목소리!"

현주가 허둥대는 조명종을 향해 따듯하게 웃어 보였다.

"고마워요, 오빠!"

행수들 모두 술잔을 손에 쥐었지만 누구 하나 덕담을 건네는 이가 없었다. 와서는 안 될 자리에 온 기분이 들 정도였다. 어색한 침묵을 깬 이는 현주였다. 홀을 가로지른 그미는 단상에 올라 과장되게 허리를 숙여 인사했다. 박수가 엇갈려 불규칙하게 나오다가 그쳤다. 인천 으뜸 가수가 등장해도 가라앉은 분위기를 띄우기 어려웠다. 입가에 웃음을 잃지 않고 인사말부터 세련되게 건넸다.

"귀한 시간 내주셔서 감사해요. 오빠가 무사히 출옥해서 얼마나 기쁜지 모른답니다. 이 기쁨을 여러분과 나누기 위해 노래 한 곡을 골랐어요. 제목은 'Home on the range'."

어색한 박수가 흩어졌다. 현주는 맨 앞에 선 철호를 향해 한

쪽 눈을 감았다가 떴다. 그리고 양손을 앞으로 모은 채 노래를 시작하려고 입술을 뗐다. 그때 갑자기 더그레 차림 사내가 홀로 뛰어 들어왔다. 한양에서 온 전령이었다.

"웬 놈이냐?"

서상진이 나무랐다. 전령은 왼 무릎을 꿇고 품에서 서찰을 꺼내 받쳐 들었다. 서찰을 펴 읽는 최용운의 양손이 심하게 떨렸다. 겨우 숨을 고른 뒤 물었다.

"이게 다 사실이렷다?"

"그러합니다."

서상진과 눈을 맞췄다.

"서 행수! 급한 일이 생겨 자리를 비워야 하겠네. 자세한 건 나중에 돌아와서 의논하지."

"알겠습니다."

최용운이 다섯 행수와 철호의 인사도 받지 않고 곧바로 전령을 따라 홀을 나갔다. 인천부사까지 자리를 뜨자 분위기는 더욱 휑 뎅그렁했다. 서상진이 술잔을 내려놓고 다섯 행수에게 제안했다.

"아무래도 오늘은 이 정도에서 그치는 것이 좋을 듯하오. 자자, 내 집으로 갑시다. 따로 한잔 사겠소. 철호 자넨 누이동생과 시간을 보내도록 해."

다섯 행수가 서상진을 따라 홀을 떠났다. 이제 홀에는 철호와 현주만 남았다.

"오빠를 위해 노래해도 돼?"

철호가 웃으며 고개를 끄덕였다.

"그 노랠 불러줄래?"

"알았어!"

현주가 단 한 사람을 위한 노래를 시작했다.

"인천 제물포 모두 살기 좋아도

왜인 위세에 난 못 살겠네 흥

에구 대구 흥

단둘이만 사자나

에구 대구 흥 성하로다 흥"

철호가 후렴을 따라 불렀다. 기쁨의 눈물이 남매의 뺨을 동시에 타고 흘렀다.

"아리랑 아리랑 아라리오

아리랑 알선 아라리라"

제2장

배신의 조건

어떤 믿음을 얻기 위해 어떤 믿음을 버리는 짓! 배신이 꼭 비겁인 것만은 아니다. 때론 배신도 용기다.

천년향 비누공장은 송월동에 있었다. 인향은 올 여름 7월부터 회사를 시작했다. 최용운이 종잣돈을 댔고 외국 선교사들이 적극 충고하며 도왔다.

회사를 해보겠다는 이야기를 처음 꺼낸 것은 작년 12월 31일이었다. 객주의 1년 결산을 마치고 서상진과 차를 마시는 자리였다.

"내년엔 객주 일을 차츰 정리할까 해요. 부족한 점이 많겠지만 회사를 차려 직접 물품을 만들어보려고요."

"객주에서 일하면서 불편한 점이라도 있으셨습니까?"

"아니에요. 모두들 너무 잘 도와주셔서 즐겁게 지냈어요. 3년 가까운 세월이 어떻게 흘러갔는지도 모를 만큼, 많이 바쁘고 많이 배운 시간이었답니다."

국화차를 한 모금 마신 뒤 서상진이 물었다.

"그럼 왜 객주 생활을 그만두고 회사를 차리려고 하는지요?"

인향이 미소를 지우지 않고 보름 동안 자신이 사개치부법으로 정리한 1년 회계장부를 폈다.

"일본과 청나라가 전쟁을 하는 와중에도 객주에서 벌어들인 돈이 줄지 않은 것은 외국 상선의 몇몇 물품이 인기가 높았기 때문이에요. 특히 그 중에서 면직물의 수입은 개항 이후 꾸준히 상승하였지요. 작년 7월 이후 청나라와의 교역이 어려워지면서, 옥양목과 광목을 영국으로부터 들여오는데 보태어 일본 광목 수입이 급격히 늘었습니다. 외국에서 질 좋은 면직물이 대량으로 유입되는 바람에 베틀로 짠 조선 고유의 면직물 생산은 급속히 줄어들었고요. 하나하나 비교해보면 우리의 면옷도 영국이나 일본의 면옷에 뒤떨어지지 않지만 생산하는 데 시간이 오래 걸리고 품이 많이 듭니다."

인향은 잠시 말을 멈추고 서상진과 눈을 맞췄다. 지금까지 설명을 그가 충분히 이해했는지 확인하는 것이다.

"계속하십시오."

"인천의 여러 객주들은 하나같이 외국의 면직물을 받아 국내 보부상에게 넘겨주며 이득을 취해왔습니다. 그 바람에 조선에선 영국이나 일본처럼 면직물을 빠르게 많이 생산할 회사를 키울 기회를 잃은 것이지요. 이렇게 외국에서 제조된 물품을 일방적으로 받아들인다면 객주가 얻는 이익은 결국 꿀을 바른 독이 될 겁니다."

"꿀을 바른 독이라고요?"

"조선에서 더 이상 면직물을 생산할 수 없으면 영국이나 일본이 자국의 면직물 가격을 일방적으로 올려도 우린 속수무책 당할 수밖에 없어요. 장사도 물론 중요하지만 삶에 꼭 필요한 물품들을 조선에서 자체적으로 생산할 회사를 갖추는 것이 급선무입니다. 장사는 인천의 여러 객주들이 안정적으로 하고 있으니 저는 물품을 제조하는 회사를 세울까 해요."

서상진이 고개를 끄덕였다. 즉흥적인 주장이 아니라 세 번 겨울을 나면서 개항 이후 조선이 처한 어려움을 깊고 넓게 곱씹은 뒤에 내린 결론이었던 것이다.

"물품은 정하였습니까?"

"비누 만드는 회사를 할까 합니다."

"왜 하필 비누입니까?"

"재작년과 작년 여름 연이어 배탈이 난 아이들이 목숨을 잃는 사고가 생겼습니다. 늘 기침을 하거나 얼굴과 손발에 부스럼을 긁고 다니는 아이도 무척 많지요. 답동성당 신부님 말씀에 따르면 물을 끓여 마시고 비누로 손발만 매일 깨끗이 씻어도 발병률이 절반 이하로 떨어질 것이라더군요. 면직물처럼 종잣돈이 많이 드는 것도 아니고 제조법도 비교적 간단하니 비누회사부터 시작하려고요."

인향은 일찍부터 비누에 관심이 많았다. 일본에 머무르는 동안 서양 비누를 사용하며 효능을 알았고 직접 공장을 방문하여 제조법도 배웠다. 궁극적인 꿈은 기차나 기선을 만들어 운행하는 것이지만 비누도 첫 시작으로 나쁘진 않았다. 서상진은 회사 설립을 언제든 돕겠다며 격려했다.

꼼꼼하게 준비하고 회사를 시작했지만 곧 어려움이 닥쳤다. 조선은 남존여비에 기초한 나라다. 여자가 회사를 설립하고 공장을 꾸리는 것을, 인천이 아무리 다른 지역과는 달리 외국 문물에 젖은 개항이지만, 특히 돈을 만지는 남자 상인들이 용납하지 않았다. 인향을 향한 갖가지 추문이 쏟아졌다. 세상물정 모르는 하룻강아지 취급이었다. 사내들은 천년향에 나가서 일하겠다는 아내나 딸부터 막았다. 여자가 사장인 회사는 곧 망할 테니 취직할 필요가 없다는 이유였다. 인향은 소문 따윈 신경도 쓰지 않았지만 공장에 일손이 부족한 것은 심각한 문제였다.

서상진에게 부탁하여 인천 행수들과 각국 외교관 부인들을 공장으로 모았다. 서른 명의 행수와 스무 명의 외국 여인들이 좌우로 무리를 지어 나눠 앉았다. 그들 앞 길쭉한 탁자에 가지런히 비누 다섯 개가 놓였다. 검은 치마에 흰 블라우스를 깔끔하게 입은 인향이 들어와서 탁자 옆에 섰다. 지휘봉을 들어 다섯 개의 비누를 차례로 가리키며 말했다.

"바쁘신 중에도 초청에 응해주셔서 감사합니다. 이 다섯 개의 비누 중에서 네 개는 프랑스 영국 미국 일본에서 각각 들여온 것이고 나머지 하나는 이번에 천년향을 설립하고 처음 개발한 화랑풍입니다. 나오셔서 직접 손을 씻어보시고 다섯 비누 중에서 가장 마음에 드는 비누를 택하여 표시해주십시오."

여섯 여인이 차례로 들어왔다. 다섯 여인은 손을 씻기에 적당한 온수가 담긴 놋그릇을 비누 옆에 하나씩 놓았고 가장 늦게 들어온 여인은 나무판을 덧댄 화선지를 들고 인향 옆에 섰다.

"표시하는 방식은 간단합니다. 오른쪽부터 갑 을 병 정 무입니다. 다섯 줄로 칸을 나눠 놓았으니 마음에 드는 비누를 골라 붓으로 점을 찍고 자리로 들어가시면 되겠습니다. 존슨 부인부터 하시겠습니까?"

지목받은 영국 여인이 자리에서 일어섰다. 비누들을 집어 향을 맡은 뒤 온수에 손을 씻기 시작했다. 그리고 붓을 들어 '을'에 검은 점을 찍었다. 외국 여인들이 차례차례 비누로 손을 씻고 의견을 표시했다. 인향은 물이 식거나 비눗물이 짙어지면 바로바로 새 온수로 교체했다.

외국 여인들에 뒤이어 인천 행수들도 비누를 고르는 일에 참가했다. 서상진이 먼저 소매를 접고 나서는 바람에 나머지 행수들도 따를 수밖에 없었던 것이다.

50명이 점을 모두 찍고 자리로 돌아왔다. 화선지의 점들을 두 번 헤아린 인향이 결과를 발표했다.

"수고하셨습니다. 갑이 3점, 을이 35점, 병이 2점, 정이 6점, 무가 4점입니다. 바로 이 을 비누를 압도적으로 좋아하셨네요."

외국 여인들과 인천 행수들이 동시에 고개를 끄덕였다.

"갑은 영국 비누입니다. 병은 프랑스 비누입니다. 정은 일본 비누입니다. 무는 미국 비누입니다. 그리고 을은 화랑풍, 바로 천년향에서 개발한 비누이고요."

놀라움을 숨기지 못하고 탄성이 흘러나왔다. 온수를 갈아주던 여인들이 작은 보자기를 바구니에 담아 와서 하나씩 나눠주었다.

"귀한 시간 내주신 보답으로 화랑풍을 선물로 드리겠습니다. 앞으로도 천년향은 외국 비누와 비교해서도 뒤지지 않는 양질의 비누를 생산할 것을 약속드리겠습니다. 감사합니다."

이날부터 개항 인천의 여인들이 비누공장으로 몰려들었다. 외국 비누와 경쟁할 만큼 질 좋은 비누를 만든다면 천년향이 쉽게 망하지는 않을 것이다. 서상진의 도움으로 유통망도 어렵지 않게 확보하였다.

비누 사업이 정상 궤도에 오른 뒤에도 인향은 온종일 공장에만 머물렀다. 서양 비누를 사용한 적 없는 조선 팔도 여성 모두가 고객이었다. 한양이나 부산 혹은 원주 등 신식 문물이 전파

된 곳에서 대량 주문이 들이닥치면 밤을 지새운 적도 많았다. 머리가 복잡하고 문득 외로울 때면 비누를 깎고 종이를 오려 붙여 기선이나 기차를 만들었다. 집중해서 조심조심 비누를 만지다 보면 잡념도 사라지고 비누회사 다음의 먼 미래도 즐겁게 상상할 여유가 생겼다.

오늘도 한양에서 갑자기 전보로 주문이 들어왔다. 마음은 대불호텔에 벌써 닿았지만 공장에서 도저히 발을 뺄 수 없었다. 겨우 주문량을 채우고 서둘러 공장을 나서는 인향의 앞을 진태가 막아섰다. 흠칫 놀라며 물러섰던 그미가 얼굴을 확인하곤 안도의 한숨을 내쉬었다.

"놀랐잖아! 근데 대불호텔을 지켜야 할 사람이 왜 여깄어? 날 데리러 오라고 아버지가 시켰구나. 그럴 필요 없는데……. 하여튼 어서 가자. 현주는 벌써 축가를 불렀겠네. 그래도 가서 한 곡 더 해달라고 졸라야겠어."

"호텔로 가실 필요 없습니다."

두 눈이 커졌다.

"갈 필요가 없다니?"

"환영회는 끝났습니다. 헛걸음 마시라 알려드리려고 온 겁니다."

"이렇게 일찍? 이유가 뭐야?"

진태는 시선을 내리고 남의 일처럼 차분하게 말했다.

"초청객이 거의 오지 않았습니다."

"몇 사람이나?"

"처음엔 여덟, 파티를 시작할 땐 그마저도 다섯으로 줄었습니다."

"서 행수 어른의 초청에 응하지 않았단 말이야? 개항 후 줄곧 인천상인을 대표하신 분이야. 객주상회도 주도하여 만드셨고 보부상 상단과의 안정적인 거래선도 마련하셨고 인천 관아와도 긴밀하게 협력하셔서 이운사 기선을 넘겨받으려 힘쓰셨고……."

"지난 일입니다. 누구도 어제의 찬란한 햇빛을 기억하진 않지요."

인향이 걸음을 뗐다.

"관아로 모실까요?"

"호텔로 갈래."

"가봤자 텅 빈 홀 외엔 아무것도 없습니다."

"내 눈으로 확인해야겠어."

진태가 비껴가려는 인향을 옆걸음으로 다시 막아섰다. 어리석은 집착이었다. 인향이 분노와 안타까움이 뒤섞인 눈망울로 진태를 올려다보았다.

"……혹시 권 행수가 방해했어? 방해했구나?"

"인정할 때가 온 겁니다."

"인정하다니 뭘?"

"청일전쟁 전만 해도 상황은 정반대였습니다. 서 행수 어른이 마련한 잔치엔 장사꾼들이 그득했고 권 행수가 만든 자리엔 참석자가 매우 적었답니다. 서 행수 어른은 단 한 번도 권 행수를 초청자 명단에 넣지 않으셨지요."

"그거야 권 행수가 서 행수 어른을 배신하고 나갔기 때문에……."

"따로 독립하는 것, 그걸 배신이라고 불러야 할까요? 좋습니다. 배신이라고 쳐도 밑에 두고 부렸던 사람입니다. 인천 으뜸 행수라면 아랫사람 허물 정도는 덮어줬어야지요."

"지금 누굴 두둔하는 거야?"

"편드는 게 아닙니다. 다만 오늘 일로 권 행수를 탓할 이유는 없단 게지요. 세상 이치가 그렇단 말씀입니다."

진태는 이렇게 인향을 설득하면서도 마음 한구석이 편치 않았다.

1883년, 6년 만에 인천으로 돌아온 혁필과 타운센드 상회 앞에서 마주친 직후에도, 진태는 아버지의 원수를 갚기 위해 혁필을 죽일 궁리를 했다. 그러나 혁필은 예전의 혁필이 아니었다. 곧장 서상진을 찾아가서 독립을 선언했고 자신의 주장처럼 권혁필의 시대를 열어나갔다. 청일전쟁 전까진 서상진에게 미치지 못했지만 서상진 다음으로 수익을 올리는 행수로 성장한 것이다. 그리고 혁필의 곁에는 북두칠성이라고 불리는 일곱 장정이 그림자처럼 붙어 다녔다. 그 누구도 곧장 혁필에게 다가가서 말을 걸수 없었다.

혁필이 말만 앞서는 가난뱅이 내거간으로 돌아왔다면 진태는틀림없이 그의 심장에 깊숙이 칼을 박았으리라. 그러나 혁필은바닥에서 하늘로 눈부시게 치고 올라갔다. 진태는 그런 혁필이신기하고 놀랍고 궁금하고 끝내 두려웠다.

진태는 두려움이 찾아들 때마다 이렇게 스스로를 합리화했다.

이제 난 아이가 아니다. 몰래 접근해서 단검을 휘두르는 것이아니라 혁필과 동급인 수준까지 돈과 권력을 얻은 뒤 복수를 도모하자.

또 이런 생각도 가끔씩 들었다.

서상진보다는 권혁필의 길이 오히려 돈과 권력을 빨리 얻는지름길이 아닐까. 더구나 서상진은 철호를 친아들처럼 아끼지 않는가. 최용운도 인향 대신 옥살이를 했다고 더욱 믿음을 얻는상황이다. 서상진이 이제 자신은 지쳤다며, 혁필과 맞상대하는일을 철호에게 맡기고 물러나기라도 한다면? 오늘 참석한 행수의 숫자로 모든 것이 명확해졌다. 더 늦으면 영영 기회를 놓칠 것이다.

진태는 이토록 복잡한 마음을 인향에게 위로받고 싶었다. 그미만 동조해준다면……

인향과 진태는 나란히 걸었다. 침묵이 어색했다. 어두운 밤길을 둘이서만 거닌 적이 없었다. 인향은 대불호텔로 가겠다고 고집을 부렸지만 환영회가 끝났다는 소식을 접한 뒤 발걸음이 눈에 띄게 더뎠다.

"충고 하나만 드려도 되겠습니까?"

진태가 고개를 돌리지 않고 말했다.

"그래."

인향이 짧게 받았다.

"거래하는 상단을 바꿔보시지요."

"상단을? 이유가 뭐지?"

지금도 비누를 팔도에 넣는 데는 전혀 문제가 없다.

"힘의 균형이 무너지면 걷잡을 수 없습니다. 지금까지 서 행수 어른과 돈독한 관계를 유지해온 접장 딱부리가 보부상 상단을 이끌고 있긴 합니다. 하나 장사꾼이란 이익을 따라 움직이는 족속입니다. 하루라도 빨리 권 행수에게 붙는 것이 이득이지요. 손 놓고 앉았다가 당하지 마시고 권 행수 쪽 상단과도 접촉해보십시오."

"그딴 여우 짓 안 해. 서 행수 어른을 배신할 수 없어."

"배신이 아닙니다. 천년향이란 비누회사는 행수 어른과 관련이 없습니다. 이 회사 주인은 바로……."

최인향 당신이라고 말하려는 순간 그미가 말을 잘랐다.

"됐어. 서 행수 어른은 내 스승이셔. 그분께 상도商道를 배웠

다고. 이익을 조금 더 챙기자고 등을 지긴 싫어. 그분이 곤경에
처하셨다면 더욱 자주 찾아뵙고 힘이 되어드려야지. 난 끝까지
버틸 거야."

"버티는 건 행수 어른 몫입니다. 천년향까지 함께 고생할 이유
가 없지요. 정말 행수 어른을 돕고 싶습니까?"

인향이 고개를 끄덕였다.

"그럼 천년향을 키우십시오. 그래서 서 행수 어른이 궁지에
몰려 목숨이 간당간당할 때 구하시면 됩니다. 몽땅 빠져 죽는
건 어리석습니다. 천년향이라도 건재해야 후일을 도모하지요. 거
래선을 하나 더 확보한다 여기십시오. 권 행수와 만나고 싶다면
따로 자리를 마련하겠습니다."

"후의는 고맙지만 사양하겠어. 철호도 돌아왔으니 함께 궁리
하면 위기를 극복할 방도가 나올 거야. 다음엔 천년향과 객주를
합쳐 너랑 나랑 철호랑 셋이서 벌여나갈 일들이나 의논해. 서 행
수 어른도 우릴 도와주실 거고."

인향은 고집을 꺾지 않았다. 진태가 다시 설득하려 하자 말머
리를 돌렸다.

"나성으로 갈래. 내가 호텔에 나타나지 않으면 다점에서 현주
랑 만나기로 했거든. 철호도 아마 기다릴 거야. 진태 너도 가자.
우리끼리 환영회를 열어주자고. 좋은 생각이지?"

인향의 얼굴이 밝아지는 만큼 진태의 표정은 어두워졌다.

"어쩌죠? 선약이 있습니다. 나성 앞까지만 바래다 드릴게요."

"바꿀 수 없는 약속이야?"

진태가 무표정하게 고개를 끄덕였다. 실망한 인향의 입술이 빼죽 나왔다.

"그럼, 나 혼자 갈래."

"조계지에 범죄가 잦은 건 아시지요? 돈이 모이는 곳일수록 사건 사고가 자주 터지는 법입니다. 그리고 지금은 우리끼리 환영회나 즐길 상황이 아닙니다. 철호도 원치 않을 겁니다."

둘은 나성까지 걸었다. 인향이 앞서고 진태가 반보 뒤에서 따랐다. 몇 마디 이야기를 더 나눴지만 기억에 남을 만한 것은 아니었다. 좌우로 갈라진 길 가운데 배의 이물처럼 우뚝한 3층 건물이 보였다. 그 건물 1층이 현주의 다점 나성이었다. 진태가 출입문 앞에서 마지막으로 권했다.

"정말 중대한 문젭니다. 아기씨와 천년향 그리고 객주의 미래를 위하여 심사숙고하십시오."

진태는 인향을 나성까지 바래다준 뒤 서둘러 돌아섰다. 홀은 어두웠지만 딸린 방에선 불빛이 새어나왔다. 철호와 현주가 나와서 팔이라도 끌지 않을까 걱정이었다. 오늘은 오누이와 말을 섞기 싫었다.

진태는 은행거리를 따르다가 일본 영사관 앞길로 한 블록 올라갔다. 그리고 조계지 계단에 서서 담배를 피워 물었다. 머릿속

이 복잡할 때면 이 자리에서 밤바다를 내려다보며 연기를 뿜곤
했다.

인향!

방금까지 함께 걷던, 어렸을 때부터 줄곧 마음에 둔 여인의
이름을 혀끝에 올려보았다. 진태는 오로지 자신만을 위해 일했
다. 아버지 박만식이 항산도 앞바다에서 목숨을 잃은 뒤로 서상
진 휘하에 머물렀지만 단 한 번도 그를 위해 일생을 바치리라 다
짐한 적은 없다. 서상진이 배후에서 권혁필을 부려서 아버지 박
만식을 인천 앞바다로 끌고 가게 만들었다는 것을 한순간도 잊
지 않았다. 서상진이 인천 으뜸 행수이고 그 곁에 머물면 더 빨
리 더 많이 더 자주 출세의 길이 열리기에 명을 받들 뿐이었다.
개성에서 장훈의 집과 삼밭을 불태우고 혁필의 목에 단검을 꽂
았듯이 언젠가는 꼭 서상진에게도 응징할 작정이었다.

이제 서상진은 종이호랑이다. 실바람만 불어도 쓰러지리라.

철호라면 함께 나뒹굴 각오를 하겠지만 진태는 달랐다.

세상 풍문 따위는 두렵지 않다. 더 높은 자리에 올라 더 많은
힘을 지니면 입방아는 한순간에 사라진다. 끝까지 마음에 걸리
는 이는 인향이다. 매섭게 쏘아보는 눈동자다. 인향을 내 사람으
로 만들 때까지 우뚝 솟아야 하리. 넓게 퍼져야 하리.

진태는 돌아서서 계단 끝까지 뛰어올라갔다.

각국공원은 어두웠다. 새벽에는 산책이나 운동을 즐기는 외

국인이 적지 않지만 늦은 밤엔 들고양이가 고작이다. 누운 소나무 밑에서 허리가 굽은 꼽추가 쓰윽 나왔다.

"헛걸음했구나 싶었지."

혁필이었다. 왕대 지팡이로 땅을 툭툭 파냈다. 진태의 신발까지 흙이 튀었다.

"지금까지 약속 어긴 적은 없습니다."

혁필이 눈을 치뜨며 클클클클 비웃음을 흘렸다.

"이제 어길 때가 왔군."

진태는 미간을 찡그렸다. 자신을 비웃는 자에겐 주먹부터 내지르는 그였다. 겨우 분노를 누르고 이야기를 시작했다.

"연락드린 이유는……."

혁필은 주도권을 잃지 않으려는 듯 말허리를 매정하게 잘랐다.

"봤지, 대불호텔 텅 빈 홀?"

"행수 대부분이 불참하였더군요."

"다섯 놈도 곧 서상진에게 등을 돌릴 거야. 장사꾼이란 이문이 사라진 자리엔 눈길도 주지 않거든. 아, 무슨 이야기를 하려고 했지? 참, 내게 연락한 이유를 말하려고 했었지?"

할 말 있으면 어디 해보라는 자세다. 진태는 침착하게 준비한 이야기를 꺼냈다.

"권 행수님 모시고 큰일을 도모하고 싶습니다. 받아주십시오."

혁필이 또 웃었다.

"내게 오겠다고?"

"그렇습니다. 저 혼자만이 아니라 부두에서 데리고 있던 노동자 쉰 명과 함께 가겠습니다. 제가 죽으라면 죽는 시늉이라도 하는 장정들입니다."

"그 새끼들은 한 놈도 필요 없어."

혁필은 환영의 박수 대신 꼬리부터 잘랐다. 진태는 말을 잇지 못한 채 혁필의 굽은 등 너머 컴컴한 바다를 쳐다보았다. 분위기가 예상과 다르게 흘러가는 중이었다. 몇 번이나 진태를 거두고 싶다고 말을 넣은 혁필이 아니던가. 확언을 주진 않았지만 언제라도 결심이 서면 넘어오라며 여운을 남긴 이도 혁필이다.

"한두 냥만 품삯을 올려주면 내일 비가 철철 내리더라도 꼭두새벽부터 무릎 꿇고 부두에서 기다릴 놈들이야."

잠시 말을 끊은 뒤 지팡이를 들어 진태의 가슴을 찌를 듯 가리켰다.

"그리고 박진태, 너도 오지 마. 늦었어."

"늦다니요?"

진태가 물었다. 혁필은 지팡이를 축으로 삼아 괘종시계처럼 몸을 좌우로 흔들었다.

"생각해봐. 지금 인천 행수들의 절대적인 지지를 받는 이가 누구지? 바로 나 권혁필이야. 내가 젊은 고래라면 서상진은 늙은

망둥어도 될까 말까라고."

"원할 때 언제든 넘어오라 하지 않았습니까?"

"그랬지! 내가 네 번 아니 다섯 번이나 사람을 넣어 그리 말했어. 말이란 놈은 언제 어떤 상황에서 하는가에 따라 그 뜻이 천차만별인 건 너도 알지? 처음엔 상황을 더 살피잔 뜻이었지만 그 다음부턴 하루라도 빨리 입장을 정하란 독촉이었다고. 몰랐다는 거짓부렁을 지껄이려는 건 아니겠지? 너는 오지 않았어. 나보다 서상진이 더 강하고 컸기 때문이야. 일본제1은행 대출금까지 몰래 대신 갚아줘도 감감무소식이었어. 넌 충실하게 서상진의 개 노릇을 했지. 나성을 지키며 서운 아니 현주를 독차지하고 말이야. 청일전쟁 후 조계지의 주도권이 일본으로 넘어간 뒤 그러니까 나 권혁필이 서상진을 압도한 다음에도 찾아오지 않았어. 계속 눈치를 살피며 저울질을 한 게지. 나에 대한 존경심 따윈 품지도 않았어. 그리고 오늘이군. 오늘에야 서상진을 배신하겠다? 배신하든 말든 내 알 바 아냐. 넌 서상진과 함께 파멸하기 직전이니 절박하겠지만 난 네깟 녀석 있어도 그만 없어도 그만이야. 세상이 바뀌었다고. 알아들어?"

"서 행수가 그리 호락호락 꺾이리라고 봅니까? 아닙니다. 숱한 위기를 뚫고나온 큰 장사꾼입니다. 대반전을 준비할 거예요. 조심해야 합니다."

혁필이 아니꼬운 듯 오른쪽 입귀를 올렸다. 웃을수록 흉측

했다.

"끝까지 주인 자랑이군. 그렇게 서 행수가 좋으면 계속 붙어먹어. 괜히 내게 오겠다느니 하는 개소린 집어치우라고. 넌 아직도 날 인정하지 않지? 서 행수가 인천 으뜸 행수가 된 건 실력이고 내가 그 자릴 꿰찬 건 청나라와 일본의 전쟁에서 일본이 이겼기 때문이라고 생각하지? 순전히 운이 좋아서라고."

진태가 더 이상 밀리지 않으려는 듯 받아쳤다.

"아닙니까?"

"날 질투하는 새끼들이 그딴 헛소문을 퍼뜨리고 다닌다는 건 알아. 하지만 잘 들어. 운이 좋아서 그럭저럭 먹고 살 수는 있겠지. 더 운이 좋으면 어떤 집단의 3인자 혹은 2인자에 오를 수도 있어. 하지만 결코 1인자는 안 돼. 1인자가 된다는 건 그 집단의 미래를 짊어진다는 뜻이지. 운으로 그 자리에 오른 놈은 단 하루도 지나지 않아 겁을 잔뜩 집어먹고 제 풀에 물러나거나 아니면 강제로 끌려 내려와서 목이 잘리지. 서 행수와 내가 행수들을 거느릴 때 가장 큰 차이가 뭔지 따져본 적 있어?"

"분위기가 다른 건 압니다."

서상진은 행수들을 불러 모아 논의하여 문제를 해결해나갔고 혁필은 회의나 대화 없이 일방적인 명령만 하달했다.

"한심한 녀석! 그러니 네가 지금껏 서상진의 개로 살지. 서 행수는 행수들을 따듯하게 대하고 나는 그들을 냉정하게 대한다고? 헛소리야. 분위기로 장사하냐? 서 행수는 돈과 일꾼이 많은 행수든 적은 행수든 공평하게 의견을 낼 권한을 부여하지. 그리고 형편이 어려운 객주가 생기면 아주 싼 이자로 때론 이자를 받지도 않고 돈을 빌려주기도 해. 당장 힘든 행수는 돈이 생겨 좋고 여유가 있는 행수들도 나중에 자신이 힘들어지면 저런 식으로 도움을 받겠구나 하며 안심하는 측면이 있어."

"서 행수 어른이 존경받는 이유이기도 합니다."

"하지만 그건 여유가 넘칠 때 얘기지. 즉 인천 객주들이 돈을 벌 때 이야기라고. 개항을 하고 일본과 청나라가 전쟁을 일으키기 전까진 이런저런 경쟁의 와중에도 인천 객주들의 이익이 해마다 증가해왔어. 그래서 이 원칙도 지켜진 것이고. 하지만 객주들 중에서 적게는 3할 많게는 5할 정도가 휘청거리면 어떻게 될까? 그때도 원칙이 통할까? 전쟁이 시작되자마자 안정적으로 이익을 챙기던 거래들이 막히기 시작했지. 어떤 상선이 전쟁 중인 바다로 물품을 마음 편하게 싣고 들어오겠어? 열 번 오던 배가 다섯 번으로 줄고 다섯 번 오던 배가 오지 않게 되었지. 게다가 전세가 일본으로 기울자 청나라와의 교역이 완전히 끊어질 지경에 이르렀다고. 위기 상황이 닥쳤는데도 서 행수는 원칙을 바꾸지 않았어. 그 때문에 행수들 불만이 커진 거야. 이건 그들 내부의 문제이지 내 탓이 아니란 뜻이지. 알아들어?"

혁필의 장황한 설명을 듣는 진태의 가슴이 놀라움으로 차올랐다. 화만 내고 주먹이나 휘두르는 날건달이 아닌 것이다. 서상진이 개항 이후 인천 행수들을 장악한 과정과 방법을 정확히 꿰뚫고 있었다.

"서 행수 어른과 다른 원칙이라도 세웠단 건가요?"

혁필이 누런 송곳니만 살짝 내보이며 웃었다.

"당연하지. 난 서 행수의 원칙을 버렸어. 그리고 흠결이 생겼다고 헐값에 팔아 치우는 짓도 금지시켰지. 처음엔 날 속이고 면옷이며 서책들을 싸게 파는 행수들이 있었어. 그놈들을 족치는 것은 물론이고 그들의 창고에서 물품들을 모두 꺼내 불을 질러 버렸지. 내가 정한 원칙은 이거야. 약육강식! 강한 객주가 약한 객주의 것을 모두 갖는다. 의견을 내는 기회도 객주의 크기에 따라 차별적으로 둔다. 대신 우리의 이름을 걸고 내다 파는 물품의 가격은 절대로 낮추지 않는다. 누구에게서 물품을 사들이고 어떤 보부상과 거래할 것인지는 내가 정한다. 회의를 한다고 모여 설왕설래하다간 귀품을 잡을 기회를 날리고 만다. 속전속결! 빠르게 움직이며, 만약 내 결정 때문에 손해가 발생하면 그 책임은 나 권혁필이 다 진다. 대신에 내가 물품을 사들일 통로와 그걸 팔 보부상까지 모두 구해줬음에도 이익을 못 내는 객주를 내쫓을 권한 역시 내게 있다."

"행수들이 모두 동의한 겁니까?"

"물론! 그 사람들 전부 한가락씩 하는 장사꾼들이야. 손해 볼 일이면 주먹을 휘두른다고 내 밑으로 오겠어? 그들은 날 두려워해. 맞아. 이런 원칙을 지키려면 두려움을 품어야지. 하지만 그들은 또한 날 존경하기도 해. 서상진이 못하는 걸 권혁필은 해내고 있으니까. 그런데 말이야. 하룻강아지 박진태는 아직도 내가 누군지 알아보지 못하고 서상진과 비교하며 주저하는군. 한 걸음만 물러나면 절벽인데도. 다음엔 몸조심 단단히 해. 서 행수에게 붙어먹는 개들은 주인하고 똑같은 고통을 맛볼 테니까."

혁필이 일방적으로 대화를 끊고 망설임 없이 돌아섰다. 진태가 껑충 뛰어 막았다. 이대로 헤어지면 다신 기회가 없다. 혁필이 시선을 들지 않은 채 매정하게 말했다.

"비켜!"

진태의 목소리가 떨렸다.

"내가 어찌하면 믿어주겠습니까?"

"클클, 네놈을 믿으라고? 난 늙어 죽을 때까지 박진태를 믿지 않아. 한 번 배신한 개새끼 또 배신하기 마련이거든."

그리고 턱을 들어 눈을 맞췄다.

"내 밑으로 정녕 오고 싶나?"

고개를 끄덕였다.

"그럼 배신의 조건을 충족시켜야겠군."

"배신의 조건? 그게 뭡니까?"

"지금은 내 힘이 크니 서상진을 배신하려는 거잖아? 만약 서상진의 힘이 더 커지면 넌 그에게 다시 돌아갈 놈이야. 내 말이 틀려?"

"……배신의 조건을 충족시키라는 건, 그럼?"

"머리가 잘 돌아가는 놈이니 말뜻을 금방 알아듣는군. 그래, 내 힘이 아무리 약해져도 네가 되돌아갈 곳이 없다면 그래도 조금은 안심이 되겠지. 전쟁을 다룬 이야기를 들어보니 배신자는 자신이 모시던 장수의 목을 잘라 들고 온다더라고. 잔꾀 부릴 생각 마. 이게 유일한 길이지. 할 수 있어? 평생 서상진의 개로 살아왔으니 어렵겠지? 한 번 개는 영원한 개니까. 왈왈 왈왈왈!"

혁필이 웃음을 그치고 먼저 공원을 내려갔다. 바람이 진태의 이마에서 흐르는 땀을 씻어 내렸다. 먼저 전부를 주기 전에는 아무것도 받을 수 없는 상황이었다. 적당히 머리를 맞대고 의견을 조율하는 것이 아니라 두 무릎을 꿇고 땅바닥에 이마를 피가 날 때까지 두드리라는 요구였다. 혁필은 진태의 퇴로를 완전히 막으려는 것이다. 다리를 끊을 뿐만 아니라 고향집 불 지르고 부모형제까지 몰살시킨 다음 오라는 식이다. 야비함으로는 혁필을 당할 사람이 없다.

이 길뿐인가. 내 손에 서상진의 피를 묻히라고? 살인자가 되라고?

제3장
나성에 가면

　최용운이 돌아오기 전 인천엔 벌써 한양의 망극한 사건에 대한 풍문이 돌았다. 일본인들이 궁을 침범하여 왕비를 시해했다는 것이다.

　서상진은 철호를 불러 원하는 자리를 물었다. 3년 옥살이를 묵묵히 마친 보상이었다. 미곡米穀도 좋고 포목布木도 수익이 꽤 높았다. 철호는 기다렸다는 듯이 답했다.

　"천년향을 번창시켜보고 싶습니다."

　"비누회사를? 이유가 뭔가?"

　"객주도 바뀌어야 합니다. 하역과 물품 위임으로 구전口錢만 챙겨서는 미래가 없습니다. 직접 물품을 생산하고 유통까지 겸하면 이문이 큽니다."

　미리 짠 것처럼 철호도 인향과 같은 주장을 폈다.

"이제 자네도 재물을 모으고 기반을 닦아야지. 천년향은 아직 남는 게 별로 없어."

서상진이 다시 생각하기를 권했다. 천년향은 일은 많고 수익은 적은, 현상 유지도 빠듯한 형편이었다. 그리고 불리한 조건 하나를 덧붙였다.

"곧 인천부사가 바뀔 거야."

인천부사로 최용운을 적극 추천한 이가 바로 비명에 죽은 왕비였다. 최용운은 서상진과 손을 잡고 최신 물품을 따로 모아 은밀히 왕실에 넣어왔다. 그가 관직을 잃으면 인향의 회사까지 악영향이 미칠 것이다.

"짐작하고 있었습니다."

"천년향을 접을지도 모르고, 포기하지 않는다 해도 많은 어려움이 닥치겠지. 그래도 하겠는가?"

"아기씨는 강한 분입니다. 회사를 설립하고 공장을 운영할 꿈을 키워 오셨고요. 비누회사는 긴 여정의 첫 걸음입니다."

"또 기회가 있겠지. 권 행수가 비누회사에 눈독을 들인다는 소문이 쫙 퍼졌어. 당장은 수익이 적어도 팔도의 여인들이 비누를 즐기기 시작하면 판매량 급증은 시간문제라고 했다더군. 내가 계속 뒤를 봐주고 싶지만 객주 일을 꾸리기에도 빠듯해. 결국 스스로 이겨나갈 수밖에 없어. 자네도 발을 담기 전에 더 고민해."

"알겠습니다."

철호는 미리 연락을 넣지 않고 송월동 천년향으로 향했다. 작업장으로 곧장 들어가는 대신 주위를 돌며 공장의 넓이와 건물 크기를 일일이 살폈다. 비누를 만들고 남는 폐기물을 처리하는 창고를 둘러볼 때 멀리서 그를 부르는 소리가 들렸다.

"철호 맞아?"

진태였다. 양복 차림의 말쑥한 신사와 인향이 뒤따랐다. 인향이 소개했다.

"일본제1은행 기무라 슌스케 인천지점장이셔. 이쪽은 장철호 씨. 진태 씨와 함께 서상진 행수 어른 휘하에서 일한답니다."

슌스케가 내민 손을 철호가 잡았다.

"석방을 축하드립니다. 뵙고 싶었습니다."

철호가 감옥에서 익힌 능숙한 일본어로 답했다.

"감사합니다. 제가 감옥에서 출옥한 걸 어찌 아십니까?"

슌스케가 코끝을 실룩이며 금테 안경을 고쳐 썼다.

"인천에 사는 일본인이라면, 장철호 씨가 박진태 씨와 초대 감독관직을 놓고 선의의 경쟁을 벌인 이야기를 모르는 이는 없지요. 그 밤 불탄 창고에 대해선 아직까지 여러 추측이 떠돌더군요. 피해자인 권 행수님이 입을 굳게 닫는 것도 이상하고 장철호 씨가 순순히 방화를 인정한 것도 인상적이에요. 가장 관심을 끈 부분은 서상진 행수님이 손해액을 전부 배상한 겁니다. 아끼는 아랫사람이 저지른 사고라고 해도 그 많은 돈을 내놓기가 쉽지 않죠. 그렇지 않습니까?"

인향이 끼어들었다.

"서 행수 어른은 대인이십니다. 끝까지 의리를 지키는 분이죠. 행수 어른 같은 거목이 있기에 그 그늘에서 철호 씨와 진태 씨 같은 분이 자라나는 것이고요."

인향의 시선이 진태에게 향했다. 진태가 미소와 함께 맞장구를 쳤다.

"말해 무엇하겠습니까. 인천에서 가장 존경받는 어른이시죠."

슌스케 지점장을 배웅한 뒤 인향은 철호와 진태의 팔짱을 끼고 공장 마당을 걸었다. 두 사내는 화장품 냄새 향긋한 그미와 바짝 붙어 걷는 일이 몹시 불편했다.

"아, 아기씨!"

"이것 좀……."

인향이 더 힘껏 팔꿈치를 잡아당겼다.

"그 아기씨란 소리 좀 집어치워. 말 놓고 편히 친구로 지내자고 3년이나 부탁했는데도 너희들은 달라진 게 하나도 없어. 신분제를 폐지한다고 나라 법으로 공표하였는데 계속 아기씨 이랬습니다 저랬습니다! 열 살 때 만났으니 우리가 알고 지낸 지도 벌써 18년이다 18년!"

팔짱을 풀고 두 사내 앞을 막으며 돌아섰다.

"이제부턴 다 같이 말을 높이든가 아니면 놓든가 둘 중 하나를 택해. 아버지도 인천부사를 그만두실 테니까 관아 눈치 살필 까닭도 없어."

"그래도 아기씨! 보는 눈이 많습니다."

진태가 신중하게 굴자 인향의 시선이 철호에게 향했다.

"반상班常이 철폐되었다 하나 여전히 벼슬은 양반이 하고 소는 천민이 잡습니다."

두 사내의 뜨뜻미지근한 반응을 예상한 듯 인향이 절충안을 냈다.

"그럼 남들 앞에선 예법에 따라 너희들 맘대로 하고 우리끼리 있을 땐 말을 놓자고. 이것도 안 하겠다면 난 내일부터 너희들 안 봐."

진태는 즉답을 피한 채 철호 쪽을 곁눈질했다. 철호는 인향이 감옥에 넣어준 많은 책들을 읽었다. 그 속에는 반상의 차별이 없는 사회에 관한 이야기가 가득했다. 특히 종교의 자유를 찾아서 영국을 떠나 대양을 건너 아메리카에 정착한 미국인의 역사를 주의 깊게 읽었다. 인향이 왜 이런 책만 골라서 넣어줬을까 궁금했던 감옥의 밤이 적지 않았다.

철호가 눈으로 진태에게 물었다.

어떻게 하지?

진태도 눈으로 답했다.

얼렁뚱땅 둘러대긴 힘들겠네.

우리끼린 편히 지낼까?

네가 먼저 말해.

"그리…… 하지!"

인향의 얼굴이 밝아졌다. 진태도 요구를 받아들였다.

"그럼 나도!"

인향이 기쁨에 겨워 소리쳤다.

"야호! 그럼 지금부터 아기씨라고 부르기 없기. 약속!"

두 남자의 팔짱을 끼고 공장으로 들어섰다. 철호가 아까부터 던지고 싶었던 질문을 꺼냈다.

"슌스케 지점장이 왜 왔어? 혹시…….'

인향이 불길한 예측을 확인시켜줬다.

"기선 살 돈을 대출받으려고. 천년향 정도는 담보물로 내놓아야 금액을 맞춰주겠다는군. 하기야 은행도 돈 굴리는 장사니까."

"비누공장을 하는데 기선이 당장 꼭 필요해?"

"서 행수 어른과 공동으로 구입하는 거야. 인천에 입항하는 외국 상인과의 거래만으론 한계가 많아. 기선만 있다면 조선 팔도 각 항구로 물품을 싣고 직접 가서 더 좋은 가격에 흥정을 붙일 수 있겠지. 비누와 함께 다른 물품도 얼마든지 가능해."

천년향 비누를 전국에 유통하던 접장 딱부리가 드디어 혁필 쪽으로 넘어갔다. 날짜를 못 박진 않았지만 비누를 팔도에 넣는 일을 머지않아 그만둘 것이다. 인향으로선 안정적인 거래선 확보가 절실했다.

"네 의견은?"

진태는 인향이 비누로 조각한 조가비를 만지작거리며 말이 없었다.

"감독관으로 3년이나 일했으니 인천 사정에 훤할 거 아냐?"

인향이 고쳐 물었다. 퉁명스런 되물음이 날아들었다.

"솔직한 생각을 듣길 정말 원해?"

인향이 고개를 끄떡였고 진태가 차갑게 제 뜻을 밝혔다.

"당장 천년향부터 처분해. 슌스케가 담보로 설정한 금액보다 권 행수가 세 배를 더 쳐준다며? 이만저만 남는 장사가 아니잖아? 팔지 않을 이유가 없지."

"당장은 손해더라도 나중에 비누를 팔아 더 큰 이득을 볼 수도 있어."

인향이 버티자 진태가 방향을 틀었다.

"어찌어찌 해서 배를 샀다고 쳐. 운항을 하고 이익을 남겨 이자와 원금을 갚아나가야 하겠지? 약정이……."

"3년!"

"3년은 빚을 청산하기에 넉넉한 기간이 아니야. 그 사이에 어떤 사고가 생길지 모른다고. 청일전쟁도 갑자기 터졌고 왕비까지 시해당하는 시절이야. 3년을 꼬박 이득을 남기기 위해 애쓰느니 차라리 시세를 좋게 쳐준다는 사람이 나왔을 때 회사를 팔고 다른 회사를 만들 궁리를 하는 편이 훨씬 낫지. 나라면 그렇게 하겠어."

"비누회사까지 권 행수에게 넘기고 기선 구입 계획을 접으면서 행수 어른은 어찌 되시겠어?"

"그 문제를 푸는 건 행수 어른 몫이야. 은행에서 거금을 대출받았다간 더 큰 낭패를 본다고. 비누회사 대표는 서 행수 어른이 아니라 최인향 바로 너야. 대표는 가장 적은 위험에 가장 큰 이득을 얻는 쪽으로 결정해야 해. 한데 지금 넌 반대로 가고 있어. 철호 네 생각은 어때?"

철호는 진태의 설명을 되씹으며 잠시 침묵했다. 바둑으로 치면 몇 수 앞을 내다보는 중이다.

"비누회사를 권 행수에게 넘기면 그 돈으로 또 다른 회사를 해야겠지? 새 회사는 어디에다가 차려?"

"그것 역시 최 대표가 결정할 문제겠지. 평양으로 부자들이 꽤 많이 몰려가고 있대. 그 근처에 새 공장을 짓는다면 지금 형편보단 훨씬 나을 거야."

인향이 도움을 구하듯 철호에게 답을 재촉했다.

"솔직히 말해줘. 어찌하면 좋겠어?"

철호는 진태가 만지작대던 조가비를 쳐다보며 답했다.

"회사만 놓고 본다면 진태 말이 맞아. 위험부담이 너무 크니

까 그걸 전부 안을 필요는 없어. 하지만 지금 비누회사를 접는
다면 현실적으로 인천에서 회사를 또 하긴 어려워. 평양이든 부
산이든 원산이든 다른 곳으로 가야 한다는 얘긴데, 그래도 괜찮
아?"

"싫어."

인향이 단호하게 잘랐다.

"난 인천에 남을 거야. 아버진 한양으로 올라가자 하시지만
난 여길 지킬 거라고. 왠지 알아?"

말을 끊고 두 친구를 번갈아 쳐다보았다.

"너희가 있으니까. 너희와 함께 천년향을 크게 키우고 싶어.
꿈을 이루기 위해선 공장도 필요하고 기선도 필요해. 그리고 무
엇보다도 장철호와 박진태 너희 둘이 날 지켜주고 도와줘야 한
다고. 이게 내가 인천을 떠나기 힘든 이유야."

인향의 시선이 먼저 철호에게 향했다. 철호가 그럴 줄 알았다
는 듯 응낙했다.

"최인향답다!"

인향과 철호의 눈길이 진태에게 닿았다. 진태의 검은 눈동자
가 빙글빙글 두 번 돌았다.

"할 수 없군. 하지만 명심해. 이 일을 추진하다가 정말 위험이
닥치면 그땐 공장이고 뭐고 미련을 버리고 살길을 찾겠다고. 알
았지?"

인향이 진태의 어깨를 가볍게 쳤다.

"알았어. 이 걱정대장아!"

고개 돌려 철호와 마주 웃는 모습이 싱그러웠다. 진태의 얼굴에서 순식간에 웃음기가 사라졌다. 셋이서 마음을 나누다가도 어느 찰나에 자신은 한두 걸음 밀려났다. 미세한 차이지만 진태에겐 하루를 꼬박 걸어야 빠져나올 골짜기만큼 아쉬움이 크고 깊었다.

"난 먼저 갈래."

"점심 같이 먹어. 금방 준비할게. 공장에서 늘 먹는 밥과 국에 수저만 놓으면 돼. 손맛들이 좋아."

"아니 됐어. 각국 조계 잡화상들과 약속을 했어. 천천히 보다가 와."

천년향을 나서는 진태의 걸음이 쓸쓸했다. 한 줄기 가을바람이라도 낙엽을 쓸고 밀려드는 듯했다.

비가 쏟아졌다.

먹구름이 강화도에서부터 항산도를 지나 영종도를 통해 인천까지 내려왔다. 진태는 나성의 처마 밑으로 피했다. 다점을 지키던 장정 둘이 달려왔다. 그들의 주머니에 엽전 한 닢씩을 찔러주곤 찹쌀막걸리라도 한 사발 마시고 오라며 보냈다.

빗줄기가 굵어졌다. 문은 열려 있었다. 장정들이 가게를 항상 지키기 때문에 낮엔 외출을 나갈 때도 문을 잠그지 않았다. 물이든 차든 혹은 술이든 갈증을 씻어내고 싶었다. 현주가 드나드는 주방 찬장에서 도자기에 든 술을 찾았다. 뚜껑을 따니 향이 진했다. 청나라 미주美酒다. 잔 없이 두 모금 연달아 들이켰다. 취기와 졸음이 몰려들었다. 가슴과 배가 화끈거리면서 목이 더 말랐다. 다시 술을 두 모금 마셨다. 참았던 욕이 쏟아졌다.

"제기랄!"

의자 세 개를 구석에 나란히 붙이고 누웠다. 어두운 천장으로 눈과 뺨이 까맣게 짓뭉개진 사내의 얼굴이 흔들렸다.

"권혁필! 악마 같은 새끼!"

시간이 얼마 남지 않았다. 혁필은 충성의 증거, 결코 돌이킬 수 없는 배신을 행동으로 옮기라고 요구했다.

오래 기다릴 수 없다고? 너무 늦게 오면 받아들이지 않겠다고? 권 행수, 넌 하나만 알지 둘은 몰라. 서 행수를 죽이고 나면 영영 돌아갈 순 없지만 그렇다고 곧바로 권 행수 네놈 휘하에서 평생을 썩는 건 아니야. 왜냐? 서 행수를 없애듯 권 행수 네놈의 목덜미도 물어뜯을 테니까.

한 모금 더 마셨다. 그리고 잠이 들었다.

아홉 살에 아버지 박만식을 잃은 후 낮잠이라곤 모르고 살았다. 낮에도 일하고 밤에도 일했다. 남이 쉴 때도 잘 때도 배불리 먹고 가족과 이야기를 나눌 때도 일했다. 어서 일을 배워 자신만의 객주를 갖는 것, 인천 아니 조선 최고의 부자가 되는 것,

그것이 진태의 꿈이었다. 서상진만 쫓아가면 그 꿈을 이루리라 믿었다. 우여곡절 끝에 초대 감독관이 되었다. 철호가 감옥에 갇히고 인향이 비누회사를 차려 나간 뒤론 자연스럽게 2인자 자리까지 차지했다. 그러나 청일전쟁을 이용하여 눈 깜짝할 사이에 인천 상권을 집어삼킨, 아버지를 죽음의 바다로 몰았던 원수 권혁필 앞에선 참으로 초라한 2인자였다.

꿈인가.

노랫소리가 천장과 바닥을 울리며 다가와서 귀를 파고들었다. 눈을 뜨지 않고 고개만 돌렸다. 구슬픈 가락이 더욱 크고 또렷했다.

장현주!

눈을 떴다.

현주가 등을 진 채 주방에서 그릇을 씻으며 노래를 부르는 중이었다. 커피를 끓일 때도 설거지를 할 때도 머리를 감을 때도 잠을 청할 때도, 조선어로 일본어로 영어로 또 알 수 없는 몇 나라 말로 노래하고 또 노래했다. 침묵과 고요를 견디지 못하는 병에 걸렸다고 농담까지 하면서.

"咲いた桜になぜ駒つなぐ활짝 핀 벚꽃 나무에 왜 망아지를 매어두느냐?"

감독관에 오른 뒤 본격적으로 일본어를 익힌 진태가 노랫말을 음미했다. 망아지는 묶여 지내는 것 자체를 싫어한다. 더군다나 봄날 벚꽃 아래라면 더더욱 속박이 힘겨우리라.

소리를 내지 않고 일어섰다. 그리고 현주의 목소리에 맞춰 홀을 지나 주방으로 들어가선 등 뒤에 섰다. 그미는 닦던 그릇을 내려놓고 아예 노래에 집중했다.

"駒が勇めば花が散る 망아지가 날뛸수록 꽃잎은 진다."

진태는 소리를 만드는 현주의 목덜미를 바라보며 신비롭다는 생각을 했다. 날뛰는 망아지의 등에 하얀 꽃잎이 떨어져 내린다. 때 이른 스러짐인가. 슬프다.

현주는 노래를 더 높고 길게 뽑기 위해 턱을 치켜들며 한 걸음 또 한 걸음 물러섰다. 그 순간 진태의 발등을 밟았다. 노래가 멈췄다.

"다치지 않았어요?"

현주가 진태를 의자에 강제로 앉히며 물었다.

"괜찮아. 하던 일이나 마저 해."

현주가 맞은편 의자에 앉은 후 눈을 살짝 흘겼다.

"도둑인 줄 알았어요. 왔으면 얘길 하지? 아, 술 냄새! 뭐예요? 낮술이라도 마신 거예요?"

그제야 현주는 고개 돌려 홀을 살폈다. 구석 자리로 가서 청주가 담긴 도자기를 들고 왔다.

"미 미안! 술값은 낼게."

"당연하죠. 무단침입에 노랫값을 듬뿍 얹어요. 놀란 가슴 쓸어내릴 위로금까지."

"알았어. 얼마야?"

진태가 돈을 꺼내려 하자 현주가 주방으로 가서 연꽃 문양 술잔 두 개를 들고 왔다. 그의 잔에 먼저 따른 후 남은 잔도 채워 단숨에 비웠다. 노래만큼이나 술 실력도 탁월한 그미였다. 진태는 잔을 들지 않고 쳐다보기만 했다. 아무리 피곤해도 다섯 모금에 만취하여 잠들다니 한심한 노릇이다.

"웬일? 낮술 같은 거 안 하는 사람이잖아?"

현주는 내킬 때만 말을 높이고 안 내키면 제멋대로 굴었다. 핑계를 찾느라 망설이는 진태를 향해 손을 저으며 스스로 답했다.

"내가 맞춰볼게. 마음이 칙칙해진 이유를 알아내면 뭘 줄래?"

"못 맞히면?"

진태가 받아쳤다. 흥정이 붙으면 어떤 경우에도 단번에 응하거나 거절하지 않는다.

"진 쪽이 이긴 쪽 소원 하나 들어주기."

"소원?"

단어가 낯설다. 지금까지 소원을 털어놓거나 들어준 적이 없다.

"천년향에 갔었구나."

족집게였다. 진태는 표정을 감추며 고개를 끄덕였다.

"인향 언니를 만났고?"

천년향 사장이니까 당연히 거기까진.

"철호 오빠도 같이 봤지?"

하나뿐인 친동생이니 미리 행선지를 알렸을지도.

"인향 언니는 오늘도 철호 오빠만 바라봤지? 진태 오빠가 3년 넘게 공을 들였는데, 야속하여라 여자의 마음이여! 그래서 기분을 팍 잡친 거야. 때마침 비가 내려 몸도 마음도 우중충. 낮술이라도 한잔. 맞지?"

진태는 발바닥을 송곳으로 찔린 듯 아팠다. 현주의 지적은 단 하나도 어긋난 것이 없었다. 왜 내게는 기회가 없는가. 왜 인향은 철호에게만 해바라기 짓을 하는가. 성글성글 웃는 현주를 향해 진태가 답했다.

"틀렸어. 최인향 때문이 아냐."

"아니라고? 정말 아냐?"

"아니래도."

"주인 없는 다점에 들어와 낮술 마실 딴 이유가 그럼 뭐란 말이야? 사랑 문제 아니곤 하기 어려운 짓이잖아?"

"여자들은 사랑 때문에 목숨을 걸지만 남잔 달라."

현주가 술잔을 비운 뒤 받아쳤다.

"편견이 심하군, 여전히! 사랑에도 목숨 걸지 못하는 남자가 어디 남잔가? 그리고 여자가 사랑에만 매달리길 바라는 건 남자들 헛된 바람이지. 정확히 말하자면 여자들은 목숨을 걸 만한 사랑에만 목숨을 걸어. 아무 놈에게나 전부를 던지진 않는다고. 새겨둬."

현주가 술잔을 비우곤 일어서며 물었다.

"소원이 뭐야? 내가 틀렸다고 우기니, 좋아, 소원 들어줄게."

진태가 귀찮다는 투로 받았다.

"그딴 거 없어."

"소원 없는 사람이 어디 있어?"

"있으면? 정말 들어줄래?"

"노래 한 곡 불러줘! 이딴 시시한 것만 아니면……. 셋 셀 동안에 소원 말 안 하면 내 소원 들어줘야 해."

진태가 노래의 '노'까지 혀끝으로 내밀었다가 삼켰다. 노래가 시시하다? 진태는 술잔을 비우며 기다려보기로 했다.

"하나 둘 셋!"

현주의 긴 허리가 진태를 향해 꺾였다. 숨결을 느낄 만큼 콧등이 닿을 만큼 가까웠다.

"네 소원이 뭔데……?"

현주의 입술이 진태의 입술을 막아버렸다. 붉은 혀가 앞니로 파고들었다.

두 사람이 한 마리 암컷과 한 마리 수컷으로 바뀌는 데는 긴 시간이 필요하지 않았다. 홀에서 쪽방까지 열 걸음 남짓 걸으며 그들은 계속 입을 맞추고 옷을 벗었다. 쪽방 바닥에 쓰러질 때는 아무것도 걸치지 않은 알몸이었다. 진태는 밀물이다. 둑을 넘고 방풍림을 쓰러뜨리고 길을 건너 마을을 덮치는 거대한 파도. 현주는 회오리다. 치솟는 파도를 휘감아 더 높이 더 멀리 물살을 날리는 바람.

진태는 쪽방 구석구석으로 현주를 몰았고 현주는 빠져나오기 힘든 모서리에서도 몸을 비틀거나 돌려 새로운 길을 열었다. 늑대처럼 으르렁거리자 종달새처럼 웃었다. 울음이 깊을수록 웃음도 높았다. 소리가 한곳으로 모여들며 침묵으로 빠질 때마다 새로운 사랑이 시작되었다. 수십 번 몸을 섞은 사이처럼 머뭇거림이 없었다. 누군가 시작하면 누군가 따랐고 누군가 마치면 누군가 시작을 이끌었다. 쪽방을 두 바퀴 돈 뒤에야 겨우 현주가 비명처럼 뱉었다.

"너무 뜨거워! 미쳤어!"

진태는 온몸이 불덩어리였다. 살갗을 비빌 때마다 발갛게 익고 입김이 닿는 곳마다 땀이 흘렀다. 진태와 현주는 빗소리를 들으며 이 오후에서 그 저녁을 지나 저 밤까지 서로를 탐했다. 진태는 사랑을 마치고 냉수 한 모금 들이키기가 무섭게 그미를 끌어당기고 또 끌어당겼다.

"영영 떠날 사람처럼 왜 이래?"

현주는 옷을 입지도 않고 담배부터 피워 물었다. 적지 않은 사내를 경험했지만 진태처럼 긴 시간 맹렬한 수컷은 처음이었다. 힘자랑을 하는 이도 기껏해야 세 번 정도에서 그쳤다.

"언제부터 나랑 자는 게 소원이었어?"

진태도 엎드려 담배를 물었다.

"착각 마. 이 소원은, 방금 정한 거야. 실연의 상처로 괴로워하는 멧돼지 한 마리를 위로하기 위해."

"실연? 난 그딴 거 당한 적 없어."

"나한텐 강한 척 안 해도 돼. 누구와 헤어져야 꼭 실연인가? 스스로 이건 아니구나 싶은 순간이 바로 실연의 시작이지."

"불쌍해서 나랑 잤다고? 넌 불쌍한 놈이랑은 다 자냐?"

진태가 쏘아붙였다. 현주가 던지는 단어 하나하나가 살갗을 찌르는 창날 같았다.

현주가 눈을 흘기며 담배를 껐다. 그리고 아랫배를 밀착시킨 후 올라앉았다. 진태가 허리를 틀어 떨어뜨리려 했다. 이번에는 진태가 썰물이고 현주는 언덕을 구르는 거대한 바위다. 빗소리마저 더 크고 시끄러웠다. 그미는 두 팔목을 잡아 열십자로 방바닥에 붙인 뒤 코를 깨물었다.

"아얏! 왜 이래?"

진태가 깜짝 놀라며 턱을 쳐들었다.

"여자 맘도 모르는 바보는 물려봐야 아픈 줄 알지."

"무슨 소리야 그게?"

현주는 대답 대신 천천히 허리를 돌리기 시작했다. 팽이가 돌듯 움직임이 빨라졌다. 힘주어 따지던 진태의 몸도 둥근 흐름을 따라 아득한 쾌락으로 빨려들었다.

사랑을 나누고 잠들기 직전 현주가 진태를 안고 콧소리로 노래 하나를 들려주었다. 미국에서 아기를 재울 때 부르는 자장가였다. 진태는 현주의 젖가슴에 얼굴을 묻고 아침까지 늦잠을 즐기는 상상을 했다. 조각 잠으로 하루하루 긴장하며 버텨온 나날이었다. 여자의 몸이 이토록 포근한 줄은 처음 깨달았다.

자정 무렵 비가 그쳤고 빗소리가 잦아들자 진태도 잠에서 깼다. 현주의 벗은 어깨를 이불로 덮어준 뒤 발소리를 죽여 나성을 나왔다. 문득 뒤돌아서서 불 꺼진 가게를 쳐다보며 작고 짧게 불러보았다.

"현주!"

그리고 고쳐 불렀다.

"인향!"

진태가 현주와 거듭 사랑을 나눈 후 인향을 그리워하는 자정 무렵까지, 철호는 천년향에 머물렀다. 인향에게 비누 제조에 관해 이것저것 따져 물었던 것이다. 반갑고 신나게 답을 하던 그미도 밤이 깊어지자 걱정스런 표정을 지었다.

"나중에 따로 더 알려줄게. 오늘은 그만하자. 날 도와주려는 마음은 고마운데, 좀 쉬어. 출옥한 지 얼마나 되었다고……."

"도와주려는 게 아냐."

철호는 탁자 위에 놓인 비누로 조각한 기차와 기선을 유심히 보며 답했다. 그미가 말꼬리를 잡아챘다.

"도와주는 게 아니면?"

"서 행수 어른께 천년향에서 일하고 싶다고 말씀드렸어."

인향이 놀란 눈으로 말했다.

"내가 미덥지 않아서? 그게 이유라면 사양하겠어."

"아무리 인천이 개항이라고 해도 조선에서 여자가 회사를 대표한다는 게 쉬운 일은 아니지. 하지만 네가 천년향을 시작할 땐 그 정도 각오는 했으리라고 봐. 또 시간이 좀 걸릴지는 몰라도 네가 천년향을 조선 최고의 비누회사로 우뚝 세우리란 걸 믿어. 내가 출옥했을 때 만약 네가 객주의 안살림을 3년 전처럼 맡고 있었다면, 회사를 같이 해보자고 내가 먼저 제안했을 거야."

인향은 벽시계를 곁눈질로 보았다. 잔업을 위해 공장에 남은 노동자들을 격려할 시간인 것이다. 그미는 오전과 오후 하루에 두 차례씩 그리고 잔업이 있는 날이면 밤에 한 차례 더 공장을 둘러보았다. 대표랍시고 사무실에만 머물지 않고 바쁠 때면 직접 비누를 만들기 위해 젖은 손을 보탰다.

"약속 있어?"

철호가 물었다.

"아냐. 하던 얘기 계속하자."

인향은 오늘 저녁엔 공장을 돌지 않기로 마음을 정했다. 철호가 이렇듯 속마음을 털어놓은 적이 있었던가. 1892년 봄 재회한 후부터 지금까지 그는 항상 거리를 두고 말을 아꼈다.

"왜 회사를 하자고 제안할 생각이었어?"

"네가 옥에 넣어준 책들을 읽으며, 조선으로 밀려드는 나라들에 관해 많은 걸 알게 되었어. 그들은 우리가 듣도 보도 못한 물품들을 잔뜩 만들고 우리가 다니지 못하는 육로와 해로를 통해 인천이나 부산이나 원산에 닿지. 물품을 주고받을 때는 그들과 조선이 대등한 관계인 듯하지만 그건 큰 착각이야. 조선은 그들이 가져온 물품을 공장에서 대량으로 생산할 수도 없고 그들처럼 배나 기차를 타고 다른 나라로 장사를 하러 떠날 수도 없어. 그들이 조선을 찾는 것은 이득을 얻기 위함이지. 이득도 없는데 멀고도 험한 땅과 바다를 지나올 까닭이 없으니까. 조선은 그들이 얼마만큼의 이득을 보는지조차 파악 못해. 개항을 열어놓고 장사만 하다간 멀지 않아 조선은 극빈국으로 전락할 것이고 결국 나라를 그들에게 빼앗길지도 몰라. 장사만으론 부족해. 늦었지만 그들처럼 회사를 차려 제조업을 시작하고 또 돈을 모을 은행을 세워야 해."

인향이 환하게 웃으며 말했다.

"나도 같은 생각이야. 책을 넣어주긴 했지만 네가 과연 그것들을 어떻게 받아들일까 궁금했었어. 회사와 은행 없인 열강列強과 어깨를 나란히 하기 힘들지. 은행 설립은 아버지가 은밀히 도모하고 계셔. 아마도 두세 해 안에 조선인이 세운 은행을 보게 될 거야."

"정말? 역시 혜안이 대단하시네."

"은행 쪽은 아버지에게 맡기고 난 천년향에만 집중하려고 해."

"날 직원으로 받아줄 거지?"

인향이 즉답 대신 철호의 얼굴을 빤히 쳐다보았다.

"너 그거 알아?"

인향이 밑도 끝도 없이 물었다.

"뭘?"

짧게 되물었다.

"목소린 당당한데 내 눈을 똑바로 보지 않는 거?"

"내가? 아냐."

"나한텐 감추지 않아도 돼. 쑥스러워?"

"아니래도!"

철호는 자리에서 일어섰다. 인향도 따라 일어서며 물었다.

"가려고?"

"공장을 둘러볼까 해."

"잘 되었네. 나도 야근하는 사람들 챙길 시간인데 같이 가. 안

내해줄게."

철호가 여전히 시선을 내려 인향의 눈길을 피한 채 답했다.

"오늘은 나 혼자 둘러볼래. 고마워."

"아직 비누 생산 과정을 상세히 알지도 못하잖아? 설명을 들어야 더 잘……."

말이 끝나기도 전에 철호가 사무실 문을 열고 나가버렸다. 자정까지 철호도 인향도 천년향을 떠나지 않았지만 둘은 말을 섞지 않았다. 인향이 공장 입구로 오면 철호는 공장 뒷문에 머물고 인향이 공장 뒷문에 이르면 철호는 창고 쪽으로 종종걸음을 옮겼다.

3년 동안 책을 읽으면서 철호가 얻은 것은 새로운 세계에 대한 이해만이 아니었다. 책장을 하나하나 넘기면서, 그 책들을 어렵게 구하여 자신에게 넣어준 인향에 대한 애틋함이 점점 자라났다. 그미를 좋아하는 마음이야 옥에 들어오기 전에도 있었지만 신분이나 빈부의 차이 속에서 과연 좋아해도 될까 하는 걱정과 낙담과 포기의 순간이 더 잦았다. 쉽게 부서지고 찢어질 것이 두려워 꼭꼭 흠모의 정을 감췄던 것이다. 만인에게 친절하면서도 인향에게만은 거리를 두고 차갑게 대했다.

그런데 옥에 갇히자 더 이상 부서질 것도 찢길 것도 없었다. 세상의 가장 더럽고 추한 바닥에 무릎을 꿇고 앉은 철호는 인향이 넣어주는 책을 읽으며 가장 높고 아름다운 꿈을 꾸었다. 객주를 바꾸고 인천을 바꾸고 나아가 조선을 바꿀 희망을 준비하며 아침을 맞고 저녁을 보냈다. 그런 바람이라도 품지 않았다면 3년 옥살이를 견디기 힘들었으리라.

그 희망의 가장 높은 곳에 인향이 자리 잡았다. 입김마저 얼어붙는 겨울에도 온몸의 구멍이란 구멍에서 땀이 줄줄 흐르는 여름에도, 그미의 환한 웃음을 상상하며 견디고 이겨냈다. 그 마음이 차곡차곡 쌓여 만년설처럼 더 깊고 단단해졌다. 만인에게 냉정한 태도를 유지하더라도 인향만은 품에 안고 사랑의 밀어를 속삭이리라.

출옥한 뒤 곧바로 인향과 단 둘만 만나고 싶었다. 그러나 옥문이 열리고 감리서 밖으로 나가고 보니 이상하게도 눈을 맞추는 것조차 꺼려졌다. 오늘도 진태가 가고 인향과 둘만 남게 되자 기쁘면서도 불안했다. 새로운 세상에 대한 자신의 생각을 밝힐 때에도, 인향이 쑥스럽냐고 물을 만큼 시선을 내리 깔았던 것이다.

자정 무렵 철호는 천년향을 홀로 나오며 자문자답을 했다. 3년이나 감옥에서 혼자 지냈기에 누군가와 마주 앉아 감정을 주고받는 일이 아직 어색하고 힘든 걸까. 나 혼자 공장을 둘러본 것 때문에 인향의 마음이 상하진 않았을까. 장철호! 천년향에서 근무를 시작하면 매일 인향의 얼굴을 봐야 하고 단 둘만 사무실에 머물 날도 많을 거야. 그때마다 쑥스러워해선 안 돼. 여긴 책을 통해서만 속마음을 상상하던 감옥이 아니야. 오늘 같은 실수는 다신 하지 말자. 인향이 나를 배려하는 것보다 먼저 배려하고 인향이 나를 걱정하는 것보다 먼저 걱정하고 인향이 내게 관심을 두는 것보다 먼저 관심을 두자. 그래, 거기서부터 시작하는 거야.

제4장

암살

대불호텔에서 최용운 환송연이 열렸다. 서상진은 물론이고 권혁필까지 인천을 대표하는 상인과 조계지 외교관들이 모두 모였다. 장철호 석방 환영회 때의 무관심과는 크게 달랐다.

두 가지 사실이 연회가 끝난 뒤에도 회자되었다.

먼저 최용운의 밝은 표정이 주목을 끌었다. 새 벼슬을 얻은 것도 아닌데 미소를 잃지 않고 손님을 대했다. 외국인과 대화를 즐기는 쾌활한 성격임을 감안하더라도 그날의 흥겨움은 예상 밖이었다. 나라님으로부터 요직에 중용하겠다는 언질을 받았다는 풍문이 환송연이 끝나기도 전에 돌았다.

또 하나는 인향이 계속 인천에 머무른다는 사실이다. 그미가 천년향 비누회사에 매진하고 있지만 아버지인 최용운이 인천을 떠나면 동행하리라 여겼다. 공장을 철호에게 임시로 맡긴다거나 혁필에게 싸게 판다는 추측도 나왔다. 그러나 최용운은 외동딸을 인천에 두고 가니 잘 부탁드린다는 인사말로 헛소문을 단숨에 쓸어버렸다.

서상진도 덩달아 크게 취했다. 최용운이 웃자 서상진도 웃었고 최용운이 술을 권하자 서상진도 잔을 비우고 떠나는 이의 잔을 채웠다. 철호가 보다 못해 서상진에게 다가가서 귓속말을 건넸다.

"너무 많이 드시지 마십시오."

혁필은 최용운과 서상진의 즐거운 대작을 환송연이 시작될 때부터 주시했다. 대부분의 인천 행수가 혁필과 손을 잡았는데, 저렇듯 신바람을 내는 서상진이 믿기지 않는 눈치였다.

"괜찮아. 오늘 같은 날은 취해도 돼."

"환송연도 마치지 못하고 쓰러지시겠습니다."

서상진이 눈을 질끈 감았다가 떴다.

"그렇게 내가 약해 보여? 내 걱정 말고 자네도 한 잔 하게."

"아닙니다."

진태와 함께 손님을 맞이하고 보내기에도 바빴다.

"그 술 저 한 잔 주세요."

축가를 마친 현주가 끼어들었다. 서상진이 환하게 웃으며 잔을 채웠다. 현주가 눈짓을 하자 철호가 서상진에게 목례를 한 후 다른 손님들에게 갔다.

"바쁠 텐데 멋진 노래 불러줘서 고맙군. 사례비는 내일 나성으로 따로 보내겠네."

"아니에요. 그 돈 받을 수 없어요. 오늘은 정말 제가 원해서 왔어요. 떠나시는 최 부사 영감을 위해 제가 할 수 있는 게 노래밖에 없더라고요."

"그래도 넣어둬. 내 성의니까."

"늘 감사하고 있어요. 만석동 기생인 저를 대불호텔 3층 홀로 불러내어 노래할 기회를 주신 분이 바로 서 행수 어른이시니까요. 앞으로 서 행수 어른이 원하는 자리에선 노랫값을 받지 않겠어요."

그때 최용운이 끼어들었다.

"미인을 독차지하고 무슨 얘길 그리 재미나게 하는가?"

현주가 와인병을 들어 최용운의 빈 잔을 채웠다. 서상진이 농담조로 답했다.

"앞으로 제가 초청하는 자리에선 노랫값을 받지 않겠다는군요. 이렇게 괘씸한 일이 있습니까?"

최용운도 짐짓 심각한 표정으로 현주에게 물었다.

"사실인가?"

"그렇습니다."

"단 한 푼도 받지 않겠다고?"

"네."

최용운이 시선을 서상진에게 돌렸다.

"서 행수는 복이 넘치는군. 저토록 아름다운 노래를 평생 공짜로 듣게 되었으니 말이야. 인천을 떠나 한양으로 가는 게 여러 모로 섭섭하지만 그 중에서도 가장 안타까운 건 장현주의 노래를 들을 수 없단 사실이지."

"지당하신 말씀입니다."

서상진이 즐겁게 맞장구를 쳤다.

"그래서 말인데, 서 행수가 으뜸 가수에게 돈 한 푼 주지 않는 자린고비 신세를 면하고 나 역시 한양에서 장현주 목소리를 그리워하다 상사병에 걸릴 위험을 벗어나기 위해서, 우리 둘이 힘을 합쳐 장현주를 후원하면 어떻겠는가? 후원이라고 해서 거창한 건 아냐. 서 행수는 그미가 편하게 노래 연습을 할 방과 생활에 필요한 돈을 지원하고 나는 한양에서 그미가 설 만한 무대를 찾아보겠네. 내가 인천으로 올 여유는 없으니 어떻게든 장현주의 한양 공연을 성사시켜야겠어. 어떤가?"

"멋지십니다. 그리하지요."

현주는 주거니 받거니 하는 두 사람의 대화에 낄 틈을 찾지 못해 듣고만 있다가 겨우 한마디 했다.

"제 노래를 아껴주시는 마음은 감사합니다만……."

서상진이 현주의 완곡한 거절이 이어지기 전에 뚝 잘랐다.

"그럼 제가 곧 한양으로 연락 올리겠습니다. 장현주의 노래를 아끼는 저희 같은 사람들로 후원회를 짜보겠습니다. 한양은 영감께서 맡아주십시오."

"알겠네. 걱정 말게."

후원회 조직을 돌이킬 수 없는 사실로 확정 지은 두 사람은 기쁨에 겨워 현주의 잔에 자기들 잔을 부딪쳤다.

그때 호리 히사타로가 환송 선물로, 나무가 아닌 쇠로 만든 모형 기선과 기차를 양팔에 끼고 올라왔다. 약간은 지루함을 느끼며 손님들과 이야기를 나누던 인향의 눈이 커졌다.

"이걸 정말 주시는 겁니까?"

히사타로가 웃으며 답했다.

"이 기선은 서 행수님과 최 대표님이 구입하길 원하는 배와 똑같은 녀석입니다. 또 이 기차는 도쿄에서 고베까지 오가는 녀석이고요. 어때요, 마음에 드십니까?"

최용운이 인향과 눈을 맞춘 후 답했다.

"감사합니다. 한데 선물은 한양에 가져가지 않고 제 딸아이에게 맡기겠습니다. 어려서부터 워낙 기차와 배를 좋아해놔서. 제가 한양에 다녀오는 동안 가격은 어디까지 서로 맞췄나요?"

히사타로가 답했다.

"특별히 저렴하게 드리려고 선주를 설득 중입니다."

인향이 틈을 주지 않고 말했다.

"나쁜 가격은 아닌데 그래도 조금만 더 깎아주셨으면 합니다."

최용운이 인향을 거들었다.

"이임선물이라 생각하시고 선심을 쓰시지요?"

히사타로도 웃음을 잃지 않고 받았다.

"그 가격에 드려도 다른 선박회사에선 절 욕할 겁니다. 어쨌든 선주와 좀 더 머리를 맞대 보지요. 일본제1은행에서 대출받는 문젠 원활하게 진행이 되고 있습니까?"

인향이 답했다.

"슌스케 지점장님이 직접 천년향을 다녀가셨습니다. 공장 부지와 건물에 서 행수 어른 신용이면 충분히 대출이 가능하다는 언질도 주셨고요. 곧 서류 절차를 마무리 짓겠습니다."

"순조롭군요. 잘 알겠습니다. 기다리고 있겠습니다. 최 부사께서 그동안 신경 써주신 덕분에 저희 대불호텔이 귀빈을 많이 모실 수 있었습니다. 석별을 아쉬워하며 남불 와인 열 병을 올려드리고 싶습니다만……."

"오, 이렇게 고마울 데가."

최용운이 히사타로의 두꺼비 같은 손을 맞잡고 흔들었다. 이임부사 환송연이 아니라 신임부사 환영연 같은 착각이 일었다.

인향은 환송연이 끝나자 선물로 받은 기선과 기차 모형을 최용운에게 맡기고 서둘러 대불호텔을 나섰다. 부산에서 주문받은 비누를 만들려면 철야를 해도 빠듯했다.

"저기!"

낯익은 목소리. 돌아섰다. 철호가 길을 건너왔다.

"배웅은 끝냈어? 마무리하느라 바쁘지 않아?"

"천년향까지 바래다주고 오래⋯⋯."

철호가 말꼬리를 흐렸다.

"행수 어른 곁을 지켜야 하는 거 아냐? 꽤 취하셨던데."

"진태가 챙기겠지. 1층 객실에서 잠시 쉬시겠다 하셔서 안내해 드리고 왔어."

나란히 걸었다. 할 일 많은 인향이 오히려 걸음을 늦췄다. 둘만 걷는 길. 얼마나 기다린 순간인가.

"궁금한 게 하나 있는데⋯⋯?"

"뭐?"

인향이 고개를 돌리자 철호가 걸음을 멈췄다.

"난 오늘 환송연 분위기가 우중충할 거라 짐작했거든. 근데 부사 영감도 그렇고 행수 어른도 계속 웃음보를 터뜨리셨어. 석별의 안타까움을 덮으려 그러시는 것 같지는 않고."

인향이 짧게 답을 주었다.

"나라님과 독대를 하셨대."

"독대를?"

"지난번에 귀띔했듯이, 그동안에도 꾸준히 사례 연구와 설립 시점에 대한 논의를 해왔지만 드디어 은행 설립 준비를 본격적으로 시작하라 하명하셨대."

"지금 당장 준비하는 게 가능할까? 중전께서 시살弑殺되신 마당인데……."

철호도 은행의 필요성을 절감했지만, 은행을 만들기엔 좋은 상황이 아니었다.

"당분간은 일본도 주춤할 테지. 청국이나 러시아 같은 나라들은 일본의 세력이 급격히 커지는 걸 경계하니까. 그들이 서로 견제하는 동안 우린 은행을 비롯하여 조선에게 유리한 제도와 조직을 만드는 거지. 물론 쉽진 않은 일이야. 꽤 많은 자본금을 모아야 하고 또 예전의 돈놀이랑 은행이 어떻게 다른가를 백성에게 알리고 이해시키기 위해 노력을 아끼지 않아야 해. 하지만 아버지가 맡으셨으니 충실히 준비하실 거야. 은행을 가진 나라와 은행이 없는 나라의 차이를 그 누구보다도 잘 아시니까."

"서 행수 어른은 왜 즐거워하셔? 든든한 뒷배를 잃게 생겼는데."

"어제 두 분이 내리교회에서 만나 깊은 논의를 하셨어. 권 행수가 서 행수 어른의 목을 조르는 상황이지만 명분이 없으니 단칼에 자르진 못해. 버티면서 반전의 기회를 잡는 게 중요하지. 장사꾼이 오래 버티려면 뭐가 가장 필요할까?"

"그야 돈이지."

"맞아. 돈이 곧 목숨줄이지."

"하지만 기선 구입에 여윳돈을 쏟아부을 거 아냐? 기선을 운행하여 수익을 내려면 적지 않은 시간이 필요하고. 진태 말대로 수익이 날지도 의문이야."

"아버진 여윳돈 차원이 아니라 개항 인천을 완전히 바꿀 제안을 하셨어."

"그게 뭐지?"

"지점!"

"지점?"

"한양에 은행을 만들면 다음 수순은 전국에 지점을 두는 거야. 은행 업무를 보려고 모두 한양으로 올라올 순 없는 일이니까. 일본제1은행은 자국뿐만 아니라 바다를 건너와서 타국인 조선의 인천에까지 지점을 세웠지. 은행이 성장하면 국내외를 상관하지 않고 지점을 늘려나가게 되어 있어. 부산 인천 원산 등 개항이 첫 후보지. 돈이 많이 도는 곳이니까. 그 외에 개성과 평양 등도 가능해. 아버지는 인천지점 설립을 서 행수 어른께 맡기겠다고 하셨어. 은행을 실질적으로 운영할 책임자로 행수 어른을 생각하신다는 거야."

"숨통이 트이겠군."

"트이는 정도가 아냐. 훨훨 날아오르는 게지."

그래서 최용운과 서상진은 흥에 겨웠던 것이다. 모든 돈의 길은 은행으로 통하니까.

"언제쯤이나 세워질까, 그 은행?"

"글쎄. 단정 짓긴 어렵지만, 어심이 확고하고 은행의 중요성을 아는 대신들이 뜻을 모으고 아버지가 실무를 맡으신다면, 1년 안에 만들 수도 있어."

"1년? 그렇게나 빨리? 두세 해는 준비해야 한다고 그러지 않았어?"

철호의 얼굴이 비로소 밝아졌다. 먹구름 아래에서 길을 잃고 헤매다 샛별을 발견한 기분이었다. 틈을 놓치지 않고 인향이 손을 쥐었다. 철호는 손을 빼려 했지만 그미가 잡은 손을 돌려 옆구리에 낀 채 눈을 똑바로 보며 물었다.

"우리, 1년만 버티자! 내 곁에 있어줄 거지?"

철호가 천천히 고개를 끄덕였다.

송월동까지 둘은 손을 잡고 걸었다. 손바닥에 땀이 배었지만 손을 빼거나 고쳐 잡지도 않았다. 늘 먼저 말을 건네던 인향도 이 밤길에서는 말을 아꼈다. 손과 손을 통해 말을 걸고 느낌을 전하는 시간이었다. 천년향에서 쑥스러움을 참지 못하고 인향을 피해 공장 여기저기를 혼자 다녔던 그 밤에 비해 몸도 마음도 훨씬 가까이 있었다.

인향은 철호의 이 작지만 시나브로 중요한 변화를 놓치지 않았다. 지금까진 그미가 일방적으로 차디찬 벽을 향해 말을 거는 식이었다면 이젠 온기를 서로 전하며 나란히 걷는 사이가 된 것이다. 이것만으로도 벅찬 밤이었다.

천년향 정문 앞에서 멈췄다. 철호가 먼저 손을 놓고 인향과 마주 섰다. 품에서 비단으로 곱게 싼 물건을 하나 꺼내 내밀었다. 그미는 곧장 그걸 받지 않고 눈으로 물었다.

이게 뭐야?

철호가 답했다.

"옥에 갇힌 3년 동안 날 챙겨줬는데…… 고맙단 인사도 제대로 못했어. 낮에 부두를 거쳐 청국 조계를 지날 때 스튜어트호텔 1층 잡화상에서 골랐어."

물건을 건네받은 인향은 비단을 풀지 않고 손바닥으로 쓸며 떨리는 목소리로 물었다.

"그러니까 내게 줄 선물을 샀단 말이지?"

"맘에 들지 모르겠네."

조심스럽게 비단을 펼쳤다. 흰 백합을 수놓은 가죽 손지갑이었다. 인향은 지갑을 꼭 쥐곤 말이 없었다.

"맘에 안 들어?"

철호가 걱정스런 표정으로 물었다. 인향이 대답 대신 한 걸음 다가섰다. 그리고 철호가 물러날 틈을 주지 않고 포옹한 뒤 뺨에 입을 맞췄다. 감격에 겨워 울먹거렸다.

"고마워."

철호는 인향의 들뜬 얼굴을 살폈다.

"울지 마!"

인향이 그의 가슴을 주먹으로 가볍게 쳤다.

"바보! 누구 땜에 우는 건데……."

철호는 그미의 주먹 쥔 손목을 당겨 품에 꼭 안고 약속했다.

"너무 늦어 미안해. 앞으론 더 자주 더 많은 선물 사줄게. 고마워."

거대한 기선이 제물포로 입항하는 중이다. 서상진이 박수 소리와 함께 뱃머리에서 돌아선다. 인천 행수들은 물론이고 한양과 송도 행수들까지 모두 모여 있다. 가끔 테니스를 함께 친 외교관들 역시 축하주를 따르느라 바쁘다. 선상 피아노 옆엔 검은 드레스 차림의 현주가 대기 중이고 인향은 배 모양 케이크를 든 채 환하게 웃는다. 최용운이 먼저 나와 그와 악수를 나눈다. 철호와 진태가 양옆에 나란히 선다. 서상진은 좌청룡 우백호의 손을 잡고 청중을 향해 번쩍 들어올린다. 다시 박수가 터진다. 와인 잔을 높여 건배한다. 검은 두루마기를 걸친 중늙은이 사내 둘이 다가온다. 낯이 익다. 서상진이 잔을 떨어뜨린다. 그들은 박만식과 장훈, 진태와 철호의 죽은 아비다. 저승사자다.

"저리 가!"

서상진은 비명과 함께 악몽에서 깼다. 머리가 쪼개질 듯 무거웠다. 환송연에서 대취한 탓이다. 최용운은 길어야 1년이라고 했다. 1년만 견디면 인천에 은행 지점이 설 테니 그 지점의 운영을 맡아 달라고 했다. 내가 은행 지점장이 되면 혁필보다 다섯 배 아니 열 배의 자금을 동원할 수 있으리라. 등 돌린 행수들이 앞다투어 찾아와 머리를 조아리리라. 그래서 취했다. 지금의 울분을 단숨에 날려버릴 그날을 위해 마시고 또 마셨다.

손을 더듬어 머리맡에 자리끼를 찾았다. 아, 그런데 등이 아프다. 이 객실은 온돌방이 아니라 외국 손님 전용 침대방이다. 호기심에 침대에서 한두 번 잠을 청했지만 어깨가 결리고 허리가 쑤셨다. 대취하여 자느라 몰랐지만 악몽을 꾼 것도 잠자리가 편치 않아서이리라.

일어나서 침대 모서리에 걸터앉았다. 삐걱! 소리와 함께 인기척을 느꼈다.

"거기, 누구냐?"

"깨셨습니까?"

냉수를 채운 유리잔이 코앞으로 다가왔다. 서상진은 안도의 한숨과 함께 잔을 받았다. 진태였다. 잔을 비운 뒤 물었다.

"몇 시야? 내가 얼마나 잤지?"

"자정을 막 지났습니다. 환송연은 한 시간 반 전에 끝났습니다."

"최 부사 영감은?"

"옆방을 권해드렸습니다만 마무리할 일이 남았다며 한사코 관아로 가셨습니다."

"다른 행수들은?"

끝까지 자리를 지킨 혁필의 싸늘한 얼굴이 마음에 걸렸다. 진태는 역시 눈치가 빨랐다.

"권 행수를 따라 모두 나갔습니다. 어디 가서 한잔씩들 더 하려는가 봅니다."

"그렇겠지."

실컷 즐기라지. 인천에 은행만 들어서면!

서상진이 부은 눈을 비비며 물었다.

"언제부터 거기 있었나?"

"방금 왔습니다."

"난 괜찮으니 그만 돌아가게. 일본제1은행에서 11시쯤 보자고. 슌스케 지점장이랑 해장 삼아 뜨뜻한 조개탕이나 한 그릇 했으면 좋겠군. 내일은 대출 문제를 완전히 매듭지어야지. 적당한 식당을 예약해둬."

"……알겠습니다."

진태의 대답이 조금 느렸다. 서상진은 고개를 들고 아홉 살 때부터 거둬 기른 청년을 쳐다보았다. 진태의 어깨 뒤로 희끄무레한 형체가 둘 더 나타났다.

"누구냐 너희들은?"

불길했다. 호롱불에 비친 사내들은 혁필이 몸종처럼 부리는 북두칠성의 흑부리와 고래였다. 서상진이 일어서려는 순간 사내들이 양팔을 하나씩 잡고 등 뒤로 꺾었다. 진태가 입에 재갈을 물렸다. 침이 바닥에 줄줄 흘렀다. 어깨와 머리를 흔들며 반항하는 서상진의 팔을 사내들이 날갯죽지 찢듯 비틀었다. 뺨이 바닥에 닿았다. 쪼그리고 앉은 진태는 오랫동안 모신 행수의 귓불을 잡아당긴 뒤 뚝뚝 말을 씹어댔다.

"저승길 예약은 이미 마쳤어. 떠날 시간이 임박했으니 서두르자고."

진태가 앞장서서 계단을 올랐고 사내들은 좌우에서 서상진의 두 손을 등 뒤로 결박한 뒤 따랐다. 수십 번 오르내린 계단인데도 2층에서 3층으로 돌 때 발을 헛디뎌 넘어질 뻔했다. 서상진의 성난 눈길과 부딪친 듯도 했다.

"망할!"

진태는 스스로를 탓하며 다시 걸음을 옮겼다.

환송연이 시작된 후부터 내내 불안했다. 혁필은 벌써 열흘 전에 오늘을 거사일로 정했다. 닷새 전에는 어떤 식으로 서상진을 제거할 계획인가를, 지금 서상진을 끌고 따라 올라오는 흑부리와 고래를 보내 설명했다.

실감이 나지 않았다. 작전은 세웠지만 정말 서상진을 죽이게 될까 싶었다. 환송연에 참석한 혁필이 적당한 때에 자신을 불러 거사를 중단하라는 언질을 주리라 기대했다. 그러나 혁필은 진태에게 눈길조차 건네지 않았다. 거리를 일부러 둔다는 것은 오늘 꼭 일을 완수하라는 의미다. 진태로선 물러설 자리가 없었다.

서상진이 만취하지 않았다면, 미리 잡아둔 호텔 객실 대신 취한 몸을 이끌고 휘적휘적 귀가했다면 거사를 미룰 마지막 핑계가 생겼으리라. 그러나 서상진은 마시고 취한 채 호텔을 벗어나지 못했다. 싫어하는 침대에 누워 드르렁 드르렁 코까지 골았다.

아버지의 복수를 한다고 생각하자. 장훈의 집에 불을 질렀듯이 혁필의 목에 단검을 꽂았듯이, 서상진에게도 죗값을 물어야 한다. 지금은 비록 혁필의 명에 따라 이 짓을 하지만 언젠가는 나 스스로 할 일이다. 다만 그 시기가 조금 당겨진 것뿐이다. 그래, 오늘은 은혜를 원수로 갚는 날이 아니라 오래된 복수를 끝마치는 날이다.

옥상으로 올라갔다.

가을바람이 제법 쌀쌀했다. 일본 영사관을 제외하곤 조계지 불빛도 대부분 꺼졌다. 멀리 부두에서 반짝이는 것은 돌아가며 창고를 지키는 노동자들이 피운 모닥불이다. 3년 전 창고 화재 이후 하루도 빠짐없이 불침번을 서는 것이다.

사내들은 서상진을 옥상 난간으로 데리고 갔다. 단숨에 인천의 으뜸 행수를 밀어버릴 기세였다.

"멈춰!"

진태가 짧게 명령했다. 사내들은 쌍둥이처럼 진태를 돌아보았다.

"거리를 먼저 살펴야지. 행인들 머리 위로 던질 참이야? 우리가 서 행수를 죽인 범인이라고 소문낼 일 있어?"

혹부리가 난간 밖으로 고개를 내밀었다. 과연 길 건너 스튜어트호텔 앞에 젊은 백인 남녀가 마주 보고 서 있었다. 밀어라도 속삭이는가. 남자가 이야기를 건넬 때마다 여자가 손으로 입을 가린 채 웃었다. 사랑스런 가을밤이다.

사내들은 고개를 돌려 진태를 또 쳐다보았다. 고래가 물었다.

"어쩔 건데?"

진태가 밤하늘을 올려다보며 답했다.

"기다리자고. 담배라도 한 대씩 빨아."

완전범죄가 필요했다. 배에 싣고 바다로 나가 수장시키는 방법도 있었다. 혁필은 손쉬운 그 길을 받아들이지 않았다. 자살로 꾸미며! 이왕이면 조계지 거리 한복판에 놈의 시체를 두는 게 좋겠어.

서상진의 자살 소식은 미적거리던 행수들을 혁필에게 투항하게 만들 것이다.

혹부리와 고래가 담배를 나눠 피우는 동안 진태는 두 팔을 뒤로 묶인 오늘의 희생자에게 다가갔다. 서상진이 눈을 부릅뜨고 노렸다. 진태는 시선을 피하지 않고 콧김이 뺨에 닿을 만큼 얼굴을 가까이 댔다.

"당신이 자처한 거야. 진작 포기했으면, 자존심은 좀 상했겠지만 이 꼴로 끝나진 않지."

서상진의 마른 뺨을 엄지와 검지로 꼬집듯 쥔 채 이야기를 이었다.

"이 볼에 살이 왜 안 붙는지 알아? 아무도 사실을 알려준 적 없지? 저승길 가기 전에 마지막으로 가르쳐줄 테니 잘 들어. 당신이 오늘 여기서 죽을 수밖에 없는 이유이기도 해. 간단해. 당신이 아무리 산해진미를 골라 먹어도 평생 빼빼 마른 까닭은 아랫사람에게 마음을 곱게 쓰지 않아서 그래. 권 행수가 독립할 때 종잣돈을 단 한 푼도 보태지 않았다며? 자식도 없으면서, 죽으면 그 많은 돈 어떻게 처분하려고 이렇게 자린고비실까? 나한테 풀 돈도 전혀 없지?"

손바닥으로 서상진의 뺨을 투욱 툭 쳐댔다.

"충성을 해봤자 한 푼도 돌아오지 않는데, 당신 같으면 딴 맘 안 먹겠어? 나한텐 에누리 없이 굴면서 철호는 왜 그리 아껴? 먼저 간 의형제의 아들이라서라고? 지나가는 개가 웃을 소리 하지도 마. 이미 죽어 송장이 된 송상과의 의리는 중요하고, 바로 곁에서 궂은 일 마다 않는 아랫사람들의 어려움은 거들떠보지도 않는다는 게 말이 돼? 그러니까 인천 행수들이 전부 당신을 등진 거야. 당신의 고통과 불행은 당신이 만든 거라고."

서상진이 이마로 진태의 가슴을 들이받으려 했다. 그보다 먼저 진태가 반보 옆으로 비키면서 허벅지를 걷어찼다. 두 사내가 담배를 끄고 와선 서상진을 일으켜 세웠다.

"날 원망하지 마. 내가 아니더라도 어차피 누군가 당신을 오늘 죽였을 테니까. 그래도 이렇게 당신을 속속들이 알고 있는 내가 마지막 처리를 하는 게 낫지 않아? 평생 죄만 짓다가 끝으로 적선하고 간다 생각해. 고마워."

진태가 고개를 돌려 스튜어트호텔 앞을 살폈다. 팔짱을 낀 남녀가 조계지 계단 쪽으로 사라졌다.

지금이군!

진태가 세 걸음 물러선 자리로 사내들이 세 걸음 나왔다. 서상진의 뒷목을 쳐 기절시킨 다음 결박한 줄을 풀고 입에 물린 재갈도 뜯었다. 어깨를 붙들고 짐짝처럼 난간 밖으로 던졌다. 장난처럼, 별일 아니라는 듯이.

객주로 돌아온 철호는 서둘러 잠자리에 들 예정이었다. 인향과 함께 천년향에서 밤을 샐까 했지만 그미가 한사코 등을 떠미는 바람에 공장을 나왔다. 내일 새벽 눈을 뜨자마자 가서 일손을 거들기로 마음을 정했다.

여자에게 선물을 건네긴 오늘이 처음이었다. 열 살에 개성을 떠난 뒤론 돈을 버는 일에만 몰두했고 누군가를 흠모한다거나 선물을 준다거나 결혼을 하는 것은 내 일이 아니라고 여겼다. 3년 전 인천에서 재회한 후 인향이 호감을 표시해올 때도 피하고 피하고 또 피하기만 했다. 그러나 감옥에서 3년을 보내며, 그미가 넣어준 책들을 읽으면서, 만약 결혼이란 것을 해야 한다면 신부로 맞을 여자는 최인향뿐이라는 확신이 들었다. 오늘 선물은 그 확신을 현실로 옮기는 첫걸음이었다.

생각은 이렇듯 가지런하게 폈지만 막상 선물을 내밀 때는 가슴이 쿵쿵쿵 울렸다. 혹시 선물을 싫어하면 어쩌나 걱정도 되었다. 다행히 인향은 감격의 눈물까지 비쳤다. 그 눈물을 보니 진작 다가가서 마음을 표현하지 않은 지난 시절이 미안했다.

서상진과 진태가 아직 귀가하지 않았다. 만약을 위해 객실 하나를 잡아두긴 했지만 환송연을 주재한 오늘 같은 날 서상진이 그 방에서 잠을 청한 적은 없었다.

밤길을 다시 나섰다. 만취한 서상진의 불쾌한 얼굴이 자꾸 어른거렸다. 진태가 완벽하게 지키겠지만 그래도 서 행수의 안전을 확인하고 싶었다.

쿵!

스튜어트호텔로 접어드는 순간 둔탁한 소리가 들렸다. 대불호텔 앞 거리에 무엇인가가 떨어진 것이다. 고개를 들어 호텔 옥상을 살폈지만 아무것도 보이지 않았다. 재빨리 길을 건너 소리가 난 곳으로 뛰어갔다.

검은 물체는 사람이었다. 피를 철철 흘리며 얼굴이 바닥을 향하도록 엎어진 채 쓰러져 있었다. 황급히 어깨를 잡고 돌렸다.

"행, 행수 어른!"

얼굴이 피로 뒤범벅된 사내는 서상진이었다. 머리부터 바닥에 부딪친 듯 이마가 움푹 들어가고 출혈이 심하고 의식이 없었다. 소리를 듣고 나온 벨보이 소년이 문고리를 쥔 채 벌벌 떨었다.

"의사! 빨리 의사를 불러와!"

소년이 컴컴한 은행거리로 노루 새끼처럼 사라졌다.

구경꾼이 삼삼오오 모여들었다. 철호는 제 옷을 찢어 출혈이 심한 서상진의 머리와 오른쪽 팔을 묶었다. 조심조심 그를 내려놓고 대불호텔로 달려 들어갔다.

이 정도 상처라면 옥상에서 추락한 게 분명하다. 권혁필, 그 쥐새끼 짓인가?

계단을 서너 개씩 건너뛰었다.

옥상에는 아무도 없었다. 철호가 서상진을 안고 지혈하는 동안, 범인이 뒷문으로 빠져나갈 시간은 충분했다. 그런데 서상진을 호위해야 할 진태는? 철호는 계단을 내려오며 소리를 질러댔다.

"진태! 박진태, 어디 있어? 나와. 박진태!"

응답이 없었다. 투숙객들이 옷도 챙겨 입지 않고 알몸으로 뛰어나왔다. 양손과 옷에 붉은 피가 묻은 철호를 보곤 강도인 줄 알고 비명을 질러댔다. 철호는 응급 상황을 설명할 여유가 없었다.

다시 호텔 밖으로 나섰다.

의사를 불러오라고 보냈던 소년이 순검 등 뒤에 숨었다. 감리서에서 낯익은 순검장 김해송이다. 최용운과 인향이 철호를 감싸고 노는 것을 탐탁지 않게 여기던 그였다.

소년이 손을 들어 철호를 가리켰다. 구경꾼들을 밀어내던 순검 둘이 철호 곁으로 와서 팔짱을 꼈다. 김해송이 뚜벅뚜벅 걸어왔다. 철호를 노리다가 몸을 반만 돌려 서상진을 내려다보았다. 쪼그리고 앉았던 의사가 고개를 저었다. 철호는 온몸에 힘이 쭉 빠졌다. 서 행수 어른이 돌아가셨다?

"아냐! 잘 살펴보시오. 방금 전까지만 해도 숨이 붙어 있었소."

김해송이 철호 쪽으로 시선을 옮겼다.

"다신 얼굴 볼 일 만들지 말자 했는데⋯⋯. 설명을 해줘야겠어. 인천 으뜸 행수 서상진이 왜 저기 저렇게 쓰러져 죽었는지, 그리고 장철호 넌 왜 손에 시뻘건 피를 묻힌 채 대불호텔을 실성한 똥강아지처럼 뛰어다니는지."

"순검들을 푸시오. 옥상에서 누군가 행수 어른을 밀어뜨린 게 분명하오. 범인은 멀리 가지 못했소."

철호가 몸부림을 칠수록 김해송의 목소리는 가라앉았다.

"타살이라고? 지금 네놈이 순검장인 내게 명령할 처진가? 난 네놈 설명부터 들어야겠어. 감리서로 끌고 가."

"아냐! 놈들을 찾아야 해. 감리서로 가면 안 돼."

김해송의 오른발이 철호의 옆구리를 걷어찼다. 쓰러진 철호에게 순검들이 달려들었다.

"잘 감시해. 죄를 지은 놈은 또 짓게 되어 있어."

더 많은 구경꾼이 끌려가는 철호와 싸늘하게 식은 서상진의 시체를 번갈아 손짓하며 수군거렸다. 진태는 끝내 나타나지 않았다.

제5장

약육강식

다시 감리서 감옥이다.

공교롭게도 3년 꼬박 머물렀던, 꿈에도 보기 싫은 바로 그 옥으로 내팽개쳐졌다. 차가운 바닥에 뺨이 닿았다. 추락도 봉변도 꿈이 아닌 생생한 현실이었다.

서상진이 살해당했다. 범인은 조계지를 아직 벗어나지 못했다. 옥에 갇혀 있을 상황이 아니다. 가서 범인을 잡아야 한다. 옆구리가 끊어질 듯 아팠지만 벌떡 일어나서 옥문을 원숭이처럼 붙들고 외쳤다.

"나가야 해. 순검! 여기서 이럴 때가 아냐. 순검, 순검!"

철호를 그곳까지 끌고 온 순검은 오지 않았다. 대신 옆방에 든 죄수들의 짜증 섞인 불만이 터져 나왔다.

"오밤중에 어떤 새끼가 형님 잠을 깨워?"

"야 이 새끼야! 주둥이 닥치고 자빠져 자."

"뭐하는 놈이야? 이름을 대! 내일 당장 다리몽둥이를 분질러 줄 테니."

"인천 앞바닥에 면상이 잠겨야 정신을 차릴래?"

철호의 고함은 잦아들지 않았다. 계속 순검을 부르면서 옥문을 흔들다가 급기야 문에 이마를 들이받기 시작했다.

쿵 쿵쿵!

찢어진 이마에서 피가 흘렀다. 그래도 순검이 오지 않자 주먹으로 벽을 부서져라 쳐댔다. 손등이 벗겨지고 피가 났지만 주먹질을 멈추지 않았다. 죄수들의 혀 차는 소리와 욕설이 여음처럼 이어졌다.

"미친 새끼군."

"저런다고 옥문이 열리겠나?"

"죽지 못해 환장한 놈이네. 세상 살기 싫은가 보다."

그것은 분노였다. 서상진이 죽었는데 아무것도 할 수 없는 자신에 대한 자책이었다. 어떤 이유를 갖다 대더라도 서상진만은 지켜야 했다. 뒷배를 봐주던 최용운까지 인천부사에서 물러났으니 권혁필이 서상진을 노리기엔 최적기가 아니었던가. 충분히 예측하고 대비했어야 했다.

속절없이, 너무나도 허무하게 당했다. 아버지 장훈의 죽음 이후 가장 믿고 의지한 어른이었다. 송상에게서 버림받고 정처 없이 떠돌던 폐인을 받아들였을 뿐만 아니라 초대 감독관을 위해 경쟁하라며 용기를 북돋아준 은인이었다. 목숨을 걸고서라도 꼭 지켰어야 할 사람이다.

아! 난 정말 불행을 몰고 다니는가. 내가 조금만 신중했다면 이렇듯 원통하게 돌아가시진 않았으리라.

눈물이 쏟아졌다. 이마에서 흐른 피와 섞여 피눈물로 흘렀다. 달려들어 어깨로 박고 팔꿈치로 찍고 등으로 밀었지만 옥문은 꿈쩍도 하지 않았다. 털썩 무릎을 꿇고 철호가 울부짖었다.

"이 새끼들아! 차라리 날 죽여라. 죽여!"

덜컥, 그때 옥문이 열렸다.

담배를 문 순검장 김해송 뒤로 순검 네 명이 호위하듯 섰다.

"아주 지랄을 하는군. 묶어!"

순검들이 달려들어 사지를 결박하여 허리가 굽은 꼴로 만들었다. 김해송이 철호 옆에 쪼그리고 앉더니 담배 연기를 내뿜었다. 짙은 연기가 찢어진 이마에 닿자 철호의 몸이 움찔 떨렸다.

"혁필과 북두칠성을 잡아. 그놈들 짓이 분명해."

김해송의 시선이 철호의 살갗이 벗겨진 손등으로 향했다.

"이것 하난 확실히 해두자. 우린 네 몸에 손 하나 까딱대지 않았어. 괜히 이딴 걸로 고문을 당해서 강제로 자백을 했다고 변명할 생각은 마."

"혁필부터 잡으래도."

김해송이 즉답을 않고 자리에서 일어섰다. 그리고 반걸음 나아가서 철호의 손등을 힘껏 밟았다.

"아악!"

비명이 터져 나왔다. 이번에는 찢긴 이마를 발뒤꿈치로 짓이겼다.

"넌 살인 용의자로 현장에서 잡힌 놈이야. 용의자면 용의자답게 굴어. 용의자 따위가 감히 누굴 잡으라 말라 하는 거야? 재수 없게."

피로 물든 얼굴에 침을 뱉었다.

철호는 어둠 속에서 끙끙 앓으며 새벽을 맞았다. 온몸이 꽉 묶여 옴짝달싹하기도 힘들 뿐만 아니라 옥문에 부딪쳐 다친 상처들이 한꺼번에 아파왔다. 특히 김해송에게 밟힌 이마는 지혈이 되지 않았다. 새끼손가락과 연결된 뼈를 다친 듯 손등이 부어올랐다. 잇몸도 터져 피가 섞인 침이 흘렀다. 자책의 문장들이 튀어나왔다가 꼬리를 흐리며 사라졌다.

"이건 아냐······ 이러면 안 된다고······ 제대로 해볼 기회도 없이······"

다시 옥문이 열렸다. 고개를 돌릴 힘도 없는 철호 곁으로 또각또각 구두 소리가 빠르게 다가왔다. 그리고 그 구두의 주인인 인향이 그를 안고 돌려서 제 무릎 위에 뉘었다.

"아! 이 피······."

급한 마음에 제 옷을 찢어 철호의 이마부터 감쌌다. 뒤 따른 김해송의 변명이 끼어들었다.

"자해한 겁니다. 물어보십시오. 저흰 막는다고 막았는데 말을 듣시 않고, 미친 개처럼 굴었습니다."

"깨끗한 수건과 더운 물부터 가져오세요. 빨리!"

김해송이 옥문을 나서며 순검들의 이름을 불러댔다.

"대, 대, 대불······."

철호의 말이 자꾸 끊겼다. 숨쉬기가 편치 않았다. 입 안에 고인 피가 침과 함께 자꾸 목으로 넘어왔던 것이다.

"가만! 지금은 아무 말 하지 마. 상처부터 치료하자. 정말 스스로 상처를 만든 거야? 왜 이랬어?"

인향은 턱을 들고 눈에 고인 눈물이 흐르는 걸 겨우 참았다.

"서, 서, 서, 서 행수 어른······."

"말을 하지 말라니까. 아버지가 마지막으로 이 사건을 해결하고 떠나겠다고 하셨어."

철호가 인향의 흰 블라우스 깃을 쥐고 당겼다. 블라우스가 온통 피로 물들었다.

"잡아······ 권혁필!"

그리고 정신을 잃었다.

최용운은 서상진을 죽인 범인을 잡지 못했다. 대신 인천을 떠나며 철호를 감리서에서 석방시켰다. 스튜어트호텔 프랑스 투숙객이 쿵 소리가 난 직후 거리를 황급히 가로지르는 철호를 보았던 것이다. 대불호텔 옥상에 있지 않았다는 사실이 증명된 철호는 풀려났다. 조명종이 감리서를 나서는 철호를 보자마자 놀라서 물었다.

"꼴이 이게 뭐야? 이마에 붕대는 뭐고? 오른손은 또 왜 부목을 댔어?"

인향이 깨끗한 수건으로 상처를 씻어내고 붕대를 둘러주었지만 상처를 완전히 가리진 못했다. 철호가 이마에 두른 붕대에 손바닥을 대며 숨을 골랐다. 말을 뱉을 때마다 머리와 잇몸이 흔들려 아팠고 숨 쉬기도 불편했다.

"별 거 아냐…… 손은 살짝 삔 거고. 며칠 지나면 나을 거야."

"천만다행이다. 난 네가 또 억울하게 옥살이를 할까 조마조마했어. 권 행수가 처음부터 의심을 샀지. 한데 스스로 감리서로 와선 다른 행수들과 새벽까지 만석동 금란에서 술잔을 기울였다고 밝혔어. 행수들이 모두 증인인 셈이지. 인천에 사는 사람이라면 외국인들까지 서상진과 권혁필의 악연을 아는데, 자신이 서 행수를 죽일 만큼 어리석어 보이느냐고 따져 묻기까지 했대."

역시 혁필은 호락호락한 인간이 아니다. 손에 피를 묻히는 일을 자신이 직접 했을 리도 없고, 그 시간에 자신이 그 일과 무관하다는 증거와 증인을 충분히 만들어놓은 것이다. 철호는 조명종의 뒤에 선 한응철에게 물었다.

"객주는 어떻습니까? 장례를 치러야 할 텐데…… 진태가 상주가 되어……."

"진태 얘긴 꺼내지도 마."

사람 좋은 웃음만으로 살던 조명종이 차갑게 잘랐다. 철호가 눈으로 따져 물었다.

"갔어. 그 새낀 처음부터 배신자였어."

"목소릴 낮추시오."

한응철이 따끔하게 지적했다. 조명종이 분에 겨워 한숨을 푹푹 몰아쉬었다. 철호는 사고가 터진 후 진태가 대불호텔에서 보이지 않았다는 사실과 배, 신, 자, 세 글자를 연결시켰다. 평생서 행수를 보필하지 않았는가. 배신이라니? 무엇 때문에?

한응철이 차분하게 설명했다.

"혁필에게 갔어. 스무 명이 진태를 따랐고. 점심 때 환영식을 자기들끼리 치른다더군. 나성을 지키는 애들까지 다 걷어가는 바람에 현주에게 가게문 닫고 천년향으로 피신해 있으라고 했어."

"혹시 진태가……?"

서상진을 죽인 것이냐는 끔찍한 질문을 하려다가 멈췄다.

"각국공원 너머 삼돌이네 알지?"

"투전집…… 말입니까?"

철호가 서 행수 밑으로 들어온 1891년부터 그곳은 투전집으로 이름이 높았다. 주인인 삼돌이가 무슨 수완을 부리는지 순검도 이 집만큼은 덮치지 않았다. 꽤 많은 돈이 감리서에 뇌물로 들어간다는 풍문이 돌았다.

"응. 거기서 진태가 밤새 투전을 놓았다는 증언이 나왔어. 미리 입을 맞췄는지는 더 조사해봐야 하겠지만, 하여튼 새벽에 진태가 삼돌이네서 나온 걸 본 사람이 여럿이야."

"진태가…… 권 행수한테 갈 걸 아저씬 미리 아셨습니까?"

한응철이 쓸쓸히 웃었다.

"우리 중에 배신자가 나오는 건 시간 문제였지. 나 역시 혁필에게서 넘어오란 제안을 받았으니까. 서 행수 어른도 짐작하고 계셨을 거야. 힘 센 놈에게 붙는 건 이 바닥 돌아가는 이치인걸. 하지만 서 행수 어른을 이렇듯 빨리 야비하게 암살할 줄은 몰랐어."

"왜…… 가지 않으셨습니까?"

"후후후 왜일까? 혁필인 탐욕덩어리야. 인천을 삼킨 뒤엔 조선 팔도를 먹으려 들걸. 장사꾼은 욕심을 누를 줄도 알아야 하는데 혁필인 굶주린 늑대 같아. 천하 으뜸 부자가 될 때까지 악행을 멈추지 않을 거야. 언젠가는 어마어마한 사고를 칠 놈이라고. 그나저나 진태가 걱정이다. 차라리 혼자 따로 객주를 차리겠다고 했으면 한결 마음이 편했을 거야. 혁필에게 갔으니 거기서도 인정받으려면 뭔가 일을 또 꾸며야겠지."

철호가 진지하게 권했다.

"아저씨가…… 객주를 맡아주세요."

"난 그럴 재목이 못 돼."

"……버팀나무가 필요합니다."

"장철호, 네가 맡아."

"제가요?"

"3년 전 창고 방화만 아니었다면 넌 초대 감독관에 올랐을 테고 자연스럽게 객주의 다음 행수로 주목받았겠지. 혁필인 틀림없이 박진태를 앞장세워 우릴 압박할 거야. 진태에게 맞설 사람은 철호 너뿐이야. 3년 전 못다 한 승부를 가리고 싶지 않아? 돌아가신 서 행수 어른 은혜를 갚는 일이기도 하고."

철호가 고개를 저었다.

"아닙니다…… 옥에서 나온 지 며칠이나 지났다고. 전 아직 바깥세상 적응도 제대로 안 된 형편입니다……. 이렇게 다치기나 하고. ……미안합니다. 아저씨가 다시 고민해주세요. 전 도저히 못하겠습니다."

조명종과 한응철의 기대를 꺾고 자리를 떴다. 두 사람은 멀어지는 철호의 뒷모습을 바라보며 한동안 막막하게 앉아 있었다.

장례는 5일장으로 결정되었고 철호가 상주를 맡았다. 한양에서 비보를 듣고 온 서상진의 아내 염 씨 곁에 인향도 상복을 입고 섰다. 문상객 음식 접대는 현주가 총괄했다. 염 씨는 장례의 모든 과정을 철호에게 맡기고 자신이 꼭 참가해야 하는 일에만 얼굴을 내밀었다.

첫날은 문상객이 뜸했다. 서상진과 함께 객주상회를 만들었던 행수들은 단 한 사람도 얼굴을 내밀지 않았다. 대신 내리교회와 답동성당 교인들이 황혼에서 새벽까지 찬송가를 부르고 성경을 읽으며 초상집의 쓸쓸한 분위기를 메웠다. 서상진이 인향을 통해 꾸준히 후원금을 냈던 것이다.

첫닭이 울기 전, 문상객이 뜸한 틈을 타서 철호와 인향과 현주 그리고 한응철이 잠시 둘러앉았다.

"아저씬 좀 쉬시지요. 여긴 저희가 지키겠습니다."

현주의 권유에 한응철이 옅은 미소로 고개 저었다.

"아니야. 서 행수를 모시고 보름을 꼬박 뜬눈으로 팔도를 누빈 적도 있다네. 잠이야 죽으면 실컷 잘 텐데 뭘. 그보다 생각은 해보았는가? 행수 자리를 누가 잇느냐고 문상 오는 이마다 궁금해한다네."

시선이 철호에게 쏠렸다.

"저보다는 최 대표가 객주까지 맡는 게 나을 듯합니다. 3년 동안 행수 어른을 도와 객주 살림에 밝고 천년향을 성공적으로 운영 중이니 최 대표를 중심으로 뭉치는 게 순리입니다."

한응철이 인향에게 물었다.

"저렇게 한사코 마다하는군요. 맡아주시겠습니까?"

인향이 철호를 응시하며 답했다.

"천년향만으로도 제겐 벅찹니다. 더구나 상대는 독종으로 소문난 권 행수입니다. 인천 사람들은 아직도 3년 전 장철호와 박진태의 대결을 입에 올리지요. 우리가 권 행수 밑으로 들어간다면 모를까 맞서 싸울 작정이라면, 이 싸움을 장철호와 박진태의 재대결로 좁히는 편이 낫겠어요. 현주 네 생각은 어때?"

현주는 이마에 주름부터 잡으며 짜증 섞인 목소리를 냈다.

"답답한 소리 그만해요. 증거 증인 그딴 게 그렇게 중요해요? 서 행수 어른을 암살한 건 권 행수 짓이에요. 누굴 시켜 죽였는지는 모르지만 권 행수가 최종 지시를 했을 거예요. 지금은 객주를 누가 맡을 것인지 논의할 때가 아니라 권 행수에게 응징부터 해야지요. 힘과 힘으로 맞서 싸울 형편이 안 되면 뒤통수에다 대고 돌이라도 던져야 해요. 그래야 놈도 우릴 업신여기지 않을 거예요. 당하고도 얌전히 있으면 개구리 죽이듯 우릴 몰살시키려 들지도 몰라요. 예의를 갖춰 대한다고 놈도 예의를 갖출 것 같아요? 웃기는 소리! 그놈은 예의가 뭔지도 모르는 돈벌레라고요."

현주가 자리를 박차고 나가버렸다. 인향도 따라 일어서려는데 한응철이 막았다.

"잠깐만! 따로 할 말이 남았습니다."

인향이 다시 자리에 앉았다. 한웅철이 목소리를 낮췄다.

"행수 어른께서 유언장을 남기셨습니다. 이런 날을 대비하신 것이지요."

"어디 있습니까, 그 유언장? 보여주세요."

조심성 많은 서상진이니 유언장을 준비하고도 남음이 있다.

"아직은 안 됩니다."

"아직은 안 된다?"

철호가 반복했다.

"박진태와 장철호 두 사람이 같이 있는 자리에서 유언장을 열 라고 하셨습니다. 진태에게 어젯밤 사람을 넣었습니다. 아마도 오늘이나 내일 문상을 오지 않을까 합니다. 그때 유언장을 공개 하겠습니다. 최 대표님도 증인으로 참석해주셨으면 합니다."

철호와 진태를 동석시키라는 조건은 둘에게 함께 남길 말이 있다는 뜻이다. 인향이 물었다.

"하지만 진태 씨는 권 행수에게 가버렸지 않습니까? 이런 최 악의 상황을 행수 어른이 예상하셨을까요?"

한웅철이 답했다.

"둘 중 한 사람이 사망했을 때는 남은 사람만 불러 개봉해도 좋다는 조건을 달긴 하셨습니다. 하지만 둘 다 생존해 있다면 꼭 둘 앞에서 개봉하라 하셨습니다. 다른 조건이 따로 붙지 않았으 니 저는 이 명령을 따를 수밖에 없고요."

그때 문상객이 왔다. 철호가 자리에서 일어서며 말했다.

"최 대표가 걱정하는 게 뭔진 알겠지만 지금으로선 고인의 유지를 받드는 게 최선이야. 진태가 오면 함께 봐. 궁금한 건 그때 따지자고."

둘째 날 저녁부터 문상객이 몰려들기 시작했다. 각국 조계 상인들이 다녀갔고 뒤이어 일본 영사관 직원들이 검은 정장 차림으로 조문했다. 어둠이 짙은 다음에는 서상진과 오랫동안 손발을 맞춘 청국 상인들까지 두둑한 조의금을 두고 갔다.

혁필이 나타난 때는 자정을 훌쩍 지나서였다. 미리 심부름꾼이 와서 조문 사실을 알렸다. 인천 행수 서른 명이 함께 가니 준비를 하라는 전갈이었다. 혼자 오지 않고 행수들을 대동하는 까닭은 자신의 세를 과시하기 위함이었다.

"감리서에 도움을 청할까?"

한응철이 불미스러운 일을 염려하며 물었다.

"아닙니다. 예의를 갖춰 맞도록 하지요. 보는 눈이 몇인데 허튼 짓이야 하겠습니까?"

"그래도……."

"정말 우릴 칠 작정이면 감리서에도 미리 손을 썼겠지요. 입방아를 줄이기 위해 문상객도 막았을 테고요. 지레 겁을 먹고 움직였다간 꼬투리만 잡힙니다."

인향이 한응철과 함께 대문까지 마중을 나갔다. 지금은 혁필과 손을 잡았지만 서상진을 도와서 개항 이후 지금까지 인천을 부흥시킨 행수들이 오는 것이다. 인력거가 연이어 대문 앞에 당도했다. 첫 인력거에서 혁필이 내렸고 그 다음 인력거에서 진태가 나왔다.

"어서 오세요."

인향이 한 걸음 다가가서 인사했다. 혁필은 답례하지 않고 행수들이 인력거에서 모두 내려 자기 뒤에 설 때까지 기다렸다. 오른팔을 어깨 높이로 접어들곤 손가락을 까닥거렸다. 진태가 등 뒤에서 나아왔다. 혁필의 귓속말을 들은 진태가 인향을 싸늘하게 쳐다보았다.

"객주의 새 주인과 이야기를 하시겠답니다."

인향의 기를 꺾으려는 것이다. 그미는 진태의 눈길을 피하지 않고 태연하게 인사부터 건넸다.

"진태 씨! 그쪽 객주에선 잘 지내? 난 진태 씨가 철호 씨와 나란히 상주 노릇 하며 문상객을 맞을 줄 알았는데, 빈 자리가 크네."

"……."

진태는 즉답을 않고 눈만 매섭게 떴다. 인향이 이야기를 이었다.

"진태 씨도 내가 여자라고, 객주의 새 주인이 아니라는 핑계로 무시하려는 거야? 철호 씨와 진태 씨와 나, 우리 우정이 겨우

이 정도였나?"

진태는 인향 대신 한응철에게 시선을 돌렸다.

"장철호 나오라고 하십시오. 인천 으뜸 행수에 대한 예의를 갖추라고."

"상주는 문밖 출입을 삼가하고 영정을 지키는 법일세. 상례_喪禮도 모르는가? 무식한 놈 같으니."

한응철은 진태가 가장 싫어하는 단어를 일부러 뱉었다.

"뭐라고? 무식?"

진태가 발끈하며 달려들려는 순간 우렁찬 목소리가 뻗어 나와 가슴을 밀었다.

"관두시오!"

행수들의 시선이 열린 대문으로 한꺼번에 쏠렸다. 철호가 대문을 나와 인향 곁에 나란히 선 다음 혁필 뒤의 행수들을 눈대중으로 훑었다. 그리고 마지막으로 혁필과 눈을 맞추었다.

"기다리고 있었습니다. 이렇게들 와주셔서 감사합니다. 서 행수 어른도 무척 기뻐하실 겁니다. 언제나 여러분을 자랑스러워하셨거든요. 자 들어가시지요."

혁필이 모자를 고쳐 쓰며 말했다.

"그때 우리랑 만석동으로 자리를 옮기셨으면 일이 이 지경까지 되진 않았을 건데 안타깝군. 일본과 청나라가 전쟁을 벌이는 바람에 매상이 많이 줄었다는 소문은 들었지만, 그래도 인천 으뜸 행수이신데 곧 만회하시리라 믿었지. 상황이 퍽 나쁘긴 했지만 그토록 강직한 어른이 스스로 목숨을 끊으실 줄은 정말 몰랐네. 만석동에 서운 같이 노래 잘하는 기생이 하나만 있었어도 서 행수 어른을 모시고 갈 수 있었을 텐데 말이야."

겉으론 위로의 말이었지만 서상진과 장현주를 교묘하게 연결 지어 비웃는 것이다. 철호가 불쾌한 마음을 감추며 받아쳤다.

"서 행수 어른은 자살하신 게 아닙니다. 말씀하신 대로 강직하고 책임감이 강한 분이시니까요. 인천 객주들을 그냥 두고 떠날 분이 아닙니다."

"자살이 아니면? 누가 그 어른을 죽이기라도 했단 소린가? 바람이라도 쐬러 호텔 옥상에 올라갔다가 발을 헛디뎌……."

혁필을 노려보며 말허리를 잘랐다.

"스스로의 가치를 누구보다도 잘 지키는 분입니다. 사고 위험이 있는 곳엔 아예 가지 않는다는 건 권 행수님도 알지 않습니까? 벼랑은 물론 가파른 비탈길도 저어하여 등산도 하지 않는 분인데 옥상 난간까지 스스로 다가갔다고요? 있을 수 없는 일입니다."

"자살인지 타살인지 혹은 사고사인지는 새로 부임하는 인천부사가 수사를 이어가겠지. 다만 적지 않은 세월 동안 내거간으로 서 행수 어른을 모신 사람으로서 행수 어른이 힘드실 때 돕지 못해 안타까워. 자존심을 조금만 꺾으시고 힘들다 손만 내미

셨어도 충분히 도울 방법을 마련했을 텐데 말일세."

이번에는 서상진의 죽음을 고고한 자존심 탓으로 돌렸다.

"돈으로도 살 수 없는 자존심을 지키는 것, 그게 바로 거상의 풍모 아니겠습니까? 권 행수님이라면 자존심을 꺾고 예전에 부렸던 아랫사람에게 돈을 구걸하시겠습니까?"

철호가 지지 않고 답하자 분위기가 더욱 차가워졌다. 겉으론 정중하게 대화를 주고받는 것 같지만 속으론 각종 무기를 휘두르고 막고 역공을 펴는 중이었다. 시간이 흐를수록 철호의 내공이 빛났다. 눈치 빠른 혁필이 양손바닥을 맞잡고 비비며 이야기를 마무리했다.

"난 구걸했을 거야. 목숨이 붙어 있어야 돈도 벌고 거상도 될 기회를 얻지. 자존심은 개나 줘버려. 상가喪家에서 의논할 문젠 아닌 듯하니 이 정도 하세."

철호가 진태에게 도움을 청했다.

"객주 사정은 진태 네가 잘 아니까 행수님들 불편한 곳 없으시도록 챙겨주었으면 해. 일손이 모자라서 말이야."

진태가 혁필의 눈치를 살핀 뒤 답했다.

"알았어."

혁필이 한 술 더 떴다.

"도움이 필요하면 언제든 내게 청하게. 사람이든 돈이든 서 행수 마지막 가시는 길 부족함 없도록 지원하지."

철호가 답했다.

"마음만 감사히 받겠습니다. 힘든 점이 있더라도 저희끼리 치르겠습니다. 그게 서 행수 어른의 뜻일 겁니다."

혁필이 대표로 향을 꽂고 물러섰다. 진태를 비롯한 인천 행수들이 동시에 두 번 절했다. 그리고 상주인 철호와 맞절로 인사했다.

"오래 기다리진 않겠어. 진태도 넘어왔으니 현명한 판단을 하리라 믿어."

드러내놓고 휘하로 들어오라는 종용이었다. 위로를 건넬 자리에 비아냥거림을 던진 것이다. 철호는 담담하게 거절의 뜻을 밝혔다.

"서 행수 어른의 유지를 받들겠습니다. 감사합니다."

혁필과 행수들이 사랑방에 자리를 잡았다. 문상객을 위한 음식이 바삐 들어갔다. 철호는 따로 사람을 보내 만양루로 진태를 불러냈다.

한응철을 중심으로 인향과 철호와 진태가 마름모꼴로 앉았다. 최용운 환송연 이후 첫 만남이다. 철호는 서상진이 끔찍한 최후를 보냈을 그 밤 호위책임자 진태의 행적을 따지고 싶었다.

"왜 보자고 했어?"

진태가 쌀쌀맞게 물었다. 인향이 철호에게 눈짓한 후 답했다.

"권 행수를 따르는 모습이 참 낯서네. 언젠가는 독립하리라 예상했지만 서 행수 어른 돌아가시자마자 그쪽으로 넘어갈 줄은 몰랐거든. 귀띔이라도 해주지."

진태가 인향의 시선을 피하지 않고 답했다.

"이 일과 상관없이 난 떠날 계획이었어. 까마귀 날자 배 떨어진 격이야."

"이유가 궁금하군."

한응철이 끼어들었다.

"아저씨도 아시지 않습니까? 서 행수는 무골호인처럼 굴면서도 결코 아랫사람을 키우는 법이 없습니다. 그에겐 수족 노릇을 할 개들만 필요했지요. 10년 넘게 부두를 지켰으니 그걸로 충분합니다. 이제 사람 구실 하며 장래를 도모하고 싶었습니다."

"그래서 고작 권혁필의 개로 옮긴 건가?"

진태가 자리를 박차고 일어섰다. 찰호가 시선을 내린 채 목소리를 깔았다.

"앉아."

"가겠어. 이딴 아귀다툼이나 할까봐 미리 얘기하지 않은 거야."

진태가 돌아서려는 순간 인향이 덧붙였다.

"유언장을 남기셨어."

"유언장?"

한응철이 고개를 끄덕였다. 진태가 다시 앉으며 피식 웃었다.

"흥미롭군. 나한테까지 떨어질 떡고물이 있어?"

객주를 옮긴 진태 입장에선 당연한 물음이다.

"장철호와 박진태 두 사람 앞에서 공개하라 하셨어."

한응철이 유언장을 꺼내 들었다. 물이끼를 섞은 태지苔紙였다. 연하장 만드는 종이에 유언을 적은 것이다. 곱게 접은 종이를 펴 유언장을 눈으로 읽은 뒤 옆에 앉은 인향에게 넘겼다. 인향이 내용을 확인하고 다시 한응철에게 건넸다.

"서상진 어른이 남기신 유언은 다음과 같네. '객주 재산의 1할을 아내 염 씨에게 준다. 35년 전 염 씨 문중에서 제공한 장사 밑천의 원금에 이자를 얹은 것이다. 나머지 객주 재산의 7할을 장철호에게 3할을 박진태에게 준다. 재산을 사고팔 때는 두 사람의 합의가 반드시 있어야 한다.'"

재산을 7 대 3으로 나누지만 공동 관리를 하라는 뜻이다. 이를 확인받기 위해 동석이 필요했던 것이다.

"받들겠습니다."

철호가 짧게 답했다. 한응철과 인향의 시선이 진태에게 향했다. 고개를 숙인 채 잠자코 앉았던 진태의 어깨가 심하게 흔들렸다. 키들거리는 웃음이 출렁이는 어깨에 얹혔다.

"서 행수는 끝까지 날 엿 먹이는군. 3할이나 챙겨줬으니 고마워해야 하나? 아예 2할이나 1할만 주겠다고 못을 박지? 3할을 주면 얼씨구절씨구 감지덕지하며 장철호를 새 주인으로 모시고

개 노릇을 이어가리라 생각했나 봐. 쌍!"

"무슨 말을 그렇게 해? 행수 어른 진심을 모르겠어?"

진태가 웃음을 그치고 철호를 째렸다.

"3할이든 7할이든 받지 않겠어. 그깟 재산 단 한 푼도 관심 없으니 장철호 네가 전부 다 가져. 유언장에 따르자면 내 몫을 넘기는 것도 너랑 합의가 필요하겠군. 곧 망할 집에서 뭔가 얻어 먹었다가 체하면 약도 없다고. 알아들어?"

진태가 만양루에서 서상진의 유산을 받지 않겠다고 선언하는 그때, 혁필은 사랑방에서 현주의 얼굴을 빤히 노리며 맞은편 자리를 권했다.

"거기 좀 앉지?"

상복을 입은 현주는 돼지머리 편육과 밥을 내려놓고 돌아서려 했다. 혁필의 목소리가 커졌다.

"망신을 당해야 말을 들을래?"

둘러앉은 행수들 시선이 현주에게 쏠렸다. 그미가 날카롭게 받아쳤다.

"바빠요. 계속 들어오는 문상객들 안 보여요?"

"보여. 내가 허락한 거니까."

"당신이 허락했다고요?"

현주는 말꼬리를 쥐고 비웃음을 실었다. 혁필이 오른팔을 번쩍 들었다.

"증명해 보여줄까? 내가 이 팔을 내리면 여기 앉은 사람들 모두 초상집에서 나갈 거야. 해봐?"

현주가 주위를 곁눈질로 살폈다. 문상객들의 시선이 모두 혁필의 치켜든 팔에 쏠렸다. 그 팔이 내려가면 우르르 일어날 기세였다.

"넌 내게 오게 되어 있어. 톡 쏘는 맛도 나쁘진 않지만 너무 기운 빼진 마."

"사람들 거느리는 데 재미가 들려 서상진 행수 어른을 죽였나요?"

혁필의 눈에서 웃음이 사라지고 살기가 서렸다.

"뭐? 내가 죽였단 증거라도 있나?"

"증거가 꼭 있어야 아나요. 여기 모인 사람들 모두에게 물어봐요. 행수 서상진을 암살할 자가 인천 바닥에서 누구인지. 바로 당신 권혁필뿐 아닌가요?"

혁필이 소리쳤다.

"닥쳐! 각좆으로 때려죽여도 시원찮을 쌍년. 찢어진 주둥아리라고 어디서 함부로 나불거려. 노래 좀 한다고 귀여워했더니 하늘 무서운 줄 모르고 기어오르네."

현주가 지지 않고 따져 물었다.

"당신처럼 탁하고 썩은 하늘이 어디 있어? 아무나 패고 부녀자 겁탈하는 새끼가 사람 죽이는 게 대수까?"

"목을 따주마!"

때마침 돌아온 진태가 혁필에게 다가와선 치켜든 손을 붙들었다. 함께 온 인향이 현주 옆에 섰다. 진태가 목소리 낮춰 권했다.

"그만하시지요."

"뭐?"

"저랑 약조하셨잖습니까?"

"이 새끼가!"

혁필이 벌떡 일어서서 심하게 떨리는 왼손으로 뺨을 후려치려 했다. 진태가 먼저 허리를 숙이면서 그 손마저 잡았다.

"이거 놔. 놓지 못해."

혁필이 상을 걷어차서 엎어버렸다. 그럴수록 진태는 혁필을 더 꼭 붙잡았다. 인향이 현주의 팔꿈치를 잡아끌었다. 눈짓을 한 뒤 나섰다.

"불편한 점이 있으셨다면 제가 대신 사과드리겠습니다. 워낙 황망하고 슬픈 일을 겪고 있기 때문에 챙기지 못하는 부분이 많습니다."

인향이 예의를 갖춰 머리까지 숙이자 분위기가 진정되었다. 혁필은 팔을 휘저으며 진태를 밀치곤 빠져나왔다.

"난 그냥 문상객들 대접하느라 고생이 많다고 위로할 작정이었소. 인천 으뜸 가수 서운 아니 장현주 씨가 허드렛일에 익숙하지도 않을 테고. 최 대표가 사과하니 더 이상 문제 삼지 않겠소."

혁필이 자리에서 일어나자 행수들도 동시에 수저를 놓았다. 한꺼번에 문상객이 빠져나간 초상집은 썰물로 바닥을 드러낸 새벽 해안처럼 황량했다.

진태가 가장 늦게 자리를 떴다. 현주 곁에서 잠시 멈춘 뒤 무엇인가 말을 건네려다가 입을 닫았다. 고개를 돌려 인향에게 경고했다.

"제발 괜한 고집 부리지 마. 현실을 받아들여. 지금부턴 권 행수의 세상이라고."

인향이 슬픈 미소로 답했다.

"어서 가. 몸조심해."

혁필은 진태가 대문을 나서기까지 기다렸다가 인력거를 출발시켰다. 행수들과 헤어진 뒤 방향을 꺾었다. 혁필과 진태를 태운 인력거 두 대가 도착한 곳은 다점 나성 앞이었다.

혁필은 진태가 내려 다가오기를 기다렸다가 허리를 틀며 주먹을 내질렀다.

"윽!"

명치를 맞은 진태가 배를 잡고 나뒹굴었다. 혁필은 무릎으로 진태의 턱을 차올렸다. 멱살을 잡아 끈 뒤 얼굴에 침을 뱉었다.

"또 한 번 내 말을 거역하면 저 가겔 불 질러버리겠다."

진태가 코피를 쏟으며 말했다.

"…… 현주는 건드리지 않겠다고 …… 약조하지 않았습니까?"

혁필이 진태의 뺨을 툭툭 쳤다.

"난 약조 따윈 안 해. 생각해보겠다고 했을 뿐이야. 병신 같은 새끼! 서운, 그년이 네 마누라라도 되냐? 네가 한 짓을 벌써 잊은 건 아니겠지? 후회해도 이미 늦었어. 넌 이제부터 영원히 내 밥이야. 네가 원한 일이라고. 싫으면 말해. 언제든 보내줄게. 하지만 그냥 보내진 않아. 네가 대불호텔에서 한 짓을 모조리 장철호와 최인향에게 알리겠어. 서상진을 죽인 살인자가 바로 박진태라고! 그 다음에 무슨 일이 벌어질지 무척 흥미롭군. 누군가로부터 사람 취급 못 받는 기분이 어떨까. 주인을 문 미친 개 박진태! 까불지 마. 다시 내 앞을 막으면 목숨을 끊어줄 테니까. 넌 내가 짖으라고 할 때만 왈왈왈 짖는 거야. 알겠어?"

혁필이 인력거를 타고 사라지자 진태는 두 무릎을 꿇은 채 고통을 토해냈다. 으윽! 악마에게 사로잡힌 아픔이기도 했고, 윽으으! 맞대응하여 싸우지 못하는 자신에 대한 분노이기도 했고, 으으으윽! 오늘보다 내일 더 지독한 치욕을 맛보리란 암담함이기도 했다. 그 모든 감정을 한순간에 씻어낼 길은, 으으윽! 전혀 없었다. 뼈란 뼈 근육이란 근육 살이란 살이 만든 끔찍한 소리와 두 뺨으로 흐르는 뜨거운 눈물이 그가 만들 수 있는 전부였다.

코피를 흘리며 불 꺼진 나성을 바라보며 오랫동안 기도하듯 앉아 있었다. 세상에서 가장 약한 짐승처럼.

장례가 끝나자 객주를 찾는 발길이 뚝 끊겼다. 혁필이 나서서 막지 않아도 철호에게 연통을 넣는 보부상이나 외국 상인은 없었다. 거리에서 마주치면 멀찍이 돌아갈 정도였다. 손님과 물품으로 붐비던 객주는 한 개의 섬이 되었다. 봄도 새벽도 영원히 오지 않는, 겨울밤에서 겨울밤으로만 이어지는 섬.

철호는 만양루에 홀로 머무는 시간이 많았다. 일상 업무를 한응철에게 맡겨두고 열흘 남짓 두문불출했다. 인향과 현주가 찾아와서 문을 두드려도 열지 않았다. 새벽부터 한밤중까지 정좌했다. 서재엔 갖가지 서책이 가득했지만 철호는 단 한 권도 서안 위에 펼치지 않았다. 빈 서안에 눈을 맞춘 채 생각하고 생각하고 또 생각했다.

철호는 당장 조계지나 부두로 내려가서 24시간을 꼬박 밤을 새워 일해도 혁필을 이길 수 없다고 판단했다. 발등에 불을 끈다고 분주하다간 객주와 천년향까지 혁필에게 통째로 넘어갈 가능성이 컸다.

급할수록 돌아가라! 단지 돌아가지만 말고 이 급함이 어디서부터 비롯되었으며 얼마나 자신에게 불리한 상황인지 파악하라!

철호가 열흘 동안 고민을 거듭한 결과 얻은 결론은 다음 세 가지였다.

첫째, 상대방의 세력을 인정할 것! 개항 후 줄곧 절대강자였던 서상진에 대한 미련을 버려야 한다. 이미 그 자리는 권혁필이 차지했으며 단 한 사람의 행수도 지난날의 의리나 고마움 때문에 철호를 돕지는 않는다. 혁필은 최강자이고 철호는 최약자이다. 그 이상도 그 이하도 아니다.

둘째, 시간은 강자의 편! 시간이 흐를수록 강자는 더욱 강해지고 약자는 더욱 약해진다. 현상 유지에 급급하며 시간을 보내다간 꿈틀댈 기회조차 잃고 만다. 부족하고 불편한 나날의 연속에서도 차선 혹은 차차선의 순간을 포착해야 한다.

셋째, 완전히 새로운 방법을 찾아 뛰어들 것! 다른 객주들처럼 입항하는 외국 상선과 보부상을 연결시켜주는 방식으론 혁필과 대적할 수 없다. 혁필을 이기기 위해선 혁필을 비롯한 인천 행수들이 시도하지 않은 완전히 낯선 장사법이 필요하다. 천년향의 비누를 비롯한 물품들을 팔고 사는 거래 지역을 조선 팔도와 일본과 청나라까지 넓힐 수만 있다면 차원이 다른 판이 생긴다. 이를 위해서는 인천 바깥으로 자유롭게 드나들 운송수단인 배가 반드시 필요하다. 처음 시도하는 일이기에 위험하겠지만 인천에 웅크리고 앉았다가 패퇴하는 것보단 백 배 낫다.

철호는 만양루를 나와서 행수 집무실로 옮기자마자 한응철부터 찾았다. 마주 앉은 한응철이 권했다.

"여길 뜨세. 험한 꼴 더 당하기 전에."

"가다니요?"

"혁필이 얼마나 끔찍한 놈인지 겪지 않았는가? 이 세상 모든 마귀가 그놈 오장육보에 꽉꽉 들어차 있다고. 현주 말이 맞네. 서행수 어른도 틀림없이 그놈 짓이야. 자네도 언제 당할지 몰라."

"위기는 피하는 게 아닙니다. 맞닥뜨려 원인을 찾고 넘어서지 않으면 극복이 안 되지요."

"그래도 지금 당장 움직이는 건 너무 위험해."

철호는 서안 아래에서 두툼한 봉투 하나를 꺼냈다. 새로운 일을 시작하려면 내부의 적부터 누르거나 최악의 경우 제거해야 했다. 한응철은 탁월한 관리자이긴 하지만 모험을 극도로 꺼렸다. 서상진 행수의 최측근이었던 한응철이 계속 반대 의견을 낸다면 객주 전체가 흔들릴지도 몰랐다. 지금은 작은 균열도 용납할 수 없다. 가장 아까운 것부터 도려낼 필요가 있다면······. 철호는 앞니로 아랫입술을 힘껏 물었다.

"뭔가 이게?"

한응철이 받지 않고 물었다.

"약소합니다. 행수 어른이 계셨으면 이보다 열 배는 더 챙겨드렸을 겁니다."

한응철이 철호를 쏘아보며 따졌다.

"무슨 소릴 하는 겐가? 나더러 떠나라고? 내가 지금 내 몫 챙기려고 개항을 떠나자 주장하는가? 섭섭하군. 정말 섭섭해. 자네뿐만 아니라 인향 아기씨도 현주도 모두 당할 거야. 뻔히 질 싸움을 왜 하겠다는 거야? 같이 떠나지 않는다면 난 안 가. 안 가겠어."

"객주를 아끼는 아저씨 진심 제가 왜 모르겠습니까? 하지만 여기까집니다. 이게 정말 지옥의 불구덩이라면 아저씨와 같이 들어가고 싶진 않습니다. 이제부턴 제 몫입니다."

"싫어!"

한응철이 단칼에 잘랐다.

"이걸로 부족하시다면 나중에 따로 더 챙겨드리겠습니다."

한응철이 기가 막힌 듯 한참을 웃어젖혔다.

"내게 왜 이러는 건가? 내가 자넬 얼마나 믿었는데……."

"따라주십시오. 이제 행수는 접니다. 아저씨가 가지 않으시겠다면 강제로 쫓아내겠습니다."

한응철의 표정이 굳었다.

"쫓아내겠다고? 자네가 나를? 장철호가 한응철을? …… 진심인가?"

"진심입니다."

"후회하지 않지?"

"후회하지 않습니다."

한응철이 서안 위 봉투를 집지도 않고 일어섰다.

"알겠네. 바로 떠나지. 장 행수, 자네가 피눈물 쏟으며 찾아와도 인천바닥엔 발을 들여놓지 않겠어."

한응철이 찬바람을 일으키며 방을 나갔다. 곧이어 인향이 들어와서 한응철이 울분을 토한 자리에 앉았다.

"꼭 내보내야만 해? 긴 세월 행수 어른의 오른팔이셨어."

"알아."

"지금이라도 가서 붙들까?"

"아니."

"왜 이러는지 내게도 설명해주지 않을 거야?"

철호가 즉답 대신 인향을 쳐다보았다.

"비누공장 정리하고 한양으로 갔으면 해."

인향이 날카롭게 쏘아붙였다.

"나까지 여길 뜨라고? 혼자 남아서 외롭게 죽을 작정이라도 한 거야? 못 들은 걸로 할게. 대체 이러는 이유가 뭐냐니까?"

철호는 인향의 고집을 당장 꺾긴 어렵다 여긴 듯 몰아세우지 않고 속마음을 내비쳤다.

"진태가 아저씨를 노릴 거야."

"진태가? 왜?"

"네가 천년향을 시작한 뒤론 객주의 돈 관리를 아저씨가 다 했으니까. 내 목을 틀어쥐는 가장 쉬운 길은 아저씨를 족치는 거지."

"강직한 분이시잖아?"

"맞아. 호락호락 입을 열 분이 아니시지. 서 행수 어른에 이어 응철 아저씨까지 비명에 가시도록 할 순 없어. 목숨과 회계 장부를 바꾸도록 내버려 두진 않겠다고."

"권 행수에게 가긴 했지만 진태가 그렇게까지 할까? 늘 아저씨를 따랐잖아?"

"진태니까 해야 할 거야. 갓 옮겼으니 충성심을 보여야겠지. 내가 혁필이라면 우리 목숨 끊는 일 진태에게 시키겠어. 진태가 노리는 사람은 궁극적으로 나야. 나 때문에 다른 이들까지 다치는 걸 원치 않아."

그리고 철호는 현주를 만나기 위해 나성으로 갔다. 가게를 완전히 접고 이삿짐을 옮기는 날이었다. 객주에 속한 장정 열 명의 호위를 받으면서 접시들을 나무 상자에 채워 넣는 중이었다. 유리가 깨지지 않도록 사이사이에 마른 짚을 끼워 넣었다. 잔을 닦아 넣는 현주는 어깨가 들썩일 만큼 씩씩거렸다. 그 옆에 의자를 놓고 앉으며 철호가 물었다.

"아직도 많이 서운하니?"

잔을 상자에 넣으려다 말고 고개를 들었다.

"열흘이나 서재에 틀어박혀 뭘 한 거야?"

나성을 계속하고 싶다는 뜻을 전하기 위해 다섯 번이나 만양루로 갔다가 돌아선 것이다.

"나중에 더 큰 가게 열어줄게."

"닫을 필요까지 있어? 오빠! 낮에만 잠깐씩 문을 열면 안 될까? 장사도 장사지만 한 달에 한 번씩 여기서 사람들 모아 놓고 작은 독창회도 하고 그랬는데……. 권혁필, 그놈이 아무리 독해도 벌건 대낮에 해코지를 하겠어?"

철호가 정색을 하고 답했다.

"서 행수 어른을 암살했을 거라고 주장한 건 바로 너야."

"하지만 나는 행수도 아니고……."

철호가 여지를 잘랐다.

"장철호 행수가 가장 아끼는 하나뿐인 여동생이지. 현주야! 이 오빠 권 행수에게 맞서기로 했어. 나만의 방식으로 권 행수를 제압하고 서 행수 어른의 자릴 되찾을 거야. 목숨을 걸고 싸우고 싶어. 지금은 상대도 되지 않으니 가겔 괴롭히지 않을지도 몰라. 하지만 내 생각대로 일이 풀리면 경쟁은 격화될 거야. 그땐 서 행수 어른에게 못된 짓을 했듯이 나를 노리겠지. 날 붙잡는 것이 쉽지 않으면 그 다음은 당연히 너야. 미리미리 대비하는 편이 나아."

"그래도……."

아쉬움을 버리지 못했다. 편히 노래할 공간을 잃은 것이다.

"배를 구입하면 선상에서 독창회를 열어줄게."

현주의 표정이 밝아졌다.

"정말? 나도 그 배에 타는 거야?"

"그럼! 한 번 출항하면 적어도 한두 달은 돌아오지 않을 텐데 널 인천에 혼자 남겨두고 어떻게 가겠니? 영원히 네 곁을 떠나지 않겠다는 약속 오빠가 꼭 지킬게. 출범식 하는 날에 선상 파티를 열 계획이야. 그때도 축가를 불러줄 수 있지?"

"물론이야. 오빠! 고마워."

현주가 어린 아이처럼 철호의 품에 안겼다가 떨어졌다. 철호가 머리를 쓰다듬으며 말했다.

"하나만 약속해줬으면 하는데……."

"뭔데?"

"당분간은 진태 만나지 마라."

속마음을 들킨 소녀처럼 현주가 눈을 크게 뜨며 양손을 포개 잡았다. 그리고 곧 차갑게 받아쳤다.

"내가 그 인간을 왜 만나? 자기만 살겠다고 권혁필 가랑이 사이로 기어들어간 배신자 새끼."

"날 속일 생각은 마. 네가 진태 좋아하는 거 알고 있으니까."

"아니래도!"

현주가 다시 부인했다.

"사람이 사람 좋아하는 건 죄가 아니야. 하지만 지금은 진태와 네가 만나는 게 두 사람 모두에게 좋지 않을 듯 싶어. 현주야! 오빠 네가 무슨 말을 해도 다 이해한단다. 그러니까 이제부턴 꼭 오빠와 의논해줬으면 해. 특히 진태나 권 행수와 관련된 일은……."

"걱정 마. 오빠보다 더 그놈들이 싫어."

현주가 끝까지 듣지도 않고 부엌에 둔 그릇을 가지러 갔다. 그릇을 품에 안고 돌아오다가 나무상자에 발이 걸려 넘어졌다. 와장창! 그릇들이 떨어져 깨졌다. 철호가 급히 가서 부축해 일으켰다.

"괜찮아?"

현주가 깨진 그릇들을 보며 안타까워했다.

"아까워 죽겠네! 프랑스 파리에서 가져온…… 비싼 건데……."

한응철이 인천 부두를 떠난 아침 풍광에 대해선 오랫동안 뒷말이 따랐다. 배웅 나온 이가 장철호나 최인향이 아니라 박진태였던 것이다. 승선 직전 한응철이 몇 마디를 건네자 진태가 너스레웃음을 터뜨렸다고 한다. 그 웃음에도 갖가지 의미가 들러붙었다. 뒤늦게 부두에 닿은 현주는 한응철과 포옹한 뒤 눈물을 쏟았다. 곁에 선 진태가 손수건을 내밀었지만 받지 않았다. 한응철을 태운 배가 떠난 뒤 진태는 가까운 청국 조계에 가서 짜장면이나 먹자고 현주에게 청했다. 현주는 좋다 싫다 대답도 않고 없는 사람 취급하며 돌아섰다. 현주가 부두를 지나 답동성당을 향해 언덕을 오르는 동안 진태는 뒷모습을 바라보며 묵묵히 담배를 피웠다.

한응철에 뒤이어 많은 장정이 객주를 떠났다. 철호는 가겠다는 이들을 붙잡지 않았다. 천년향의 여자 노동자들 역시 사표를 내고 정미소 선미選米 노동자로 자리를 옮겼다. 품삯은 천년향이 나았지만 비누공장이 문을 닫는다는 풍문이 돌자 당장 고생스럽더라도 오래 일할 곳을 찾아간 것이다.

혁필의 만만디 작전 또한 세간의 주목을 끌었다.

서상진의 장례가 끝나자마자 성질 급한 혁필이 철호와 인향을 급습하리라는 것이 조계지 장사꾼들의 예상이었다. 그러나 혁필은 객주를 진태에게 총괄시키곤 은행거리를 비롯한 조계지엔 얼굴을 내밀지 않았다. 강화도 앞바다에서 낚시로 소일하는 꼽추가 혁필을 닮았다는 이야기도 나왔지만 확인하기 어려웠다.

철호와 인향 역시 쉽게 무너지진 않았다.

거래량이 급속히 줄어도 객주와 비누공장에 남은 이들에게 풍족하진 않지만 품삯이 지불되었다. 한양에서 최용운이 뒷돈을 댄다는 의심을 샀다.

그렇게 아무 일 없이 한 달이 지나갔다.

낙엽 위로 서리가 내리고 다시 낙엽이 쌓였다.

드디어 혁필이 조계지에 모습을 드러냈다. 인천 객주와 외국 상점의 친목을 도모하는 잔치의 주관자로 나선 것이다. 인천상인과 외국 상인은 개항 이후 언제나 경쟁 관계였다. 부두 하역부터 물품을 내지에 공급하는 일까지 겨루지 않은 적이 없었다. 그런데 혁필이 난데없이 용과 호랑이를 한데 모아 즐길 준비를 시작한 것이다.

행사장은 각국공원으로 잡혔다.

서상진이 상인들을 선별하여 대불호텔 3층 홀로 들인 데 반해 혁필은 참가자를 제한하지 않았다. 인천뿐만 아니라 한양까지 초청장을 돌렸다. 장철호에게도 초청장이 갔다.

혁필의 장정들이 각국공원을 정돈하기 시작했다. 준비 책임자인 진태가 경중을 따져 일을 분배했다. 장정들은 풀을 뽑고 가지를 치고 바닥을 평평하게 다졌다. 행사 전날에는 백토白土를 가져와서 직사각형 둘을 그려 넣었다. 외국인이 즐기는 테니스 시합장이라고 했다.

저물 무렵 혁필이 직접 각국공원의 준비 상황을 확인하기 위해 북두칠성의 호위를 받으며 왔다. 진태가 다가와서 읍을 하고 곁에 섰다.

"잘되어가고?"

"거의 마쳤습니다. 저기 접어둔 탁자들을 내일 새벽에 펴고 그 위에 음식을 올리면 됩니다."

"넉넉히 준비해. 개항 이후 최대 인파가 몰려올 테니. 아낌없이 전부 쓰도록 해."

"알겠습니다. 하나만 여쭤도 되겠는지요."

혁필이 허리를 약간 들며 고개를 돌려 째렸다.

"한 달 동안 어디에 계셨습니까? 행수들이 찾아와서 따져 묻는 바람에 곤란했습니다."

혁필이 즉답 대신 오른팔을 들어 가까이 오라는 뜻으로 흔들었다. 진태가 게걸음으로 다가섰다. 혁필과 이렇게 나란히 섰을 때를 조심하라고 행수들이 종종 농담처럼 충고했다. 순식간에 등 뒤로 왼팔을 감고 오른 주먹으로 명치나 옆구리를 갈긴다는 것이다. 그 주먹을 맞고 나면 숨이 막히고 속이 울렁거려 구토를 하지 않을 수 없다고 했다. 진태도 잔뜩 긴장한 채 혁필의 떨리는 왼팔을 슬쩍슬쩍 살폈다. 아니나 다를까. 그 왼팔이 진태의 허리를 감았다. 진태는 배에 힘을 잔뜩 주었다. 주먹을 피하긴 어려운 처지니 맞더라도 고통을 줄이고 싶었다. 그러나 혁필은 주먹을 휘두르는 대신 조용히 속삭였다.

"알고 싶나?"

"예!"

"너니까 특별히 알려주지. 한양에 다녀왔어."

"한양에는 무슨 일로……?"

"최용운을 몰래 따라다녔지."

"인천부사를 마치고 상경한 그 최용운 영감 말씀이십니까?"

"그래."

"무슨 일로 전임 인천부사를 미행하신 겁니까?"

혁필이 주변을 살핀 뒤 목소리를 더욱 줄였다.

"은행 설립을 준비한다는 풍문은 너도 들었지? 민간은행이라고는 하나 어명으로 준비되는 것이고 또 조선인이 세우는 최초의 은행이니 그만큼 힘이 실릴 수밖에 없어. 어느 정도 규모가 될지는 모르지만, 누가 은행 설립에 참여하고 또 어떤 방식으로 은행의 종잣돈이 모이며 또 그 조직은 어떠한지 궁금해 미치겠더라고."

"은행에 그토록 관심이 많으신 줄은 몰랐습니다."

혁필의 목소리가 날카로워졌다.

"은행이 뭐냐? 엄청난 돈이 모이는 곳이야. 그 돈을 내 맘대로 쓸 수만 있다면 인천 아니 조선 상권을 장악하는 건 문제도 안 돼."

이번에도 혁필은 상인들에게 영향을 끼칠 새로운 변화에 한

발 앞서 관심을 쏟았다. 은행 설립 준비 현황을 파악하기 위해 한 달이나 인천을 떠나 한양에 머물렀던 것이다.

"성과는 있으셨습니까?"

혁필은 말을 아꼈다.

"어느 정도는!"

"조선도 조선의 은행을 가질 날이 오겠군요."

혁필의 오른 주먹이 갑자기 번쩍 들렸다. 진태가 급히 배에 다시 힘을 넣는 순간, 혁필은 주먹을 날리는 대신 무섭게 꾸짖었다.

"조선이란 나라가 나한테 해준 건 하나도 없어. 조선이 은행을 갖는 게 아니라 나 권혁필이 은행을 갖는 날을 만들어야 해. 명심해."

다음 날 인천 개항 이후 가장 많은 인파가 각국공원으로 모여들었다. 혁필은 무제한으로 술과 음식을 제공했다. 참석자들이 배불리 먹고 마시는 동안 정작 혁필은 금식에 돌입한 선승처럼 물 한 모금 찾지 않았다.

일본제1은행 인천지점장 슌스케가 와인 잔을 들고 본부석으로 왔다. 혁필이 조용히 만나기를 청한 것이다. 슌스케가 맞은편 자리에 앉자 혁필은 통역을 위해 진태만 곁에 두고 나머지 행수들을 물렸다.

"대단한 파티입니다. 나라에서 연다 해도 이보다 성대하긴 어려울 겁니다."

혁필이 떨리는 왼 손목을 오른 손바닥으로 누른 채 답했다.

"변변치 않소이다. 음식은 마음에 드십니까?"

"조선식 청국식 일본식에 프랑스와 러시아 요리까지 없는 게 없습니다. 한 점씩만 먹어도 배가 터질 지경입니다. 한데 어인 일로 저를 보자 하셨는지요?"

혁필이 찰랑거리는 슌스케의 붉은 와인을 쳐다보며 답했다.

"장철호 때문입니다."

"그렇지 않아도 천년향과 객주를 담보로 진행하던 대출 건을 중지할 참입니다. 매출이 급감하고 폐업한단 소문까지 도니 대출 승인이 어렵습니다. 권 행수님 뜻도 저희 은행과 같으리라고 봅니다."

혁필이 짜부라진 눈을 치뜨며 미소를 지어 보였다. 슌스케도 따라 웃었다.

"아니오. 내가 적당한 날짜를 정해줄 테니, 대출 승인을 준비하시오."

"승인하라고요? 제가 정확하게 들은 건가요?"

"그렇소. 승인!"

슌스케가 고개를 갸웃거리며 물러가자 진태가 혁필에게 따져 물었다.

"이유가 뭡니까?"

혁필이 테니스 코트 건너편에 앉은 검은 드레스의 현주를 보며 담배연기를 길게 뿜었다. 현주는 불쾌한 듯 돌아섰다. 혁필이 그미의 등을 보며 입맛을 다신 뒤 말했다.

"다 가지려면 말이야 한 방에 끝내야 해. 잔뜩 경계하는 쥐새끼 죽이긴 쉽지 않아. 방법은 하나뿐이지. 쥐새끼 모르게 궁지로 모는 거야. 달아날 구멍이 없는."

"대출 승인이 어떻게 철호를 궁지로 모는 일입니까? 회생할 기회 아닌가요?"

"남들도 눈치 채는 궁지는 궁지가 아니지. 철호는 대출받는 순간 외길로 갈 수밖에 없어. 어디서 꺾이고 어디서 좁아지는지 내가 너무나도 잘 아는 길이지. 그나저나 슬슬 준비해."

"준비라니요?"

"술과 음식만 잔뜩 먹고 끝내긴 너무 아깝잖아? 우리가 개항 인천을 삼키려면 저기 일본과 청나라 그리고 각국 상인을 제압해야 돼. 인천 객주가 얼마나 센지 오늘 보여주자고. 어이, 장 행수!"

혁필이 손을 흔들자 철호가 테니스 코트를 돌아왔다.

"자네 둘이 서 행수를 따라 새벽마다 여기서 공을 쳤다고 들었네. 이길 수 있겠지?"

진태가 철호를 곁눈질한 후 물었다.

"철호랑 테니스 시합을 하라고요?"

혁필이 담배를 비벼 껐다.

"자네 둘이 붙으면 재미없지. 듣자하니 자네들이 배운 테니스란 양이들 공놀인 일 대 일로도 싸우고 이 대 이로도 싸운다며? 오늘은 박진태와 장철호가 같은 편을 먹고 외국 상인 대표를 깔아뭉개도록 해."

"싫습니다."

진태가 거절했고 철호도 편한 얼굴이 아니었다. 혁필의 평소 성격대로라면 쌍욕과 함께 발길질과 주먹질을 퍼부었으리라. 혁필이 턱을 들고 좋은 말로 설득했다.

"박진태! 자네가 거절할 처진 아니지. 서 행수를 버리고 나한테 온 지 얼마나 지났다고 이래? 장 행수가 싫다면 또 이해는 하겠지만……."

철호도 불쾌한 마음을 내비쳤다.

"왜 미리 귀띔하지 않았소?"

"귀띔했으면? 자네가 선선히 하겠다고 응낙했겠어? 잔치판 깨기 싫으면 해. 저기 봐. 벌써 저놈들이 몸을 푸네. 쟤들에게 한판 겨루자 했더니 한참을 비웃더라. 테니스를 배운 조선인도 있냐고 묻더군. 제물포 바닥에선 장철호와 박진태 오직 너희 둘이다. 맘 좀 불편하다고 싸워보지도 않고 졌다 할래?"

"얼마나 걸었습니까?"

진태가 넘겨짚었다. 혁필이 참았던 웃음을 터뜨렸다.

"짜식! 눈치 하나는 끝내주는군. 석 달 동안 입항하는 상선이랑 우선 흥정할 권한!"

"너무 과하지 않습니까?"

혁필이 심드렁하게 하품을 해댔다.

"자네 둘이 이기면 그만이야. 석 달이면 창고 가득 백동화를 채우고도 남는다고. 자네들 덕에 부자 좀 되어보자."

"이기면 내겐 뭘 줄 거요?"

혁필이 손뼉을 치곤 양손바닥을 댄 채 멈췄다.

"그러니까 시합을 뛰겠단 거지? 그래야지 암. 이기면 물론 상을 줘야지. 뭘 원해?"

"소원을 하나만 들어주시오."

혁필이 진태 쪽으로 고개를 돌렸다가 다시 철호를 보았다.

"좋아. 소원을 각각 하나씩 들어주겠다. 대신 지면 손모가지 부러질 각오를 해. 다신 힘을 못 쓰게 만들어주지. 어때?"

철호와 진태는 대답하기 전에 서로를 쳐다보았다. 혁필 앞에 불려 와서 처음으로 두 눈이 마주친 것이다. 철호가 먼저 고개를 끄덕인 후 답했다.

"하겠소."

시합이 시작되었다.

3세트 중 먼저 2세트를 얻는 쪽이 이기는 것으로 규칙을 정했다. 각국공원에 흩어졌던 이들이 세창양행 사택 앞 테니스 시합장으로 모여들었다. 철호와 진태가 코트로 입장하자 박수가 쏟아졌다. 네트 한 쪽 끝엔 심판이 섰고 반대쪽 다리가 긴 의자엔 혁필이 앉았다.

장철호와 박진태 조에 맞설 상대는 영국 영사관 직원 제임스 더글라스와 일본제1은행 주임 스즈키 유키오였다.

"제임스는 강서브에 이은 발리가 특기고 유키오는 라인을 따라 구석구석 공을 정확히 꽂아 넣지."

진태가 전력 분석을 했다. 인천에서 테니스를 즐기는 외국인 중 제임스와 유키오가 최강자란 사실을 철호도 들은 적이 있다.

"제임스를 공략해야 돼. 유키오와는 연타가 길수록 불리하니까. 근데 몸 상태는 어때? 시합을 뛸 정도는 돼?"

어깨부터 다리까지 눈대중으로 훑었다. 3년 동안 옥살이를 하느라 라켓을 쥐지 않았고, 서상진이 죽던 밤엔 오른손을 다쳐 부목까지 댔으며, 그 후로 지금까지 새벽 운동도 쉬었다. 객주 일을 도맡아 하느라 건강을 챙길 여유가 없었다.

"네 걱정이나 해."

철호가 잘라 말했다. 시합장에서 쓰러지더라도 약한 모습 보이긴 싫었다.

"평소보다 서너 걸음은 더 빨리 디뎌야 놈들을 잡아. 첫 게임엔 네가 네트 가까이 붙어. 뒤는 내가 맡을게."

"아냐. 반반……."

"몸부터 풀어. 첫 게임을 무사히 마친 다음에 따로 작전을 짜자고."

뒤늦게 인향이 도착했다. 천년향에 일이 많아서 잔치에 불참할지도 모른다고 아침에 철호에게 연락을 했었다. 현주와 나란히 서서 손을 흔들었다.

"뭐하냐? 아는 척 해야지? 배신자 취급하는 나한테 저러진 않을 거니까."

철호가 라켓을 빙글 돌려 쥐었다.

"집중하자. 난 이 시합 꼭 이겨야 해."

진태가 인향에게서 눈을 떼지 않고 농담처럼 지껄였다.

"너무 비장하게 굴지 마. 시합을 안 한다면 모를까 하면 나도 반드시 이겨. 근데 너희 둘 아직도 예의 갖춰 데면데면하냐? 나 같으면 벌써 만리장성 쌓고 안방에 들어앉혔겠다."

"헛소리 말라니까!"

철호가 기어이 감정을 드러냈다. 리시브를 받으려고 이동하면서 진태도 지지 않고 받아쳤다.

"잊지 마. 난 아직도 최인향에게 관심이 많아."

제임스의 서브로 첫 게임이 시작되었다. 공을 하늘 높이 던져 올린 뒤 돌고래처럼 솟구쳐 라켓을 휘갈겼다. 진태가 겨우 공을 쫓아가서 라켓을 댔다. 치기 좋게 뜬 공을 유키오가 빗겨 때렸다. 공은 네트를 살짝 건드리며 넘어왔다. 철호가 쓰러지면서 몸을 날렸지만 공은 벌써 바닥에 두 번 튄 뒤였다.

"정신 차려!"

진태가 철호의 손을 잡고 거칠게 일으켰다.

다시 제임스의 강서브가 날아들었다. 진태가 이번엔 제법 예리하게 라인에 붙여 쳤다. 유키오가 돌아보지도 않고 철호의 왼편으로 공을 보냈다. 공이 네트를 넘기 전 철호가 먼저 움직였다. 달려 들어오는 제임스를 향해 힘껏 공을 때렸다. 공은 제임스의 명치로 곧장 날아가서 꽂혔다.

"윽!"

제임스가 웅크리며 두 무릎을 꿇었다. 유키오를 비롯한 외국인들이 달려 나와 제임스를 둘러쌌다. 철호는 잠시 자신의 라켓을 쳐다보았다. 오랫동안 운동을 쉬는 바람에 공의 높낮이와 강도를 조절 못한 것이다. 다행히 제임스는 한숨을 토한 뒤 비틀비틀 일어섰다. 철호는 사과를 하려고 상대편 코트로 건너가려 했다. 그 순간 혁필이 철호의 손목을 쥐고 음흉한 웃음을 흘렸다.

"잘 했어. 난 진태가 먹일 줄 알았는데……. 기선을 제압해야지. 암 그렇고말고."

"실수였소."

"나한테까지 변명할 필욘 없어. 실수든 아니든 제대로 한 방

먹인 거니까."

철호의 공에 맞은 탓일까. 제임스의 움직임이 눈에 띄게 둔해
졌다. 서브를 날릴 때도 두 발을 떼지 못했다. 점수가 비슷하게
올라간 것은 유키오의 침착하고 냉정한 스트로크 덕분이다.

"한 방 더 날려."

진태가 속삭였다. 혁필 역시 손을 들어 제임스를 가리켰다.
철호가 서브를 했다. 제임스가 받기 좋은 오른쪽 구석으로 공이
갔다. 제임스의 강력한 리시브를 진태가 놓쳤다.

"뭐하는 짓이야? 놈의 가슴을 노리라니까."

진태가 화를 냈다. 게임이 풀리지 않자 제임스는 공격적으로
달려 나오며 리시브를 했다. 속전속결. 철호가 마음만 먹는다면
제임스를 맞히기는 쉬웠다. 직진밖에 모르는 맹수의 가슴에 총
알을 박는 일이다. 그러나 철호는 이번에도 제임스의 오른쪽을
택했다. 왼쪽으로만 공을 줘도 배가 아픈 제임스가 백핸드 리시
브를 하긴 어려운 상황이다. 결국 철호와 진태는 서브권을 가진
게임을 잃었다.

잠시 쉬는 사이 현주와 인향이 수건을 들고 다가왔다. 철호가
수건을 받아선 저만치 거리를 두고 선 진태에게 내밀었다. 진태
는 수건을 받지도 않고 화부터 냈다.

"시합을 망치려고 아예 작정을 했군."

"다친 상대를 노리는 건 비겁해."

"비겁? 웃기고 자빠졌네. 네가 제임스를 배려하는 바람에 놈들은 코트의 절반을 아예 무시한 채 나머지 절반에서만 공의 방향을 예측해. 상대를 위하다가 우리가 죽게 생겼다고."

"그만둬. 의기투합을 해도 이기기 힘든 강적 아닌가?"

인향이 끼어들었다. 진태는 라켓을 들어 신경질적으로 허공을 휘저은 뒤 코트로 돌아갔다. 철호는 땀 닦은 수건을 현주에게 건넨 뒤 인향에게 물었다.

"피곤하지 않아? 급한 주문 맞추느라 밤을 새웠을 텐데……."

인향이 눈웃음으로 답했다.

"난 괜찮으니 네 몸 걱정이나 해. 서 행수 어른은 너랑 진태가 아주 잘 어울리는 단짝이라 하셨지. 쌍둥이처럼 닮아서가 아니라 너무 다르기 때문에, 마음만 통하면 놀라운 힘을 발휘할 수 있다는 말씀이셨어. 같이 편을 먹고 테니스를 치는 모습을 보니 행수님 말씀이 옳았단 생각이 들어. 티격태격하는 와중에도 이 정도 실력이니 의기투합하면 최강의 복식조가 되겠는걸. 테니스 시합이든 장사든! 그래서 오늘 이 상황이 더더욱 아쉽네."

시합이 재개되었다. 유키오가 모서리로 깊숙하게 서브를 넣었고 철호가 라켓을 쭉 뻗어 받았다. 달려 나오던 제임스는 옆구리가 결린지 주춤하며 공을 힘없이 띄웠다. 철호가 받아치기 좋은 위치였다.

"비켜!"

철호보다 먼저 진태가 자리를 잡더니 힘껏 라켓을 휘둘렀다. 공은 애기살처럼 날아가서 제임스의 가슴을 때렸다. 제임스가 가슴을 부여잡고 떼굴떼굴 굴렀다. 흥분한 영국 영사관 직원들이 진태에게 달려들려 했다. 그 앞을 유키오가 막고 영어로 또박또박 말했다.

"시합 중에 생긴 일입니다. 물러서세요."

진태는 고개를 좌우로 흔들며 인향을 찾아 라켓을 힘차게 들어올렸다. 상대의 약점을 외면하는 건 내 방식이 아니야. 잘 봤지? 이게 나야. 이게 박진태라고.

그리고 자신을 비난하는 외국인들에게 소리쳤다.

"덤벼! 다 상대해주지."

두둥!

북소리가 우렁찼다. 코트를 가득 매운 이들이 소리 나는 쪽을 향했다. 북채를 쥔 혁필이 눈을 감은 채 퍼져가는 소리의 시작과 끝을 만졌다. 북소리가 사라지자 눈을 뜨곤 진태와 철호를 지나쳐 유키오에게 물었다.

"부상 선수를 교체하고 시합을 계속하겠소?"

유키오가 즉답을 피한 채 외교관들과 시선을 교환했다.

"이왕 시작했으니 끝을 보는 편이 나을 것 같소만……. 숨은 실력자들이 많이 있다 들었소만."

혁필이 경쟁을 부추겼다. 이윽고 유키오가 단정하게 받았다.

"오늘은 이 정도가 적당할 듯합니다. 제임스도 당하지 못할 만큼 두 조선 청년은 힘이 넘치고 기술이 뛰어나군요. 무엇보다도 오랫동안 같은 조에서 뛴 듯 쌍둥이처럼 호흡이 좋습니다. 놀랐습니다. 오늘은 저희가 졌습니다. 다른 날에 재시합을 원합니다."

해가 지기 전에 객주로 돌아온 철호는 늦은 밤까지 만양루에서 계획을 짜느라 바빴다. 김정호가 만든 대동여지도를 펼쳐놓고 일일이 붉은 점을 찍어 최단 뱃길을 확인했다. 허벅지와 어깨가 뻐근하면서 당겼다. 오랜만에 라켓을 잡고 테니스를 쳤기 때문이다. 제임스와 유키오는 만만한 상대가 아니었기에 그도 사력을 다하여 뛰고 치고 막아냈다. 진태와의 호흡은 예상 외로 좋았다. 승부욕이 과한 것만 제외하면 멋진 시합이었다.

자정을 넘겼지만 겨우 황해의 뱃길만 대충 확인했다. 아직 남해와 동해가 남은 것이다. 만양루에서 밤을 새기로 작정할 즈음 오늘 숙직을 서는 장정이 대문 밖에 손님이 기다린다고 알려주었다. 박진태라고 했다.

철호는 서둘러 만양루를 나서서 정원과 협문을 지나 대문을 열고 나섰다. 정말 진태가 대문 옆 높은 벽에 등을 기댄 채 서 있었다.

"웬일이야? 각국공원 잔치는?"

"대충 마무리 지었어. 아직 좀 더 정리할 게 남았지만 그것까지 하면 너무 늦을 것 같아서 먼저 내려왔지. 오늘이 아니면 널 만나는 것도 쉽지 않을 것 같아서 말이야."

"들어갈래? 만양루에서 혼자 서책을 보던 중이었어."

"아냐. 싫다고 나온 객주를 내 발로 걸어 들어가기가 그렇네. 괜찮으면 조금 걸을까. 바람이 차긴 해도 부두로 나가고 싶은데……."

"그래. 옷 챙겨 입고 올게. 너도 더 입어야겠네."

"난 됐어."

"네가 벗어두고 간 게 있어."

철호가 되돌아가서 바닷바람이 파고들지 못하도록 옷을 겹으로 입고 털 코트까지 걸친 채 나왔다. 손에 든 코트를 진태에게 내밀었다. 크기도 비슷하고 색깔도 갈색으로 같았다.

둘은 나란히 답동성당을 지나서 언덕을 내려갔다. 아무도 없는 부두 끝으로 곧장 걸어가서 바다를 향해 섰다. 초대 감독관이 되기 위해 한 달 동안 혈투를 벌인 바로 그 바닷가였다.

"다신 너랑 야밤에 부두를 거닐 일은 없으리라 생각했었어."

철호는 진태가 찾아온 이유가 궁금하다는 뜻을 빙 돌려 말했다.

"권 행수가 왜 널 나와 같은 조로 묶었을까?"

"나도 이상하긴 했어. 권 행수가 너한텐 설명을 해줬나?"

"아니. 하지만 그런 느낌을 받았어. 같이 일할 마지막 기회라고. 이 기회를 붙잡지 않으면 철호 널 영원히 찍어내겠다고."

철호가 냉랭하게 받아쳤다.

"설득하려고 왔다면 돌아가. 난 절대로 권 행수에게 머리 숙이지 않아. 다 끝난 얘기 아냐? 박진태! 너 참 이상한 놈이구나. 권 행수가 좋다고 떠나갈 땐 언제고 이제 내가 걱정이라도 되는 거냐? 그래서 밤에 몰래 와서 이런 수작을 걸어? 네 이 잘난 우정에 눈물이라도 흘리며 고마워할 줄 알았나? 착각하지 마. 넌 내가 인천으로 온 이후 단 한 번도 날 친구로 여긴 적이 없었어. 내가 모를 줄 알아?"

진태가 무덤덤하게 답했다.

"친구냐 아니냐가 뭐 그렇게 중요해? 권 행수랑 대결한답시고 너나 인향이나 현주가 괜한 짓을 벌이지나 않을까 해서 경고하려고 온 거야."

경고라는 두 글자가 철호의 귀를 파고들었다. 걱정도 충고도 아닌 경고!

"너희들은 권 행수의 상대가 안 돼. 지금 인천 바닥에서 목숨부지하며 장사하려면 권 행수에게 복종하는 길뿐이야. 서 행수가 깃발처럼 중시하던 상호존중의 원칙을 버리고 권 행수가 택한 원칙이 약육강식이니까. 힘도 약한 놈이 반항만 한다면 가장 먼저 장철호 너부터 제거하려 들 거야."

철호가 말을 끊으며 물었다.

"그딴 경고 필요 없어. 나한테 이러는 진짜 이유가 뭐야? 최인 향 때문이지? 내 곁에 있다가 권 행수에게 함께 당할까봐 걱정 인 거지?"

진태도 목소리를 높이며 반박했다.

"인향을 여기에 끌어들이지 마."

"그럼 왜 이러는데?"

"네가 필요해서 그래."

"필요하다고? 내가?"

"인천에서 수많은 상인들과 사귀고 헤어지며 세월을 보냈지만 호흡이 맞는 이를 오늘 시합 전까지 만나지 못했어. 그래서 왔 어. 너와 힘을 합치면 일을 일답게 하지 않을까 해서."

마음은 이미 서로를 증오하는 지경에 이르렀지만 손과 발은 아직 서상진으로부터 배운 동작들을 기억하고 있었다. 호흡이 너무나도 잘 맞는다는 것을 진태도 철호처럼 느꼈던 것이다.

"마지막 기회를 잡으라는 경고, 듣지 않은 걸로 할게. 난 내 방식대로 권 행수와 맞서겠어."

"네가 상상하는 것보다 훨씬 치밀하고 악독한 인간이야. 넌 그런 인간을 이길 수 없어."

"넌?"

철호가 단도로 찌르듯이 한 글자로 물었다. 갑자기 질문을 받은 진태가 대답을 않고 고개만 돌렸다. 눈이 마주치자 철호가 다시 물었다.

"넌 그 악한을 이길 수 있어? 이길 방법을 알아?"

"그딴 걸 왜 물어? 난 권 행수를 이길 생각 없어."

철호의 입가에 쓸쓸한 미소가 말없이 찾아들었다.

"넌 서 행수 어른이 널 독립시켜주지 않을지도 모른다고 불안해했었지? 권 행수는 서 행수 어른보다 백 배 아니 천 배는 더 독선적인 인간이야. 상대를 제압하고 돈을 벌기 위해 불철주야 고민하고 노력할 수는 있다고 생각해. 하지만 권 행수는 아랫사람의 바람 따위 관심도 없지. 오직 자기 배를 불리는데 유리한가 불리한가만 놓고 판단할 거야. 서 행수 어른은 적어도 장사꾼끼리의 의리를 강조하셨어. 네 말대로 권 행수는 약육강식을 으뜸으로 치지. 힘센 자가 힘 약한 자에게 의리를 지킬 이유가 없단 뜻이야. 그 판에서 살아남으려면 결국 진태 네가 최강자가 되는 수밖에 없어. 그래서 묻는 거야. 넌 지금 최강자인 권 행수를 이길 수 있어? 그 방법은?"

"네 걱정부터 해. 이 기회 놓치면 당장 잡아먹히고 말 거야."

철호가 고개를 돌려 밤바다를 쳐다보았다. 휘잉 휘이잉 바람을 몰아오는 어둠을 향해 독백처럼 뇌까렸다.

"이기지 못하면 진태 너도 결국 잡아먹히고 말아. 조금 빠르고 조금 늦는 차이일 뿐이지. 권 행수는 약육강식을 내세우지만 난 내 방식대로 그 판에 끼지 않고 활로를 모색해보겠어. 의리를 지키면서."

제7장

흥정

"제임스 씨는 어떠신가요?"

자리에 앉자마자 인향이 보름 전 각국공원 테니스 시합을 먼저 이야깃거리로 삼았다. 손에 들린 가죽 지갑의 하얀 백합이 아름다웠다. 유키오 주임은 곁에 앉은 슌스케 지점장과 잠시 눈을 맞춘 뒤 답했다.

"오늘 아침 한양에서 전보가 왔습니다. 제중원에서 치료를 마쳤는데요, 걱정했던 가슴과 배는 타박상을 입은 정도랍니다. 무리하게 경기를 뛰다가 늘어난 왼쪽 발목 인대가 더 큰 문제였다는군요. 상처가 덧날까 싶어 부목을 대고 입원까지 했던 것이죠. 지금은 발목까지 완전히 나아서 내일 저녁 인천으로 돌아올 예정입니다."

"정말 다행이군요. 주임님이 그날 시합을 속개하지 않은 것은 참 멋진 결단이었습니다. 시합을 이어갔으면 더 큰 불상사가 생겼을지도 몰라요. 하여튼 제임스 씨가 돌아오면 따로 저녁이라도 함께했으면 합니다."

유키오의 시선이 철호에게 향했다.

"감사합니다. 인천 객주 복식조의 실력이 워낙 빼어났습니다. 꼭 다시 재대결을 하고 싶습니다."

인향과 철호는 아침 9시 정각에 일본제1은행을 방문했다. 서상진이 급사한 뒤 슌스케는 두 사람과의 만남을 피해왔다. 구두로 약속했던 대출금을 내어주지 않겠다는 뜻으로 읽혔다. 철호는 테니스 시합에서 이긴 뒤 혁필에게 슌스케와의 만남을 주선해 달라고 청했다. 혁필은 약속대로 철호의 소원을 들어주었다. 철호가 커피를 한 모금 마신 뒤 본론을 꺼냈다.

"히사타로 씨가 소개한 선박을 한 달 내에 구입하여 간단한 정비만 마친 뒤 곧 천년향 비누를 비롯한 물품을 싣고 출항할 예정입니다. 지점장님이 직접 비누공장과 부두 창고 그리고 객주를 방문하셔서 감정을 마치신 걸로 압니다. 대출 금액에 대해서도 어느 정도 의견을 나누었고요. 서 행수 어른이 사고로 돌아가시는 바람에 서류 작업이 늦춰진 점 먼저 죄송하단 말씀을 드립니다."

슌스케가 금테 안경을 고쳐 썼다.

"다시 한 번 심심한 조의를 표합니다. 솔직히 말씀드리자면 서 행수님께 변고가 생기고 일본과 유럽산 비누의 수입이 늘었기 때문에, 과연 담보물이 대출금에 상응하는지 재논의가 필요했습니다. 그래서……."

인향이 말허리를 잘랐다.

"대출이 불가능하단 말씀이신가요?"

슌스케가 녹아내린 엿처럼 답했다.

"불가능하진 않지만…… 대출 조건을 아주 조금만 바꾸었으면 합니다."

유키오가 준비한 서류를 펼쳐 내밀었다. 인향이 빠르게 읽고 핵심을 짚었다.

"원금 상환 기간을 3년에서 1년 6개월로 줄였군요. 이자는 두 배로 올렸고요. 3개월마다 한 차례씩 원금 상환을 위한 자금 확보 현황을 보고하라! 은행 대출을 위한 계약서를 몇 건 봤지만 이런 단서까지 붙은 건 처음이네요. 우리가 대출금을 받아 야반도주라도 할 사람으로 보입니까?"

슌스케가 미소를 잃지 않고 답했다.

"물론 아니지요. 전임 인천부사의 따님과 돌아가신 서 행수님을 이어 새 행수가 되신 분을 야반도주 사기꾼으로 파악할 리 있겠습니까? 하나 이처럼 큰 금액을 대출할 때는 일본제1은행 본점에도 보고해야 합니다. 저희들은 두 분 명망과 실력을 익히 압니다만 본점에선 자세히 알기 어렵습니다. 그래서 부득이 단서 조항을 넣게 되었습니다. 불쾌하시더라도 양해해주십시오. 이 조항을 받아들이기 어려우시면 제1은행에서는 대출금을 내어드리기 곤란합니다."

말투는 부드럽고 예의를 갖췄지만 싫으면 그만두라는 최후통첩이었다. 인향의 아랫입술이 억울함과 분노로 파르르 떨렸다. 그미를 앞질러 철호가 답했다.

"알겠습니다. 변경 사항 전부를 받아들이겠습니다. 오늘 서류 작업을 끝내면 언제 대출금이 나옵니까?"

인향은 확답하기엔 너무 성급하지 않느냐고 눈짓을 보냈다. 그러나 철호는 자신의 결정을 바꾸지 않았다. 슌스케가 고개를 돌려 유키오를 쳐다보았다. 테니스공을 코트 구석에 시원하게 내리꽂듯 준비한 답을 했다.

"두 시간이면 충분합니다. 은행에서 기다리시겠습니까 아니면 다시 오시겠습니까?"

"기다리겠소."

두 시간 뒤 일본제1은행을 나온 철호와 인향은 대불호텔까지 말없이 걸었다. 철호가 양손에 나눠든 가방은 대출금으로 묵직했다. 배를 주선한 대불호텔 창업자 호리 히사타로가 어음이나 수표가 아닌 은화를 원한 것이다. 얼굴에 불만이 가득 찬 인향이 호텔로 들어서려는 철호를 불러 세웠다.

"잠깐만! 왜 좀 더 흥정하지 않았지? 밀고 당기기를 30분만

했다면 대출금 이자라도 깎을 수 있었어."

철호가 돌아섰다. 유난히 쓸쓸한 눈빛이다.

"조선인이 만든 조선의 은행이 없는 이상 이 정도 굴욕은 감내해야지. 손해를 조금만 보려다가 큰 흐름을 놓칠 수도 있고. 어차피 이자의 많고 적음으로 해결될 문제가 아냐. 크게 일어서든가 완전히 망하든가 둘 중 하나지. 한양에선 새로운 소식 없어?"

"아직! 조금만 더 기다려 봐. 아버지가 꼭 조선인을 위한 조선인에 의한 은행을 만드실 거야. 짜증 부려 미안!"

철호는 미소로 인향의 마음을 풀어주었다.

"이제 들어갈까? 오늘만 무사히 넘기면 우리에겐 배가 생겨. 우리 상품을 조선이든 일본이든 청국이든 내다 팔 기선이."

벨보이는 철호와 인향을 3층 홀로 안내했다. 서상진과 최용운이 유독 아낀 홀 중앙에 원탁이 놓였다. 담배를 피우며 두 사람을 기다리던 히사타로와 일본인 사내가 그들을 맞았다. 히사타로가 양쪽을 소개했다.

"와타나베 마사토 대표님입니다. 두 분이 구입하려는 기선 일광의 선주시지요. 이쪽은 장철호 행수님과 최인향 대표님!"

"반갑습니다."

철호가 마사토와 악수를 나눴다. 넉넉하게 쳐도 삼십 대 중반을 넘지 않으리라. 인향과 마사토가 목례한 뒤 네 사람은 원탁에 둘러앉았다. 히사타로가 분위기를 잡아나갔다.

"연락은 받았습니다. 대출금이 오늘 나올 수도 있다고요?"

인향이 마사토와 눈을 맞추며 일본어로 사과부터 했다.

"약속 시간보다 30분이나 늦었네요. 죄송합니다."

마사토가 답했다.

"아닙니다. 어차피 오늘은 대불호텔에서 묵을 예정이었습니다. 덕분에 넓은 홀에서 인천 앞바다 풍광도 음미하고 좋았습니다."

"배는 어디 있나요?"

"시모노세키에 잠시 두었습니다. 계약이 끝나면 곧바로 가져올 수 있습니다. 일광호에 관한 소개는 호리 사장님께서 충분히 하셨겠지만 그래도 궁금한 점이 있으실까 싶어 가져와보았습니다."

마사토가 누런 서류봉투를 열고 종이묶음을 꺼냈다. 인향과 철호 앞으로 각각 다섯 장의 소개서가 놓였다. 일광호의 크기와 무게에서부터 선실의 수, 최고 속력, 탑재 가능한 화물의 양에 이르기까지 그림을 곁들여 자세했다. 철호와 인향이 눈길을 주고받았다. 이 기선에 상품을 가득 싣고 출항할 마음이 급했다. 철호가 만족스런 표정을 감추며 원탁 위에 돈 가방 둘을 나란히 올렸다.

"말씀하신 금액을 맞춰 왔습니다. 보시겠습니까?"

엉덩이를 반쯤 떼고 가방을 열려는 철호를 히사타로가 막았다.

"열지 마세요. 그전에 의논드릴 문제가 생겼습니다."

철호가 가방 단추를 다시 채우며 앉았다. 히사타로가 말을 꺼내기 전 마사토를 쳐다보았다. 젊은 선주는 창밖으로 인천 하늘을 살피며 딴전을 부렸다. 불편한 침묵이 잠시 구름처럼 지나갔다. 히사타로가 핵심을 짚었다.

"대표님은 가격 조정을 원하십니다."

"조정이라면?"

"그 사이 부산포에서 일광호를 사겠다는 행수가 등장했습니다. 그 행수가 제시한 가격은 최소한 받고 싶다 하십니다."

"그게 얼마입니까?"

히사타로가 돈 가방들을 쳐다보며 답했다.

"처음 제시액의 두 뱁니다."

"두 배라니요?"

인향이 분을 참지 못하고 원탁을 손바닥으로 치며 일어섰다. 히사타로와 마사토는 즉답을 않은 채 허리를 젖혔다. 놀라거나 당황하는 기색이 전혀 없었다.

"계약서에 도장을 찍진 않았으나 서로를 믿고 서너 번이나 거듭 의논하여 가격을 정하지 않았나요? 하루아침에 값을 두 배나 올리는 건 팔지 않겠다는 뜻과 같아요."

히사타로가 침착하게 답했다.

"저도 그 가격에 맞추려고 노력했습니다. 하나 구입 희망자가 더 나서면 물건 값은 오르기 마련입니다. 대표님이 설마 두 분을 곤경에 빠뜨리려 가격을 올렸겠습니까? 일광호가 부담스러우시면 다른 배를 택하시지요. 그 가격이면 대표님이 아끼는 청해호나 만유호도 소개해드릴 수 있습니다. 제가 가진 배도 몇 척 있고요. 일광호보다는 크기가 작고 속력이 빠르진 않습니다만 조선의 포구나 일본 혹은 청나라는 오갈 수 있지요. 어떻습니까?"

철호가 한발 물러섰다.

"새로 받은 제안이라 저희끼리 의논할 시간을 잠시 주십시오. 빈 객실이 있는지요?"

"201호가 비었을 겁니다. 충분히 논의하십시오. 우린 여기서 커피나 더 마시며 기다리겠습니다. 괜찮으시지요?"

마사토가 입가에 미소를 지으며 고개를 끄덕였다. 철호는 가방을 양손에 든 뒤 인향과 함께 계단을 내려왔다. 벨보이가 2층 구석방으로 안내했다. 객실로 들어서자마자 인향이 두 주먹을 쥐고 마구 흔들어댔다.

"우릴 우롱하는 거야. 틀림없이 권 행수랑 짰어. 아예 뒤에서 조종하고 있는지도 몰라."

철호는 침대에 돈 가방들을 올리고 창가로 가서 섰다.

"두 배를 내라니……. 부산포에서 배를 살 행수가 나타났단 이야기도 거짓말일 거야. 그냥 우리한테 팔지 않으려는 속셈이야. 권 행수가 순순히 배를 사도록 놔두는 게 이상하다 했어."

그래도 철호는 대꾸하지 않았다.

인향은 차츰 분노를 누그러뜨리고 그와 나란히 섰다. 인천 부두가 한 눈에 내려다보였다. 작은 고깃배들과 쌈판들이 너울너울 떠다녔다. 소리가 들리지 않는 풍경인지라 더 평화롭고 따듯하게 느껴졌다. 인향이 하나하나 대안을 짚기 시작했다.

"제1은행으로 가서 슌스케 지점장을 다시 만날까?"

"담보로 더 잡힐 게 없어. 일광호 구입가가 오른 걸 알면 은행에선 대출금까지 회수하려 들지도 몰라."

"그럼 호리 사장 제안대로 청해호나 만유호를 고르는 건? 아쉬운 대로 출항은 할 수 있다잖아?"

"안 돼."

"이유가 뭐야?"

"일광호를 구입한다는 풍문이 벌써 돌았어. 우리가 일광호보다 못한 배를 고른다면 갖가지 억측이 쏟아질 거야. 권 행수가 정말 호리 사장 배후면 더더욱 상황을 날조하겠지. 우리의 자금력이 부족하다는 걸 만천하에 드러내는 꼴이야. 어떻게든 일광호를 사야 해."

"그럼…… 한양에 사람을 보낼게."

최용운에게 도움을 청하자는 것이다. 철호가 그 제안마저 막았다.

"아니야. 확실히 성공한 뒤에 도움을 받아도 받아야 해. 지금은 우리끼리 이겨내자."

"방법이 없잖아? 당장 어디 가서 급전을 구해?"

철호가 울상을 짓는 인향의 손을 지그시 쥐었다.

"지금은 쌈판을 통해야 안전하게 배가 들어오지만 언젠가는 저 부두도 정비가 되겠지. 그땐 큰 배들이 곧바로 접안을 할 거고 그 속에 일광호도 물론 당당하게 낄 거야. 아예 일광호만을 위한 자릴 맡아둘까? 어디쯤을 원해? 영국 영사관 쪽? 아니면 각국 조계 앞으로 빠짝 붙일까?"

두 배를 내더라도 일광호를 꼭 사겠다는 뜻이다. 인향과 눈을 맞추며 설득했다.

"내게 맡겨줄래? 아무런 질문도 하지 말고 걱정도 말고. 그래 줄 수 있어?"

"그래도 이건⋯⋯."

철호가 몸을 돌려 인향의 양손을 포개 잡곤 눈으로 청했다.

부탁이야!

인향이 천천히 고개를 끄덕였다. 철호는 손등을 그미의 볼에 가볍게 대곤 속삭였다.

"고마워!"

철호의 숨결이 귓불에 닿았다. 인향은 가슴이 떨렸다. 그가 고개를 살짝만 더 숙인다면 그것은 곧 입을 맞추고 싶다는 뜻이었다. 그의 이마가 다가오기만을 기다렸다. 짧은 정적이 길게만 느껴졌다.

그러나 거기까지였다. 철호는 반 보 뒷걸음질을 치더니 돌아서서 돈 가방을 양손에 들며 물었다.

"여기서 기다릴래?"

인향이 속마음을 들키기라도 한 듯 부끄러워하며 손바닥으로 달아오른 볼을 가린 채 답했다.

"아냐. 같이 가야지."

방을 나서는 철호의 등을 향해 인향이 소리 없이 입술만 움직여 서운함을 드러냈다.

멍청이! 바보!

3층 홀로 돌아간 철호가 말했다.

"인상된 가격으로 일광호를 구입하겠습니다."

마사토가 물었다.

"자금을 확보했습니까?"

"자금은 있지만 백동화입니다. 일본 은화로 바꾸는 데 시일이 걸립니다."

히사타로가 끼어들었다.

"시간을 끌 생각이면 그만두십시오. 선금을 걸고 한 달 안에 잔금을 친다면 또 모를까."

철호가 돈 가방 둘을 원탁에 올려놓았다.

"잔금은 한 달 후 이곳에서 드리는 것으로 하고 계약서를 오늘 작성하지요."

깜짝 놀란 인향이 고개를 돌렸다. 먼저 내겠다는 계약금이 너무 컸다. 놀라기는 히사타로와 마사토도 마찬가지였다.

"방금 말씀은…… 구입가의 절반을 계약금으로 걸겠다는 건가요? 잔금을 한 달 안에 치르지 못할 때는 계약금을 반환할 의무가 대표님에겐 없습니다. 그래도 좋습니까?"

계약을 위반하면 일본제1은행에서 대출한 돈을 모두 가지겠다는 뜻이다.

"잘 알고 있습니다. 대신에 가격을 조정하는 일이 다시는 없었으면 합니다."

마사토가 일어서서 악수를 청했고 철호가 그 손을 굳게 잡았다. 계약서를 확인하고 서명하는 동안 인향은 한마디도 하지 않았다. 완성된 계약서를 한 부씩 나눠가진 뒤 철호가 마사토에게 가방을 넘겼다.

"세어보십시오."

마사토가 가방을 쳐다보기만 했다.

"아닙니다. 인상액을 받아들인 것만 해도 장 행수님이 얼마나 배포가 남다른 대장부인 줄 알겠습니다. 믿고 가지요. 부디 한 달 뒤에 웃는 얼굴로 만나기를 바랍니다."

"꼭 그리 될 겁니다."

마사토가 먼저 홀을 나갔다. 히사타로는 배웅하고 오겠다며 뒤따라 계단을 내려갔다. 둘만 남자 인향이 몰아세웠다.

"왜 그래? 나랑 한마디 의논도 없이 대출금을 다 주다니?"

"계약금이야. 어차피 지불할 돈이라고."

"잔금을 못 채우면 한 푼도 돌려받을 수 없어."

"마련하면 돼."

"은행 대출도 받지 않겠다며? 한양에 도움을 청하지도 않겠다며?"

"내가 알아서 할게."

"당장 배가 필요한 건 나야. 나 몰래 어떻게 하겠다는 생각은 버려. 정말 그땐 안 볼 거니까."

철호가 가슴에 손을 얹고 높임말로 사뭇 진지하게 청했다.

"최 대표님! 저 딱 한 번만 믿어주시면 안 되겠습니까?"

인향은 그의 갑작스런 태도 변화에 미소를 짓고 말았다.

"물론 나는 당신을 믿지만……."

그 순간 히사타로가 돌아왔다. 자리에 앉지도 않고 철호의 손부터 덥석 잡았다.

"대단합니다. 돌아가신 서 행수님이 왜 장 행수님을 후계자로 염두에 두었는지 오늘에야 알겠습니다. 정말 놀라운 추진력이군요. 두 배를 올려도 흔들림 없이 밀어붙이다니……."

"과찬이십니다."

철호가 단정하게 받았다. 이쯤에서 자리를 정리하려는 분위기였다. 그때 인향이 벌처럼 톡 쏘았다.

"이 홀엔 요즈음도 파티가 열리나요?"

"뜸합니다. 서 행수님 살아계실 때는 거의 매주 행사를 가졌지요. 그 시절이 벌써 그립습니다."

한 걸음 더 몰아세웠다.

"권 행수는 종종 오나요?"

히사타로가 즉답 대신 그미와 눈을 맞췄다.

"권 행수를 모르시진 않지요?"

히사타로의 얼굴이 순간 굳었지만 곧 웃음을 되찾았다.

"물론 잘 압니다. 두어 번 오시긴 했지만 여기보단 청나라 조계 식당을 더 즐기신다더군요. 한데 왜 권 행수를……?"

인향이 별일 아니라는 투로 받았다.

"야료를 치는 게 워낙 비슷해서요. 혹시 권 행수가 와타나베 마사토 대표님에게 충고를 했나 싶었습니다. 아니라면 됐습니다. 또 뵙지요."

다음 날 새벽, 철호는 조명종과 함께 인천을 떠났다.

두 사람이 향한 곳은 개성이었다. 철호는 삼밭과 집이 불타고 부모가 차례차례 죽은 후 고향 쪽으론 눈길도 주지 않았다. 인천에서 재회한 현주가 넌지시 송악산에 있는 산소에 다녀오자는 말을 꺼냈을 때도 딱 잘랐다. 이 꼴로는 송상들 앞에 나타날 수 없었다. 과연 송상 장훈의 아들답다는 칭찬과 저 어린 남매를 비난한 일은 큰 잘못이었다는 반성을 이끌어내기엔 아직 여러모로 부족했다.

"할아버질 또 만나겠다고?"

지난밤 철호가 송도상회로 찾아왔을 때 조명종은 무척 놀랐다. 철호가 조명종의 조부이자 송상의 웃어른인 조통달과의 독대를 원한 것이다. 초대 감독관 자리를 놓고 진태와 다투던 3년 전에도 철호는 조통달을 만나 도움을 청했었다. 경쟁에서 이기고도 창고 방화 때문에 철호는 감독관에 오르지 못했고 그 바람에 송상도 약속한 특혜를 누릴 수 없었다. 조명종은 자신이 대신 자초지종을 할아버지 조통달에게 설명했다며 신경 쓰지 말라고 했지만 철호에겐 늘 마음의 빚이었다.

"미리 약속을 잡아줬으면 해."

조명종은 가게 점원을 먼저 개성으로 올려보냈다.

인천에서 개성까지 두 사람은 쉬지 않고 걸었다. 철호는 오르막이 나오면 일부러 뛰었고, 조명종이 주막에 들러 요기나 하고 가자 해도 길 위에서 적당히 끼니를 때우는 쪽을 택했다.

개성 들머리에 다다랐다. 조명종은 다시 뛰려는 철호 앞을 막아섰다. 노을이 지고 어둠이 산천을 삼키기 직전이었다.

"비켜!"

철호가 젖히고 가려 했다. 조명종이 게걸음으로 다시 진로를 방해했다.

"내가 네 친구 맞지?"

철호가 답하지 않고 눈을 맞췄다.

"왜 할아버지를 다시 만나려는지 알려줘."

"별일 아니야."

"난 알아, 철호 네가 얼마나 자존심이 강한 녀석인지. 예전 전답을 다 사들일 만큼 부자가 되기 전에는 개성 땅에 발을 들여놓지 않을 작정이었잖아? 한데 그 결심을 깨고 스스로 여기까지 왔어. 이게 별일 아니야?"

사람 좋게 웃으며 코만 파던 순둥이가 아니라는 듯 질문이 제법 집요했다.

"명종이 넌 내 하나뿐인 고향 친구지. 내가 가장 믿고 의지하는 죽마고우한테 이 정도 부탁도 못해?"

조명종의 얼굴이 조금 밝아졌다. 속마음이 표정에 드러나는 맑은 사람이다.

"……이번만은 묻지 않았으면 해. 어르신께만 올릴 말씀이 있어서 그래. 내 부탁 들어줄 거지?"

숨소리가 들릴 만큼 가까이 다가섰다. 조명종은 그 깊은 눈을 살짝 외면하며 고개를 끄덕였다.

"나중에…… 얘기해도 되면 꼭 나한테 먼저 알려줘야 해."

"알겠어."

"약속?"

"약속!"

철호는 어린 아이처럼 새끼손가락까지 건 후에야 개성으로 들어갈 수 있었다.

조통달의 아흔아홉 칸 대저택은 철호의 삼밭과 옛집을 지나 10리 더 북쪽에 있었다. 조명종이 조심스럽게 물었다.

"둘러갈까?"

아픈 상처를 건드릴까봐 걱정스런 표정이었다. 철호가 곧장 큰 걸음을 떼며 답했다.

"아니! 괜찮아. 시간 없어. 서두르자."

그렇게 한 시간을 더 갔다. 철호는 거의 달리다시피 했고 조명종은 숨을 할딱이며 겨우 따랐다.

언덕에 올라서선 걸음을 멈췄다.

삼밭이었다. 활활활 타오르는 불길로 인향의 손을 잡고 미친 듯이 달렸던 순간이 떠올랐다. 그리고 두 아이를 구하려다가 불길에 휩싸여 죽은 아버지 장훈의 때 이른 최후도 어제 일처럼 선명했다. 멀리 수풀만 무성한 옛 집터를 눈대중으로 가늠했다. 불씨 한 점 없이 깜깜한 곳에서 까마귀 소리만 까아악 들려왔다. 아버지와 어머니와 여동생과 함께 오순도순 살던 흔적은 어디에도 없었다.

아버지!

철호가 왔습니다. 17년만이네요.

늦어도 10년 안엔 내 가게도 차리고 돈도 벌어 이곳으로 돌아올 수 있으리라 생각했습니다. 그런데 아버진 참으로 쉽게 하시던 일들이 제겐 단 하나도 쉽지 않았습니다. 한 걸음 내디딜 때마다 늦이었지요. 그래도 아버지의 가르침을 따라 '일신우일신' 날마다 새롭고자 노력했습니다. 불행을 참고 또 참았고 돈보단 사람을 먼저 생각했습니다. 아직 송상의 핵심으로 돌아오진 못했습니다. 서 행수님께서 남기신 객주를 온전히 지켜낸 후에 아버지의 전답을 사러 꼭 오겠습니다.

철호는 두 주먹을 불끈 쥐고 차돌멩이처럼 맹세했다.

"지지 않겠습니다!"

조통달의 저택은 크고 넓었다. 대문으로 들어선 뒤 협문을 세 개나 더 지나서야 겨우 안채에 닿았다. 마침 대청마루에서 내려서던 조명희가 반갑게 종종걸음으로 다가왔다.

"명종 오빠! 보름 후에 오신다더니 명희가 보고 싶어 오신 거예요?"

조명종 뒤에선 철호를 보자 갑자기 고개를 숙인 채 지나가려 했다. 집 안에서도 낯선 사람과는 눈을 마주치지 말라는 조통달의 엄명이 있었던 것이다. 조명종이 그 앞을 막아서며 웃었다.

"괜찮다. 인사하렴. 내 친구 장철호란다. 기억나지?"

조명희가 잠시 철호의 얼굴을 빤히 쳐다보다가 손뼉을 쳤다.

"아! 내 친구 현주, 현주의 잘생긴 오빠. 명희는 기억해요. 다 기억해요. 현주랑 나랑 명종이 오빠랑 철호 오빠랑 넷이서 제

방에서 떡도 먹고 윷도 놀았었잖아요? 반가와요. 제가 명희에
요. 명종이 오빠 여동생!"

철호가 인사를 받았다.

"그래. 나도 기억나는구나. 반가워."

"현주는 잘 지내요? 명희는 현주가 궁금했어요. 현주는 명희
친구거든요."

"인천에 있단다. 언제 한번 오렴. 현주도 반가워할 게다."

명희가 더더욱 기뻐하며 조명종에게 확인하듯 물었다.

"가도 돼요? 명희가 현주 만나러 인천 가도 돼요?"

조명종이 동생의 손을 꼭 쥐고 답했다.

"그래. 내가 할아버지께 잘 말씀 드려보마."

"알았어요. 명희는 잘 기다려요. 안녕히 계세요."

명희가 허리 숙여 인사한 후 협문으로 사라졌다. 조명종이 섬
돌 밑에서 아뢰었다.

"소손 명종입니다."

철호의 시선이 섬돌에 놓인 굽 높은 붉은 구두에 쏠렸다. 저
토록 세련된 신을 신고 조통달을 찾아온 여인이 누굴까.

"들어오너라!"

철호는 조명종을 따라 방으로 들어갔다. 조통달과 마주 앉아 이
야기를 나누던 손님이 일어나서 비켜섰다. 놀랍게도 인향이었다.

"서둘렀네. 내일 아침에나 닿을 줄 알았는데."

"어떻게 여길……?"

조명종이 뒷머리를 긁적였다.

"간밤에 네가 가고 나서 최 대표가 송도상회로 날 만나러 왔었어. 숨길 이유는 없겠다 싶어서 얘기했지. 잘못한 거야?"

인향이 철호보다 먼저 받았다.

"아니에요. 명종 씨 잘못은 하나도 없어요. 나만 쏙 빼놓고 개성 구경 떠날 결심을 한 어떤 남자가 잘못을 했으면 크게 한 거죠."

철호가 큰절을 올렸다. 두꺼운 안경을 쓴 조통달이 팔을 흔들어 당겨 앉게 했다.

"인천에서 네가 행한 일들은 명종이한테 들었다. 서 행수 뒤를 잇게 되었다고?"

"네. 어르신!"

조통달이 혀를 차댔다.

"고지식쟁이인 것까지 닮은 게냐? 은혜를 갚겠다며 죽을 자리로 찾아들어가는 꼴이라니."

개항 인천 사정을 두루 살핀 듯했다.

"서 행수야 내거간으로 밑에 두었던 권 행수에게 머릴 숙일 순 없었겠지. 어리석긴 해도 그렇게 사라지는 것 또한 사내다운 짓이야. 하지만 넌 뭐냐? 혼자 권 행수에게 맞서서 뭘 어찌하겠다고? 판의 흐름을 읽어야 장사든 뭐든 제대로 하는 법. 너도 네 아비처럼 일찍 죽고 싶은 게야?"

아픈 부위만 골라서 찔러댔다. 철호는 아버지 장훈의 가르침을 새겼다. 창공의 매는 함부로 날갯짓을 하지 않는다. 인내하며 상대의 움직임을 살펴라. 네 마음의 떨림을 들키지 마라.

"이利를 위해 의義를 버리는 것은 사람의 도리가 아니라 배웠습니다."

조통달이 처진 볼을 씰룩이며 역정을 냈다.

"밤이 깊었느니라. 이니 의니 쓸모없는 이야기보따릴 풀 작정이면 그만 물러가거라."

철호가 허리를 펴고 고개를 들었다.

"거래를 하고자 왔습니다. 어르신!"

"거래? 객주를 맡더니 눈에 뵈는 게 없구나. 네가 사면초가 신세란 걸 모를 성 싶으냐? 거래할 형편이 아닐 텐데 누굴 속이려 들어?"

"사면초가이기 때문에 개성까지 온 겁니다. 사면초가라도 마지막 승부수는 지녔습니다."

조통달이 단어를 집어 오물오물 입 안에서 굴렸다.

"승부수라! 어디 들어나 볼까?"

"도와주십시오."

"도와주면?"

"1년 반 안에 원금을 돌려드리겠습니다. 원금만큼 이자도 덧

붙여 내겠습니다."

조통달이 크게 웃다가 웃음을 뚝 그친 후 다그쳤다.

"허생이라도 되느냐? 변 부자에게 돈을 꾸러온 게야?"

철호가 침착하게 되물었다.

"소인은 허생에 비길 바가 아니지만 어르신은 만 냥을 선뜻 내준 변 부자보다도 더 지인지감이 뛰어나시지 않습니까?"

조통달이 인향과 조명종을 바라본 뒤 다시 철호 쪽으로 시선을 돌렸다.

"배포 하난 백만 냥짜리군. 그래, 초대 감독관 경쟁 때도 마지막 날 뒤집긴 했지. 하지만 그런 행운이 다시 찾아들까? 궁금하긴 해. 그 배짱으로 무얼 하려느냐?"

"의를 바로 세우기 위해 이를 좇고자 합니다."

"의를 위해 이를?"

침묵이 흘렀다. 철호는 일광호 구입과 장사 계획을 조목조목 설명하진 않았다. 지금은 굳은 의지를 밝히는 것이 중요했다. 이윽고 조통달이 물었다.

"갚지 못하면 어찌하겠느냐?"

철호가 담보를 제시했다.

"이놈 목을 걸겠습니다."

조통달이 손을 들어 철호를 가리켰다.

"네깟 놈 목숨 값이 뭐 그리 대단하다고. 그 잘난 목숨 백 개를 걸어도 담보론 부족해."

"어르신이 말씀하시지요. 목숨을 달라 하면 목숨을 드리고 머슴을 살라 하면 머슴을 살겠습니다."

조통달이 안경을 고쳐 쓰며 말꼬리를 잡았다.

"진심이냐? 정말 내 밑에서 머슴살이를 하겠느냐?"

목숨보다 머슴살이가 조통달에겐 더 값어치 있는 담보였던 것이다.

"하겠습니다."

조통달이 족쇄를 채우듯 파고들었다.

"게으름 피우면 안 되고 내게서 빌려간 돈은 어떻게 하든 모두 갚아야 한다. 돈을 갚은 후에도 넌 계속 우리 문중의 머슴인 게고. 어때? 이래도 하겠느냐?"

조명종이 눈치를 살피며 주저주저 끼어들었다.

"할아버지! 망하긴 했어도 사람 좋고 삼밭 넓기로 소문난 송상 장훈의 아들인데요. 머슴은 좀……."

인향이 조명종보다 더 강하게 판을 엎으려 들었다.

"어르신! 오늘 논의는 없었던 일로 해주십시오."

조통달이 수염을 쓸며 철호를 거쳐 인향에게 눈길을 옮겼다.

"급전이 필요하지 않는가?"

"머슴살이를 담보로 돈을 빌리고 싶진 않습니다. 제가 따로 구하겠어요. 늦은 밤 시간 내주셔서 감사합니다. 장 행수! 어서 일어나. 돌아가자고."

인향이 먼저 무릎을 폈고 조명종도 반쯤 엉덩이를 들었다. 철호는 움직이지 않았다.

"장 행수!"

인향이 다시 불렀다. 철호가 고개만 들었다.

"나가 있어. 아직 어르신과 이야기가 끝나지 않았어."

"정말 머슴을 살겠단 거야?"

"나가 있으래도!"

철호의 목소리에 힘이 실렸다. 인향이 차갑게 돌아서서 방을 나섰다. 조명종은 안절부절 못하며 그미를 뒤따랐다. 방에는 조통달과 철호만 덩그러니 남았다.

"최인향 대표가 전임 인천부사 최용운의 외동딸이라고 했지? 곱고 영특해 보이는군. 최 대표 주장이 맞네. 돈을 융통할 방법이 있다면 굳이 나와 거래할 필요가 없지. 이건 자네에게 매우 불리해."

"아닙니다. 저는 어르신과 거래를 하겠습니다."

조통달이 담뱃대를 만지작거렸다.

"괜한 고집이로세. 그 이유를 물어도 되겠는가?"

"최 대표가 거금을 융통할 방법은 단 하나 전임부사께 손을 벌리는 것뿐입니다. 아무리 부자라고 해도 이 정도 거금은 여러모로 부담이겠지요. 만에 하나 일이 잘못되면 그분께 막대한 손해를 끼치게 됩니다. 저는 맺고 끊음을 분명히 하고 싶습니다. 최악의 날이 와도 최 부사 영감께는 피해가 가지 않도록 하렵니다."

"혼자 불구덩이로 뛰어들겠다?"

"그렇습니다."

조통달은 담배에 불을 붙이고 길게 빨았다가 내뿜었다. 매캐한 연기가 방을 가득 채웠다.

"좋아. 내가 변 부자 노릇을 하지. 조건이 하나 더 있네."

"말씀하십시오."

"돈을 갚지 못해 머슴이 되든지 아니면 장담한 대로 원금과 그만큼의 웃돈을 더 가져오든지, 그때까지 명종이를 곁에 두고 항상 데리고 다니겠다고 약속해."

조명종의 설명에 따르면, 아버지 조식병은 여전히 한양과 개성을 오가며 노름판을 기웃거린다고 했다. 팔순을 넘긴 조통달에게 남은 희망은 조명종뿐이다. 어릴 때부터 영리하기로 소문난 철호에게 손자를 맡겨 개항 인천을 배우도록 하려는 것이다. 조명종은 소박하고 욕심이 없었다. 지금도 송도상회는 그럭저럭 맡아서 끌어가고 있지만, 조통달은 손자가 작은 가게에 만족하지 않고 인천이라는 도시 전체가 어떻게 움직이는지를 알게 하고 싶었다.

"명종이를 챙기겠습니다."

"그럼 계약서를 쓰도록 하자꾸나."

"예. 어르신!"

조통달과 철호는 합의를 마치고도 한 시간이 넘도록 방에서 나오지 않았다. 조통달이 계약 문구를 꼼꼼하게 한 글자 한 글자 되짚으며 고친 탓이다. 달무리가 지더니 이내 비가 쏟아지기 시작했다.

철호는 어둠이 걷히는 새벽을 아꼈다. 빗소리에 더하여 곁에 누운 명종의 코 고는 소리가 요란했다.

때 이른 귀향!

이런 식으로 돌아오고 싶진 않았다. 잔칫상을 차리고 송상을 모두 초청하는 서찰을 돌린 뒤 당당하게 귀향하는 꿈을 꾸고 또 꾸었다. 그러나 이 방법 외에는 없었다. 자신의 사람됨을 알아보고 선뜻 거금을 내줄 이는 조통달뿐이었다.

인적기가 들렸다. 그 사이 빗줄기가 엷어져 가랑비로 흩날렸다. 문틈으로 엿보았다. 교군꾼 넷이 도롱이를 쓰고 마당을 가로질러 처마까지 왔다. 인향을 태우고 온 교군꾼들이었다. 보라색 드레스에 빨간 구두를 신은 인향이 마루에서 내려섰다. 떠날 채비를 마친 것이다.

"벌써 출발하려고? 가랑비라도 그치면 가지?"

철호가 문을 열고 마루로 나왔다. 인향은 눈길조차 주지 않고 가마로 들어갔다.

"서둘러라."

인향의 짧고 날카로운 명령만이 철호의 귀를 찔렀다. 교군꾼들이 허리를 세우고 무릎을 펴며 일어났다. 철호는 속히 방으로 들어가서 괴나리봇짐을 대충 메고 나왔다. 조명종이 비몽사몽간에 물었다.

"아침밥 먹으려고?"

"나 먼저 갈게. 어르신껜 인천에 급한 일이 생겨 인사도 여쭙지 못하고 떠난다고 대신 전해줘."

서둘러 가마를 쫓았다. 언덕을 하나 넘고 실개천을 둘 건너자 가마가 보였다. 거기까지 내달렸던 철호가 발걸음을 늦췄다. 열 걸음 정도 뒤떨어져 인향을 따랐다. 둘 사이의 거리는 좁혀지지도 늘어나지도 않았다.

"아기씨! 잠시 쉬었다 가겠습니다."

"그리하게."

두 시간을 걷고 나니 날이 훤하게 밝았다. 교군꾼들은 버드나무 아래에 가마를 내려놓고 담배라도 한 대씩 나눠 필 요량으로 에움길을 돌아갔다. 철호는 거리를 유지한 채 멈춰 섰다. 장끼 한 마리가 철호를 지나 가마를 스치고 창공으로 날아올랐다.

이윽고 발이 걷혔다. 철호는 빠른 걸음으로 가마까지 다가갔다. 허리를 숙이고 나온 인향이 등을 보이며 돌아섰다. 찬 기운이 철호의 콧잔등을 후려쳤다.

"미안해."

먼저 사과했다. 날아갔던 장끼가 돌아오는 듯 울음이 점점 커졌다.

"미안해."

사과를 반복했다. 인향이 돌아서서 속에 담긴 이야기를 쏟아냈다.

"어쩜 이럴 수 있지? 내가 개성으로 오지 않았다면 끝까지 돈의 출처를 속일 작정이었어?"

"내가 감당할 일이야."

인향의 목소리에 독기가 서렸다.

"어떻게 그런 말을 해? 난 단 한 번도 네 일 내 일 나누지 않았어. 이게 어떻게 장 행수만 감당할 일이야. 그럼 나는? 나는?"

대답이 더 짧아졌다.

"널 위해서야."

"날 위해서라고?"

인향이 헛웃음을 흘렸다.

"장 행수는 항상 그래. 날 위한답시고 요러쿵조러쿵 하지만 결국 자존심 때문 아냐? 자, 이제 돈을 마련했으니 또 나와 의논하지 않고 뭘 혼자서 할 건데?"

"미안해. 정말 미안해."

"갈라서! 장 행수는 장 행수대로 가고 난 나대로 가자고. 이런 대접받으며 함께 일하긴 싫어."

돌아서서 가마로 들어가려는 인향의 팔목을 철호가 쥐었다.

"놔!"

그리고 당겨 안았다. 아침 담배를 맛있게 피운 교군꾼들이 돌아오다가 인향의 성난 목소리를 듣고 주춤했다. 인향이 더 크게 외쳤다.

"놓지 못해!"

왼손으로 뺨을 때리려 했다. 철호가 그 손목마저 잡아챘다. 울음을 터뜨리며 몸부림치는 인향을 끌어안았다. 그미의 울음이 봉우리처럼 솟아올랐다가 계곡으로 잦아들 때까지 품었다. 빗방울이 어깨와 머리를 때렸지만 철호는 송악산 바위처럼 단단했다.

울음이 그치자 철호는 인향의 턱을 가만히 들어올렸다. 눈물 어린 인향의 눈동자에 철호의 얼굴이 어렸다. 그 얼굴이 점점 커졌다. 이마와 눈과 코가 사라진 뒤 입술만이 남았다. 철호는 그미의 허리를 당겨 올리며 고백했다.

"사랑해!"

그리고 자신의 입술을 인향의 입술에 포갰다. 그미가 눈을 감자 눈물이 볼을 타고 흐르다가 포갠 입술 사이로 스몄다.

제8장

음모와 작당

철호가 인향과 입을 맞추고 두 달이 지난 뒤, 그러니까 해가 바뀌어 1896년 1월 30일 늦은 밤 또 한 쌍의 남녀가 몸과 마음을 부딪쳤다. 진태와 현주였다.

진태는 각국공원 테니스 시합에서 인향과 현주를 보고도 알은체를 하지 않았다. 그미들에게 배신자로 무시당하기 전에 그가 먼저 무시하는 쪽을 택한 것이다.

밤 11시를 넘겼을 때 현주가 제 발로 찾아왔다. 진태가 잠자리에 들기 직전 대문을 두드린 것이다. 혁필은 용동 우물 근처 2층 집을 진태에게 선물로 주었다.

"무슨 일이야?"

경계부터 했다. 사람이 뜻밖의 행동을 할 땐 조심해야 한다.

"오빠랑 술이나 한잔 하려고."

현주가 붉은 외투를 닮은 와인 두 병을 들어 보이며 시원하게 웃었다.

식탁에 마주 앉았다. 진태가 뚱뚱한 유리잔과 사과를 잘라 내왔다. 현주가 쟁반에 가지런한 사과 조각을 보며 말했다.

"안주도 제격이네."

"왜 왔어?"

현주는 송곳 질문을 받고도 와인부터 조금씩 들이켰다. 손바닥으로 입술을 훔치며 권했다.

"아, 맛있다. 오빠도 먹어봐. 어렵게 구한 남불 와인이야. 무겁고 깊어."

진태가 자리에서 일어서며 몸을 돌리려 했다. 현주가 진태의 굵은 팔뚝을 잡았다.

"왜 이리 급해?"

"술 마시러 왔으면 조용히 마시고 가. 난 자야겠어. 새벽부터 할 일이 많아."

"많겠지. 권 행수 허드렛일을 도맡아 하니까……. 이리 앉아. 설마 내가 술이나 먹자고 왔겠어? 오빠랑 할 얘기가 있으니 왔지."

진태가 못 이기는 척 자리에 앉았다. 현주가 와인을 들어 잔에 따랐다. 달콤한 포도향이 얼굴을 감쌌다. 진태가 고개를 살짝 돌려 한 모금 삼킨 뒤 물었다.

"할 얘기란 게 뭐야?"

현주가 잔을 오도카니 내려다보며 답했다.

"처음엔 진태 오빠가 죽이고 싶도록 미웠어. 서 행수 어른을 죽음으로 몰고 간 권 행수 밑으로 잽싸게 기어들어갔으니까. 평생 얼굴 볼 일 없다 여겼고."

"웅철 아저씨 배웅할 때 날 없는 사람 취급했었지."

우스꽝스런 풍광을 떠올리며 잔잔한 웃음이 두 사람 얼굴을 지나갔다.

"오빠를 용서한 건 아냐. 하지만 이 부탁은 꼭 해야 하겠기에 왔어."

"부탁이라고?"

현주가 시선을 올려 진태의 무표정한 얼굴을 쳐다보았다.

"철호 오빠와 인향 언닐 막다른 골목으로 몰지 마. 쥐구멍이라도 남겨놔야 숨을 쉰다고. 이제 진태 오빠까지 넘어갔으니 하늘이 두 쪽 나도 철호 오빠가 권 행수를 이기긴 힘들어. 인천 부두로 배 한 척 나고 든다고 판세가 달라질 리 없단 거야. 철호 오빠랑 인향 언닌 처지가 달라. 그 배를 운행하지 못하면 끝이라고. 그러니 진태 오빠가 도와줘."

"뭘 도와달란 거야?"

현주가 입술이 닿았던 유리잔을 손끝으로 빙빙 돌리며 동문서답을 했다.

"나 전부 다 기억해."

"뭘?"

"어렸을 때 개성 시장에서 오빠가 치기배들과 싸운 거. 그날 오빠 정말 멋졌어."

현주의 눈망울이 추억으로 흐려졌다.

"기억 안 나."

"난 기억 나. 그날부터였거든."

"뭐가?"

"내가 오빠 좋아한 거!"

진태가 병을 들어 자기 잔에 따랐다.

"농담이 지나쳐."

현주가 팔을 뻗어 진태의 잔을 쥐었다. 그미의 얼굴이 바로 진태의 턱까지 왔고 향수 냄새가 콧속으로 밀려들었다. 고개를 돌릴 틈도 없었다. 그 자세로 진태의 눈을 들여다보며 물었다.

"오빠! 나도 지켜줄 거지?"

현주의 가슴골이 드러났다.

"내가 왜 널 지켜?"

진태가 턱을 불편하게 든 채 와인을 마셨다. 현주가 잔을 놓고 그의 두 뺨에 양손바닥을 댄 채 물었다.

"그럼 오빠 권 행수가 날 뒷방에 앉혀도 좋아?"

현주의 입김이 진태의 입술에 닿았다. 시선을 내려 와인에 젖은 그미의 붉디붉은 입술을 쳐다보았다. 망망대해를 가르듯 맑고 높은 소리를 뽑아 올리는 흰 목이 고왔다. 그미의 두 손이 진 태의 꺼칠한 뺨을 지나 귓불을 만지작거렸다. 진태는 더 이상 참 지 못하고 입을 맞췄다. 입에 머금었던 와인이 순식간에 그미의 입술과 혀와 목을 적셨다.

인향!

진태는 현주의 몸속으로 두 번을 연이어 들어가면서도 딴 여 자의 얼굴을 떠올렸다. 젖가슴과 목덜미와 머리채를 잡고 찍어 누르듯 하복부를 압박했다. 현주는 긴 허리를 돌리며 뜨거운 욕 망을 받아낸 뒤 두 무릎을 세우고 엉덩이를 들어 또 다른 불덩 이를 뿜었다. 짜릿짜릿한 뜨거움이 손끝과 발끝을 찌를 때마다 진태는 지금 자신의 밑에서 몸을 섞는 여인의 얼굴을 바꿨다. 현 주도 인천에서 이름난 미색이지만 그가 원한 여인은 인향이다.

그곳에서부터였다. 현주가 진태에게 반한 개성 시장에서 진태 역시 인향에게 반했다. 그러나 곧 슬퍼하며 마음을 접었다. 손에 영영 잡히지 않을 검은 제비나비이겠거니 여겼다. 그런데 그 나 비가 인천에 내렸고 또 그에게 친구하자 손을 먼저 내밀었다. 숨 소리를 듣고 말을 섞게 되자 욕심이 점점 커졌다.

가지고 싶었다. 인천은 돈이 말하는 세상이었다. 향반은 물론 이고 인천부사까지도 장사꾼에게 도움을 청했다. 행수들은 값 비싼 물품을 가장 먼저 사고팔았다. 인천 객주들의 으뜸이 된다 면 천민 출신인 박진태가 양반집 규수 최인향과 사랑을 나누고 혼인을 하는 것도 불가능하진 않으리라. 인천의 많은 장사꾼이 오히려 부러워하리라. 진태의 마지막 목표는 인향이었다. 인향은 그가 획득한 부의 가장 거대하고 뚜렷한 상징이 될 것이다.

그런데 인향은 진태가 아닌 철호를 해바라기처럼 따랐다. 철호가 감옥에 있을 때도 연정이 식지 않았다. 그럴수록 진태는 인향을 가지고 싶었다. 철저하게 철호를 짓밟으리라. 인향에게서 영원히 떠나게 만들리라.

마침내 기회가 왔는데 현주가 풀쑥 날아든 것이다. 짙은 초록을 토하는 호랑나비처럼!

인향이 토론을 즐긴다면 현주는 춤과 노래 그리고 술을 좋아했다. 바다 건너에서 쏟아져 들어오는 새로움을 설명할 때도 한쪽은 지식을 앞세우고 한쪽은 감각을 자랑했다.

혁필에게 옮겨온 후 진태는 현주의 영어 노래를 가까이에서 듣지 못해 아쉬웠다. 최종 목표가 인향인 것은 분명하지만 현주도 곁에 두고 싶었다.

그런데 현주가 온 것이다. 함께 술을 마셨을 뿐만 아니라 몸까지 섞었다. 오랫동안 진태 당신을 사모해왔다는 고백도 들었다. 이 행복한 순간에 진태는 딴 생각을 했다.

온 마음 온몸으로 나를 아껴주는 이 여자가 인향이었다면……

연이어 사랑을 나눈 뒤 현주가 궐련을 피워 물었다. 진태의 벗은 가슴으로 연기를 내뿜은 뒤 속삭였다.

"나 당신 무슨 생각하는지 알아."

진태는 현주의 담배를 빼앗아 깊이 들이켰다.

"인향 언니 생각하지?"

이불을 걷고 일어섰다. 현주가 넓은 등을 향해 확인하듯 말했다.

"나 알아. 당신이 인향 언닐 마음에 두고 있단걸. 하지만 상관없어. 그런 당신이, 박진태가 나는 좋아."

진태가 잔에 반쯤 남은 와인을 비운 뒤 차갑게 말했다.

"헛소리할 거면 가."

"나 여기서 자고 가면 안 돼?"

새벽이 훌쩍 지난 아침이었다. 진태가 그미를 째렸다.

"알았어. 갈게."

그리고 잠시 침묵했다가 진지하게 물었다.

"가끔 당신 보고 싶을 때 와도 돼?"

현주의 초승달 눈매가 고왔다.

"옷부터 입어."

"싫다곤 안 하네. 좋았어! 자주는 안 와. 보름 아니 한 달에 한 번씩만 올게. 나 정말 따로 바라는 거 없어. 오빠 날 안아주기만 하면 돼."

현주가 주섬주섬 옷을 챙겨 입기 시작했다. 대문을 두드리는 소리가 들린 것은 바로 그때였다. 진태가 현관까지 나가서 불퉁스럽게 물었다.

"누구요?"

"나야. 문 열어!"

혁필의 쇳소리가 거칠었다. 진태의 집에 온 적은 없었다.

"잠시만요!"

진태는 벼락같이 방으로 돌아갔다. 옷을 입던 현주가 물었다.

"아침부터 누구야?"

"권 행수!"

현주의 얼굴에도 놀라움이 가득 찼다. 진태는 그미를 현관에 붙은 쪽방으로 밀어 넣었다.

"꼼짝 말고 있어."

"아, 와인 병과 잔 안 치웠어! 부엌으로 가면 안 돼."

"알았어."

진태는 현관으로 와서 심호흡을 한 뒤 문을 열었다. 혁필이 들어서며 눈을 치뜨고 째렸다.

"굼벵이를 삶아 먹었나? 색시라도 숨겨 놨어?"

"아닙니다. 늦잠 잤습니다. 죄송합니다."

혁필이 거실을 훑으며 혀를 차댔다.

"쯧쯧, 할 일이 산더민데 늦잠을 자?"

진태가 두 걸음 앞서 걸으며 사과했다.

"다신 이런 일 없도록 하겠습니다. 2층으로 올라가시지요."

"2층?"

"좋은 집을 주셔서 방 하날 서재로 꾸미는 중입니다. 힘든 걸음 하셨으니 보여드리고 싶습니다."

"뭘 꾸며? 박진태 네가 서재를?"

진태는 혁필의 비웃음을 뒤로 하고 먼저 계단을 올랐다. 계단 중간쯤에서 고개를 꺾으니 부엌 식탁에 놓인 와인병과 잔 두 개가 보였다. 진태가 또 이야기를 꺼냈다.

"저도 책 좋아합니다."

혁필이 뒤뚱뒤뚱 왼쪽으로 몸을 기울이며 따랐다.

"장사꾼은 생각이 복잡하면 안 돼. 날 봐라. 책 한 권 안 읽었지만 이 자리에 올라섰잖아? 이것저것 따지지 말고 변치 않는 기준 하나만 두고 판단하면 돼. 뭔지는 알지?"

"돈입니다."

"어쨌든 책을 사 모았다니 구경이나 해보자. 긴히 할 말도 있고."

진태는 2층 큰 방으로 혁필을 안내했다. 넓은 창을 제외한 세 벽에 넣은 붙박이 책장에 서책을 팔 할 가까이 이미 채웠다.

"우와! 장난 아닌데."

혁필은 신기한 듯 서책을 살피며 책장을 따라 돌았다.

서재는 진태의 오랜 꿈이었다. 서상진의 만양루에 몰래 들어가서 서책 냄새를 맡으며 잠든 밤이 얼마였던가. 자신의 객주를 차리면 만양루보다 더 넓고 책이 많은 서재를 꾸미리라 결심했었다. 아직 객주를 갖진 못했지만 2층 집을 혁필에게 선물받자마자 서재로 쓸 방부터 정했다.

"이런다고 네가 서 행수처럼 유식해질 것 같아? 또 다른 만양루를 만들어보시겠다? 꿈 깨."

서상진 밑에서 오랫동안 내거간을 한 혁필이 진태의 욕망을 정확히 꼬집었다.

"최인향이나 장철호가 서잴 차린다면 또 모르지. 인향은 인천에 오기 전부터 일본 책을 술술 읽었고 철호도 감방에서 여러 나라 말을 익혔다며? 진태야! 송충이는 솔잎을 먹고 살아야 해. 넌 나야. 서책 따위 도움 없이 몸으로 부딪치며 나처럼 살아야 너도 편하고 세상도 편해. 우리에겐 돈이 삶이고 돈이 혼이야. 돈에 전부를 걸라고. 알겠어?"

진태는 즉답하지 않고 말머리를 돌렸다.

"테니스 복식 시합에서 이겼으니 제 소원도 들어주십시오."

혁필은 제1은행 인천지점장을 만나게 해달라는 철호의 소원을 이미 흔쾌히 들어주었다. 시합이 시작되기 전에 미리 순스케 지점장과 이 문제를 의논했다는 사실은 끝까지 숨겼다.

"뭔데? 설마 저 앞방까지 서재로 채우겠다는 건 아니지?"

"서 행수로부터 어떻게 독립하셨나요?"

혁필의 눈빛이 달라졌다.

"그게 무슨 소리야?"

"객주를 차릴 종잣돈을 어찌 마련하셨는지 줄곧 궁금했습니다. 서 행수가 뒷돈을 댄 것도 아닌데……."

"알려주면? 너도 그 방법을 따라 나한테서 독립하려고?"

혁필이 거듭 비꼬았다.

"일이나 열심히 해. 난 서상진이랑 달라. 적당한 때가 오면 네게도 한 자리 뚝 떼어주마. 그건 그렇고 내일이 장 행수네 출범식인 건 알지? 배 이름을 일광에서 '철인哲仁'으로 고쳤더라. 장철호의 철哲에 최인향의 인仁!"

혁필은 중요한 일일수록 대수롭지 않게 지껄이는 버릇이 있었다.

"알고 있습니다."

진태가 책장 쪽으로 눈을 돌린 채 짧게 답했다. 본론을 먼저 꺼내지 않고 기다리는 것. 흥정의 기본이다. 혁필은 흥정이 아니라고 여긴 듯 이야기의 맥을 짚어나갔다.

"어찌할 작정이냐?"

"어찌하다니요?"

"벼랑 끝까지 몰았으니 이제 떨어뜨려야지. 영원히 기사회생을 못하도록! 그게 진태 네가 바라는 것 아니었나?"

벼랑에서 떨어뜨린다! 진태는 혁필의 질문을 내일 출범식과

연결했다.

"…… 설마 배를?"

"역시 머리가 잘 돌아가는군. 맞아, 철인호를 폭파시키자고."

"그렇게까지 해야 합니까?"

혁필이 즉답을 않고 진태를 째리다가 피식 웃었다.

"넌 내가 태어날 때부터 악랄하다고 생각하지? 잘 들어둬. 난 따로 악랄함도 공부해. 더 악랄해지기 위해 궁리도 하고 노력도 한다고. 세상에 공짜는 없어. 너처럼 적당히 좋은 게 좋다는 식으로 굴다간 악랄하게 끊어줘야 할 때 빌빌 똥오줌 못 가리고 물러나게 돼. 악랄해지기 위핸 뭘 해야 한다고 그랬지?"

"공부!"

"그래. 머리 복잡해지는 책들 읽지 말고 이런 걸 공부해야 하는 거다. 진태 네가 총괄 지휘를 맡아. 폭약 설치는 북두칠성이 할 거야. 초청객들이 쌈판을 타고 철인호로 건너간 후에 터뜨려. 그렇다고 그들을 몰살시켜선 안 돼. 요령껏 서서히 배가 가라앉도록 만들어. 장철호와 최인향의 몰락을 음미할 시간을 초청객 모두에게 선물하자고. 독립할 때 종잣돈을 어찌 마련했느냐고 물었어? 그딴 질문은 잊어도 돼. 철인호가 인천 앞바다에 가라앉고 나면, 나 권혁필이 인천을 완전히 가질 테고 진태 네 앞길도 훤히 열릴 게야. 그럼 진짜 네 소원을 이루게 돼."

"진짜 제 소원이라고요? 그게 뭔데요?"

고개를 돌리고 따지듯 묻는 진태의 시선을 되쏘아주며 혁필이 이름 하나를 댔다.

"최인향!"

"⋯⋯."

"최인향을 갖는 게 진짜 소원 아니었어? 배가 폭발하고 나면 철호는 빚을 갚을 길이 없으니 야반도주밖에 방법이 없어. 천년향도 파탄 지경에 이를 거고. 그때 진태 네가 나서는 거야. 천년향을 도우며 자연스럽게 인향과 사귀도록 해. 인천 상권 이인자와 전임 인천부사 외동딸의 가슴 절절한 연애! 생각만 해도 근사하다, 그치?"

혁필의 계획은 주도면밀했다. 제1은행 지점장 슌스케를 불러 장철호에게 대출을 허락하라고 요구할 때부터 이런 결말을 예상한 것이다. 호리 히사타로와 만나 배 구입가격을 두 배 올리라고 귀띔한 것도, 북두칠성을 불러 송상 조통달에게 가는 인향을 미행하도록 시킨 것도, 철호가 더 깊은 나락에 빠질 때를 기다린 것이다.

"대신!"

혁필이 단서를 하나 더 달았다.

"네가 인향을 갖는 대신 장철호의 여동생 현주는 내가 먹겠어. 불만 없지?"

진태가 당장 응하지 않고 입맛이 쓴지 혀로 아랫입술을 쓸었다.

방금 전 그에게 안겼던 현주의 알몸 체취가 사라지지도 않았다.

"……꼭, 그 애를 가지셔야 합니까? 만석동엔 쓸 만한 기생이……."

혁필이 진태의 어깨를 잡고 눌렀다.

"내 밑에 오기 전에 박진태 네가 그 애를 품었든 말든 상관 않겠어. 하지만 내 밑에 온 이상 그 애한텐 눈도 돌리지 마. 알겠어? 그 애랑 놀다가 나한테 걸리면 그땐 각오해."

"왜 하필 현주입니까?"

"꼭 알고 싶나?"

"알고 싶습니다."

혁필이 슬며시 미소를 지었다. 그 눈이 몽롱하게 바뀌는 듯도 했다.

"좋아! 특별히 너한테만 알려주지. 그 앤 다른 년들하곤 달라. 얼굴이 반반한 년들이야 많겠지만 그 앤 얼굴뿐만 아니라 몸 전체에서 빛이 나. 아름답다는 칭찬만으론 부족하지. 그 애를 보고 있노라면 또 그 애의 야리야리한 노랫소리를 듣고 있노라면 가슴으로 숭숭 바람이 불고 문득 슬퍼져. 자꾸 내가 얼마나 추한 놈인가를 생각하게 만들어. 추한 걸 생각하는 건 기분 잡치는 일이지. 하지만 그 애의 아름다움 때문에 문득 추함을 깨달을 땐 기분이 나쁘지 않아. 오히려 편안해져. 세상 잡놈들이 퍼붓는 뒷말을 내가 모를 것 같나. 아무리 돈을 쏟고 멋진 옷으로 덮으려 해도 내 추함을 감출 수 없지. 하지만 그 애의 아름다움 속에 들어가면, 어쩌면 내 추함이 완전히 사라지진 않더라도 많은 부분 지워질 수 있지 않을까 그딴 생각까지 든다니까. 그 애의 아름다움은 단단한 슬픔이야. 그 단단한 슬픔은 얼음처럼 빛나고 또 힘이 가득해. 쌍! 말로 설명하기 참 힘들군. 하여튼 이제 내가 그 앨 하룻밤 노리개 따위로 취급하지 않는다는 걸 알겠지? 그러니 그 애 곁엔 얼씬도 마. 알아들어?"

진태는 어느새 살기등등하게 바뀐 혁필의 눈초리를 피하지 않고 답했다.

"알겠습니다."

혁필이 어깨에 올렸던 손을 내렸다.

"저물 무렵 객주로 와. 밤부터 바빠질 테니까 든든히 챙겨 먹어두고."

"네."

서재를 나가려던 혁필이 걸음을 멈추고 돌아섰다.

"하실 말씀이 더 있으십니까?"

"진태야!"

목소리가 한결 부드러워졌다.

"예!"

"아직도 내가 편치 않는 게냐? 네 아버지 일은 나도 두고두고 마음에 걸렸다. 하나 지나간 일을 되돌릴 수는 없지 않아? 너랑 나랑 둘이 있을 땐 그냥 형이라고 불러."

"그래도……."

"명령이다. 어디 한 번 불러봐."

"……형님!"

"그래. 아우님! 좋군. 우리 더 큰 꿈을 갖자. 인천 차지하고 한양까지 삼키러 가야지!"

혁필이 킬킬거리며 계단을 내려와선 현관을 나섰다. 진태는 대문 밖까지 배웅한 뒤 현주를 숨긴 쪽방으로 갔다. 조용히 방문을 열었다.

방이 비었다. 현주는 거기 없었다.

현주는 달렸다.

쪽방에 숨어 있다가 궁금증을 참지 못하고 2층 서재 앞으로 가서 혁필과 진태의 대화를 훔쳐 듣다가, 계단을 도둑고양이 걸음으로 내려온 뒤 현관 대신 뒷문을 열고 골목으로 나갔다. 그리고 철호가 있는 답동성당 옆 객주를 향해 숨도 쉬지 않고 뛰기 시작했다. 폭파! 분명히 철인호를 가라앉히겠다고 했다.

오빠에게 알려야 해.

멀리 성당 십자가가 보였다.

골목을 거의 직각으로 꺾는 순간 사내 둘이 앞을 막았다. 뒤 돌아서니 거기도 벌써 사내 둘이 나란히 퇴로를 막은 채 걸어오는 중이었다. 현주는 그들을 본 적이 있다. 혁필이 피비린내 나는 일에 수족처럼 부리는, 저승사자보다 무서운 북두칠성! 진태의 집을 나설 때부터 미행했으리라. 그미가 다급하게 외쳤다.

"도와줘요! 아무도 없어요?"

땅꼬마가 재빨리 달려와 뒷목 급소를 손날로 쳤다. 무릎이 꺾이면서 몸이 푹 꺼지자 현주를 부축해서 업었다. 나머지 세 사내는 고함을 듣고 나온 사람들을 눈으로 위협하여 물러서게 했다.

얼마나 시간이 흘렀을까.

현주는 뒷목을 부여잡으며 눈을 떴다. 옆구리로 황소바람이 파고들었다. 빛이 전혀 없었고 천장에서 물방울이 떨어졌다. 손발이 책상 다리에 묶였다. 몸을 흔들었지만 무거운 책상은 꿈쩍도 하지 않았다. 어둠을 가르며 목소리가 날아들었다.

"어딜 그리 바삐 가던 길인가?"

쇳소리가 귀를 찔러댔다.

"풀어! 나쁜 새끼!"

탁한 소리가 점점 다가왔다.

"쉬이이이! 인천 으뜸 가수가 더러운 욕을 뱉어선 쓰나. 고운 노래만 불러도 짧은 세월이야."

혁필의 손가락이 현주의 턱을 받쳐 올렸다. 거친 숨소리가 콧잔등에 얹혔다. 담배와 땀이 섞인 찐득찐득한 냄새가 콧구멍을 파고들었다.

"맹랑하군. 철호를 배신하고 내 밑으로 기어들어온 박진태와 만날 줄은 몰랐어. 오빠는 오빠고 나는 나란 건가?"

"내일 그 짓, 하지 마."

"호오, 오빠 걱정할 처지가 아닐 텐데. 오늘 여기서 장현주가 과연 살아나갈 수 있을까? 이 고민을 풀기에도 벅찰 텐데 말이지."

등잔불이 밝아졌다. 곱사등이 혁필의 일그러진 얼굴이 바로 코앞에 부풀었고 일곱 사내의 윤곽이 그 뒤로 아른거렸다.

"이렇게 끔찍한 죄를 짓고 편히 살길 바라? 지옥불에 타 죽을 놈!"

"후후후! 천당이나 지옥 따윈 관심 없지만 지옥에 간다면 내가 타 죽기 전에 지옥을 다 사버리겠어. 지옥은 얼마면 될까?"

"오빨 놔둬."

"흥미롭군. 둘 중 하날 택해. 애인이 성공하면 오빠가 박살이 나고 오빠가 출범식을 무사히 치르면 애인이 반병신으로 인천 바닥을 떠야 할 거야. 둘 중 어느 쪽이지? 원하는 대로 해줄게. 오빠야 애인이야?"

"원하는 게 뭐야?"

현주가 강하게 받아쳤다.

혁필이 머리를 심하게 떨며 현주의 뺨에 제 뺨을 비볐다. 혁필이 거친 숨을 내쉴 때마다 생선 썩는 냄새가 흘러나왔다. 입을 열고 혀를 실뱀처럼 들이밀어 흔들어댔다. 현주는 고개 돌리지 않고 음흉한 눈길을 되쏘아주었다. 혁필은 입맞춤 대신 그미의 콧잔등을 혀로 핥은 뒤 킬킬킬 비웃음을 쏟았다.

"흥정을 하자고? 착각 마. 무릎 꿇고 간청해도 지금은 싫어. 대신 네 오빠 장철호의 배가 바다에 잠기는 광경은 보여주지. 멋질 거야. 어디가 가장 좋을까? 앞이 탁 트인 조계지 계단 어때? 그때까진 한숨 푹 자둬. 이 밑에 지하실이 하나 더 있거든."

혁필이 물러서자 사내들이 다가와서 현주를 책상과 함께 번쩍 들었다. 그미는 고함을 지르며 발버둥을 쳤지만 역부족이었다.

제9장

침몰하는 생

철호는 일찌감치 초청장을 돌렸다. 배는 1월 1일 제물포로 들어왔지만 강추위 때문에 출범식을 한 달 정도 미룬 것이다. 혁필의 초청으로 작년 가을 각국공원에 모였던 상인과 외교관들에게 철인호 출범식에 참석해 달라는 글이 도착했다. 초청객 명단에는 권혁필과 박진태도 포함되었다.

푸른 드레스 차림의 인향이 두 사람의 이름을 검지로 짚으며 참았던 불만을 터뜨렸다.

"이들은 왜 불러?"

쥐색 양복이 깔끔한 철호가 동문서답을 했다.

"이야! 멋지네."

"난 심각해."

"최인향 대표 옆에 가수 장현주까지 서면 철인호가 출발하기도 전에 그 미모에 반해 멀미부터 하겠어."

"내 질문 피하지 마. 이 둘까지 왜 초청했냐고?"

철호가 별일 아니라는 투로 답했다.

"권 행수도 우릴 초청했어."

"그럼 권 행수만 불러. 박진태가 우리한테 어떻게 했는지 잊었어? 배신자라고."

철호의 표정이 진지해졌다.

"내 생일잔치면 진태를 부를 일이 없지. 하지만 이건 공적인 행사야. 진태를 부르지 않았다고 가정해볼까. 든 자리는 몰라도 난 자리는 안다고, 초청객들은 곧 진태가 파티에 없다는 걸 알아차릴 거야. 그리고 수군거리겠지. 세상에서 가장 재미난 구경이 싸움 구경이라고 하지 않아? 남 눈을 의식해서만은 아니야. 진태에게도 보여주고 싶어. 네가 버리고 떠난 장철호와 최인향, 이대로 죽지 않았다. 우리 이름에서 한 글자씩을 딴 철인호와 함께 멋지게 다시 시작할 거다. 똑똑히 봐둬라. 꼭 네가 후회할 날을 만들어주마."

인향의 두 눈이 촉촉이 젖었다. 철호가 손수건을 꺼내 그미의 뺨을 타고 흐르는 눈물을 닦았다.

"울보네. 파티석상에선 눈물 쏟으면 곤란해. 오늘 가장 빛나야 할 사람은 최인향 바로 당신이라고."

울다가 웃어 보였다.

"당신도 멋져. 서 행수 어른이 이 모습 보셨더라면 얼마나 좋아하실까. 장철호, 당신이 이렇듯 미남자란 걸 모르고 돌아가셨네."

"난 부두 노동자가 편해. 때가 묻거나 구겨져도 상관없는 작업복이 좋아. 와이셔츠라는 이 옷은 영 불편하군. 유럽에서 최신 유행한다는 넥타이라는 이 긴 줄도 어색해. 목이 꽉 죄고 허리도 돌리기 힘드네. 선상 파티는 인향 당신이 주선하고 난 그냥 부두에 남으면 안 될까?"

"농담이라도 그딴 소린 하지 마. 이제 당신은 부두 노동자가 아니야. 서상진 어른을 이어 행수 자리에 오른 사람이라고. 당신 인생에서 부두 노동자 시절은 바닥이고 지옥이었어. 다신 그곳으로 돌아갈 일 없어."

철호가 반박했다.

"배도 고프고 잠도 부족해서 힘들긴 했지만 지옥은 아니었어. '인천아리랑' 노랫가락을 타고 하역할 땐 얼마나 신났다고. 쉬는 짬에 마시는 막걸리 한 사발 짜장면 한 그릇은 또 얼마나 맛있고. 땀 흘려 일한 다음 받는 일당의 기쁨도 무척 컸어. 양반님네들 눈에는 지옥으로 보일런지 몰라도 거기도 엄연히 일터야. 늙고 병들어 힘을 쓰지 못한다면 모를까. 하루 이틀이라도 여유가 생기면 난 이딴 옷 벗고 부두로 달려갈 거야. 거긴 땀방울이 있고 노래가 있고 무엇보다도 함께 일하는 동료들이 있으니까."

인향이 철호의 넥타이를 고쳐 맸다.

"질투 나는걸. 하지만 명심해. 오늘부턴 나 최인향이 당신 장철호의 가장 친한 사람이야. 알지? 부두까지 갈 필요 없어. 이제 내가 영원히 당신과 함께 땀 흘리고 노래할게."

누가 먼저랄 것도 없이 두 사람은 입을 맞췄다. 열 살에 송도에서 만나고 스물다섯 살에 인천에서 재회했다. 그리고 철호는 인향을 대신해서 3년 옥살이를 했다. 그동안 인향은 수없이 호감을 드러냈지만 철호는 번번이 무시하거나 회피했다. 철호가 설명하진 않았지만 인향은 그가 왜 자신을 밀어내는지 그 이유를 짐작하고 있었다. 거상이 되어 개성으로 금의환향하기 전까진 여자를 만나고 마음을 주고 가정을 꾸리는 것은 남의 일이었다.

때 이른 귀향을 마치고 돌아오다가 입맞춤을 나눈 초겨울, 인향은 결심했다. 더 이상 이 사내를 외롭게 홀로 두지 않겠다고. 그가 거절하더라도 내 사람으로 만들겠다고.

또 두 달이 속절없이 흘렀다. 그 사이 철호는 입맞춤은 물론 손도 잡지 않았다. 행수 업무를 보느라 바쁘기도 했지만 인향이 둘만의 미래를 이야기하려 들 때마다 이 핑계 저 핑계를 대며 피했던 것이다. 인향은 마음이 상했다. 아무리 신문물에 밝고 적극적인 그미지만, 살짝 열렸다가 다시 닫히려는 사내의 마음을 어찌 붙들어야 할지 막막했다. 말로 해결될 문제라면 먼저 이야기를 꺼냈으리라. 그러나 이것은 손을 잡고 입을 맞추고 그리하여 한 사람이 다른 한 사람과 한 몸 한 마음이 되는 일이었다. 그 모두를 주도하기엔 얼굴이 화끈거리는 벌판도 있었고 전혀 모르는 계곡도 있었으며 주저주저 멈칫댈 수밖에 없는 성벽도 있었다.

출범식은 아주 좋은 계기였다. 이 기회를 놓치면 장철호, 이 남자는 또 몇 달 혹은 몇 년을 그냥 흘려보낼지도 몰랐다.

긴 입맞춤을 마치려는 순간 인향이 철호의 가슴에 손을 얹었다. 철호가 그 손목을 쥐었다.

"시간이 없어."

"맞아. 시간이 없어."

인향이 그 말을 다르게 받아들인 것처럼 반복한 뒤 등을 보이며 돌아앉았다. 그미의 어깨가 봄나들이에 처음 나선 사슴의 눈망울처럼 조금씩 떨렸다. 그것은 오랜 고민 끝에 택한 가장 수동적이면서도 능동적인 자세였다. 솔직히 그미는 그의 손이 드레스 자락에 닿기만 해도 무릎이 풀려 맥없이 쓰러질 것만 같았다. 차라리 시선을 피한 채 돌아앉는 편이 나았다. 당황하는 표정을 감추고 사랑하는 이의 손길을 조금이라도 오래 느끼는 것이 목표였다.

철호는 손을 들었다가 내리고 숨소리도 조심스레 감추었다. 눈썹이 파르르 떨렸다. 인향을 떠올리며 버틴 시간이 얼마나 길고 어두웠던가. 사랑했고 사랑하고 사랑할 단 한 사람!

인천에서 재회하기 전까진 막연한 그리움이었지만 조계지에 머물며 함께 웃고 걷고 이야기를 나누면서 아끼는 마음이 더 높고 짙어졌다. 3년 동안 감옥에 갇혔을 때 그미가 넣어준 책들은 한 권 한 권이 곧 연서였다. 새 세상을 알고 싶은 호기심도 물론 컸지만 그미의 마음에 담긴 풍광을 보고 듣고 느끼고 싶은 바람도 깊었다.

그의 인생에서 최인향이란 여자와 사랑을 나누리라고 확신하진 못했다. 평생 마음에 품고 밖으론 뱉지 못할 은밀한 기쁨이라고 여긴 적이 많았다. 이팔청춘에 만나 첫눈에 반했더라면 앞뒤 재지 않고, 이 감정의 바다 끝까지, 성춘향과 이몽룡처럼 헤엄쳐 갔을지도 모른다. 그러나 세상의 모든 질서를 무시한 채 한 남자와 한 여자로 오롯이 만나기엔 어려서부터 철호에게 몰아친 광풍이 너무 거셌다. 그가 아끼는 아름답고 귀한 것일수록 가장 먼저 불타 부서지거나 멀리 버려졌던 것이다. 아버지도 어머니도 또 현주까지도. 그리하여 철호는 인천에서 인향에 대한 흠모가 깊어갈수록 혼잣말처럼 스스로에게 묻는 버릇이 생겼다.

'지금일까? 지금이 아닌데 지금이라 우기고 싶은 건 아닐까?'

인향의 고운 등과 떨리는 어깨를 보면서도 철호는 같은 물음을 속으로 던졌다. 지금일까? 지금 그미를 품어도 그미가 불행해지지 않을까?

확신이 서지 않는 듯 철호가 둘 사이에 오늘의 일을 끌어들이려 했다.

"출범식이 끝나고……."

그러나 인향이 돌아앉은 채 철호의 핑계를 잘랐다.

"내 인생에서 하루를 골라야 한다면 오늘이야."

철호의 두려움을 헤아린 듯 말을 이었다.

"당신은 내게 단 한 줌의 불행도 주지 않았어. 내가 지닌 불행들까지 모두 행복으로 바꿨지. 부끄럽게 둘 거야, 내 등?"

철호가 한 걸음 다가섰다. 그리고 제 마음에 꼭 드는 나무에게 서툰 인사를 건네는 소년처럼, 뒤에서 꽉 인향을 안았다. 마주 쥔 그의 손에 그미의 두 손이 잎사귀처럼 덮였다. 응달에서 응달로 이어지던 오랜 기다림을 마치고 햇빛을 바라보듯 그미가 천천히 고개를 돌려 턱을 들었다. 그의 입술이 자석처럼 그미의 입술에 얹혔다.

입을 맞추며 두 사람은 잎을 떨어뜨리듯 오늘 출범식을 위해 차려 입은 드레스와 양복 정장을 하나하나 벗었다. 시간이 없다는 이야길 주고받았지만 어느 쪽도 급히 서두르지 않았다.

"저기 조금만…… 이쪽!"

"거기가 아니라……."

"되었어? ……아닌가?"

"위가 아니라 옆에서부터…… 그래."

완성되지 않는 문장도 서툰 손길도 서로를 위하는 몸짓으로 자연스럽게 녹아들었다. 둘만의 비밀스런 순간이 하나씩 늘어날 때마다 누가 먼저랄 것도 없이 눈을 맞추며 어색한 듯 웃었다. 그렇지만 부끄러워 물러나거나 감추지 않았고 다음 비밀을 향해 오감을 집중시켰다.

마침내 철호와 인향은 잎이란 잎 모두 떨어져나간 겨울나무처럼 알몸이 되었지만 춥거나 외롭지 않았다. 사랑하는 이가 행여 추울까 걱정하며 자신의 몸에서 가장 뜨거운 부분을 먼저 건넸기 때문이다. 서로가 서로의 몸을 데우며 하나로 섞여든 후론 내 것 네 것 구별되지 않았다. 내가 뜨거우면 너도 뜨거웠고 내가 추우면 너도 추웠으며 내가 아프면 너도 아팠고 내가 기쁘면 너도 기뻤다.

첫 정사가 끝난 뒤에도 둘은 한동안 떨어지지 않았다. 둘 사이에 오간 몸짓 빛깔 소리 향기가 가라앉을 때까지 한 몸으로 기다렸다. 가쁜 숨소리가 사라지고 기분 좋은 나른함이 찾아들었을 때 인향이 철호의 팔을 벤 채 물었다.

"계속 기다렸어. 특히 지난 두 달은 하루가 백 년보다 길었다고. 왜 내게 더 빨리 다가오지 않았지?"

철호가 인향의 머리카락을 만지작거리며 되물었다.

"두 달 전과 지금의 차이가 중요하지 않았다면 변명일까? 내가 네 곁을 지키듯 너도 내 곁에 머물 테니까, 변치 않는 사이니까 급히 처결할 일들 다음으로 미뤄뒀던 거야."

인향이 엎드려 고개를 들어 눈을 맞췄다. 그리고 그의 손등에 살포시 입술을 댔다.

"다음부턴 미루지 마. 언제나 지금 다가오겠다고 약속해줘."

철호가 대답 대신 인향의 머리를 꼭 끌어안았다.

"이런! 늦었어."

인향이 시계를 확인하곤 급히 일어섰다. 철호도 아무렇게나 벗어놓은 예복을 챙겨 입기 시작했다. 바지를 입고 셔츠에 두 팔을 끼우자, 어느새 드레스를 다 입은 인향이 단추를 하나하나 채우고 넥타이까지 매어주었다. 그리고 손가방에서 무엇인가를 꺼내 건넸다.

"뭐야 이게?"

"약혼 예물! 오늘 출범식 마지막 순서는 우리 둘의 약혼 발표야."

손을 폈다. '張哲鎬장철호'라는 금박을 새긴 오동나무 도장집이다. 도장집을 열자 상아 도장이 나왔다. 인향이 속삭였다.

"앞으로 모든 문서엔 이 도장을 찍어. 영광과 번성의 기운이 가득하니 소중하게 간직해."

철호가 조금은 난처한 표정을 지어 보였다.

"난 준비한 게 없는데?"

"벌써 받았어. 철인호가 당신이 내게 준 예물인 걸. 멋지게 무릎을 꿇고 사랑을 맹세해줘. 최인향은 오늘부터 영원히 장철호의 여자라고. 하객들뿐만 아니라 하늘과 땅과 바다의 미물들까지 모두 들을 수 있게 큰 소리로 당당하게!"

철호는 인향의 이마와 콧잔등과 입술에 다시 길게 입을 맞췄다. 그리고 인향이 등을 보이며 돌아앉아 건넨 문장을 소리 내어 되새겼다.

"내 인생에서 하루를 골라야 한다면 오늘이야."

두 사람은 서둘러 부두로 나갔다.

2월 늦겨울의 찬바람을 걱정했지만 하늘은 더욱 맑고 바람은 거의 불지 않았다.

초청객들은 부두에 나란히 선 철호와 인향의 환대를 받은 뒤 차례차례 쌈판에 올랐다. 일본제1은행 인천지점장 슌스케와 주임 유키오, 철인호를 넘긴 마사토, 대불호텔 설립자 히사타로 등이 앞자리를 차지했다.

조통달이 송상을 이끌고 도착했다. 철호가 목례를 하자 노회한 상인은 지팡이를 양손으로 짚은 채 멀리 떠 있는 철인호를 바라보았다.

"약속은 꼭 지켜."

"알겠습니다. 어르신!"

조통달 뒤에 선 중늙은이가 실없이 웃었다. 철호는 낯선 사내가 누구인지 조명종에게 눈으로 물었다. 조명종이 난처한 표정으로 답했다.

"아버지이셔. 한양에 계시다가 닷새 전에 개성으로 돌아오셨어. 네가 행수가 되었다고 말씀드렸더니 한사코 와서 보시겠다고 하셔서……."

노름에 전답을 날리고 장훈에게서 거금을 빌려갔던 조식병이 양팔을 활짝 펴고 나아와서 허풍스레 철호 손을 쥐었다.

"반갑구나. 어릴 때부터 초롱초롱하더니 저 큰 배의 주인이 된 게야? 어디 보자! 장훈의 환생이로다! 깊은 눈하며 오똑한 코 하며. 잘 지냈느냐?"

철호의 표정이 뚝뚝하게 굳었다. 아버지 장훈이 죽은 뒤 어머니 해주댁은 조식병이 빌려간 급전을 돌려받기 위해 찾아갔었다. 조식병은 돈을 빌리지 않았다고 거짓말을 하곤 한양으로 달아났다. 조통달은 투전꾼 아들 빚을 대신 갚을 순 없다며 딱 잘라 거절했고 그 때문에 해주댁은 화병을 앓다가 죽었다. 곁에 선 인향이 철호의 불편한 표정을 살피며 대신 답했다.

"와주셔서 감사합니다. 씨름판에 오르시지요."

"누구……?"

"천년향 사장 최인향이라고 합니다. 철인호 공동선주입니다."

조식병은 턱이 들릴 만큼 제 이마를 탁 치며 허리를 숙였다.

"아! 전임부사의 금지옥엽 외동따님? 아들놈에게 이야기 많이 들었습니다요. 감사라니요? 만부당천부당합니다. 저는 장 행수 선친의 죽마고우입니다. 개성에도 다녀가셨단 얘긴 들었습니다. 소문대로 미인이십니다. 나중에 따로……."

조통달이 지팡이를 들어 엉덩이를 사정없이 찔렀다. 조식병이 꼬리뼈를 문지르며 뒤돌아섰다.

"아버지! 저도 이제 곧 손자 볼 나입니다."

"흰수작 말고 어서 타. 한마디만 더 지껄이면 여기에 버리고 우리만 가겠다."

"아닙니다. 타야죠. 타겠습니다. 철호야! 회포는 나중에 풀자. 해줄 말이 참 많단다. 송상 장훈의 아들이면 내 아들이기도 해."

조통달 일행이 배에 오른 뒤 혁필을 따라 인천 행수들이 도착했다. 혁필이 철호와 악수를 나누었다.

"축하해. 이제 배도 장만했으니 돈 버는 일만 남았군."

철호가 단정하게 받았다.

"감사합니다. 모두들 오셨군요."

인향이 행수들 면면을 살핀 뒤 혁필에게 물었다.

"진태 씨가 보이지 않는군요. 초청장을 보냈습니다만?"

혁필이 대수롭지 않게 받아넘겼다.

"일이 좀 남았다는군. 함께 지냈으니 잘 알지 않소. 돈 버는 일이라면 자다가도 벌떡 일어나는 지랄 맞은 성미 말이오. 곧 뒤따라올 게요. 그나저나 오늘 대미를 장식할 이는 배로 벌써 갔소?"

인향이 잠시 철호와 눈을 맞춘 뒤 답했다.

"현주 말씀이시군요."

"그렇소. 역시 파티는 노래로 끝내는 게 최고지. 선상에서 부르는 장현주의 노래! 근사할 거야."

"드레스를 고르느라 조금 늦나봅니다. 먼저 가 계시면 곧 올 겁니다."

"그래요? 최 대표보다도 더 멋진 드레스를 입고 오려나 보군."

인향이 억지웃음을 지어 보였다.

"아마도 그럴 겁니다."

인천과 개성의 대표 상인들을 태운 쌈판이 출발하기 직전 인향이 귓속말로 물었다.

"현주가 불참하면 어쩌지?"

철호가 목소리를 낮췄다.

"꼭 올 거야. 오늘 출범식이 얼마나 중요한지 아니까. 먼저 철인호에 가서 준비하고 있어."

인향은 쌈판으로 옮겨 탔고 철호는 남았다. 약속시간에 늦은 초청객을 마지막으로 안내하기 위함이다.

현주야!

철호는 멀어지는 쌈판을 바라보며 여동생 이름을 되뇌었다.

현주를 마지막으로 본 이는 인향이었다. 그제 같이 천년향에서 저녁을 먹었던 것이다. 두 여자는 악보를 펼쳐놓고 콧노래를 흥얼거리며 축가를 고르다가 헤어졌다. 어제 저녁 답동성당에서 다시 만나 선곡을 마무리 짓기로 했지만 현주는 오지 않았다.

인향은 곧바로 객주로 가서 철호에게 이 사실을 알렸다. 처음엔 날이 밝기 전에 돌아오겠거니 여겼다. 혹시? 현주를 탐내는 혁필의 얼굴이 스쳐 지나갔지만 이내 고개 저었다. 철인호 출범식에 참석하겠다는 답신이 혁필을 비롯한 인천 행수 모두로부터 왔던 것이다. 혁필은 그들을 막지 않았으며 들리는 풍문으론 참석하는 것이 여러모로 좋겠다는 독려까지 했다고 한다.

밤이 가고 날이 밝았다. 한껏 멋을 내고 곧장 부두로 나타나리라 기대했지만 깜깜소식이다.

어디 있니? 왜 이리 더딘 게야? 정녕 무슨 사고라도 당했어? 네 노래를 듣기 위해 얼마나 많은 사람이 모였는데, 이렇게 오빠 속을 썩이느냐? 오늘 이 세상에서 가장 아름다운 노래를 들려주겠다고 장담했잖아? 인천 앞바다 물고기들까지 모두 놀라 수면으로 튀어 오르게 만들겠다고. 어서 오렴.

발소리가 났다. 급히 돌아보았다. 잰걸음으로 부두를 향해 오는 이는 현주가 아니라 진태였다. 감색 양복에 은회색 넥타이가 묵직했다. 이마에 맺힌 땀을 닦지도 않고 철호 앞에 서서 물었다.

"초청객은?"

"네가 마지막이야. 일이 많았나 봐?"

"응! 서둘러 오려고 했는데 그렇게 됐어."

철호가 혹시나 하는 마음에 넘겨짚었다.

"현주 못 봤어?"

진태의 눈썹이 가늘게 떨렸다. 그제 밤을 꼬박 새우며 그미와 나눈 뜨거운 순간들이 되살아난 탓이다. 철호와 인향에겐 숨겨야 하는 비밀스런 정사였다. 철호가 그 떨림을 놓치지 않았다.

"인천 으뜸 가수는 왜?"

"그제 밤부터 봤다는 사람이 없어. 오늘 축가를 불러야 하는데 말이야. 혹시 만났어?"

시치미를 뗐다.

"아니! 권 행수 어른을 모신 뒤로 너희 남매나 최 대표가 날 사람 취급이나 해?"

"그래? 정말이지?"

"내가 현주를 만났다고 누가 헛소리를 뱉기라도 했어?"

"아냐. 됐어. 타자. 일단 출범식부터 시작해야겠어."

철인호로 갔던 쌈판이 부두로 돌아왔다. 양복을 빼입은 두 청년이 나란히 쌈판에 올랐다. 철호는 눈가늠하듯 철인호 선상을 살폈고 진태는 먼 여행이라도 떠나는 사람처럼 부두를 쳐다보며 슬픈 웃음을 몰래 지었다.

쌈판이 개항에서 점점 멀어지자 인천 조계지 전체가 한눈에 들어왔다. 진태의 시선이 청국 조계와 일본 조계를 가르는 계단에서 멈췄다. 시야가 탁 트인 자리로 몇몇 사람이 나와 섰다. 대부분 검은 옷인데 그 중 키 큰 여자에게서만 붉은 기운이 돌았다. 아는 여자였다. 진태는 장미꽃보다도 열정적인 그 여인의 이름을 속으로 삼켰다.

현주!

진태는 어둑새벽부터 분주했었다.

북두칠성과 함께 야음을 틈타 철인호로 잠입한 것이다. 행여 어부들 눈에 띌까 외국인 묘지를 넘어간 뒤 조각배에 몸을 실었다. 철인호 선원 다섯 명이 갑판 아래 선실에서 자고 있었다. 문틈으로 시큼한 막걸리 냄새가 흘러나왔다. 새 선주 장철호가 엄격하다는 풍문을 듣고 마지막 술판을 벌인 듯했다.

발소리를 죽이며 이물로 이동했다. 철사다리가 끝날 때까지 더 깊은 어둠으로 내려갔다. 얼음장 같은 기운이 손바닥을 타고 뒤통수로 치밀었다. 최소한의 등잔불만 벽에 붙어 드문드문 옅은 빛을 드리웠다.

북두칠성이 등짐을 풀었다. 그 속에 든 폭약과 도화선용 줄을 들고 흩어졌다. 폭약 다발에 꽂은 심지를 하나로 모았다. 그 끝에 불을 댕기면 폭발이 이어지는 것이다. 단번에 배를 가라앉힐 정도는 아니었다. 구멍이 뚫리고 물이 들어차면서 침수될 때까진 적어도 30분이 걸리도록 폭약의 양을 미리 조절해서 가져왔다.

"잘 기억해두십시오."

주걱턱이 도화선을 감춘 공구 상자를 턱짓으로 가리켰다. 등
잔불이 흐렸다.

"마쳤으면 그만 가지."

"한 치 오차도 용납되지 않습니다. 눈을 감고도 곧바로 도화
선을 찾으셔야 합니다."

"그렇게 못 미더우면 네가 해. 왜 최종 마무리를 나한테 넘겨?
이딴 짓거린 너희 전문이잖아?"

"혹시 딴 마음 먹고 계신 건 아니죠?"

"딴 맘이라니?"

주걱턱 대신 망치가 어둠에서 나섰다.

"우리가 항상 지켜본다는 사실을 잊지 마십시오."

진태는 불뚝성이 솟았다.

너희가 뭘 어쩔 건데? 조금 빠르거나 늦는다고 날 팰래? 죽이
기라도 할 거야?

철인호를 빠져나와 조각배를 출발시킨 곳으로 돌아왔다. 공동
묘지 입구에서 북두칠성과 헤어졌다. 진태는 출범식에 나갈 마
음이 급했는데 그들은 서두르는 기색이 전혀 없었다.

"권 행수 어른 호위하려면 달려야 하는 거 아닌가?"

우두머리인 혹부리가 답했다.

"우리 일은 우리가 알아서 합니다. 서두르세요. 양복이라도 갈
아입고 선상 파티에 참석하려면 시간이 부족하지 않습니까?"

철인호를 오르내리느라 바지와 저고리 곳곳에 기름때가 묻었다. 어젯밤 혁필은 오늘 파티를 위해 특별히 양복 한 벌을 선물했다. 거듭 사양했지만 호의를 거두지 않았다.

"장철호보다 더 멋지게 보여야지. 안 그래?"

쌈판이 기우뚱 흔들렸다. 진태는 균형을 잡은 뒤 넥타이를 고쳐 맸다. 조계지 계단으로 끌려나온 현주를 발견하고 나니 숨이 막혀왔다.

권혁필!

이 꼽추가 지닌 비열함의 끝은 과연 어디일까. 진태는 욕지기질을 참으며 다짐했다. 지금은 비록 수족 노릇이나 하지만 언젠가는 놈을 제거하고 인천 으뜸 행수가 되리라.

"무슨 생각을 그리 골똘히 해? 다 왔어. 내릴 준비하자고."

철호가 어깨를 쳤다. 쌈판이 벌써 철인호 옆구리에 닿기 직전이었다.

"어서 올라와. 늦진 않았군. 컬컬컬."

혁필이 길게 담배연기를 뿜으며 난간 밖으로 고개를 내민 채 반겨 맞았다. 진태가 목례한 후 갑판으로 올라갔다.

"그 일은 마쳤고?"

혁필 주위 행수들이 일제히 마지막 초청객을 쳐다보았다.

"네. 깔끔하게! 다음 일을 시작하셔도 됩니다."

혁필이 짓뭉개진 눈으로만 웃었다. 웃을수록 성난 혹은 고통스런 표정이었다. 호위하는 장정은 없었다.

"수고 많았네. 역시 자넨 최고야."

출범식이 시작되었다.

식장은 고물 갑판에 마련되었다. '哲仁'이란 두 글자를 선명하게 새긴 깃발이 나부꼈다. 일곱 개의 원탁엔 산해진미가 그득했다. 따로 의자는 없었다.

현주가 도착하지 않았기 때문에 축가는 취소되었다. 인천 으뜸 가수의 공백을 느끼지 못할 만큼 와인은 달콤했고 고기는 부드러웠다. 술이 두어 순배씩 돈 뒤 철호가 단상으로 올라섰다. 왁자지껄한 분위기가 잦아들었다.

"철인호 출범식에 참석해주셔서 감사드립니다. 인천이 개항한 지도 벌써 13년이 흘렀습니다. 이제부턴 입항하는 외국 선박을 맞이하는 데 멈추지 말고, 부산과 원산 같은 국내 항구는 물론이고 상하이나 시모노세키 같은 국외 항구까지 찾아가야 합니다. 이를 위해선 해로를 안전하게 오갈 상선 구입이 반드시 필요합니다. 철인호를 부지런히 운행해서 한층 발전된 해상 무역을 펼쳐나가겠습니다. 여기 모이신 귀빈들의 많은 조언과 도움 부탁드립니다."

연설이 끝났는데도 정적이 이어졌다. 혁필이 천천히 박수를 치자 인천 행수들도 뒤따라 박수를 보냈다. 다음은 인향이 인사말을 할 차례였다. 공동 선주가 자리를 맞바꾸는 사이 혁필이 고개를 돌려 진태를 노렸다.

지금이야!

진태는 단상에서 가장 먼 원탁까지 슬슬 뒷걸음질 쳤다. 그리고 돌아서서 난간을 따라 이물로 향했다. 해풍이 턱을 밀어 올렸다. 쌈판 네 척이 밤손님처럼 철인호로 접근하는 중이었다. 빵과 치즈를 나르던 웨이터가 말을 걸었다.

"어딜 찾으십니까?"

대불호텔 3층 홀 연회장에서 몇 차례 인사를 주고받은 이였다. 진태가 엉겁결에 답했다.

"소피가 급하여……."

"이쪽으로 쭉 가십시오. 조타실로 오르는 계단 옆 작은 방이 화장실입니다."

"고맙네."

진태는 반달음으로 조타실 계단에 닿았다. 주위를 살펴 자신에게 향한 시선이 없음을 확인한 뒤 화장실을 지나쳤다.

새벽에 잠입했던 기억을 더듬으며 사다리를 찾아 두 발을 옮겼다. 이물 갑판 아래에는 인기척이 없었다. 모두 선상 파티를 즐기기 위해 고물 갑판으로 몰려간 것이다. 공구 상자를 밀어내고 손을 뻗었다. 도화선이 잡혔다. 호주머니에서 성냥을 꺼내 쥐곤 숨을 들이마셨다가 내쉬었다.

여기에 불을 붙이면 1분 후 폭약이 터지고 배가 가라앉기 시

작하리라. 폭발음이 나기 전에 아무 일 없는 듯 식장으로 돌아
가야 한다.

장철호!

오늘로 네 몸부림도 끝이다.

권혁필을 너무 쉽게 봤어. 악마가 권모술수를 부리면 너도 권
모술수로 맞섰어야 해. 손에 든 패를 전부 내보인다고 누가 널
정직하다며 우러러볼 줄 알아? 싸우기로 마음을 먹었으면 수단
과 방법을 가리지 말고 이겨야 하는 거야. 이기려면 내 약점을
감추고 상대방 약점을 집요하게 물고 늘어졌어야지. 권혁필은 정
말 야비함으로 똘똘 뭉친 놈이야. 지옥의 밑바닥에 네놈을 처넣
기 위해 일본제1은행을 이용했지. 넌 네 의지에 따라 슌스케 지
점장과 송상 조통달을 찾아가서 돈을 빌렸다고 여기겠지? 천만
에, 모든 건 혁필의 각본이었어. 이 인간 망종은 끝까지 제 손에
피를 묻히지 않으려 드네. 권혁필답지. 날 원망하진 마라. 내가
아니더라도 누군가 할 일이니까. 이왕이면 내가 이 망할 짓을 하
고 혁필의 신임을 얻는 편이 낫지. 자, 이제 장철호의 몰락을 시
작해볼까.

진태는 도화선에 불을 댕긴 뒤 사다리를 타고 올랐다. 식장에
도착하여 와인 잔을 집는 순간 정확히 1분이 지났고 묵직한 굉
음이 철인호 이물에서 연이어 터졌다.

콰콰쾅!

배가 앞뒤로 크게 출렁이더니 왼쪽으로 기울었다. 그 바람에 갑판 원탁에 놓인 술병이 떨어졌고 초청객 역시 무게중심을 잃으며 쓰러졌다. 단상의 인향도 엉덩방아를 찧었고 옆머리를 세차게 바닥에 부딪쳤다.

"괜찮아? 다친 데 없어?"

철호가 무릎걸음으로 기어와서 부축했다.

"어떻게 된 거야? 뭐야 저 소린?"

인향의 이마에서 피가 주르륵 흘렀다. 철호가 손수건을 댔다.

"가만있어. 지혈해야 돼."

인향이 손을 밀치며 다시 물었다.

"뭐냐고?"

쓰러진 사람들이 일어나서 난간을 붙들고 버텼다. 출범식장을 장식한 오색천이 가오리연 꼬리처럼 펄럭였다.

"폭발 같아. 이물 쪽인 듯한데……."

"폭발이라니? 왜 갑자기?"

철호가 답하기도 전에 배가 요동쳤다. 처음보다 더 큰 굉음이 들렸고 배가 급히 기울었다. 철인호 주변을 맴돌던 쌈판 네 척이 어느새 초청객들을 옮겨 싣고 있었다. 조통달 일가를 비롯한 송상과 외교관들을 태운 쌈판은 벌써 철인호에서 멀어졌다.

난간을 다리 사이에 끼운 혁필은 아수라장이 된 갑판을 마지막으로 훑은 뒤 쌈판으로 건너갔다. 인천 행수들도 우르르 뒤따랐다.

"가야 해."

진태가 달려와선 재촉했다. 철호는 쥐고 있던 인향의 손을 진태에게 넘겼다.

"먼저 가 있어. 난 이물 쪽을 확인해봐야겠어. 부탁해!"

"괜한 고집 부리지 말고 같이 가."

"한두 번 폭발에 침몰할 배가 아냐. 침몰해선 안 돼. 철인호를 되살릴 방법을 찾을 거야. 그러니 먼저 출발해."

인향이 돌아서는 철호의 다리를 끌어 품에 안았다. 이마에서 흐른 피가 코를 지나 턱에 닿았다.

"안 돼. 가지 마. 못 가. 못 간다고."

철호가 그 손목을 풀며 달랬다.

"금방 올게. 날 믿지? 진태야! 인향이 좀 잡아, 어서!"

진태가 등 뒤에서 인향의 어깨를 붙드는 사이 철호는 이물을 향해 달려갔다. 그미도 뒤따르려 일어섰지만 진태의 손힘을 당해내지 못했다. 눈물 흘리며 절규했다.

"이거 놔! 살아도 같이 살고 죽어도 같이 죽을 거라고."

진태가 뒤에서 끌어안고 설득했다.

"침착해. 철호가 부탁하는 거 들었지? 난 널 지킬 거야."

완력으로 인향을 끌고 난간으로 움직였다. 쌈판에서 기다리던 혁필이 두 사람을 발견하곤 손바닥을 비비며 히죽거렸다.

"이게 누구신가? 장 행수는 어디가고 진태 자네가 최 대표를 구출해 오는 게야? 하여튼 환영합니다. 어서 내 손을 잡고 건너오시오. 최 대표, 당신은 살았습니다."

혁필이 팔을 끌어 쌈판에 태웠다. 인향은 주위를 살폈다. 쌈판 세 척은 이미 부두로 떠났다. 혁필이 탄 쌈판이 철인호에 접근한 마지막 배였다.

철인호가 침몰하면?

철호가 살아나올 방법이 없었다. 제아무리 수영에 능해도 여기서 부두까진 너무 멀었다. 인향이 애원했다.

"기다려야 해요. 장 행수가 곧 돌아올 거라고요."

다시 폭발음이 들렸다. 배가 거의 90도로 기울었다. 검은 연기가 피어올랐다. 배 밑바닥에서 시작된 불길이 갑판까지 치고 올라온 것이다. 선원들까지 모두 철인호를 버리고 쌈판으로 피했다. 혁필이 인향의 얼굴을 바라보며 컬컬컬 웃음을 흘리다가 뚝 끊고 명령했다.

"출발해. 뭘 이리 꾸물거리냐."

쌈판이 철인호를 떠났다. 갈매기들이 시끄럽게 하늘을 맴돌았다.

그 순간 사내 하나가 조타실 창으로 빠져나와 창틀을 딛고 올라서서 손을 흔들어댔다. 장철호였다.

"저기! 사람! 어서 배를 돌려요. 장 행수를 구해야 해요."

인향이 소리쳐도 반응하는 이가 없었다. 곁에 선 진태의 어깨를 미친 듯이 때리며 흐느꼈다.

"뭐해? 빨리 구해! 진태야! 어서 철호를⋯⋯."

진태는 지금이라도 옛 친구를 구하러 가도 되는지 새 주인에게 눈으로 물었다. 혁필이 싸늘한 눈웃음과 함께 고개 저었다.

"폭발이 계속되고 있어. 지금 가면 위험해. 기다리자. 철호가 나올 때까지 여기서⋯⋯."

진태가 변명을 늘어놓았다. 그 순간 지금까지와는 비교할 수 없을 만큼 강력한 굉음이 터졌다. 쌈판에 탄 이들까지 쓰러질 정도였다.

진태와 함께 나뒹군 인향이 급히 고개를 들어 철인호를 살폈다. 손을 흔들던 철호가 보이지 않았다. 그가 모습을 드러냈던 조타실에 큰 구멍이 뚫렸다.

"아! 안 돼."

그 순간 지름이 족히 2미터는 넘는 쇳덩이가 포탄처럼 날아와서 쌈판 고물을 때렸다. 나무 짐배가 붕 떠올랐다가 뒤집혔다. 사람들이 사방으로 튕겨 바다에 빠졌다.

진태가 먼저 수면으로 머리를 내밀었다. 쌈판을 몰고 온 북두칠성의 주걱턱이 혁필의 굽은 등에 제 등을 대고 나무판에 올리려 했지만 자꾸 미끄러졌다. 혁필과 진태의 눈이 마주쳤다.

"이 새끼야! 빨리 이리 못 와!"

진태는 주걱턱을 도와 혁필을 무사히 나무판에 개구리처럼 엎
드리게 한 뒤 황급히 물러났다. 소리를 질러대는 사람들 틈엔 인
향이 보이지 않았다. 심호흡을 한 후 수중으로 들어갔다. 물살이
빠르고 부유물이 많아서 시야가 흐렸다. 손을 휘저으며 나아갔
다. 누군가 그의 발목을 붙들었다. 다리를 흔들어 떼어내려 했지
만 허벅지까지 엉겨 붙었다. 허리를 숙여 상대의 귀를 물어뜯은
후 콧등을 이마로 박곤 수면으로 올라왔다. 소리를 질러댔다.

"인향! 어디 있어? 어디야?"

미역처럼 흔들리는 검고 긴 머리카락이 언뜻 보였다. 떠다니
는 파편을 피해 빠르게 헤엄쳐갔다. 그러나 머리카락은 이미 물
살에 쓸려 그곳에 없었다.

껑충 솟구쳤다가 머리부터 잠수했다. 수면 가까이를 횡으로
오가는 대신 두 발을 열 번 넘게 차며 깊이 내려갔다. 어둠이 짙
어지면서 물살의 흐름이 차츰 느려졌다. 반 바퀴 빙글 돌아 머리
와 다리의 위치를 바꾼 뒤 고개를 쳐들고 눈을 더욱 크게 떴다.
희끄무레한 빛 사이로 어두운 물체들이 움직였다. 진태는 그것
들을 인향과 비교하며 하나하나 살폈다.

10초쯤 흘러갔을까.

둥글게 퍼져 빛을 가린 머리카락이 눈에 들어왔다. 진태는 지
체하지 않고 떠올라 그 사람의 목을 등 뒤에서 감았다. 수면을
향해 헤엄쳤다. 인향이었다.

"정신 차려!"

뺨을 흔들었지만 움직임이 없었다. 바다에 갑자기 빠져 짠물을 들이키다가 숨이 막혀 정신을 놓은 것이다. 빈 나무판으로 인향을 올렸다. 아랫배에 걸치듯 앉아서 목을 죄는 드레스부터 찢었다. 하얀 목덜미와 가슴골이 드러났다. 두 손을 펴 명치에서부터 밀어 올렸다. 젖가슴 사이를 힘껏 눌렀다. 진태의 이마에 땀이 맺혔다. 명치를 쓸고 가슴 압박을 계속했지만 인향은 시체처럼 꿈쩍하지 않았다.

"안 돼! 죽으면 안 돼. 제발……. 몰랐어! 난 정말 일이 이렇게 될 줄 몰랐다고."

굵은 눈물이 젖가슴으로 떨어졌다.

컥!

무엇인가 뚫리는 소리와 함께 인향의 입에서 누런 물이 쏟아졌다. 시큼한 물을 고스란히 맞은 진태는 얼굴을 찡그리지 않고 오히려 바보처럼 웃었다. 인향의 감긴 눈이 가늘게 떨리다가 뜨였다.

살아난 것이다.

제10장

지옥의 밑바닥

철호의 시신은 찾을 수 없었다.

그날 바다에 수장된 이는 철호를 포함하여 셋이었다. 시신을 건진 조선인 선원 둘의 고향 부산포의 가족에게 비보를 전했다. 철호의 실종은 다른 문제였다. 철인호의 선주이자 서상진에 이어 행수에 오른, 인천을 대표하는 상인이 사라진 것이다. 철인호 침몰로 빚더미에 깔려 고생하느니 차라리 죽음을 택했으리란 풍문이 돌았다.

비누회사 천년향을 비롯하여 객주의 창고와 토지 모두 일본 제1은행으로 넘어갔다. 인향이 급전을 구하려고 상경했지만 최용운은 전후 사정을 파악한 뒤 오히려 인천에서 손을 떼고 상경하여 민간은행 설립에 힘을 보태라고 했다.

보름 만에 한양에서 돌아온 인향은 그래도 미련이 남은 듯 은행거리를 찾았다. 일본 지점장들은 깍듯하게 예의를 갖추면서도 대출을 허락하지 않았다.

마지막으로 인향이 연락한 이가 행수 권혁필이다.

혁필은 약속장소를 대불호텔 3층 홀로 정했다. 그 홀은 철호와 인향이 철인호를 계약한 곳이다. 인향이 도착하니 혁필이 진태를 데리고 먼저 와서 기다리고 있었다. 세 사람은 국화차를 앞에 놓고 원탁에 둘러앉았다.

"돈이 필요합니다."

인향이 운을 뗐다. 진태가 안타까운 표정을 지으며 설득하려 들었다.

"되살리기엔 이미 늦었어. 모르겠니? 차라리……."

혁필이 쏘아보는 바람에 진태는 말끝을 흐렸다. 인향은 3년 안에 원금을 상환하겠다는 조건을 제시했다. 심드렁하게 시선을 내리깐 채 이야기를 끝까지 들은 혁필이 엉뚱한 질문을 던졌다.

"한데 왜 장 행수의 장례는 치르지 않는 거요?"

인향은 독 오른 고슴도치처럼 되물었다.

"장례라니요? 장례를 왜 치른단 말이죠?"

혁필이 옆에 앉은 진태와 눈을 맞춘 뒤 답했다.

"몰라서 묻는 거요? 배와 함께 빠져 죽었든지, 폭발과 함께 타죽었든지, 망자의 장례를 치르는 건 당연한 일 아니오?"

"철호 씨는 실종된 겁니다. 사망한 게 아니라……."

혁필이 혀를 차댔다.

"헛된 기대를 아직도 떨치지 못했군. 어리석고 어리석소. 철인
호가 침몰하고 보름이 훌쩍 지났는데, 아직 그를 봤다는 사람이
전혀 없소. 이게 뭘 뜻하겠소? 벌써 고기밥이 됐단 소리라오."

인향은 두 손을 바들바들 떨었다. 진태가 끼어들었다.

"무척 안타깝지만 현실은 현실로 받아들이는 편이 나아. 인천
행수 누구도 철호가 살아 있다고 보진 않거든. 책임감 강한 철
호가 목숨을 건졌다면 벌써 우리 앞에 나타나지 않았겠어? 이렇
게 최 대표 혼자 동분서주하게 됐겠……?"

"장례 문젠……."

인향이 말허리를 잘랐다.

"이 자리에서 거론하지 말았으면 해요. 내가 알아서 결정하겠
어요. 논의를 좁히죠. 돈을 빌려주실 수 있으신지요?"

혁필이 손바닥으로 삐뚤어진 입술을 훔치며 비웃었다.

"슌스케 지점장에게 들었소. 아주 들쑤시고 다녔더군. 은행뿐
만 아니라 돈이라면 환장을 하는 전당포들까지 최 대표를 외면
하는 이유는 담보로 삼을 물건이 없고 돈 벌 가능성은 더더욱
희박하기 때문이오. 참 딱하게 되었소. 대충 마지막 순례인 듯
하오만……. 내가 돈을 주면 최 대표는 내게 뭘 줄 수 있소?"

혁필은 인향의 목덜미를 지나 젖가슴을 핥을 듯 노렸다.

"……뭐가 필요한데요?"

인향이 겨우 버티며 되물었다. 혁필의 검은 눈동자가 한 바퀴 크게 돌았다. 그리고 손을 들어 진태를 가리켰다.

"박진태, 저 친구랑 결혼이라도 하겠소?"

짧은 침묵이 팽팽하게 흘렀다. 너무나 갑작스런 제안이었다.

"안 됩니다."

펄쩍 뛴 이는 진태였다. 화를 내려던 인향이 주춤하며 고개를 돌렸다. 혁필이 몰아세웠다.

"자네 최 대표 좋아하는 거 아니었어? 마음앓이 하는 거 내 다 안다고. 이제 장 행수도 없겠다 선남선녀가 만나지 못할 이유가 어디 있어? 최 대표! 당장 결혼하라는 뜻은 아니오. 박진태 하면 그래도 인천 바닥에선 나 권혁필 다음인데, 이 정도 사내를 남자친구로 둔다면 대출을 받을 희망이 열리지 않겠는가 이거지. 장 행수랑 어디까지 간 사이인지는 모르겠으나…… 진태야! 어때? 넌 상관없지?"

인향은 조롱을 견디지 못하고 일어섰다.

"듣지 않은 걸로 하겠습니다."

무릎에 힘이 쭉 빠졌다. 마지막 기대를 품고 왔는데 악취 나는 썩은 지푸라기인 것이다. 비틀거리며 계단을 내려와서 거리로 나섰다. 뒤따른 진태가 앞을 막았다.

"잠깐만! 얘기 좀 해."

"비켜! 가서 구역질 나는 권 행수에게 아첨이나 떨어."

인향이 밀치고 걸었다.

"할 얘기가 있다니까."

"나는 없어. 설마 이 상황에서 나더러 사귀잔 소린 아니지?"

뒤통수를 향해 진태가 외쳤다.

"친구라면서?"

인향이 돌아보았다.

"뭐?"

"철호랑 나랑 이렇게 셋이서 영원히 친구하면 좋겠다고, 믿고 의지하며 인천 생활 멋지게 하자고 청한 사람이 누구지?"

진태의 얼굴을 반히 쳐다보다가 되돌아왔다.

"하고 싶은 말이 뭐야?"

"비누회사 천년향 운영을 내가 맡게 되었어. 너만 좋다면 같이 했으면 해. 솔직히 난 비누를 잘 몰라. 여자들이 고객이니 네가 참여하면 큰 도움이 될 거야. 수익금은, 권 행수와 상의해야겠지만, 섭섭지 않게 나눠줄게."

잠시 침묵이 흘렀다. 인향은 눈이 부신지 손등으로 이마를 짚으며 물었다.

"권 행수 졸병으로 하는 말이야? 친구로서 하는 말이야?"

"친구로서 부탁하는 거야. 이대로 인천을 떠나긴 너무 아깝지 않아?"

"하나만 물을게."

인향이 화살을 돌렸다.

"날 좋아해? 솔직히 말해봐."

진태가 상기된 얼굴을 감추지 못하고 말까지 더듬었다.

"……그, 그래!"

"사랑해? 권 행수가 말한 대로, 나랑 결혼하고 싶을 만큼?"

진태는 피하지 않고 되물었다.

"왜? 철호는 되고 나는 안 돼?"

"날 좋아한다면서, 사랑한다면서, 왜 그랬어?"

진태가 놀란 기색을 겨우 감추며 물었다.

"……뭘?"

"몰라서 묻는 거야. 철인호 침몰 말이야."

혹시, 알아차린 걸까?

진태의 표정이 차갑게 굳었다.

"무슨 소린지 모르겠어."

"아냐. 넌 틀림없이 알아. 철인호는 저절로 폭발한 게 아니야. 구조된 선원들 말로는 이물엔 폭발할 데가 없대. 누군가 폭약을 몰래 넣어 터뜨린 거야. 이토록 대담한 짓을 꾸밀 사람은 권 행수밖에 없어. 넌 권 행수 오른팔이니 알고 있었을 거 아냐? 근데 왜 내게 귀띔하지 않았어? 귀띔만 했더라도 철인호는 침몰하지 않았고 철호 씨도……."

감정이 격해진 인향이 말을 끊고 숨을 골랐다. 눈물이 그렁그렁했다. 진태는 몰래 안도의 한숨을 쉬었다. 그가 폭약을 나르고 도화선에 불을 붙였다는 예측까진 못한 것이다. 더 강하게 나가기로 마음을 정했다.

"억측 마. 권 행수가 폭약을 설치했다면 쌈판을 타고 철인호로 갔겠어? 얼마나 제 몸을 귀하게 돌보는 사람인데. 나만 보내고 자기는 쏙 빠졌겠지. 힘든 건 알지만 단순한 사고를 범죄로 몰아가선 안 돼. 쌈판이 뒤집혀 권 행수를 비롯한 인천 행수들 모두 죽을 뻔했어. 이건 권 행수 짓이 아냐. 엉뚱한 소릴 퍼뜨려 분란 일으키지 않았으면 해."

"듣기 싫어. 이 불행을 책임질 사람이 아무도 없단 말이야?"

진태는 가슴에 꾹꾹 눌러둔 서러움을 꺼냈다.

"널 구한 건 나야."

"그, 그건……."

인향은 아직 고맙다는 인사도 하지 않았다.

"내가 아니었으면 넌 죽었어. 한데 보름 만에 나타나선 철호를 죽인 흉악범이 꼭 나인 것처럼 몰아세우는구나. 모르는 사이라도 이렇게는 안 해."

갈매기 두 마리가 끼룩끼루룩 울며 바다에서 조계지로 나란히 올라왔다. 무척 시끄러웠지만 진태도 인향도 고개를 들지 않았다.

"늦었지만 고마워. 하지만 난 널 철호 씨를 죽인 살인자로 지목하지 않았어. 아직 철호 씨가 죽지 않았는데 어떻게 네가 범인이겠니?"

"헛된 기댄 일찍 버릴수록 좋아."

"철호 씨는 살아 있어. 너도 그 사람이 죽었다고 생각해?"

진태가 인향의 눈을 들여다보며 단정적으로 말했다.

"잘 들어. 내 아버지도 그 바다에서 실종되었어. 일본 군함 밑으로 쓸려 들어가는 아버지를 이 두 눈으로 똑똑히 보았다고. 큰 배와 함께 가라앉으면 그걸로 끝이야. 어머니도 처음엔 제사 올리길 싫어하셨어. 하지만 익사한 아버지가 돌아오실 리 없지. 철호도 마찬가지야. 알겠어?"

"아냐."

인향이 얼굴을 찡그렸지만 진태는 속마음을 계속 토했다.

"하루가 지나고 일주일이 지나고 한 달이 지나고 일 년이 지나면 깨닫겠지. 너무 오래 과거에 머무르진 마. 오늘은 내 말이 아프겠지만, 정말 널 아끼니까 하는 충고야. 도와주고 싶어. 네가 인천을 떠나지 않고 재기하는 모습을 보고 싶어. 잘 기억해둬. 네 친구, 널 사랑하는 박진태가 인천에 있다는 걸. 내가 필요하면 연락해. 언제 어디든 달려갈게."

진태가 먼저 돌아섰다. 하루 만에 인향을 설득하긴 어렵다. 매달리기보다 단정하게 이별을 받아들이는 편이 낫다. 그미가 인천에 머물면 더 좋겠지만, 아버지 최용운이 있는 한양으로 떠난다 해도 만날 기회는 얼마든지 있다. 철호가 사라졌으니 둘 사이를 방해할 사람도 없다.

인향은 발 아래 바다가 펼쳐질 때까지 내려갔다. 바람이 훅 하고 얼굴을 때렸다. 바다였다. 철인호가 침몰한 바다, 장철호를 삼킨 바다, 최인향의 미래를 한순간에 앗아간 인천 앞바다!

무릎을 꿇었다. 바다를 향해, 철호가 듣는 것처럼 긴 이야기를 울먹울먹 건넸다.

"여기가 꼭 지옥의 밑바닥 같아. 옷을 껴입어도 춥고 밥을 먹어도 배고파. 철호 씨! 어디로 간 거야? 어서 와서 날 구해줘. 나 혼자 이 시간들을 어떻게 버텨? 남들은 우리가 파산했다지만, 철호 씨 당신만 있으면 다시 시작할 수 있어. 당신이 그랬잖아? 개항 인천, 이곳은 기회의 도시라고. 무일푼 상거지도 갑부가 되는 항구라고. 철호 씨! 내 목소리 들려? 정말 당신 죽은 거야? 죽은 거 맞아?"

해 질 녘까지 인향은 부두에서 이야기하다가 울고 이야기하다가 울었다. 어둠만이 절망에 빠진 여인의 눈물을 감춰주었다.

그날 이후 인향은 개항 인천에서 사라졌다.

장철호와 최인향의 몰락은 한동안 사람들 입에 안줏감으로 오르내렸지만 한두 달이 지나자 그마저 시들해졌다. 인천은 그 어느 곳보다 새로운 이야기가 많이 들어오고 지난 이야기가 쉽게 잊히는 도시였다.

서상진의 인천에서 권혁필의 인천으로 바뀌었지만 돈에 웃고 우는 사람들의 발길은 끊이질 않았다. 일확천금을 노리는 이들이 일본 조계 은행거리로 몰려들었다. 누군가는 옛말을 살짝 바꿔 세상의 모든 길이 은행으로 통한다고도 했다. 조선인에 의한 조선인을 위한 민족은행이 서기 전의 뼈 있는, 슬픈 농담이었다.

제4부

하늘 아래 으뜸 부자

제1장

설립전야

세기말의 겨울은 유난히 추웠다.

북악산을 넘은 바람이 거리를 휘 돌고 나면 굶주려 더욱 서러운 곡소리가 이어졌다. 명태처럼 뻣뻣한 시신을 거적으로 겨우 덮고 언 강을 건너가는, 혈육 잃는 자들의 발걸음이 헛헛했다.

1899년 1월도 이제 사흘밖에 남지 않았다.

대광교 북천변 2층 기와집이 대한천일은행 본점이다. 최용운은 그 건물 1층 햇볕 드는 창가에 서서 개천開川 쪽을 내다보고 있었다. 벌써 30분이 지났다.

문이 덜컥 열리더니 두툼한 곰 가죽 외투를 걸친 이준봉이 활보로 들어왔다. 일찍이 금광왕으로 이름 높던 그는 대한제국 황실 재정을 책임지는 내장사장과 상설 조폐기관의 우두머리인 전환국장에 올랐다. 인삼을 관리하는 삼정감독까지 겸한 대한제국 최고 실력자였다.

의자에 앉자마자 담배부터 꺼내 물었다. 여우 털을 두른 코트에 푸른 스커트 차림의 인향이 뒤따르다가 담배 연기가 흩어질 때까지 기다렸다. 이준봉을 중심으로 최용운이 왼편 인향이 오른편에 자리를 잡았다. 아버지가 고개를 돌려 딸에게 눈으로 물었다.

왜 이리 늦은 게냐?

인천에서 한양으로 온 인향은 이준봉을 보좌하고 이화학당에서 강의를 하며 지냈다. 처음 2년은 민간은행 설립 준비 외엔 내장사와 연관된 회사 창업 지원 업무에 집중했다. 1897년 3월 번자회사燔磁會社 설립 고사에 참석하였고, 같은 해 운행을 시작한 마차회사馬車會社에선 주주 겸 이사로 힘을 보탰다. 특히 서울에서 인천 구간의 책임을 자진해서 맡았으며 마차의 수요와 경비를 미리 산정하여 수익을 높였다. 인력거 포함 총 쉰 두 대의 마차 중에서 사륜양마차四輪兩馬車 두 대를 갖춘 것은 전적으로 그미의 제안 때문이었다. 1년 전부터는 대한천일은행 설립을 위해 이준봉과 최용운 사이를 바삐 오갔다.

"갑자기 찾으시는 바람에 입궐하였다가 왔소이다."

"하명이 있으셨습니까?"

"주주 총회가 내일이고 모레 영업을 개시하지 않소이까? 은행을 잘 할 수 있겠느냐 새삼스럽게 하문하셨다오."

은행 설립은 시기상조라고 외교관들이 새해부터 한목소리를 냈던 것이다. 이준봉은 그들이 버러지보다 더 싫었다. 대한제국이 충분히 은행을 설립할 능력이 있음을 만천하에 알리고 싶었다. 황실에서 은행에 운영자금 3만 원을 먼저 제공한 것도 주주 명부에 외국인을 배제한 것도 같은 맥락이었다.

"조선은행이나 한성은행 전례 때문에 그러실 겁니다."

"조선 한성 두 은행 얘긴 그만하시오."

1897년 초에 설립인가가 난 조선은행과 한성은행은 기대만큼 성공을 거두지 못했다.

"최 이사!"

주주 총회를 거쳐 이사 선임이 이뤄지기 전이지만 이준봉은 최용운을 최 부사 대신 최 이사라고 불렀다. 신분이 타파되고 능력 위주의 사회가 되었다고 해도 양반 출신 관료들은 평민 출신 이준봉을 탐탁지 않게 여겼다. 최용운만이 마음을 터놓고 우락부락한 성질을 품어주었다. 나이는 최용운이 열 살이나 많았지만 이준봉이 늘 윗사람처럼 굴었다.

"이왕 설립하는 김에 중앙은행을 만들어야 하는 거 아니오?"

민간은행 대신 곧바로 중앙은행을 세우자는 논의도 있었다. 최용운도 중앙은행 설립이 궁극적인 목표임을 부인하진 않았다. 그러나 은행 실무에 밝은 전문가 양성과 자금 확보를 마친 후 중앙은행 설립으로 나아가자는 단계론을 펴왔다.

"대한천일은행이 정상궤도에 오른다면 올해 안에 준비 팀을 꾸려보겠습니다. 자, 이제 가시지요? 인천과 개성 그리고 한양상인 대표들이 2층에서 기다립니다. 벌써 한 시간이나 늦었네요."

대한천일은행 설립은 황실과 관료와 상인이라는 세 축을 중심으로 진행되었다. 한강을 터전으로 삼는 경강상인은 물론이고 개성상인과 인천상인도 많은 관심을 보였다. 최용운이 상인 규합에 공을 세웠다. 20년도 훨씬 전에 오늘 같은 날을 대비하여 개성의 장훈, 인천의 서상진, 한양의 홍도깨비와 마음을 나눈 것이다. 이제 생존자는 한강과 도성 안팎 시장을 두루 주름 잡는 홍도깨비뿐이다.

"나랏일 하시느라 힘드시지요?"

이준봉이 타원형 탁자의 상석에 앉자마자 홍도깨비가 알은체를 했다.

"어젠 잘 들어가셨소이까? 마포에 맛난 집이 그리 많은 줄은 몰랐소."

"마포뿐이겠습니까? 강줄기를 따라 군데군데 별미집이 즐비하지요. 시간만 내어주십시오. 무궁무진한 맛을 준비하겠습니다."

홍도깨비 곁에 앉은 조통달이 헛기침을 해댔다. 오늘 모인 이들 중 최고 연장자였다. 이준봉이 고개를 끄덕이자 인향이 나머지 참석자를 소개했다.

"송상을 대표하여 오신 조통달 행수와 조식병 님이십니다. 인천 객주를 대표하여 오신 권혁필 행수와 박진태 님이십니다."

이준봉이 네 사람과 눈인사를 나누었다. 3년 전 개성삼정감리
로 근무하면서부터 여러 차례 만난 조통달에게 먼저 인사를 건
넸다.

"많이 도와주십시오."

"겨우 입에 풀칠이나 하는 시골 장사꾼일 뿐입니다."

"어허, 작년에 공식 확인된 홍삼 수출량이 자그마치 4만
5000근입니다. 한 근 당 20원씩만 쳐도 90만 원을 훌쩍 넘기지
요. 대한천일은행 자본금으로 정한 금액이 한 주당 500원씩 112
주니까 모두 5만 6000원이에요. 송상이 마음 한 번 크게 먹으면
대한천일은행 같은 것 두셋은 뚝딱 만들고도 남소이다."

"6년 겨우 가꿔 수확 제조한 겁니다. 요즘은 일본인들이 개성
까지 와서 삼을 훔쳐가는 일이 잦아 여러모로 피해가 큽니다."

"그 얘긴 나도 들었습니다. 곧 놈들을 잡아들이겠소이다. 간
덩이가 부은 도둑놈 새끼들!"

이준봉이 혁필에게도 도움을 청했다.

"인천 객주의 성장이 눈부시단 보고는 익히 받았소이다. 권
행수가 중흥을 이끌었다 하니 기대하겠소."

혁필이 눈두덩을 실룩이며 답했다.

"개성보다 인천이 더 힘듭니다. 아시다시피 인천엔 일본은행
과 전당포가 줄줄이 들어와서 거리까지 만들었지요. 하루하루

가 전쟁입니다."

이준봉이 화통하게 웃었다.

"일본제1은행 인천지점 위세가 대단하다면서요? 하지만 대한천일은행은 하늘 아래 으뜸 은행이라오. 그깟 놈들 곧 눌러버릴 수 있소. 나 이준봉을 믿으시오."

진태가 질문했다.

"차라리 이 대감께서 초대 은행장으로 취임하시는 것이 어떠십니까? 그리하면 팔도 상인이 대감을 믿고 대한천일은행과 적극 거래할 겁니다."

이준봉이 양손을 비비며 누런 이를 드러내고 웃었다.

"그렇긴 하오만 아직은 때가 아니오. 이준봉한테 너무 많은 일을 맡기는 것 아니냐고 입방아를 찧는 하룻강아지들 때문에……. 우선 나는 발기인으로만 참가하오만 여기 최용운 이사가 내 분신과도 같으니 걱정들 마시오. 힘든 일 있으면 언제든 최 이사와 상의하고 정 답답하면 내게 직접 찾아와도 좋소. 하늘 아래 으뜸 은행! 이 이름 보기 좋으라고 붙인 거 아니외다. 우리 은행 목표가 상업商業을 흥왕興旺하게 만드는 것 아니겠소? 즉 여기 모인 여러분을 하늘 아래 으뜸 부자로 만드는 것이 가장 큰 바람이다 이 말이외다."

홍도깨비가 조심스럽게 물었다.

"내일 주주 총회도 있는데 따로 저희만 부른 이유가 무엇입니까?"

이준봉이 즉답 대신 최용운을 쳐다보았다. 총회 전에 상인들과의 회의가 꼭 필요하다고 주장한 이가 그였다. 최용운이 단정하게 일어섰다. 인천부사였던 4년 전만 해도, 그는 서상진이나 권혁필 같은 행수들에게 말을 놓았고 상인들은 깍듯하게 그를 존대했다. 그러나 대한천일은행 설립을 준비하면서부터 공적인 자리든 사사로운 만남이든 노소를 막론하고 경어를 썼다. 대한천일은행 내에서는 신분 때문에 다투는 일이 없도록 하겠다는 것이 확고한 방침이었으며 상호존대는 그 기초였다.

"대한천일은행은 한양에 본점을 두는 것 외에 전국 주요 도시에 지점을 설립하고자 합니다. 개항 인천이 유력하게 우선 거론되고 있으며 폐하께서 특히 홍삼에 관심이 많으시기 때문에 개성 역시 검토 중입니다. 이에 따라 한양 인천 개성을 대표하는 거상들을 모시고 총회 하루 전에 모임을 갖게 되었습니다."

최용운의 설명을 들은 혁필이 이마에 주름을 잡으며 물었다.

"지점은 어떤 식으로 운영됩니까? 본점의 지배를 받습니까?"

이준봉이 매부리코를 벌렁대며 답했다.

"차근차근 설명할 필요가 있겠소. 한양 본점은 여기 있는 최용운 이사를 중심으로 운영될 것이오. 또 본점과 지점을 내왕하는 업무는 최인향 감사가 맡을 예정이고."

"꼭 여자가 끼어야 합니까?"

혁필이 인천에서의 악연 때문인 듯 볼멘소리를 했다. 벙어리처럼 침묵하던 조식병이 불쑥 나섰다.

"여자 남자 가릴 필요 있습니까? 일만 잘하면 되지……."

조통달이 노름으로 전답을 날린 아들을 쏘아보자 조식병이 말끝을 흐렸다. 최용운이 인향을 향해 고개를 끄덕였다. 그미가 회의실 문을 열자 대한천일은행에서 차인差人으로 근무 예정인 마석회가 두루마리와 걸개판을 가지고 들어왔다. 마석회는 자신을 추천한 조통달에게 먼저 허리 숙여 절했다. 그의 집안은 대대로 조씨 문중 하인이었다. 마석회의 5대조인 마준탁이 면천된 후에도 소작농으로 빌붙어 문중 일을 거들며 살았다. 두루마리를 펴 걸자 조직도가 나왔다. 최용운이 지시봉을 들고 능숙하게 핵심을 짚어나갔다.

"본점 조직도를 설명해드리겠습니다. 은행장과 부은행장 아래 이사원을 한두 사람 둡니다. 이사원 아래 출납出納 주채主債 깃식衿式 문서文書 등 네 개 과가 있습니다. 출납은 금전을 주고받는 곳이고 주채는 대출과 회수 등을 다루는 곳이며 깃식은 주식 관련 사무를 전담하고 문서는 대내외 문서업무를 맡습니다. 각 과의 책임자는 감사원이며 그 아래로 보시다시피 사무원 서기 차인 사동 등을 두는 구조입니다. 인천지점장과 개성지점장은 감사원과 같은 지위를 갖습니다."

진태가 조직도를 위에서 아래로 훑은 뒤 질문했다.

"본점 이사의 지휘를 받는단 뜻인가요?"

"일상 업무에선 지휘를 받는 일이 전혀 없습니다. 지휘라고 하기보단 협력 관계죠. 정기적 혹은 부정기적으로 본점 이사와 지점장의 연석회의를 통해 은행의 대소사를 의논하고 해결하는 구조를 갖는 겁니다. 인천지점과 개성지점의 설립과 행원 선발 및 운영은 지점을 세우는 송상과 인천 객주들이 전적으로 알아서 하시면 됩니다."

이준봉이 덧붙였다.

"잘 들으셨소이까? 지점장을 이사 아래 두는 건 어디까지나 형식적이고, 개성과 인천을 대표하여 여기 모인 분들이 원하는 대로 뽑으면 되오이다. 다들 아시겠지만 주주 명부에 외국인을 배제한 것은 돈이 국외로 빠져나가는 것을 막고 조선인을 특별히 배려하는 민족은행을 세우기 위함이오. 인천과 개성의 사정이야 한양에 사는 우리들보다 그곳 상인들이 더 소상히 알지 않겠소이까? 물론 한양 본점은 한양상인들에 대한 지원을 아끼지 않을 것이외다. 그래도 본점과 불협화음이 생길 것을 염려하여 지점과의 상시적 대화 창구로 문서과 감사원에 임명될 최인향 씨를 배치할 것이오. 맞소?"

인향이 미소로 답했다.

"정확하십니다."

짧은 침묵이 흘렀다. 권혁필과 조통달은 먹음직스럽다고 덥석

미끼를 물 정도로 어리석지 않았다. 권한이 느는 만큼 책임도 무겁기 때문이다. 조통달이 걱정되는 부분을 먼저 짚었다.

"벌써 확인하셨겠지만 창립 발기인에 참여하는 상인 명단에서 권 행수나 저는 일단 빠졌지요. 그전에도 민간은행을 세울 때마다 멋진 말들이 오고 갔습니다. 하나 막상 창립 후에는 뜻하지 않은 어려움들이 닥쳤고 설립을 약속한 지점들은 개업한 적이 없습니다. 자본금 3만 원 지원 외에 제국에서 대한천일은행에 어떤 도움을 주실지 구체적으로 알고 싶습니다만……."

최용운이 즉답 대신 이준봉을 쳐다보았다. 이준봉이 고개를 끄덕이자 최용운이 참석자들을 두루 살핀 뒤 힘주어 설명했다.

"대한천일은행은 대한제국 탁지부의 위임을 받아 올해 조세금을 걷게 될 겁니다."

진태가 의견을 제시했다.

"한성은행 때도 은행이 정부 대신 조세 일부를 걷은 적이 있습니다. 그 정도로는 은행에 도움이 되지 않습니다."

인향이 준비한 두루마리를 걸개판에 걸고 펼쳐 내렸다. 조선 팔도 지도였다.

"한성은행 때는 제한적이었지요. 붉은 점을 찍은 지역들을 살펴주십시오. 전국에 걸쳐 200고을 이상의 조세금을 대한천일은행이 걷습니다. 대한제국 국민이라면 누구나 대한천일은행을 알고 믿는 중요한 계기가 될 겁니다."

이번에는 혁필이 약점을 파고들었다.

"지점만 세우면 뭣합니까? 인천이나 개성 사정을 전혀 모르는 지점장이 한양 본점에서 파견된다면 실속은 없고 반발만 살 겁니다."

최용운이 기다렸다는 듯 힘주어 말했다.

"다시 강조합니다만 본점에선 지점장을 포함하여 단 한 사람도 지점에 행원을 내려보내지 않겠습니다."

혁필이 되물었다.

"인천과 개성에 이와 같은 특혜를 주는 이유가 무엇입니까?"

절레절레 고개 젓는 이준봉의 눈에 짜증이 묻어났다. 명분과 의리를 중시하는 그에겐 꼬치꼬치 손익을 따져 묻는 상인들의 태도가 거슬렸다. 호통이라도 치려는 듯이 엉덩이를 반쯤 들었다가 놓으며 마음을 다독였다.

"좋소! 이 자리에서 감출 게 무엇이겠소. 내 솔직히 밝히리다. 나는 이미 광산으로 거금을 만져보았다오. 지점에서 송상과 인천 객주가 고생하는 만큼 이득을 취하는 것은 당연하오. 여러분이 대한천일은행의 기반을 닦기 위해 불철주야 노력할 때 나는 좀 더 중차대한 일을 도모할 예정이오."

"중차대한 일이라시면?"

이준봉이 잠시 뜸을 들인 뒤 답했다.

"차관이오."

"다른 나라에서 돈을 빌리겠다는 뜻입니까?"

홍도깨비가 끼어들었다.

"그렇소이다. 난 민간은행으론 도저히 만족 못하겠소. 중앙은행을 세우고 나아가 대한제국을 부국으로 만들기 위해선 종잣돈이 필요하오. 난 이 일에 전력투구할 작정이외다. 여러분은 한 3년 각오하고 지점을 키우는 데 최선을 다해주시오. 하면 섭섭지 않게 꼭 보답을 하겠소이다. 이건 내 뜻이자 황제 폐하의 뜻이기도 하오. 어떻소이까, 지점 설립을 주도해주시겠소이까?"

또 침묵이 흘렀다. 이준봉이 시원시원하게 제안했지만 지점 설립은 간단한 문제가 아니다. 조통달이나 권혁필이 은행 지점을 세운다는 것은 송상과 인천 객주가 몇 백 년 동안 관습적으로 자기들끼리만 해오던 금전 거래를 은행으로 가져온다는 뜻이다. 이준봉이나 최용운이 두 거상에게 지점 설립을 제안한 데는 송상과 인천 객주에서 도는 자금을 은행으로 흡수하겠다는 계산이 깔려 있었다. 함께 흥할 기회인가 같이 망할 패착인가.

일본제1은행 인천지점의 흥성을 곁에서 지켜본 혁필이 먼저 답했다.

"좋습니다. 한번 부딪쳐보지요. 그동안 찝찝했던 게 사실입니다. 번 돈을 일본은행들에 맡기고 나면 곳간 열쇠를 일본인에게 던져준 더러운 기분이 들었습니다."

좌중의 시선이 눈을 반쯤 감고 생각에 잠긴 조통달에게 집중

되었다. 무슨 일이든 굼벵이처럼 미루고 미루고 또 미루며 실수를 줄이고 상대가 조바심을 내도록 만드는 장사꾼이었다. 최용운이 참지 못하고 마지막 패를 꺼냈다.

"앞으론 황실에서 사고파는 홍삼 역시 대한천일은행을 통해 거래할 겁니다."

은행 지점을 장악하는 이가 황실과의 홍삼 거래에 유리한 자리를 차지한다는 뜻이다. 그 패가 결정타였을까. 조통달이 이윽고 두꺼비 같은 입술을 벌려 답했다.

"부족하지만 소인도 힘을 보태겠습니다."

최인향과 박진태는 겨울바람을 등지고 걸었다.

맞바람을 견디며 오는 행인들의 걸음엔 신산함이 가득했다. 굶주림과 피로에 찌든 시궁쥐를 닮은 얼굴이었다. 입김을 살짝 불거나 손가락으로만 밀어도 찬 바닥에 쓰러져 나뒹굴 듯했다. 장끼 한 마리가 머리 위를 맴돌았지만 고개를 드는 이는 없었다. 그 울음을 절규로 새길 뿐이었다.

이준봉은 다시 입궐했고 최용운은 홍도깨비 조통달 조식병 권혁필과 함께 소의문 밖 칠패七牌로 이른 저녁을 먹으러 떠났다. 인향은 내일 주주 총회 준비를 위해 빠졌다. 혁필이 미적거리는 진태의 소매를 끌며 따지듯 물었다.

"오늘은 확답을 받을 거야? 그렇담 보내주고 아님 날 따라오고."

인향이 먼저 탑골공원으로 방향을 꺾었다. 원각사지 10층 석탑까지 앞장을 서고 진태가 서너 걸음 뒤쳐져 걸었다. 탑을 바람막이 삼아 그가 곁에 올 때까지 기다렸다.

"춥지 않아?"

진태가 끼고 있던 털장갑을 뽑아 주었다. 인향은 꽁꽁 언 손을 맞비비면서 고개를 저었다.

"도와줘서 고마워."

"도와준 거 없어."

진태가 장갑을 작은 손에 기어이 끼웠다.

"권 행수 설득한 것…… 송도상회 통해 따로 조씨 문중에 서찰 보낸 것…… 다 알아. 덕분에 오늘 회의를 깔끔하게 마쳤네. 인천과 개성에 지점이 설립된다면 전부 진태 씨 덕분이야."

"1년 넘게 인향 씨가 차근차근 준비를 잘 해서 그렇지. 조통달 행수나 권혁필 행수는 이득이 되니까 지점 설립에 동의한 거야. 손해를 본다면 내가 무슨 소릴 하더라도 거절할 위인들이니까."

둘은 말을 놓으면서도 서로의 이름에 '씨'를 꼬박꼬박 붙였다. 어색함의 거리였다.

철인호가 침몰하고 철호가 실종된 뒤 상경한 인향은 이준봉과 최용운을 도와 민간 은행 설립에 깊숙이 관여했다. 일찍이 일본에 체류할 때부터 은행에 관심이 많던 그미였다. 철호를 잃은 슬픔을 일로 달랬다. 조선은행과 한성은행이 경험 미숙과 자금 부족 그리고 주주들의 이전투구로 몰락의 길을 걸을 때도 끝까지 회생 가능성을 모색했다.

진태는 상경할 때마다 인향에게 연락했다.

인향은 처음 여섯 번은 핑계를 대고 만나지 않았다. 진태와 마주 앉으면 철호가 떠오를 것이다. 거절당한 진태는 따지거나 기다리지 않고 인천으로 돌아갔다. 그리고 또 시간이 흐른 뒤 문득 연락을 해왔다.

일곱 번째인 1898년 초봄 드디어 둘은 만났다. 진태로부터 연락이 왔을 때는 인향이 그를 만나러 인천으로 내려가려던 참이었다.

일본제1은행 인천지점 한성출장소에서 거금을 대출한 배오개 상인 윤동범이 그 돈으로 영국제 면옷을 대량 구입한 것이 문제의 발단이었다. 옷이 제때 들어왔다면 보부상을 통해 물건을 판 돈으로 은행 빚을 갚았으리라. 그런데 현지 회사 사정으로 배가 석 달 정도 늦게 도착한다는 연락이 왔다. 윤동범은 이미 옷을 보관하기 위해 인천 부두 창고 둘을 빌리고 대금까지 치른 뒤였다. 그 창고 주인이 바로 권혁필이고 관리인이 박진태였다.

진태는 선선히 윤동범을 불러 선금을 돌려주었고, 석 달 후 배가 도착하면 가장 좋은 창고를 내주겠다는 약조까지 했다. 덕분에 윤동범은 파산 위기를 넘겼고 대출금 역시 이자와 함께 무사히 상환했다.

인향과 진태가 본격적으로 만나기 시작한 것은 이 즈음이다. 진태가 상경할 때뿐만 아니라 인향이 인천에 올 때도 둘은 서로 약속해서 마주 앉았다.

인향은 대한천일은행 설립을 주도하면서 더 자주 진태를 찾아왔다. 한양 본점만으론 조선 팔도를 관할하기 어려웠다. 거금이 도는 인천 부산 개성 같은 도시에 지점을 설립하는 것이 급선무였다. 이번에도 진태가 도우미로 나섰다.

"『주홍글씨』는 좀 봤어?"

인향이 말머리를 돌렸다. 영어 공부를 하고 싶다는 진태에게 너대니얼 호손의 소설을 읽어보라고 빌려줬던 것이다.

"200쪽쯤!"

"많이 읽었네. 단어 찾아가며 읽는 게 힘들지? 이야긴 어때?"

"흥미로워. 50여 년 전에 이런 이야기를 만들어냈단 게 놀랍기도 하고. 왜 하필 이 소설을 권했어?"

"도쿄에 머물 때 처음 읽었어. 조선이든 미국이든 여자로 산다는 건 참 힘든 일이구나 하는 생각이 들었지. 헤스터란 여주인공이 모든 비난과 고통을 당당하게 헤쳐 나가는 모습이 좋았어. 한동안 힘든 일이 생기면 '주홍글씨를 평생 가슴에 달고 산 헤스트도 있는데, 이깟 어려움은 아무것도 아냐'라고 스스로에게 힘을 북돋곤 했지. 진태 씬 딤즈데일 목사의 태도를 어떻게 생각해? 사랑하는 여자를 위해 자신의 죄를 만인 앞에서 자백할 수 있어?"

진태는 자신을 향한 인향의 눈길을 피하지 않고 답했다.

"나 같으면…… 죄를 짓지 않겠어. 죄를 지었더라도 여자만 당하게 두진 않아."

"같이 달아나기라도 하시겠다?"

인향이 웃으며 눈동자를 굴렸다.

"헤스트같은 여잔 달아나잔 제안을 받더라도 거절할 거야. 벌을 받더라도 이곳에서, 새로운 삶을 꾸리더라도 이곳에서! 헤스트만큼은 아니지만 나도 여러 번 죄인 취급을 받았지. 날 위한답시고, 어디 조용한 곳으로 들어가서 양이 문물을 즐기라는 충고를 듣기도 했어. 하지만 난 어디로도 가지 않아. 설령 내 언행이 법을 어길 지경까지 가더라도 이곳에서 죗값을 치를 거야."

"고민이 많았구나. 난 인향 씨가 그렇게까지 힘들었는지 몰랐어. 미안해. 친구라면서 돕지도 못하고."

인향이 손사래를 쳤다.

"『주홍글씨』에 대해 함께 품평할 사람이 생겨 기뻐. 소설을 끝까지 읽고 다시 이야기하자."

잠시 침묵이 찾아들었다. 진태는 불청객처럼 끼어드는 정적이 불편했다. 자신의 불편함이 인향에게까지 전해질까 걱정스러웠다.

"철호 소식은?"

진태가 둘 사이의 금기어를 먼저 깼다. 마지막까지 밀어붙이려는 심산이다. 인향이 하얀 석탑 10층 꼭대기를 쳐다보며 고개 저었다.

"현주는 어찌하고 있어?"

"권 행수가 협률사를 맡겼어. 공연을 총괄하느라 바쁘지. 격주로 무대에 서기도 하고."

"치료는?"

현주는 인향과의 만남을 피했다. 두 번이나 숙소로 찾아갔지만 헛수고였다. 안타까워하는 인향에게 진태가 더 충격적인 소식을 전했다. 현주가 아편에 빠졌다는 것이다. 철인호가 침몰하고 철호가 실종된 후 20일이나 지나서야 현주는 권 행수의 거처에서 모습을 드러냈다. 그때 벌써 아편중독자였다. 인향은 진태에게 현주를 치료해야 한다고 거듭 권했다. 진태도 노력해보겠다고 했지만 권 행수가 방임하는 까닭에 적극적으로 현주를 격려하기 어려운 듯했다.

"줄이겠다고는 했는데……."

"안 되겠네. 내가 또 가보든지 해야지."

"오지 마. 현주는 인향 씨를 만나주지도 않을 거야."

"그냥 두면 안 돼. 아편 중독자의 최후가 어떻다는 건 진태 씨도 알잖아?"

돈과 꿈을 찾아 조계지로 찾아들었다가 몰락한 군상 중에는 아편에 빠져 거리에서 죽어간 이들도 적지 않았다. 특히 선물先物 시장 미두취인소 근처에는 한 달이 멀다 않고 약에 전 시체가 발견되었다.

"알았어. 이번에 내려가면 내가 다시 만날게."

대화가 또 끊겼다. 진태가 옆얼굴을 살짝살짝 살폈다. 인향이 고개 돌려 눈을 맞췄다.

"생각해봤어?"

"……."

인향의 눈동자가 휑한 겨울하늘로 올라가다가 멈췄다.

"진태 씨! 은행 만드는 일 도와준 거 정말 고마워. 하지만……."

"아직 대답하긴 좀 이르지?"

"진태 씨!"

"지난 번 상경했을 때, 최 부사 어르신을 아니 이제 최 이사님이라고 해야 하겠지? 최 이사님이 찾으셔서 뵈었어."

"아버지가 왜?"

"내가 청혼한 걸 아셨나 봐."

"그럴 리가 없는데……."

장갑 낀 손이 떨렸다. 작년 그믐달 그믐날에 진태의 청혼을 받고 한 달 가까이 누구와도 이 문제를 의논한 적이 없었다.

"독신으로 살고 싶다고 말씀드렸다며?"

새해 첫 날 아버지와 겸상했을 때 인향은 홀로 살며 대한천일은행에 헌신하겠다는 뜻을 밝혔다.

"진태 씨가 상관할 일 아니야."

돌아서려는 인향의 손목을 쥐었다.

"아니! 상관해야겠어. 철호에 대한 집착 때문에 처녀로 늙는 건 안 돼."

매의 발톱처럼 날카롭게 외쳤다.

"이것 놔!"

"매사에 진취적인 신여성을 자처하는 인향 씨가 왜 이 문제만은 낡은 방식을 고집하는지 모르겠네. 혹시 장철호가 아닌 다른 남자를 만나는 일을 주홍글씨를 새길 짓이라고 여기는 건 아닌지 스스로를 돌아봤으면 해. 당신의 결혼 상대가 나 박진태가 아니라도 좋아. 하지만 이젠 3년 전 악몽에서부터 깨어나. 그래야 대한천일은행 업무에도 전념하고 새로운 사랑도 찾을 수 있어."

진태는 손목을 놓고 먼저 탑골공원을 나왔다. 혼자 남은 인향은 그 자리에 웅크리고 앉아서 한참을 흐느꼈다. 진태가 끼워 주고 간 털장갑이 눈물로 젖어들었다. 약점을 정확하게 찔린 것이다.

인향도 스스로를 설득하고 또 설득했다. 지금까지 나타나지 않는 것으로 추측하건데 장철호는 이미 철인호와 함께 인천 앞바다에 빠져 죽었으리라. 망자를 그리워하며 평생을 보내는 삶은 옳지 않다. 인천을 떠나 한양에서 은행이란 새로운 일을 시작하듯이 장철호가 아닌 다른 남자를 만나야 한다.

머리는 여기까지 정리가 되지만 가슴이 뒤따르지 않았다. 진태의 청혼을 받고는 더더욱 마음이 닫혔다. 사라졌던 장끼가 날아와서 10층 석탑 꼭대기에 앉아 깃을 털었다. 그 새를 올려다보며 부연 입김을 안타깝게 쏟아냈다.

이제 그만 바꿔야 할까. 장철호, 내 사랑을 영영 잊어야 할까.

제2장

협률사의 노래

　인향이 대한천일은행 본점 감사 자격으로 인천을 방문한 때는 늦봄 5월 10일이었다. 지점장 박진태가 개점 축하 공연에 초청한 것이다. 3월 말 일본으로 출장을 떠났다가 돌아온 지 이틀밖에 되지 않았지만 한달음에 인천으로 향했다.

　공연은 저녁 7시부터 협률사에서 열릴 예정이었다.

　인향이 6시 30분 도착했을 때 극장은 이미 만석이었다. 한껏 차려 입고 협률사로 몰려든 관객의 복색부터 남달랐다. 양복 정장 차림에 각양각색 넥타이를 매고 번쩍이는 구두를 신은 남자들과 함께 귀걸이와 목걸이와 반지와 팔찌를 주렁주렁 달고 가죽이나 고급 천으로 만든 손가방을 옆구리에 낀 채 짙은 화장을 한 양장 차림 여인들이 향수 냄새를 흩뿌리며 입장했던 것이다. 군데군데 한복을 입은 관객도 있었지만 화려한 서양식 복색이 대세였다.

극장 앞까지 마중 나온 진태와 반갑게 악수했다.

"멋쟁이 지점장만 눈에 들어오나 보오."

감색 슈트를 말쑥하게 차려입은 혁필이 중절모를 올리며 알은체를 했다.

"이제 지점도 열었겠다…… 급한 불은 껐으니 두 사람 일만 마무리하면 되겠소."

"그만하십시오."

진태가 막았지만 혁필은 남은 이야기를 마저 읊어댔다.

"결혼식은 인천에서 해야 하오. 내가 처음부터 끝까지 준비할 테니 최 감사는 몸만 오시오."

진태가 공연장 제일 앞자리로 안내했다. 혁필을 비롯한 행수들은 둘째 줄부터 자리를 채웠다. 진태가 인향 곁에 나란히 앉으며 사과부터 했다.

"미안해! 워낙 짓궂은…… ."

"권 행수 성격은 나도 잘 아니 사과할 필요 없어. 그보다 진태 씨는 꽤 오래 그와 손발을 맞추네. 난 길어야 1년 안에 둘 사이가 깨질 줄 알았거든. 역시 권 행수 도움 없인 인천 바닥에 빌붙어 살기 어려운가 봐. 그치?"

"마음이 많이 상했구나. 내가 대신 사과할게."

"사과할 필요 없다니까. 내게 청혼한 사내는 현재까지 진태 씨

하나야. 그리고 난 아직 승낙도 거절도 하지 않았고. 확률이 반
반이니 권 행수로선 이 혼인을 성사시키고 싶겠지. 대한천일은행
본점 감사까지 자기 휘하에 두고 싶을 테니까."

"그 말은……?"

진태의 표정이 밝아졌다.

"괜히 혼자 결론 내기 없기! 현주는?"

"대기실에 있어. 잠깐 미리 볼래?"

"시간 다 되었는데 나 땜에 공연을 늦추면 안 되지. 끝나고 만
날게. 오랜만에 회포도 풀 겸."

진태는 대불호텔 2층에 객실 둘을 예약했다. 하나는 인향의
숙소였고 또 하나는 현주의 몸 상태가 좋다면 함께 모여 조촐한
파티라도 열 공간이었다. 음식 준비까지 마쳤다.

공연이 시작되었다.

'심청가' 중 심청이 인당수에 빠지는 대목부터 구성지게 시작
된 판소리는 풍물놀이를 거쳐 만석동 기생들의 교방무로 이어졌
다. 뒤이어 흰 블라우스에 검정 바지와 검정 치마를 깔끔하게 입
은 소년 소녀들이 입장했다. 진태가 귀띔했다.

"영화학당과 영화여학당에서 개점을 축하하기 위해 합창을
연습했대."

이제 인천에서 영어 노래를 부르는 이는 현주뿐만이 아니다.
그들이 고른 노래는 'Come to the Saviour, make no delay

갈 길을 밝히 보이시니'와 'All the way my Saviour leads me나의
갈 길 다가도록'였다. 초청받은 외교관과 외국 상인들이 박수를 치
며 따라 불렀다.

"저치들은?"

인향이 눈짓으로 묻자 진태가 답했다.

"일본제1은행과 제18은행 그리고 제58은행 지점장 내외야. 적
정을 살피러 온 셈이지."

표정이 굳었다. 그들도 대한천일은행 인천지점이 강력한 경쟁
상대로 부상할 것임을 예감하리라. 참석은 했지만 편한 자리는
아니다.

오늘 공연에서 가장 중요한 순서에 다다랐다.

푸른 물결 무늬를 횡으로 넣은 흰 드레스 차림의 현주가 무대
왼편에서 걸어 나오는 동안 협률사는 기대에 찬 웅성거림에 휩
싸였다. 여유롭다고 하기엔 지나치게 느린 걸음이었다. 무대 중
앙에 선 여가수가 오른손을 앙가슴에 댄 뒤 시선을 내려 객석을
살폈다.

멋지게 잘해!

인향이 눈으로 응원했다. 미소 짓던 현주가 갑자기 어깨를 떨
며 물러섰다. 인향의 엉덩이도 끌려가듯 반쯤 들렸다. 관객들은
여가수가 노래를 부르기 전에 긴장을 푸는 방식이겠거니 여겼지
만 인향은 불길했다. 현주의 눈두덩이 울음을 쏟은 직후처럼 부

었고 두 무릎은 균형을 잡기 힘들 만큼 떨렸다. 이상한 낌새를 알아차린 것은 진태도 마찬가지였다. 인향이 말을 꺼내기도 전에 진태가 그미의 손등을 감쌌다.

"괜찮을 거야. 걱정 마."

"그래도……."

현주가 돌아서서 깊게 심호흡을 했다. 그리고 다시 객석을 보며 미소 지은 뒤 언제 그랬냐는 듯이 피아노 반주자를 향해 힘차게 고개를 끄덕였다. 'Deep River 깊은 강'가 시작되었다.

목소리는 아름다웠지만 고음으로 치달을수록 호흡이 짧아졌다. 가늘고 길게 내지르는 특유의 발성이 아니었다. 미간이 잔뜩 좁아졌고 눈망울이 보이지 않을 만큼 눈꺼풀이 내려왔다. 온 힘을 다해 노래를 부르고 있는 것이다. 반걸음씩 옆으로 혹은 앞으로 살짝살짝 움직였다. 자연스럽게 리듬을 타는 듯 보였지만 소리를 내지를 때마다 발목이 흔들렸다.

겨우 노래가 끝났다. 현주는 서둘러 무대 뒤로 사라졌다. 예정된 곡이 하나 더 남았지만, 긴 박수가 그미를 찾았지만, 여가수는 끝내 무대로 돌아오지 않았다. 뒤이어 마술 공연이 시작되었다. 배불뚝이 어릿광대가 커다란 풍선을 안고 무대를 떼굴떼굴 구르자 웃음이 터졌고 현주에 대한 아쉬움도 곧 사라졌다.

공연이 끝난 후 진태는 인향을 대불호텔로 안내하려 했다. 그러나 인향은 현주가 걱정된다며 무대 뒤 대기실로 가겠다고 고

짐을 부렸다.

"오늘 목 상태가 특히 안 좋아서 그런 거야. 호텔에서 쉬고 있으면 내가 데리고 갈게."

"아냐! 잠시라도 좋으니까 지금 만나야겠어."

"내 말 들어."

"봐야겠다고. 혹시 그것 때문 아냐? 맞지? 노랜 고사하고 몸도 가누지 못할 정도였어."

그때 혁필이 두 사람 곁을 지나며 농담을 건넸다.

"벌써 사랑싸움인가? 보기 좋군. 근데 현주는 왜 노랠 한 곡만 한 거야? 두 곡에 앙코르 한 곡 합해서 세 곡은 불러야 밥값을 하는 거잖아? 몽둥이맛을 봐야 정신을 차리지."

인향이 재빨리 혁필 옆으로 붙었다.

"저도 많이 아쉬웠어요. 인천 으뜸 가수를 만나고 싶은데 허락해주실 거죠?"

혁필이 너털웃음을 터뜨렸다.

"그럼! 같이 가봅시다. 최 감사 부탁인데 안 들어줄 수 있나?"

진태도 마지못해 두 사람을 따랐다. 대기실이 가까워지자 진태가 성큼 앞서 걸었다. 대기실 문을 열고 살짝 엿보았다가 닫은 뒤 돌아섰다.

"비켜!"

혁필이 도끼눈을 째렸다.

"아무래도 오늘은 그냥 돌아가는 게 낫겠습니다. 현주도 원하는 만큼 노래를 못 불렀으니 마음이 아플 테고……."

"무슨 개소리야? 네가 지금 날 막겠단 거냐? 감히 나 권혁필을?"

"행수 어른!"

혁필이 힘껏 밀쳤지만 진태는 밀리지 않고 버텼다. 따라온 북두칠성이 진태를 에워쌌다. 당장이라도 주먹을 내지를 험악한 분위기를 혁필의 비웃음이 깼다.

"키일킬! 재미있군. 인천지점장 자릴 차지하니 뵈는 게 없나보지?"

대기실로 들어선 혁필을 진태와 인향이 따랐다. 북두칠성은 문을 닫고 복도에서 대기했다.

"현주야!"

인향이 대형 거울 앞에 어깨를 축 늘어뜨리고 앉은 현주를 보자마자 달려가서 부둥켜안았다. 손에 담배가 들렸지만 입에 물수 없을 만큼 떨렸다. 눈과 코와 입에서 눈물과 콧물과 침이 한꺼번에 흘렀다. 겨우 인향을 알아본 현주가 물었다.

"어, 언니 왔어? 내가 지금 좀…… 이래. 미안! 내…… 노래 어땠어?"

인향이 답하기 전에 혁필이 표독스럽게 쏘아붙였다.

"미친 개쌍년! 무대 오르기 전엔 아편 피지 말랬잖아?"

머리채를 낚아채려는 혁필의 팔목을 진태가 잡았다.

"놔! 이거 못 놔?"

"진정하십시오. 제발!"

"저년 때문에 공연을 망칠 뻔했어."

현주가 설움이 북받친 듯 고래고래 고함을 질렀다.

"날 이 꼴로 만든 잡놈이 누군데? 아편을 처음 먹인 새끼는 권혁필 바로 너잖아?"

"저년이 찢어진 주둥아리라고 어디서 함부로……."

혁필이 오른팔을 휘둘렀다. 현주를 감싸며 돌아앉은 인향의 관자놀이를 돌주먹이 쳤다. 인향이 저만치 나가떨어졌다.

정적이 깔렸다. 때린 혁필도 맞은 인향도 그 사이에 낀 진태도 뜻밖의 상황에 당황한 것이다. 혁필의 변명이 제멋대로 박은 못처럼 튀어나왔다.

"왜…… 이러려고 한 게 아니…… 참……."

현주가 찰나를 놓치지 않고 전광석화처럼 혁필에게 달려들었다. 머리로 들이받아 쓰러뜨리고 손톱으로 얼굴을 할퀸 뒤 귀를 물어뜯었다.

"아아악!"

혁필의 비명이 터지자 북두칠성이 대기실로 뛰어 들어왔다. 키 작은 땅꼬마가 현주의 목을 감고 팔을 꺾어 반신거울로 밀어붙였다. 그미의 입에서 흡혈귀처럼 피가 흘렀다. 유혈이 낭자하긴 혁필도 마찬가지였다. 반쯤 뜯긴 귀를 수건으로 눌러 지혈하면서, 혁필은 쓰러진 인향과 그미를 부축하는 진태 그리고 거울에 뺨을 눌린 현주를 차례차례 째렸다.

"어찌할까요?"

현주의 목을 감아쥔 땅꼬마가 물었다. 명령만 내리면 당장 목을 꺾고 숨통을 끊을 눈빛이다.

혁필의 입귀가 더디게 올라갔다. 가장 잔혹한 명령도 제일 유쾌한 농담도 가능한 표정이었다. 이윽고 한쪽을 택했다.

"오늘은 대한천일은행 인천지점을 개설한 좋은 날이다. 액땜했다고 치지. 그만들 가자."

혁필이 굽은 등을 뒤뚱거리며 돌아섰다. 땅꼬마가 현주를 팽개친 뒤 대기실을 나갔다.

두 여자가 부둥켜안고 꺼이꺼이 목 놓아 울기 시작했다. 그미들의 방성통곡이 그칠 때까지, 진태는 대기실 문을 향해 돌아서선 주먹을 떨며 기다렸다.

현주를 볼 때마다 가슴 저 밑바닥에서 불기둥이 솟았다. 현주를 아편쟁이로 빠뜨린 이가 권혁필이다. 인천 으뜸 가수를 평생자기 곁에 두려고 아편을 강권한 것이다. 현주는 제정신이 들 때마다 친오빠 장철호를 죽인 철천지원수라며 혁필에게 달려들었다. 접시를 던진 적도 있었고 단검을 휘두른 적도 있었다. 그때마다 북두칠성이 나서서 막았다. 혁필이 상처를 입기는 이번이

처음이었다.

현주를 보살펴달라는 인향의 부탁이 있기 전부터 진태는 여러 번 혁필에게 합리적으로 따졌다. 장현주는 혐률사에서 가장 중요한 가수다. 아편쟁이라는 풍문이 돌면 공연에 막대한 지장을 준다. 그때마다 혁필은 삐딱한 시선으로 진태의 속마음을 찔러댔다.

"그년을 빼앗고 싶어서 그래? 똑똑히 알아 둬. 너랑 살 섞기 전에 그년은 내가 먼저 쑤셨어."

진태는 거듭 주장했다. 이런 상태로는 반년 아니 석 달도 버티기 힘들다고, 현주에겐 치료가 필요하다고.

"뒈질 때까지 내버려 둬. 지금 이대로가 딱 좋아. 약을 끊고도 멀쩡하면 그년은 나한테서 달아날 궁리부터 할걸. 박진태 너랑 야반도주하는 꼴 나는 못 본다."

현주는 아편을 끊으려고 홀로 애쓰기도 했다. 그러나 결국 무릎을 꿇고 스스로 옷을 벗어 혁필의 사타구니 아래로 들어갔다. 꼽추가 원하는 만큼 몸을 섞은 뒤에야 일용할 아편을 얻었다. 악순환을 끊고 싶었으나 방법이 없었다. 혁필이 친 아편이라는 거미줄에 걸려 대롱거리는 쇠파리 신세였다.

그러나 현주가 늘 일방적으로 혁필에게 당한 것은 아니었다. 혁필이 가끔 화를 참지 못하고 쌍욕을 퍼부으며 주먹을 휘두를 때를 제외하곤, 이상하리만큼 둘 사이는 평화로웠다. 냉혹하기로 소문난 혁필이지만 현주만은 예외였던 것이다. 현주가 원하는 일들을 대부분 받아들였다. 받아들인 정도가 아니라 하나를 원하면 열이나 스물을 챙겨주는 식이었다. 혁필에게 화를 내고 달려드는 그미를 오히려 사랑스럽게 쳐다본 적도 많았다. 북두칠성에게 가끔 이런 식의 자기변명까지 했다.

"저 여잔 저래도 될 만큼 충분히 아름다워, 안 그래? 원래 저 정도 미모에 저 정도 노래 실력이면 천하를 떠돌며 풍족하게 먹고살아야 해. 날 만나 인천에 머물게 되었으니 하고 싶은 거 다 하고 사고 싶은 거 다 사줘야지. 그게 공평해."

혁필이 나가고 한바탕 울음판을 끝낸 뒤 현주는 바닷바람을 쐬고 싶다고 했다. 인력거 세 대에 나눠 타고 청국 조계를 지나 만석동으로 갔다. 세 사람은 가게들을 지나 인적이 드문 바닷가에서 내렸다.

인천 조계지는 빈 들판에 자리 잡은 인형의 마을을 닮았다. 아기자기한 마을에서는 낯선 건물과 물품과 사람들이 흥겹게 살지만 그곳에서 조금만 벗어나도 황량한 바람과 깊은 어둠에 잠기는 것이다.

봄밤이었다. 백 년 전 혹은 천 년 전과 마찬가지로 바람은 살랑이고 파도는 찰싹이는 밤. 무엇이든 속삭이면 하늘로 올라가

뭇별로 내릴 것만 같은 밤.

해안을 따라 잠시 걷던 현주는 일본인 묘지로 걸음을 옮겼다.

"힘들지 않아? 그냥 이 즈음에서 쉬지?"

진태가 말렸다. 왼손에 손초롱을 든 현주는 오른팔을 뻗어 인향의 팔짱을 꼈다.

"언니! 제가 멋진 곳 알려드릴 게요. 나무도 울창하고 바다가 한 눈에 내려다보이는, 산 사람이 아무도 없는 비밀의 화원이랍니다."

인향이 과장되게 손등으로 이마를 훔쳤다.

"숨 차! 여기서도 바다는 잘 보여. 한양에서 책상물림만 했더니 힘들군. 연약한 언닐 위해……."

"안 돼요!"

그리고 뒤따르는 진태를 의식하며 목소리를 낮췄다.

"진태 오빤 내가 으슥한 곳에서 아편이라도 꺼낼까 늘 걱정이지요. 하지만 오늘은 단 한 대도 피지 않을래요. 인향 언니가 왔으니까. 언니가 나랑 올어줬으니까."

일본인 묘지 입구에서 현주가 툴툴거렸다.

"여긴 똑같은 비석들만 늘어서서 재미가 없어요. 조금만 더 가요 우리."

인향은 고개 돌려 진태를 찾았다. 와인과 과일바구니를 양손에 들고 오느라 땀범벅이었다. 눈으로 물었다.

도와줄까?

진태가 미소와 함께 고개를 저었다.

현주의 목적지는 외국인 묘지였다. 인천에는 일본인과 청국인을 제외한 외국인 외교관 선교사 선원 등을 위한 묘지가 따로 있었다.

"어때요?"

현주가 손초롱을 올려 주위를 비췄다. 모양과 크기가 제각각인 묘비가 모습을 드러냈다. 두께와 길이가 다른 십자가들이 검푸른 빛으로 은은했다.

묘지라기보다는 공원에 가까웠다.

현주는 상큼상큼 묘지로 들어갔다. 눈을 감고도 길을 찾을 만큼 익숙한 걸음걸이였다. 경계를 짓듯 소나무로 빽빽한 묘를 돌자 맞바람이 야밤 산책자들의 얼굴을 매복병처럼 후려쳤다. 현주는 재빨리 돌아섰지만 인향과 진태는 바람을 고스란히 맞았다. 눈에 티끌이 들어갔는지 눈물이 질금 나왔다.

인향은 현주의 손에 이끌려 평상으로 올라섰다. 다시 눈을 또 릿또릿 떴다. 탄성부터 나왔다. 밤바다와 밤하늘이 맞닿은 곳에서 불빛이 반짝였다. 어느 것이 별이고 어느 것이 그물질하는 고깃배인지 구별하기 어려웠다.

"어때, 멋지죠?"

현주가 박수를 짝짝짝 치며 소녀처럼 좋아했다. 인향과 진태도 따라 웃었다.

들뜬 분위기는 과일바구니를 열자마자 깨졌다. 현주가 딸기와 앵두에 흙이 묻었다며 짜증을 부린 것이다.

"씻은 거야."

진태가 설득했지만 현주는 고집을 꺾지 않았다.

"싫어. 인향 언니도 모처럼 왔는데 흙 묻은 딸기와 앵두를 내놓을 순 없어요. 다시 씻어 와요. 일본인 묘지 아래에 묘지기들이 살아요. 어서 가 빨리!"

성화를 견디지 못한 진태가 어둠으로 사라졌다. 인향이 현주를 나무랐다.

"그냥 먹어도 되는데 괜히 진태 씨를 고생시키네. 못되게 굴지 좀 마."

"언닌 아무것도 모르면서……."

"내가 뭘 몰라?"

현주는 뭔가 털어놓으려다가 고개를 살랑살랑 흔든 뒤 와인을 따랐다.

"언닌 내가 못되게 구는 것으로 보여요?"

"그럼 아니니?"

현주가 와인을 한 모금 마신 뒤 잔을 쳐다보았다. 누구에게도 말하지 않은 1896년 2월 말의 풍광 하나가 붉은 잔에 어렸다.

철호가 실종되고 20일 만에 나타난 현주는 식음을 전폐한 채

울다가 벽에 머리를 처박고 또 울다가 유리잔을 깨 손목을 그으려 들었다. 혁필이 찾아와서 다시 아편을 먹였다. 현주는 아편에 취해 있을 때만 잠이 들었다. 그러다가 다시 깨면 슬픔을 이기지 못하고 또 자해를 했다. 북두칠성이 돌아가며 짝을 지어 현주를 지켰다.

땅꼬마와 고래 차례가 되었을 때 진태가 찾아왔다. 그는 두 사람을 마당으로 내몬 뒤 방으로 들어섰다. 아편에 취해 잠든 현주 곁에 앉아서 이마까지 흘러내린 머리카락을 귀 뒤로 넘겨 주었다. 채 한 달이 지나지 않았건만 현주는 딴 사람으로 바뀌었다. 살이 쏙 빠져 광대뼈가 튀어나왔고 입술은 갈라져 터졌으며 이마와 목덜미에는 피멍까지 푸르스름했다. 눈동자는 새 한 마리 날지 않는 겨울바다처럼 텅 비었다.

"으응!"

현주가 손길을 느끼고 눈을 떴다. 처음에는 진태의 얼굴을 알아보지 못한 듯 손등으로 눈을 비벼댔다.

"나야! 잠을 깨웠네. 미안! 몸은 좀 어때?"

대답 대신 주먹이 콧잔등을 때렸다. 갑작스런 공격을 받은 진태가 쓰러졌다. 현주는 몸을 일으켜 미친 듯이 주먹을 내지르고 발길질을 해댔다. 진태가 등 뒤에서 꼭 끌어안고 막으려 들었다. 그의 코에서 피가 줄줄 흘렀다.

"진정해. 현주야! 나야. 나 모르겠어?"

현주는 진태의 손등을 물어뜯고는 손톱으로 뺨을 할퀴었다. 문이 열리고 땅꼬마와 고래가 뛰어 들어왔다. 힘으로 현주를 제압하여 뉜 뒤 팔다리를 묶었다. 입에 재갈까지 물리려는 것을 진태가 막았다.

"나가 있으시오."

땅꼬마가 고개를 들고 째렸다.

"조금이라도 자해를 하거나 공격을 하면 제압하여 재갈을 물리라는 행수 어른 지시가 있었습니다."

고래가 수건을 내밀며 거들었다.

"코가 부러진 거 아닙니까? 의원에게 가세요. 여긴 우리가 지키겠습니다."

"나가! 이 새끼들아!"

진태가 수건을 내팽개치며 고함을 질렀다. 땅꼬마와 고래가 시선을 나눈 뒤 마당으로 물러났다.

진태는 수건으로 자신의 코를 감싸 지혈부터 했다. 그 사이 현주는 엉덩이와 등으로 기어 방구석으로 갔다. 땅꼬마와 고래의 등장에 겁을 먹은 듯 벽 모서리에 머리를 대고 떨며 진태 쪽을 보려고도 하지 않았다. 진태가 다가와서 어깨를 잡고 당겼지만 현주는 몸부림을 치며 버텼다.

"나야. 진태 오빠! 걱정 마. 철인호가 침몰한 걸 너도 봤지? 철호 일은 정말 안타까워. 네가 이러는 것도 무리는 아냐. 하지만 몸을 상하는 건 먼저 간 철호도 원하는 일이 아닐……."

"나 다 들었어요."

현주가 시선을 모서리에 둔 채 비수를 던지듯 말했다. 진태의
얼굴에 담겼던 따듯함이 순식간에 사라졌다.

"듣다니? 뭘?"

"2층 서재에서 권 행수랑 오빠가 나눈 얘기! 철인호를 폭파시
키라는 얘기!"

현주가 고개를 돌려 울분을 토했다.

"당신이 죽인 거야. 당신이 철인호를 폭파시켜 철호 오빠를 죽
였어. 당신 짓이야. 당신이 했어. 당신은 거짓말쟁이야. 당신은
살인자야!"

어깨를 쥔 진태의 손이 파들파들 떨렸다. 현주가 현관에 딸린
쪽방에서 숨어 기다리지 않고 사라졌을 때부터 불길하긴 했다.
현주가 안다! 혁필의 명령을 받고 내가 철인호에 폭약을 설치한
사실을 알고 있다!

"나는 살인자가 아니야."

진태가 현주의 경멸에 찬 눈길을 피하지 않고 말했다.

"또 거짓말! 내가 다 들었다고 했잖……?"

"사실을 알고 싶어?"

진태가 말허리를 자르며 강하게 묻자 현주의 요동치던 눈동자
가 순간 멈췄다.

"권 행수와 그런 얘길 나눈 건 맞아. 폭약을 설치한 것도 부인하지 않겠어. 하지만 아주 적은 양만 철인호로 가져갔어. 배는 가라앉더라도 사람은 아무도 죽이지 않을 계획이었으니까. 철호는 쌈판으로 옮겨 타서 빠져나올 충분한 시간이 있었어. 나도 철호를 발견하고 어서 탈출하라고 고함을 질렀지. 철호는 날 향해 손을 흔들기까지 했어. 당연히 그 다음엔 헤엄을 쳐 위기를 벗어나리라 믿었지. 철호를 믿은 게 잘못이었어. 지금 후회되는 건 그때 내가 왜 철호를 구하러 철인호로 돌아가지 않았을까 하는 점이야. 그랬더라면 철호를 구했을 텐데. 이 망극한 슬픔을 현주 네가 맛보지 않아도 될 텐데."

진태가 갑자기 자세를 바꿔 무릎을 꿇었다.

"내가 잘못했어. 날 용서하지 마라. 평생 미워해도 괜찮아. 하지만 2층 서재에서 들은 이야길 세상에 공개하진 말아줘."

현주가 진태를 내려다보며 찬 웃음을 떨어뜨렸다.

"결국 이거야? 내가 권 행수와 당신의 죄를 만천하에 알릴까 봐 겁을 먹었어? 거짓말쟁이에 살인자에 비겁자야, 당신은! 왜 내가 당신 같은 사람을 사랑했는지 모르겠어. 내가 미친년이지."

"비겁자라도 좋아. 잘 들어. 날 위해서가 아니라 널 위해서 하는 말이야. 네가 2층 서재에서 들은 이야기를 공개하려고 나서면, 권 행수가 네 입을 영원히 막으려 들 거야. 무슨 말인지 알지? 네 주장을 뒷받침할 증인이나 증거는 전혀 없어. 철인호는 가라앉았고 권 행수가 이 침몰 사건을 자신이 꾸몄다고 자백할 리도 없어. 현주야! 우리 살자! 이득도 없는 말을 퍼뜨려 너까지 큰 불행을 당하지 말고, 우리 살자! 지금 넌 믿지 못하겠지만, 내가 널 돌볼게. 속죄하는 맘으로! 내 진심을 받아주면 안 되겠니?"

진태는 방바닥에 이마를 대고 눈물을 흘리기 시작했다. 멈췄던 코피가 눈물에 섞여 바닥을 붉게 물들였다. 피눈물을 내려다보며 현주는 긴 한숨을 내쉬었다. 진태가 이렇듯 비굴하게 굴지는 몰랐다. 맞서서 언쟁을 벌였다면 뒷일 고민하지 않고 관아로 달려갔으리라. 그러나 무릎 꿇은 진태를 보니 현주는 온몸에 힘이 빠졌다. 그리고 3년이 지난 것이다.

현주는 2층 서재에서 들은 이야기를 누구에게도 전하지 않았다. 가끔 왜 진태의 부탁을 받아들였을까 스스로에게 묻곤 했다. 어떤 변명을 하더라도 철인호를 폭파시키고 철호를 죽음으로 내몬 이는 권혁필과 박진태다. 어느 날 책상 아래에 아무렇게나 던져 놓은 성경에서 마음을 흔드는 구절을 발견했다. 철호가 죽은 뒤론 출입을 딱 끊은 답동성당에서 받은 책이었다. 그 책엔 이렇게 적혀 있었다. '원수를 사랑하라!' 손가락 끝으로 그 문장을 되짚었다. 눈으로 웃고 가슴으로 울었다. 원수를 사랑하는 사람이 정녕 있을까. 가능한 일일까.

현주가 붉은 와인에 어린 3년 전 풍광에서 돌아왔다.

"나 말이에요, 박진태 저 남자 사랑해요. 사랑해서 이러는 거라고!"

인향도 진작부터 눈치 채고 있었다. 진태가 혁필에게 넘어간 뒤 사이가 소원해졌고 또 혁필이 그미를 아편쟁이로 만들어 애첩처럼 가까이 두자 둘의 관계가 완전히 끝났다고 여겼다. 그런데 그게 아니었던 것이다.

"앵두, 그거 안 씻어도 열 갠 쉽게 먹어요. 언니에게 할 말이 있어서 진태 오빠 심부름 보낸 거예요. 내가 왜 진태 오빠랑 잘 안 되었는지 알아요?"

현주가 잔을 비우고 뭇별들을 우러르며 물었다.

"그야…… 권 행수가……."

"아니! 언니 때문이에요."

"나 때문이라고?"

"진태 오빠 언니만 바라봤죠. 난 처음부터 알았어요. 하지만 언니 곁엔 철호 오빠가 있었으니까 내게도 희망이 있다 여겼죠. 철호 오빠가 언니와 결혼했다면 나도 진태 오빠 마음을 얻었을 거예요. 한데 언니가 외기러기 신세가 되자, 진태 오빠 언니에게만 정성을 다하기 시작했어요."

"진태 씨가 널 얼마나 예뻐하고 걱정하는데……."

"값싼 동정! 그래서 내가 더 비참한 거고."

현주가 자기 잔에 와인을 채워 반 넘게 마셨다.

"현주야! 언니랑 한양 가자. 가서 치료받자. 아편 끊고 신식학
교에 입학해서 음악을 정식으로 배우자. 언니가 강의 나가는 정
동 이화학당에 소개를……."

"싫어요."

딱 잘랐다.

"권 행수가 무서워서라면 내가 수를 내볼게."

현주가 고개를 젖히고 한참을 웃었다.

"그딴 꼽추 무서워 이런다고 생각해요? 착각 말아요. 난 그냥
이 생활이 좋아요. 가끔 권 행수가 개지랄을 떨긴 하지만 여기
선 아편도 맘껏 피고 노래도 실컷 부르죠. 한양으로 가자고요?
아편 끊고 신식학교에서 음악을 배우자고요? 배워서 어쩔 건데
요? 그래봤자 내가 기생이었다는 게 없어져요? 내가 권 행수 애
첩인 게 사라지냐고요? 한번 아편쟁이는 영원한 아편쟁이죠. 그
래도 인천에선 진태 오빠라도 가끔 봐요."

자조가 울먹임으로 바뀌었다. 인향은 현주의 등을 말없이 쓸
었다. 아침이 더디 오는 밤, 죽음이 깃든 묘지를 혼자 걷는 여인
이여!

현주가 손바닥으로 눈물과 콧물을 닦았다.

"이 묘지에서 노래하면 편안해요. 돌아가신 부모님 그리고 철
호 오빠까지 모두 와서 내 노랠 듣는 기분이 들거든요."

"현주야!"

"꼭 한번은 인향 언니랑 여길 오고 싶었어요. 이야길 해야 한다면 이곳보다 더 좋은 곳이 없으니까. 언니! 지금부터 내가 하는 얘기, 아편쟁이의 넋두리로 간주하지 말아줬으면 해요. 언니가 개성 우리 집에 놀러왔을 때부터, 언니를 처음 만난 날부터 난 언니가 좋았어요. 우리가 무척 잘 통하리라 예감했죠."

얕은 기침이 이어졌다. 현주의 몸이 떨렸다. 인향이 손을 꼭 쥐었다.

"밤바람이 차네. 내려가자. 가서 얘기해."

현주가 손을 뺐다.

"지금 해야 돼요. 언니! 아직도 철호 오빠가 살아 있다고 생각해요?"

"⋯⋯."

"오빤 죽었어요. 살아 있으면 언니랑 내 앞에 벌써 나타났죠. 올해부터 답동성당에서 추도 미사를 드릴 거예요. 그러니 언니도 오빨 잊어요."

"추도 미산 아직 일러."

"아니! 늦었어요. 3년이나 지났으니까요. 그리고 진태 오빠가 언니에게 청혼했다는 거 나 알아요. 언닌 어쩔 생각인가요?"

"진태 씨와 내 문제야."

인향이 선을 그었다.

"결혼하지 마세요. 철호 오빨 잊을 때가 된 건 맞지만 그래도 진태 오빠랑 언니가 결혼하는 건 싫어요."

"이율 물어도 될까?"

3년 전 철인호 침몰의 비밀을 영원히 덮어달라며 무릎 꿇던
진태가 떠올랐다.

"알고 싶어요?"

인향이 고개를 끄덕였다. 3년 동안 가슴에서 들끓던 말들이
목구멍을 태우고 입천장까지 화끈거리게 했다.

진태 오빠가 철호 오빠를 죽음으로 내몰았으니까요. 언닌 철
인호 출범식 마지막 순서로 철호 오빠와의 약혼을 발표할 계획
이었다고 하셨죠? 그러니까 언니가 이 세상에서 가장 사랑한 약
혼자를 죽인 진태 오빠와 결혼하는 건 철호 오빠에 대한 모독이
에요.

입천장을 지나 혀끝까지 올라온 말들이 입술 사이로 빠져나
가려고 안간힘을 썼다. 현주가 머뭇거리며 답을 주지 않자 인향
이 갑자기 팔을 끌어 포옹했다. 등을 쓸며 다정히 속삭였다.

"말 안 해도 네 맘 다 알아. 내가 만약 진태 씨랑 결혼하면 인
천을 자주 오갈 테고 그럼 너랑 만날 일도 많겠지. 그때마다 너
도 나도 철호 씨 생각을 할 수밖에 없을 테고. 그러니까 차라리
내가 먼 곳으로 가서 철호 씨와 전혀 얽히지 않은 사내를 만나
결혼하길 바라는 것이잖니?"

"언니! 그게 아니라……."

"또 진태 씨는 현주 네가 사랑하는 남자이기도 하고. 나도 참 고민이 많단다. 하지만 결혼은 양보나 타협이 아니라고 봐. 현주 네게 미안하다고 진태 씨 청혼을 거절하는 건 진태 씨에 대한 예의도 아니고. 네 충고까지 깊이 고민한 뒤에 신중하게 결정할게. 어쨌든 고마워. 내 앞날을 자기 일처럼 걱정해줘서. 철호 씨도 분명히 현주 네게 고마워할 거야."

현주가 포옹을 풀 겨를도 없이 인기척이 들렸다. 과일바구니를 든 진태가 소년처럼 활짝 웃으며 두 여자에게 걸어왔다. 현주는 씁쓸한 표정으로 두 사람 모르게 고개를 저었다. 절망이었다.

제3장
움막집의 비극

대한천일은행 인천지점에 이어 개성지점도 5월 24일 개성 북부 이정리 용동에서 영업을 시작했다. 한양 개천의 본점을 빼닮은 2층 기와집이었다.

언덕까지는 아니지만 도드라진 터에 자리를 잡았기 때문에 멀리서도 지점이 잘 보였다. 아이들이 지점을 빙빙 돌면서 술래잡기를 할 만큼 마당도 넉넉했다. 집들이 다닥다닥 붙고 밤낮 없이 행인들이 오가는 한양 거리엔 없는, 노랗고 붉고 흰 들꽃들이 길을 따라 쉼 없이 피었다. 나비와 벌들을 쫓으며 개들이 컹컹 짖으며 뛰어다녔다.

인향은 최용운과 함께 개업식에 참석했다. 개성으로 떠나기 전날 심한 복통에 시달렸지만 주위의 만류를 뿌리치고 새벽길을 재촉했다.

개성은 인천과 여러모로 달랐다. 인천 개업식에는 외국인이 다수 참석했지만 개성 개업식에는 외국인을 찾기 어려웠다. 대신 송상들이 그 자리를 채웠다. 지점장인 조식병보다 먼저 그의 아비 조통달에게 깍듯하게 읍을 하며 예의를 차렸다. 인천지점장 박진태도 개업식 시간에 맞춰 도착했다.

"어서 오세요. 인향 씨!"

인천에서 올라온 조명종이 순박한 웃음으로 인향을 맞이했다. 협률사에서도 종종 얼굴을 보았지만 이야기를 나누지는 않았다. 조식병이 지점장 노릇을 제대로 못할 경우 조통달의 막대한 재산이 손자에게 상속되리란 풍문이 돌았기 때문에, 송상들은 조명종과도 안면을 트기 위해 바삐 말을 걸어왔다. 그때마다 조명종은 인향에게 미안한 표정을 지었다.

"전 괜찮아요. 인사 나누세요."

초청객이 뜸한 틈에 근황을 물었다.

"송도상회는 형편이 어떤가요?"

"그럭저럭 버팁니다. 거래가 늘긴 했지만 심심하죠. 철호랑 조계지를 싸돌아다닐 때가 좋았……."

조명종이 손바닥으로 입을 막았다. 인향의 가장 아픈 상처를 건드린 것이다. 그미가 미소를 잃지 않고 맞장구를 쳤다.

"저도 철호 씨랑 명종 씨랑 개항 인천에서 일할 때가 최고였답니다. 겨우 3년이 흘렀는데 30년은 지난 것만 같아요. 혹시……?"

조명종이 고개를 저었다.

"희소식이 왔다면 인향 씨께 당장 알렸지요. 아직 철호를 기다리십니까?"

"……."

인향은 대답을 못하고 시선을 돌렸다. 두 눈에 눈물이 고인 탓이다.

본점 행원들은 개업식이 끝난 뒤 곧바로 상경할 계획이었다. 그런데 조통달이 최용운에게 예정에도 없던 삼밭 구경을 제안했다. 둘만의 대화를 원하는 눈치였다. 조식병 역시 인향에게 차 한 잔 대접하고 싶다는 뜻을 전했다. 지점장실로 따라 들어오려는 조명종을 물리쳤다.

"가게를 비워둬도 되는 게냐? 속히 인천으로 내려가거라."

인삼차를 두고 마주 앉았다. 조식병은 지나치게 자주 눈을 깜빡거렸다.

"최 감사! 개업식에 와줘서 참으로 고맙소."

어색한 침묵을 깨려는 듯 뒤늦은 인사치레를 했다.

"아닙니다. 당연히 와야지요. 행장님께서 직접 오셔야 하는데 입궐하셔서 부득이 최 이사님 모시고 제가 왔습니다."

"나라님이 찾으시는데 그 일이 먼저지요. 저, 한 가지만 물어봐도 되겠소?"

인향이 시선을 들었다.

"왜 아직 혼자인지……? 그 소문이 진짜요?"

"어떤 소문 말씀이신가요?"

"장철호를 못 잊어 독신을 고집한다는 소문 말이오."

인향의 입가에 씁쓸한 웃음이 감돌았다. 세상에는 한가한 이들이 많다. 처녀 나이 서른 살을 넘기자 갖가지 억측이 따라다녔다. 조식병이 주섬주섬 일어나 책상 서랍을 열며 혼잣말처럼 뇌까렸다.

"하기야 내 자식 명종이도 사지 멀쩡하고 갑부 할아버질 두고도 아직 장가갈 뜻이 없으니……. 참 좋은 녀석인데, 안 그렇습니까?"

흰 보자기로 싼 물건을 꺼내 탁자에 놓았다.

"이게 최 감사의 어리석은 집착을 털어내는 데 도움이 될까 싶어 챙겨나 봤소."

인향이 가만히 보자기를 풀었다. 시커멓게 썩은 오동나무 도장집이었다. 금박으로 새긴 글씨는 거의 떨어져나가고 '鎬호' 자만 겨우 붙어 있었다. 숨이 멎을 듯한 얼굴로 물었다.

"이, 이것은?"

그 도장집은 3년 전인 1896년 2월 1일 철인호 출범식이 열리는 아침, 인향이 철호에게 건넨 선물이었다. 평생 간직하겠다며 양복 안주머니에 깊숙이 넣던 씩씩한 얼굴이 떠올랐다.

"이걸 어떻게?"

조식병이 놀라는 인향의 시선을 피하지 않고 답했다.

"강화도 덕진진에 사는 어부가 해안 바위틈에서 주웠다고 했소. 도장집은 썩었지만 상아도장엔 장철호 이름 석 자가 또렷하다오. 철호가 세상에 남긴 유품인 셈이오. 이제 그만 그 녀석을 잊으라는 뜻에서 드리는 게요."

인향이 도장집을 열고 상아도장을 집어 이름을 확인했다. 온몸이 사시나무 떨 듯하였다.

"세상엔 멋진 사내가 얼마든지 있소. 내 아들이라서가 아니라 명종인 참 착한 놈이오. 게다가 여러모로 최 감사에게 도움을 줄 위치에……."

인향이 도장과 도장집을 양손에 쥐고 지점장실을 뛰쳐나갔다.

"최 감사! 내 얘길 마저 듣고……."

뒤따르던 조식병을 진태가 막아섰다.

"무슨 일입니까?"

"인천지점장이 상관할 일이 아니오."

바짝 다가서며 째렸다.

"그래요? 최 감사가 방금 울먹이며 나갔습니다. 개성지점장님이 대체 무슨 짓을 한 겁니까?"

조식병이 눈동자를 불안하게 굴리며 손을 저었다.

"난 그냥 장철호의 도장집을 보여줬을 뿐이오."

"철호의 도장집이라니요?"

"썩어 갈라진 도장집이라오. 강화도 어부가 우연히 주웠소. 난 그만 단념시키려고……."

진태가 돌아서서 인향을 쫓았다.

개성!

장철호의 고향.

인향이 이 고을로 가는 것 자체가 불쾌하고 나쁜 일이 생길 것만 같았다. 개업식이 끝난 후 인천으로 돌아가지 않고 도둑괭이처럼 지점장실 앞에 서서 인향을 기다린 것도 불길한 예감 탓이다. 도장집이라니! 3년 만에 장철호의 도장집이 발견되었단 말인가. 희망의 끈을 놓지 않던 인향에겐 엄청난 충격이리라. 빨리 그미를 찾아야 한다. 골목골목 구석구석 이름을 부르고 달리고 살폈다.

혹시?

인향이 갔을 법한 장소가 불현듯 떠올랐다. 걸음이 더욱 바빠졌다. 그곳에 있기를 바라는 마음과 가지 않았기를 바라는 마음이 동시에 출렁거렸다.

오랫동안 황량한 빈 터로 남아 있다가 최근에야 주막이 들어선 철호의 옛집 느티나무 아래에서 인향을 찾았다. 무궁번창하던 지난 풍광은 무성하게 자란 들풀 아래로 사라진 지 오래였다. 기와집 열 채를 삥 둘렀던 담벼락은 흔적도 없었고 주막을 찾는 행인이 당나귀나 말을 묶어두는 허름한 창고 하나만 주막 옆에 덩그러니 자리를 잡았다.

인향은 이마로 나무를 툭툭 치면서 실성한 사람처럼 눈물을 쏟았다. 진태가 다가오는 것도 모르고 흐느꼈다.

"인향 씨!"

진태가 가만히 어깨를 짚었다. 인향이 고개를 돌리고 턱을 들었다. 깊은 절망의 눈동자였다. 남편의 전사통보를 받은 아내처럼 오열했다. 도장집과 도장을 양손에 들어보였다.

"이것뿐이래……. 3년이나 기다렸는데 이것밖에 없대…….
이 썩은 도장집처럼 철호 씨도 바다에 빠져……."

진태가 왼 무릎을 꿇고 인향을 꼭 안았다.

"아무 말 하지 마."

인향이 가슴에 얼굴을 묻고 다시 긴 울음을 터뜨렸다. 진태가 따뜻하게 등을 쓸어주었다. 조언도 위로도 하지 않았다. 그미가 3년 동안 쌓인 슬픔을 전부 쏟아낼 때까지 그림자처럼 기다렸다. 울음이 크면 그림자도 자라고 울음이 작으면 그림자도 줄었다.

까아악 까악!

까마귀 한 마리가 머리 위 느티나무에 앉아 시끄럽게 울었다. 진태는 인향을 품에 안은 채 생각했다.

이제 어찌 될까. 이 슬픔의 끝은 어디로 가 닿을까.

그리고 기대했다.

오늘 울음은 장철호를 떠나보내는 마지막 굿거리일지도 모른다. 옛 인연과의 결별은 새로운 만남을 위해 무조건 좋다. 뜻하지 않은 기회가 찾아든 것인가.

생각이 다시 느티나무를 타고 올랐다.

까마귀가 아닌 까치였다면 더 좋았을 것을!

주막으로 들어갔다. 진태는 주모에게 백동화를 집어주며 조용한 방을 달라고 했다. 소반에 올린 호리병을 집다말고 인향이 말했다.

"여길 알아!"

진태가 막걸리 사발을 든 채 눈동자를 한 바퀴 굴렸다. 철호의 옛집, 22년 전 진태도 이곳에 왔었다.

"이 자린 유심당이란 서재였어. 철호 씨 아버지는 서책을 무척 좋아하셨지. 만양루란 근사한 서재를 꾸몄던 서 행수 어른도 부러워하셨다고. '내가 책이 꽤 많긴 하지만 장훈 그 친구 장서의 절반에도 못 미칠 거야. 불타버리지만 않았어도.'라며 아쉬워하셨지. 서재가 사라지고 주막이 들어섰네. 책 읽던 곳에서 술 마시는군. 나쁘진 않네."

진태는 잔을 들이키며 생각했다.

내가 혁필의 목을 찌르고 불을 지른 자리로구나. 조금만 더 깊이 찔렀다면 혁필은 이 세상 사람이 아니겠지.

술에서 피비린내가 풍기는 듯했다. 인향이 한 잔을 단숨에 비우고 또 한 잔을 들이켰다. 그리고 다시 호리병으로 향하는 손등을 진태가 가볍게 쳤다.

"천천히 마셔."

인향이 눈을 치뜨고 따졌다.

"술이라도 들이켜야지. 3년 만에 썩은 도장집과 상아도장으로 돌아온 장철호를 위해! 주막으로 바뀐 그이의 옛집을 방문한 기념으로 내가 따로 뭘하겠어? 웃을까? 하하하 이렇게 웃다가 노래라도 부를까? 현주야아아아!"

갑자기 현주의 이름을 부르며 울음을 터뜨렸다. 문을 반쯤 열고 들여다보는 주모를 진태가 손을 휘휘 저어 내쫓았다.

"그러니까 이런 거네. 장철호는 3년 전에 물고기 밥이 되었고, 그 여동생 장현주는 아편굴에 빠져 권혁필의 첩이 되었고, 내 앞에 앉은 박진태, 진태 씨는 대한천일은행 인천지점장이 되었고, 그리고 나 최인향은…… 다 잃었네. 오늘에야 확실해졌어. 바보같이 3년을 기다렸는데, 기다릴 필요가 없었던 거네. 그치? 진태 씨! 우리 친구 장철호는 죽었다 그치? 이 도장집을 내게서 선물 받은 남자는 인천 앞바다에 영원히 가라앉은 거다 그치? 다 인정할게. 인정할 테니 술 줘. 그이를 떠나보내며 술이라도 한 잔 띄워야지. 그러니까 호리병 이리 내. 마셔야겠어. 어서!"

진태가 잔의 절반만 술을 따랐다.

장철호를 죽일 계획은 아니었어. 가라앉는 배에 끝까지 남을 줄 몰랐지. 스스로 택한 죽음, 자살!

"좋아! 오늘은 마셔. 하지만 철호도 인향 씨가 더 이상 과거에 갇혀 지내길 원치 않을 거야."

인향이 잔을 비우고 제 가슴을 힘껏 쳤다.

"난 기차회사나 선박회사같은 운송회사를 차리고 싶었어. 아버진 욕심이 지나치다고 걱정하셨지만 철호 씨는 꼭 소원을 이루라고 격려해줬지."

"운송회사 사장? 얼마든지 할 수 있어. 내가 도울게."

인향의 입매가 슬펐다.

"고마워. 진태 씨가 없었으면 훨씬 많이 외로웠을 거야. 친구가 좋긴 좋은 거구나. 하지만 지금은 내 회사를 다시 하고 싶진 않네."

진태가 당겨 앉았다.

"천년향을 반드시 네게 돌려줄게."

"무슨 소리야? 그 회산 일본제1은행으로 넘어간 걸 권 행수가 위탁 관리하다가 작년에 사들였다고 들었는데?"

진태의 눈이 뜨거워졌다.

"과정은 중요하지 않아. 네가 재기하고 싶다면 비누회사 천년향을 기반으로 삼았으면 좋겠어. 거기서 어느 정도 성공을 거둔 뒤 운송회사를 시작하는 거야. 두고 봐. 내가 꼭 그렇게 만들 테니까."

인향은 달빛이 은연한 삼밭으로 배틀배틀 걸음을 옮겼다. 진태가 보폭을 맞추며 권했다.

"너무 늦었어. 많이 취했으니 개성지점으로 일단 돌아가자. 비탈길에서 발이라도 헛디디면……."

인향이 그 자리에 주저앉았다. 놀란 진태가 허리를 숙여 팔꿈치를 잡고 일으키려 했다. 그미가 고개를 들고 팔을 뻗어 어둠을 가리켰다.

"여기였어. 이리로 쭉!"

일어나서 종종종종 내달렸다. 길이 점점 강팔라져도 걸음을 늦추지 않았다. 진태도 속도를 높였다. 인향이 넘어져 뒹굴기라도 하면 잽싸게 떠받칠 작정이었다. 언덕마루 움막집에 닿을 때까지 쓰러지지도 멈추지도 않았다. 거친 숨을 몰아쉬었지만 입귀에는 미소까지 번졌다. 돌아서서 어둠에 잠긴 삼밭을 훑었다. 술잔을 들이켰던 저 멀리 주막에서 피어오르는 연기가 달빛에 희미했다.

"여긴……?"

인향은 진태의 물음이 끝나기도 전에 천을 걷고 움막집으로 들어섰다. 찢어진 천장으로 달빛이 쏟아졌다.

"22년 전에 철호 씨랑 여기 왔었어."

진태가 움막집으로 따라 들다가 멈춰 섰다.

"철호랑 여길? 왜?"

"철호 씨가 몽유병을 앓았던 건 알지? 어렸을 땐 무척 심했었
나 봐. 집에서 이 움막집까지 잠에 취해 걸어오곤 했으니까. 그
밤에도 집을 나서는 철호 씨를 우연히 보고 따라갔었지. 그랬더
니 여기였어."

"그 밤이라는 건?"

진태가 놀란 표정을 가까스로 감추며 물었다.

"불행한 밤이지. 집도 밭도 모두 활활활 불타버린 밤. 철호 씨
아버지가 철호 씨와 나를 구하고 돌아가신 밤. 그 밤이야."

다시 확인했다.

"그러니까 철호의 집과 삼밭이 불길에 휩싸인 밤에 둘이 이
움막집에 있었단 거야?"

"맞아."

인향이 앉아서 손바닥으로 마른 짚을 꾹꾹 눌렀다. 진태는 움
막집을 둘러보는 척 돌아섰다.

혁필의 목에 단검을 꽂기 전에 불을 지른 삼밭이 바로 여기란
말인가. 삼밭에서 장훈이 타죽었다는 풍문을 스치듯 듣긴 했다.
그러나 어린 철호와 인향이 그 밤에 움막집에 있었고 두 아이를
구하려다가 장훈이 목숨을 잃은 줄은 몰랐다.

그런데 인향은 왜 하필 나를 이곳으로 데려왔을까. 혹시 내가
삼밭에 불을 지른 사실을 알아낸 걸까. 아니다. 그 사실을 아는
이는 하늘 아래 나뿐이다. 내 칼을 맞은 혁필조차도 그날 내가

장훈의 집에 온 걸 모른다. 왜 하필 여기일까.

"진태 씨!"

인향의 목소리가 한결 차분하게 바뀌었다.

"내가 왜 진태 씨를 여기로 데려왔는지 알아?"

가슴이 쿵쿵쿵 뛰었다.

"꼭 한번 확인하고 싶었어. 철호 씨랑 함께 와서 지난 상처를 씻어내는 상상을 했었지. 오늘 도장집과 도장을 받고 나니 철호 씨와 관련된 모든 걸 정리할 때가 되었음을 깨달았어. 정리를 한다면 어디서부터일까? 나는 곧 이 움막집을 떠올렸지. 철호 씨와의 인연이 시작된 곳이니까. 그래, 여기서 다 씻어버리는 거다. 여기서 새롭게 출발하는 거다. 나 참 유치하지?"

"아냐."

"유치해도 별 수 없어. 난 그래. 이게 나야. 진태 씨!"

"응!"

"진태 씬 좋은 사람이야. 서 행수 어른 돌아가시고 진태 씨가 권 행수에게 갔을 땐 정말 미웠어. 서 행수 어른의 은혜는 물론 이고 철호 씨와 나의 믿음까지 헌신짝처럼 버린 배신자라고 여겼으니까. 하지만 3년 동안 진태 씨와 만나면서 진태 씨가 좋은 사람인 걸 점점 느꼈어. 자기 일처럼 은행 설립을 도와주고 또 외국어 공부도 열심히 하고 좋은 행원이 되기 위해 관련 서적도 폭넓게 읽고."

"쑥스럽네. 좋은 사람이란 소린 태어나서 처음 들어봐. 그 소
릴 듣기엔 아직 부족한 게 많아."

"진태 씨! 하나만 물을게. 진태 씨 좋은 사람인 건 알지만 내
가 사랑하는 사람은 아냐. 난 장철호란 남자를 사랑했고 지금도
사랑하고 있어. 어쩌면 평생 사랑할지도 몰라. 그래서 주저하게
돼. 진태 씨에게 미안하기도 하고."

"사랑하는 건 미안한 일이 아니야."

"새로운 사랑으로 지난 사랑을 덮도록 해볼게. 하지만 시간이
걸릴 거야. 당분간은 철호 씨를 사랑하는 마음을 품은 채 진태
씨를 만나도 돼? 나 너무…… 이기적이지?"

인향은 '이기적'이란 말을 던지기 전에 주저했다. 진태는 즉답
하지 않고 그미를 쳐다보았다. 진일보한 물음이다. 예전까진 철
호를 사랑하기 때문에 진태를 포함하여 다른 남자를 만나지 않
겠다는 입장이었다. 그런데 지금은 사랑하는 남자가 따로 있어
도 박진태 당신과 만나고 싶다는 것이다. 진태는 인향이 내디딘
걸음을 응원했다.

"언제든 날 만나고 싶으면 와."

"고마워. 역시 내 눈은 틀리지 않았어. 당신은 착해. 좋은 사
람이야."

인향이 다시 웃곤 물음을 이었다.

"그거 아직 유효해?"

"그거라니······?"

"청혼 말이야. 너무 늦지 않았다면 지금 대답할래. 늦었어?"

"아냐. 늦는 건 없어. 언제든 말해도 돼. 오늘이 싫으면 내일 해도 되고 내일이 싫으면 모레 해도······."

"나 그냥 지금 할래. 이 움막집 달빛 아래에서 하는 게 낫겠어."

그리고 인향은 잠시 숨을 들이마셨다가 내쉬었다. 진태에겐 숨소리 하나하나가 장강보다 길었다.

"청혼······ 받아들이겠어. 결혼할게, 진태 씨랑."

"······."

진태는 숨을 멈추고 눈을 질끈 감았다. 방금 인향이 건넨 말들이 머릿속을 붕붕 말벌처럼 날아다녔다. 무슨 말도 어떤 짓도 못할 만큼 기뻤다.

"돌아앉아줄래?"

인향이 양 손바닥으로 옆머리를 쓸며 말했다. 진태는 놀란 가슴을 진정시키며 움막집 출구로 몸을 돌렸다.

아직 이 상황이 받아들여지지 않았다. 22년 전 인향이 철호와 함께 불구덩이를 탈출했던 삼밭에서 결혼 승낙을 받으리라곤 상상도 못했다. 더군다나 그 불을 지른 장본인이 바로 나 박진태가 아닌가.

사각사각 옷 벗는 소리가 고왔다. 소원을 이뤘다는 기쁨이 밀려들었다. 열 살 개성 시장에서부터 최인향은 닿기 힘든 샛별이었다. 가질 수 없기에 더더욱 탐이 났다. 방금 인향이 결혼하겠다고 했다. 평생 나 박진태의 아내로 살겠다는 것이다. 그리고 지금 옷을 벗고 있다. 마음뿐만 아니라 몸까지 아낌없이 주려고. 아, 생生에서 가장 행복한 밤이여!

"너도 준비해."

진태는 돌아앉은 채 양복 재킷과 셔츠와 바지를 재빨리 벗었다. 바짓단이 안으로 말렸다.

"천천히, 천천히 해."

인향의 목소리가 등을 어루더듬었다.

속옷까지 벗은 진태는 크게 심호흡을 하고 돌아섰다. 인향은 배와 가슴을 드레스로 가린 채 보름달을 바라보며 누워 있었다. 그가 엎드려 입을 맞추려 하자 고개를 살짝 돌렸다.

"술 냄새가 날 텐데……"

인향의 턱을 검지로 당겨 눈을 들여다보았다.

"사랑해."

그리고 입을 맞췄다. 윗입술부터 누른 뒤 아랫입술을 핥았다. 인향의 가냘픈 어깨가 떨렸다. 진태의 입맞춤이 목덜미를 지나 빗장뼈를 스치고 가슴으로 내려갔다. 드레스를 배꼽 아래로 밀어내자 높직한 젖가슴이 나타났다. 두 가슴을 양손에 쥐었다.

"아름다워!"

인향은 부끄러운 듯 오른팔뚝으로 제 눈을 가렸다.

"최인향! 최인향! 최인향!"

진태는 이름을 거듭 부르며 팔을 당겨 내렸다. 청혼을 받아들인 여인은 뜻밖에도 울고 있었다. 눈물이 귀밑머리까지 흘렀다.

갑자기 진태는 화가 치밀었다. 저것은 기쁨에 겨운 눈물이 아니다. 인향은 지금 철호를 그리워하는 것이다. 옷을 벗고 누워서도, 제 가슴을 만지는 이가 장철호라면 좋았으리라 아쉬워하는 것이다. 진태는 뺨이라도 치고 싶었다. 평생 네 곁을 지킬 사람은 나 박진태라고 따지고 싶었다.

따귀를 때리는 대신 인향의 눈두덩을 핥았다. 짭조름했다.

철호는 죽었어. 오늘이 지나고 내일이 지나고 결혼을 하고 아이를 낳으면, 넌 철호 대신 날 받아들일 수밖에 없지. 네가 단번에 철호를 잊으면 오히려 내가 섭섭해. 잊지 않으려고 몸부림쳐봐. 철호의 이름을 부르고 철호에게 받은 선물을 만지작거리고 철호와 나눈 대화를 떠올려도 좋아. 그러나 결국 서서히 철호는 잊힐 거야. 철호를 잊으라고 내가 윽박지르면 넌 더욱 집착하겠지. 난 네 철 지난 몽상의 핑계가 되진 않겠어. 철호를 생각하고 싶으면 얼마든지 해. 하지만 지금 네 몸 속으로 들어가는 사내는 장철호가 아니라 바로 나 박진태라고!

진태가 젖가슴을 이마로 눌렀다. 몸과 몸이 맞부딪는 자리마다 불꽃이 튀었다. 물러서서 열기를 식히려는 인향보다 더 깊이 더 빨리 불길을 옮겼다. 절정으로 치닫는 순간 고개를 치켜들고 밤하늘을 우러렀다. 둥근 달을 쳐다보며 속으로 욕을 뱉었다.

개새끼!

장철호! 보고 있냐? 내가 이겼어. 최인향은 이제 내 것이라고!

제4장
어떤 부활

개성 사람 중에서 사내의 얼굴을 가까이에서 보거나 목소리를 들은 이는 없었다. 사내는 조통달의 하인이면서도 삼밭 움막집에만 머물렀다. 억수장마의 여름에도 융동설한의 겨울에도 삼밭을 떠나지 않았다.

사내가 개성에 처음 나타난 때는 1896년 가을이었다.

새벽부터 쏟아지던 장대비가 그치고 쌍무지개가 난데없이 멋질 때 사내는 그 흔한 봇짐 하나 없이 삼밭으로 터벅터벅 들어갔다. 그리고 햇수로 3년을 삼밭 귀신으로 보냈다.

사내의 차림은 한결 같았다.

얼굴뿐만 아니라 어깨를 가리는 큰 삿갓에 콧잔등까지 흰 천을 올려 썼다. 귀머거리에 벙어리 게다가 언청이라는 풍문이 돌았다. 호기심 많은 아이들이 다가오기라도 하면 줄행랑을 쳤다.

사내의 달음박질 솜씨는 축지법이란 오해를 받을 만큼 대단했다. 이 밭에서 저 밭으로 또 그 밭으로 낮밤 없이 신출귀몰 옮겨다니며 삼밭을 지켰다.

조통달은 한 달에 한 번씩 사내를 만나기 위해 삼밭 움막집으로 왔다. 하인을 불러들이지 않고 주인이 행차하는 경우는 드문 일이었다. 올 늦봄에는 사내가 조통달의 숨겨둔 자식이 아니냐는 풍문까지 얹혔다. 그러나 제 핏줄을 삼밭에 버려두는 아비는 없다는 반박이 제기되었다. 노름꾼 아들 조식병을 대한천일은행 개성지점장에 앉힌 조통달이 아닌가. 삼밭 귀신이 피붙이라면 벌써 거뒀으리라.

사내는 자신에게 날아드는 풍문 따윈 무관심했고 오직 인삼에만 정성을 쏟았다. 매일 밭을 일구고 모종을 살피고 물을 주며 가꿨다. 조통달의 인삼은 다른 송상의 것보다 빛깔과 모양이 훨씬 좋았다. 값도 적게는 두 배 많게는 열 배까지 더 나갔다.

사내를 만나려고 찾아오는 송상이 점점 늘었다. 그때마다 사내는 호기심 많은 아이들 피하듯 달아났다. 운이 나빠 송상들과 마주치면 시선을 내린 채 한 마디도 대꾸하지 않았다. 면천免賤 비용은 물론이고 평생 배불리 먹고 살 금액을 제시하는 이도 있었지만 사내는 딴청만 부렸다. 돈의 가치를 모르는 등신처럼.

인삼 귀신이 씌었다는 풍문이 새로 만들어졌다. 부모 혹은 형제 중 인삼을 제때 못 먹어 죽어나간 원혼이 깃들었다는 허황한 이야기였다. 그러나 온종일 삼만 위하는 순정을 멀리서나마 살핀 사람이라면 사내의 하루하루가 이야기보다 더 허황하다는 것을 인정하리라. 사내가 어떻게 끼니를 잇는지조차 확인된 적이 없었다. 생쌀을 씹는다거나 풀뿌리를 돌로 짓이겨 핥는다거나 삼밭의 흙을 조금씩 삼킨다는 소문까지 돌았다.

푹푹 찌는 여름 아침이었다.

이 날도 사내는 삿갓을 쓰고 복면을 한 채 움막집을 나섰다. 삼밭들을 둘러보는 날랜 걸음도 평소와 다르지 않았다. 새들이 시끄럽게 울어도 고개 드는 법이 없었다. 멧돼지나 살쾡이가 밭으로 들어올 때만 괴성과 함께 지팡이를 휘둘리며 달려갔다. 기세에 놀란 들짐승이 밭을 벗어나면 사내는 즉시 고요로 돌아갔다.

그렇게 삼밭을 모두 살핀 뒤 새로운 걸음을 내디뎠다. 3년 전 자신이 들어섰던 길로 처음에는 오른발 그 다음엔 왼발을 옮긴 것이다.

너무나도 쉽게 밭에서 길로 나선 사내는 돌아서서 자신이 3년 동안 머문 삼밭을 훑었다. 물가에 어린 자식을 남겨두고 길 떠나는 아비의 걱정 가득한 눈빛을 닮았다. 마른바람에 흙먼지가 일었다. 사내의 몸이 삼밭 쪽으로 움찔 떨렸지만 이미 나온 곳으로 걸음을 되돌리진 않았다.

사내는 삿갓을 고쳐 쓴 뒤 굽이굽이 유장한 길을 눈가늠하곤 걷기 시작했다. 삼밭엔 전혀 관심도 없는 사람처럼, 힘차게!

숲을 지나고 언덕을 넘고 개울을 건너 마을에 이르렀다. 햇볕이 내리쬐었지만 걸음을 멈추거나 삿갓을 올려 쓰거나 주변을 돌아보지 않았다. 이 길이 어디에서 비롯되어 어디로 향하는지 아는 이처럼 오로지 앞만 보고 걸었다. 마을로 들어서자 몇몇 행인이 사내를 알아봤다.

"앗! 저 삿갓은……?"

"삼밭을 나온 거야? 왜?"

"삼밭 귀신이 어디로 가는 거지? 덥지도 않나? 삿갓에 복면이라니."

사내는 불편한 시선들을 피해 더 빨리 걸었다. 쫓아오는 발걸음이 늘자 시장 골목을 택했다. 미로처럼 복잡한 골목도 손바닥보듯 훤했다.

다시 혼자가 되었을 때 비로소 걸음을 멈추고 삿갓을 고쳐 썼다. 지치거나 주위가 궁금하기 때문이 아니라 행선지가 바로 앞에 놓인 2층 기와집이었던 것이다. 턱을 들고 현판을 읽었다.

대한천일은행 개성지점.

은행 앞에는 사람들이 땀을 뻘뻘 흘리며 백사白蛇처럼 줄을 섰다. 은행을 구경하려는 이들이 나날이 늘자 지점장 조식병이 출입인원을 제한한 것이다. 건물 밖에서 대기하다가 차례대로 입장하는 방식이었다.

사내는 곧장 은행 정문으로 나아갔다.

"왔구나!"

현판 옆에서 기다리던 조명종이 네댓 걸음 걸어 나와 반갑게 손을 쥐었다. 사내는 눈으로만 인사한 뒤 은행으로 들어갔다. 조명종은 어깨를 과장되게 흔들며 1층 지점장실로 안내했다. 문을 열고 호객하듯 목소리를 높였다.

"도착했습니다."

회의 탁자를 가운데 두고 마주 앉았던 조통달과 조식병이 동시에 고개를 돌렸다. 방으로 들어선 사내는 허리 숙여 읍부터 했다. 조식병이 억지웃음과 함께 다가왔다.

"찾는데 힘들진 않았나? 답답하게 뭔 이딴 걸 썼어? 얼굴부터 우선 보이게."

사내는 삿갓을 벗고 복면을 내렸다. 소문처럼 언청이거나 지독한 화상을 입었거나 들창코는 아니었다. 살갗은 밭일을 하느라 삿갓을 썼는데도 검게 그을렸다. 눈은 깊고 코는 오똑하고 수염은 짙고 입술은 도톰한 미남자였다. 조명종이 대신 답했다.

"철호랑 이 동네를 얼마나 돌아다녔다고요. 눈 감고도 훤합니다."

조식병이 조명종을 나무랐다.

"너한테 물은 게 아냐? 송도상회는 어찌하고 왔어?"

"내가 오라고 불렀다."

조통달이 끼어들었다. 기세에 눌린 조식병이 군소리 없이 눈만 끔벅였다.

"명종인 이리 오고 철호는 그 쪽에 앉거라."

명령에 따라 조명종은 조통달 옆으로 가고 철호는 조식병 옆에 자리를 잡았다.

"가비차라도 내올까요? 정동 법국法國 외교관에게서 어렵게 구한 건데 맛이 아주 진합니다."

조식병이 웃으며 분위기를 바꾸려 했다.

"쓸데없는 짓 마라."

조통달이 차갑게 자르곤 철호에게 시선을 옮겼다.

"삼밭에 계속 머물고 싶다고?"

"예. 어르신!"

"얼마 만에 삼밭에서 나온 게냐?"

"3년이 못 됩니다."

"3년이라! 장훈의 아들답게 꾸준하구나."

조통달이 장훈을 언급하며 철호를 살폈다.

철호가 개성으로 조통달을 찾아온 것은 철인호가 폭파되고 7개월이 지난 뒤였다. 인향을 제외하곤 세상 사람 모두 그가 바다에 빠져 죽었다고 여길 즈음 땡추중처럼 삿갓을 쓴 채 나타난 것이다. 빌려간 돈을 갚을 길이 없으니 약속대로 평생 조씨 가문의 하인으로 살겠다고 했다. 조통달이 짧게 물었다.

"멀리 달아나 숨지 않고 나를 찾아온 까닭이 무엇이냐?"

망설이지 않고 답했다.

"약속을 지키는 것이 사람의 도리라고 선친께서 말씀하셨습니다. 특히 송상과의 약속을 지키는 일엔 목숨을 걸라고 하셨지요."

철호는 조통달에게 한 가지 청을 넣었다. 얼굴을 감춘 채 삼밭에 머무르게 해달라는 것이다. 조를 짜 삼밭을 순찰하는 것은 하인들의 중요한 일과지만 움막집에서 숙식을 해결하진 않았다. 조통달은 삼밭 생활을 허락했고 3년이 지난 것이다.

"오늘부턴 이곳에서 지내도록 해."

조통달의 명령에 철호보다 조식병이 먼저 이의를 제기했다.

"아버지! 지점을 제게 맡기신다면서요? 그리고 왜 하필 장철호입니까?"

철호도 삼밭으로 돌아가겠다는 뜻을 밝혔다.

"세상일에 더 이상 관여하고 싶지 않습니다. 어르신! 저는 삼밭이 좋습니다."

조명종이 안타까운 표정으로 말했다.

"재주를 썩히지 마. 행수를 지낸 네가 삼이나 돌보며 허송세월하는 건 말이 안 돼. 마음의 상처가 깊다는 건 알아. 하지만 다시 시작해야지."

조통달은 철호를 개성지점까지 부른 이유를 밝혔다.

"하인 구실 제대로 하려면 생각이 없어야 돼. 주인이 시키면

시키는 대로 따르는 게 하인이야. 삿갓을 쓰든 복면을 하든 맘대로 해. 다만 넌 오늘부터 지점 금고를 관리한다. 나고 드는 돈을 빠짐없이 기록하고 도둑 들지 않게 금고를 지켜."

조식병이 버텼다.

"아버지! 입출금 장부를 열흘에 한 번씩 보여드리지 않습니까? 금고지기는 필요하지……."

조식병이 얼버무렸다. 조통달의 채찍 같은 눈길이 가슴을 때린 것이다.

"내일부터는 닷새에 한 번씩 장부 정리를 하도록! 회계는 사개치부법으로 해라."

사개치부법은 송상의 전통적인 회계법이다.

"어려서 선친께 배웠지만 실제 금전 거래에 적용한 적은 없습니다."

인천 객주에선 이 방법을 쓰지 않았다. 조명종이 끼어들었다.

"내가 다시 자세히 가르쳐줄게. 송도상회도 사개치부법으로 해왔거든. 대한천일은행 본점에서도 이 방법을 써."

"오늘 중에 익혀둬!"

조통달이 일어섰다. 배웅을 마치고 돌아온 조식병은 조통달이 앉았던 자리를 차지하곤 담배부터 피워 물었다.

"네가 무슨 수작을 부렸는지 모르겠지만 개성지점은 내 꺼야. 허튼짓하면 가만두지 않겠어."

뒤따라 들어온 조명종이 철호 손을 잡아끌었다.

"나가자!"

"버릇없는 놈! 아버지가 말씀 중인데 가긴 어딜 가?"

조명종이 퉁명스레 받아쳤다.

"사개치부법 가르치란 할아버지 명령 들었죠? 금고실도 철호에게 보여줘야 합니다. 내일부터 조세금이 도착하면 정신없을 테니 빨랑빨랑 준비해야죠. 아버진 단바둑을 뽐내시든가 낮잠을 주무시든가 하세요."

"저, 저놈이……?"

두 친구는 화를 내는 조식병을 남겨두고 2층 금고실로 갔다. 육중한 철문을 열자 천장에 닿을 만큼 거대한 철제 금고가 나타났다.

"근사하지? 할아버지가 특별히 도쿄에 주문제작하여 들여온 놈이야. 별명은 코끼리!"

철호가 다가서서 금고를 손바닥으로 쓸었다. 냉기가 손목을 타고 목까지 올라왔다.

"아버지한테 왜 그래? 오늘처럼 짜증내는 건 처음 봐."

"낯부끄러운 얘기 하나 해줄까? 할아버지가 지목한, 금고에서 돈을 훔칠 도둑이 누군지 알아? 바로 아버지야."

"아버지라니?"

"다시 투전판에 줄을 대려 한대. 무일푼인 아버지가 판돈을 어디서 구하겠어? 보나마나지. 그래서 널 지점에 두자고 내가 할아버지를 설득했어. 할아버진 처음엔 싫어하셨지만……."

조명종이 말을 멈췄다. 철호는 이 순박한 죽마고우의 어깨에 손을 짚었다. 조명종이 미안한 표정으로 이야기를 이었다.

"할아버진 철호 네가 지점을 삼킬지도 모른다며 걱정하셨어. 마음을 다쳤대도 호랑인 호랑이니까."

"명종아! 난 삼밭 생활에 만족해. 네가 어르신께 말씀드려 날 돌아가게 해줘."

"안 돼."

조명종이 잘랐다.

"널 위해서도 안 되고 우리 가문을 위해서는 더더욱 안 돼. 저기 쪽문 보이지? 그걸 열면 쪽방이 나와. 불편하겠지만 먹고 잘수는 있지. 나는 물론이고 할아버지까지도 금고실 출입을 막고 싶다면 그렇게 해. 네가 뭘 두려워하는지 정확히는 모르겠지만, 장철호가 살아 있단 소문이 나지 않도록 철저히 입조심할게. 그러니 지금부턴 삼밭 대신 금고를 지켜. 각오를 단단히 해야 할거야. 조세금으로 거둔 백동화가 파도처럼 밀려들 테니."

철호가 쪽문을 흘금 보며 물었다.

"조세금이 밀려든다는 게 무슨 소리야?"

"대한천일은행이 탁지부로부터 위임을 받아 조세를 걷게 되었어. 전국 200개가 넘는 고을에서 은행으로 조세금을 내면 은행이 그 돈을 보관하다가 탁지부가 원할 때 지급하는 방식이지. 대한천일은행에서 선발한 백여 명의 조세청부인이 각 고을로 이미 내려갔어. 평안도와 황해도 그리고 경기도 북부지역에서 거둔 조세금 중 일부가 내일부터 지점으로 들어올 예정이야. 백동화의 무게가 상당하고 야밤엔 강도를 당할 위험도 크기 때문에 개성지점 바로 이 금고에 잠시 보관했다가 정해진 날짜에 한양 본점으로 이송하는 거지."

"은행에선 안정적으로 운반비를 챙기겠군. 나랏일을 하는 셈이니 은행에 대한 믿음도 커질 테고. 일석이조네."

조명종이 고개를 끄덕였다.

"황실과 정부에서 대한천일은행을 적극 돕는다는 표시지. 일본 은행들도 우릴 이제 업신여기지 못할 거야. 자, 그럼 사개치부법을 익혀볼까? 기억 안 나? 어렸을 때 이 법을 내게 가르쳐준 건 바로 너였어."

철호는 조명종이 펼친 서책을 덮으며 말했다.

"날 세상으로 끌어내려 애쓰지 마. 장철호는 철인호와 함께 인천 앞바다에 빠져 죽었어. 돈으로 모든 걸 정하는 세상이 내겐 맞지 않아. 조씨 가문 하인이 되었으니 시키는 일은 할게. 금고를 지키라고 하니 지키겠어. 하지만 장사꾼 장철호로 돌아가란 명령은 따를 수 없어. 난 돈의 나라가 싫어. 알겠어?"

조명종이 서책을 제 앞으로 당겨 다시 펼쳤다.

"이 말만은 안 하려고 했는데 해야겠군. 잘 들어! 박진태가 한 가위 다음날 누구랑 결혼하는지 알아? 전 인천부사이자 현 대한천일은행 이사인 최용운의 무남독녀 최인향과 정동 뻰엘 예배당에서 혼인한대. 넌 왜 인향 씨가 선물했던 도장집을 내 아버지에게 건넸지? 네가 죽었다는 확신을 그미에게 심어준 이유가 대체 뭐야? 진태랑 둘이 맺어주고 싶었어? 네가 매파야 뭐야?"

철호는 망치로 머리를 얻어맞은 사람처럼 말을 잃었다. 눈을 감고 턱을 든 채 휘감기는 마음의 소용돌이를 바라보았다. 인향에게 선물로 건넨 가죽 손지갑의 하얀 백합이 떠올랐다. 백합처럼 환한 인향의 웃음소리에 철인호 출범식 직전 그미와 나눈 첫 정사가 어우러졌다.

돌아가고 싶다! 너무 사랑하지만…… 그러나 너무 미안해서 지금은 못 가겠어. 내가 철인호 구입을 서두르는 바람에 모든 것을 잃었다. 인향에게 끔찍한 고통을 안겼어. 모두 내 탓이다. 내 잘못이다.

"그러니 철호야! 이참에 그냥 세상으로 나가자. 인향 씨를 찾아가서 장철호가 살아 돌아왔다고 밝혀. 너희 둘, 죽고 못 사는 사이였잖아? 넌 그미가 박진태에게 가도 좋아? 정말 그래?"

철호가 마침내 입을 열었다.

"완패한 내가 무슨 할 말이 있겠어? 그미도 좋은 사람 만나서 결혼을 하고 가정을 꾸리고 행복하게 살아야겠지."

조명종이 따지듯 물고 늘어졌다.

"그 상대가 박진태인데도? 진태가 어떤 놈인지 몰라? 서상진 행수와 너를 배신하고 권혁필에게 붙은 간도 쓸개도 없는 버러지야. 출세밖에 모르는 쓰레기라고. 인향 씨가 그런 놈 아내가 되어도 상관하지 않겠다고? 거짓말!"

제5장

지점의 나날

다음 날부터 대한천일은행 개성지점과 인천지점은 똑같이 분주했다. 평안도와 황해도의 조세는 개성지점, 전라도와 충청도의 조세는 인천지점을 중간 저장처로 삼았기 때문이다. 자루에 가득 든 백동화를 뭉텅뭉텅 지점으로 옮기는 모습은 장관이 아닐 수 없었다. 개성유수와 인천부사가 보낸 관원들이 지점 좌우로 길게 늘어서서 만약의 상황에 대비했다. 구경꾼들은 길가로 밀리면서도 발뒤꾸머리를 들고 고개를 내밀어 수레에 실린 돈자루를 살폈다.

조세금 중 상당수가 백동화로 걷혔다. 전환국에서 백동화를 지나치게 많이 만들었을 뿐만 아니라 위조 동전까지 등장하여 그 가치가 폭락했다. 지방에서는 백동화를 받지 않는 가게도 적지 않았다. 조세금을 백동화로 걷는다는 것은 팔도 방방곡곡에

백동화를 유통시키겠다는 대한제국 정부의 의지가 반영된 결과
였다.

개성지점이 조세금을 받아 금고에 넣는 시간이 인천지점보다
배로 들었다. 인천지점에서는 지점장인 박진태가 조세금 인수에
서 금고 보관까지를 총괄 지휘한 반면, 개성지점은 1층에서 확
인한 백동화를 2층 복도까지만 운반하고 내려와서 대기했던 것
이다. 금고실에서 무슨 일이 벌어지는지는 행원은 물론 지점장
도 몰랐다. 기다리다 지친 조식병이 몇 번이고 철문을 두드렸지
만 기척이 없었다. 장철호는 2층에 혼자 남았을 때만 복도로 나
와서 돈자루를 가지고 들어갔다.

행원들은 2층에서 숙식을 해결하는 사내를 '투명 행원'이라고
불렀다. 열 살에 개성을 떠났고 인천 앞바다에서 실종된 장철호
가 금고지기를 하리라고 예상한 이는 없었다.

저물 무렵 조명종이 2층으로 올라갔다. 문을 두드리는 대신
복도에 서서 목소리를 깔았다.

"나야!"

정적이 감돈 뒤 문이 열렸다. 빈 자루 앞에 백동화들이 줄을
맞춰 놓였다.

"이걸 전부 다시 센 거야? 1층에서 금액 대조를 마쳤다고 들
었는데……. 왜 이렇게 작업이 느린가 했어. 사개치부법을 잊었
나 걱정도 했는데, 하나하나 세고 있었구나. 그럼 아직 장부 정

리는 못했겠네?"

"인천 부두에서 하역할 때 배운 게 하나 있지. 물품을 창고에 넣을 땐 반드시 개수를 따로 헤아려야 한다는 것. 매일 같이 밥 먹고 힘쓰며 붙어 지내는 사이지만 재물이나 돈 앞에선 마음이 흔들리기 마련이거든. 난 단 한 푼이라도 착오가 생기는 걸 원치 않아."

"밤을 꼬박 새워야 할지도 몰라."

"하인은 주인이 시킨 일을 차질 없이 마칠 뿐이지."

"나도 도울게. 어디서부터 세면 돼?"

철호가 백동화 앞에 앉으려는 조명종의 팔을 잡아끌었다.

"아냐. 내가 혼자 다 하겠어."

조명종은 그의 얼굴을 쳐다보다가 피식댔다.

"황소고집을 누가 꺾나. 그럼 나가서 저녁이라도 겸상으로 먹자. 아버지가 조세금 걷어온 이들 대접한다고 가겔 하나 잡았어. 별채에서 우리 둘만 먹으면 돼. 얼굴 마주칠 일 없을 테니 걱정마."

철호는 이마저 거절했다.

"네 말대로 지금부터 부지런을 떨어야 내일 아침까지 장부 정리를 마칠 수 있어. 한양으로 출발하는 시각이 내일 정오라고 했지? 너나 가서 저녁 챙겨 먹어. 한데 왜 인천으로 안 갔어? 가겔 이렇게 오래 비워놔도 돼?"

"걱정 마. 진만이를 들어앉혔으니까."

"소진만? 호텔 일 그만둔대?"

"응! 걔가 눈치 하난 무척 빠른 놈이지. 가을에 경인선이 개통되면 호텔이 전부 망할 거란 소문이 파다해."

"경인선······."

철호는 남의 나라 이야기처럼 세 글자를 천천히 곱씹었다.

"한양에서 제물포까지 철도가 놓이면 인천항으로 들어온 외국 손님들이 조계지에 머물 이유가 없지. 곧바로 기차를 타고 한양까지 가면 되니까. 호텔 매상이 절반 이상 뚝 떨어질 거라고 진만이가 그랬어."

철호가 삼밭에 머문 3년 동안 인천은 또 다른 변화를 눈앞에 두고 있었다.

밤이 깊었다.

금고실은 외부인의 침입을 막기 위해 조각창도 하나 없었다. 불을 켜지 않으면 낮에도 글을 읽기 힘들었다. 암흑 속에서 철호는 묵묵히 백동화를 헤아렸다. 조명종이 챙겨놓고 간 호롱불은 켜지도 않았다. 삼밭 움막에서도 불을 밝히는 법이 없었다. 빛나는 것 타오르는 모든 것으로부터 등 돌렸다.

백동화를 하나하나 집으며 생각했다. 한때는 조선 최고의 거상이 되기를 갈망했다. 엄청난 돈을 벌어 개성으로 환향하리라. 그 꿈은 철인호의 침몰과 함께 사라졌다. 돈 없인 희망도 없는 세상! 그것이 개항과 함께 밀어닥친 새로운 질서였다.

죽는 것도 마음대로 되지 않았다.

눈을 떴을 때, 고개를 돌렸을 때, 함박눈이 내리고 있었다.

저승에도 눈이 내리는가.

일어나서 앉았다. 저승이 아니었다. 강화도 해안까지 떠밀려
온 철호를 혼자 사는 늙은 어부가 건진 것이다. 침을 곧잘 놓는
어부 덕분에 한 달쯤 지난 뒤 기력을 되찾았다. 죽지 못한 것을
후회했지만 살고 나니 다시 죽을 순 없었다.

어부를 도와 고기잡이를 나섰고 물 위를 노니는 작은 행복을
배워나갔다. 그런데 이번엔 어부가 감환에 들어 몸져눕더니 세
상을 버렸다. 철호는 상주 노릇까지 한 후 조통달을 만나러 개성
으로 갔다. 배가 침몰하고 일곱 달이 흐른 뒤였다.

인향과 현주가 눈에 밟히긴 했다.

세상은 이미 철호를 시체 취급했고 그에겐 희망이 없었다. 지
금 찾아가는 것은 겨우 상처를 덮고 새 출발을 하려는 그미들
발목을 잡는 꼴이다. 무엇보다도 그는 여전히 무일푼이었다. 어
리석었다. 철인호에 전부를 거는 것이 아니었다. 그의 섣부른 판
단 때문에 인향도 현주도 한꺼번에 몰락한 것이다. 불행이 자신
을 따라다닌다고 여겼다. 돈의 나라에 대한 환멸이 온몸을 감쌌
다. 인향이 이젠 행복하길 바랐다. 영영 인연을 끊고 싶었기에,
인향으로부터 선물 받은 도장집과 도장을 조식병에게 건넸던 것

이다.

이 돈만 있었더라면……. 이 돈이 있었더라도…… 달라졌을까?

철호는 백동화의 오얏꽃무늬를 손끝으로 쓸었다. 금고실 가득한 돈 자루에 그의 돈은 단 한 푼도 없고 전부 나라 재산이었다.

이제 철호는 돈을 벌고 싶지 않았다. 돈에 전부를 거는 일상으로 돌아가기 싫었다. 철인호에서 바닷물이 턱까지 차올랐을 땐 저승에 돈 따윈 없기를 빌었다.

삼밭에서는 오히려 마음이 편했다. 삼의 가격은 따지지도 않았다. 오로지 병충해나 비바람의 피해 없이 자라도록 보살폈다. 삼밭에서라면 그럭저럭 평생을 보내겠다고 여겼다.

행복은 3년이 고작이었다.

돈으로 넘쳐나는 대한천일은행 개성지점, 그것도 금고실을 지키게 될 줄은 꿈에도 몰랐다. 주인의 명에 따라 백동화를 세곤 있지만 삼밭에서 잔돌을 골라 따로 두듯 백동화를 차곡차곡 쌓을 뿐이다. 조세금 걷는 일이 마무리되면 꼭 삼밭으로 돌아가리라 마음먹었다. 돈 때문에 누구를 슬프게 하고 돈 때문에 누구를 아프게 하고 돈 때문에 누구와 이별하고 돈 때문에 누구와 맞서 싸우는 짓은 하고 싶지 않았다.

백동화를 모두 헤아려 장부에 기입한 후 복도로 나왔다.

밤이 지나고 새벽빛이 창을 통해 복도를 비쳤다. 손을 내밀어 그 빛을 받았다. 밤새 만진 백동화 때문에 손바닥이 온통 거무스름했다.

탐욕의 낯빛이 이와 같을까.

혼탁한 기운을 지우기라도 하듯 바지에 손을 쓰윽 닦고 다시 금고실로 돌아갔다.

철호가 돈독 오른 손바닥을 새벽빛에 비춰보던 그 순간 진태도 깨어 있었다. 조세금을 걷어온 이들을 데리고 만석동 금란에서 밤새 술을 퍼마신 것이다. 저물 무렵 일곱 사람이 마시기 시작한 와인이 벌써 스물다섯 병째였다.

진태는 프랑스와 스페인과 독일 와인이 지닌 맛과 향의 차이를 구별할 정도였지만 조계지 출입을 하지 않던 이들에겐 신천지가 아닐 수 없었다. 천천히 조금씩 마시라는 진태의 충고도 잊고 탁주 마시듯 급히 삼킨 끝에 자정부터 한 명씩 만취하여 쓰러졌다.

혁필이 자정을 넘겨 합류했을 때는 넷이 이미 포기하고 진태를 포함해서 겨우 셋만 술잔을 기울이던 중이었다. 혁필도 와인을 다섯 잔이나 비웠다. 현주에게 맞아 척추를 다친 뒤론 술을 거의 마시지 않는 그였다. 궂은 날에는 손가락 끝에서부터 어깨를 타고 뒷목까지, 통증이 말벌 떼처럼 달려든다고 했다. 그때는 자신을 이렇게 만든 여가수를 불러 아편을 자욱하게 나눠 피운다는 후문이었다.

새벽빛이 들 즈음엔 진태와 혁필 그리고 군산에서 온 상인 한 사람만 남았다. 진태는 소변을 보러 나왔다가 기방으로 돌아가는 대신 바닷가를 산책했다. 어차피 혁필은 술을 더 마시진 않을 것이고 반 병 정도만 비우면 허우대 좋은 상인도 뻗을 것이다.

파고가 높은지 소리가 크고 빨랐다. 진태는 잔잔한 파도보다 상어 아가리처럼 집어삼킬 듯이 달려드는 높은 파도가 좋았다. 철썩 소리와 함께 하얗게 부서지는 파도를 보노라면 당장이라도 머리를 디밀어 나아가고 나아가고 또 나아가고 싶었다. 소리만으로도 가슴이 두근거렸다.

어둠이 가시지 않은 바다를 보고 있으니 최용운과 독대한 그 저녁의 한강이 떠올랐다. 지금처럼 수면 위로 어둠이 깔려 흐를 즈음이었다. 인향과 함께 찾아가서 결혼하겠다며 인사를 드리고 보름쯤 지난 뒤, 인향에게 알리지 말고 조용히 만나자고 하여 상경했다. 최용운은 예비 사위를 마포 어느 식당으로 데리고 갔다. 매운탕을 안주로 막걸리가 두어 순배 돈 뒤 이야기를 시작했다.

"난 반쯤은 포기하고 있었다네. 나이도 찼고 또 철호의 실종으로 인한 상처도 깊어서……. 평생 내가 거두어야 할지도 모른다고 여겼지. 어미 없이 자란 가여운 아이라서 좋은 짝을 꼭 찾아주고 싶었지만, 세상 일이 원하는 대로 이뤄지는 게 아니라고 스스로를 다독이면서 말일세. 참으로 기뻤네. 자네가 청혼했단 말은 벌써부터 들었다네. 면전에서 거절하지 않고 시일을 끄는 것부터 조금은 이상한 느낌이 들긴 했어. 그만큼 자넬 다른 남자들과는 다르게 생각하고 있었단 얘기도 되고 말이야. 하지만 청혼을 받아들일 줄은 정말 몰랐지. ……아, 미안하네. 이 말을 하려고 자넬 부른 건 아닌데 말일세."

"아닙니다. 솔직히 저도 저랑 결혼하겠다는 인향 씨 말을 듣고 무척 놀랐으니까요. 최 이사님이 놀라시는 것도 무리가 아닙니다."

"둘이 있을 땐 호칭을 바꾸지. 장인어른이라고 하게."

"네. 장인어른!"

막걸리 한 순배가 더 돌았다. 진태는 기뻤다. 최용운이 호칭을 바꾸라고 한 것은 이제부터 가족의 한 사람으로 받아들이겠다는 뜻이다.

"초지진에서 자넬 처음 만났을 때가……."

"강화도에서 조약을 맺은 해니 23년 전입니다. 그때 전 아홉 살이었고요."

최용운이 고개를 끄덕였다.

"그랬군. 졸지에 아비를 잃고 슬퍼하던 어린 자네 모습이 눈에 선하네. 분노로 가득 찼던 그 눈동자도! 그날은 미안했네."

갑작스럽게 사과를 받은 진태는 들고 있던 젓가락을 내려놓은 채 아무 말도 못했다. 최용운의 회상이 이어졌다.

"자네 입장에선 자네 아비를 시켜 어부들을 항산도 앞바다까지 데려온 자를 고변하고 싶었겠지."

"권 행수입니다. 그땐 서상진 행수 밑에서 일하는 내거간이었고요."

"맞네. 악연에도 불구하고 자네가 권 행수와 손잡고 개항 인천의 실력자가 되었으니 인생이란 참 변화무쌍하단 생각이 드네. 하여튼 그때 권 거간이 서 행수 사람이 아니었다면 난 자네 청을 받아들였을 거네."

"제 아비에게 모든 잘못을 돌리셨습니다."

진태의 목소리가 떨렸다. 23년이나 가슴에 품고 지낸 억울함이다.

"그랬지. 불똥이 서 행수에게 튀는 것을 막기 위함이었다네. 인천의 서상진은 장차 나라의 문을 활짝 열 때 외국 상인들과 대결할 조선 상인의 핵심이었네. 개성의 장훈 한양의 홍도깨비도 서 행수를 통해 소개를 받았으니까. 일본이 항산도 앞바다까지 나와 시위를 벌인 어부들을 문제 삼고 정식으로 항의한다면, 조선 조정에선 그 책임을 물어 엄벌할 자를 찾을 수밖에 없겠지. 권 거간이 자네 아비를 움직인 사실이 밝혀지면 서 행수 역시 문초를 당하고 옥에 갇힐 위험이 컸다네. 그래서 자네에겐 안된 일이지만, 이미 바다에서 목숨을 버린 자네 아비에게 잘못을 없은 거라네."

"이제 와서 옛 이야기를 왜 꺼내시는 겁니까?"

"그때 자네가 내 이름을 물었었지. 필운동에 사는 최용운이라고 알려주었던 것 기억하는가?"

"예."

"조약을 무사히 맺고 나서 상경했지. 자네가 필운동으로 오면 내가 방금 자네에게 들려준 이야기를, 전부 다는 아니더라도 해주려고 했다네. 그래서 내가 사는 동네까지 밝혔던 거고. 한데 자넨 오지 않았지. 그리고 세월이 흘렀네, 아홉 살 소년이 인천 부두 하역을 총괄하는 감독관에 오를 만큼. 인천부사로 부임했을 땐 그 얘길 꺼내기가 어색했다네. 이 이야긴 평생 다시 논할 일이 없겠구나 생각하고 접어두었지."

최용운은 목이 마른지 막걸리를 두어 모금 들이켠 후 이야기를 이었다.

"한데 자네가 결혼하기로 정했노라고 인향이와 함께 나를 찾아왔을 때, 접어뒀던 그 사건이 바로 어제 일처럼 선명하게 떠올랐다네. 혹시 자네가 그 일을 아직도 마음에 품고 있는 건 아닐까 하고 말일세……."

최용운이 말끝을 흐리며 사발에서 가슴과 목을 지나 눈까지 시선을 올렸다. 진태가 아픈 상처를 드러내지 않고 웃었다.

"그때 일로 앙심을 품고 있다면 권 행수 밑으로 들어가지도 않았을 겁니다."

최용운이 손바닥으로 가볍게 탁자를 쳤다.

"그렇지! 나도 그리 생각은 했네만 그래도 결혼식을 하기 전에 자넬 만나서 내 마음을 전하고 싶었다네. 장인과 사위가 될 사이 아닌가. 우리 사이에 껄끄러운 감정이 남아 있어서는 안 될 것 같아서 내 바쁜 자넬 보자고 한 거라네. 때늦은 사과를 받아주겠는가? 미안하네."

최용운이 고개를 숙이려고 하자 진태가 무릎을 꿇으며 먼저 허리를 굽혔다.

"이러지 않으셔도 됩니다. 마음 써주셔서 정말 감사합니다. 장인어른! 저는 오늘 아버지를 새로 얻은 듯 기쁩니다."

최용운이 숙이려던 고개를 들고 물었다.

"그러한가? 정말 나를 아버지처럼 생각해주려는가?"

"아버지 돌아가시고 5년 만에 어머니마저 세상을 버리셨지요. 그 후로 쭉 저는 의지할 곳 없는 고아였습니다. 이렇게 아내와 아버지를 함께 얻으니 너무나도 행복합니다."

최용운이 팔을 뻗어 진태의 어깨를 잡고 울먹거렸다.

"자네가 행복하다니 나도 행복하네. 어떤가? 어디 한번 내게 아버지라고 불러보겠는가?"

진태가 고개를 들고 최용운의 불콰한 얼굴을 쳐다보았다. 그 위에 23년 전 항산도 앞바다에서 목숨을 잃은 아버지 박만식의 얼굴이 얹혔다.

"아버지!"

소리 없이 흐르는 강물이 찰랑이는 바닷가 파도로 바뀌었다.

진태는 새벽 바다를 쳐다보며 담배를 피워 물었다. 연기를 내뿜다가 갑자기 혼자 넋이 나간 사람처럼 웃었다. 태산보다 큰 잘못을 저질러놓고 말 몇 마디에 용서를 받으리라 믿다니 얼마나어리석은가. 말로는 결코 천 냥 빚을 갚을 수 없다. 천 냥 빚을갚기 위해선 천 냥을 가져와야 한다. 최용운의 사과는 나를 배려해서가 아니라 평생 자기를 괴롭히던 짐을 덜기 위함이다. 복수는 끝나지 않았다. 인향을 뜨겁게 사랑하지만, 아비의 복수는평생의 과업이었다. 최용운과 홍도깨비 그리고 권혁필을 반드시내 손으로 징벌하리라.

일본제1은행 인천지점을 처음 구경 간 날도 떠올랐다. 인향이지점장 겐이치와 은행 업무에 대해 이야기하는 동안, 그와 철호는 단 한 마디도 끼어들지 못했다. 7년이 지난 지금 진태는 대한천일은행 인천지점장이 되었다. 본점과 지점의 운영이 제각각 이뤄진다는 점을 감안하면 은행을 하나 개점한 꼴이다. 황실과 조정에서 조세업무까지 대한천일은행으로 밀어주니 세 확장은 시간문제였다. 인천 으뜸 아니 조선 으뜸 부자가 될 날도 머지않았다. 으뜸이 되는 길에 딱 한 사람이 걸렸다. 23년 전 항산도 앞바다에서 벌어진 참극에 대하여 사과는커녕 묵살로 일관하는 사내, 권혁필이다.

"키일킬킬."

혁필이 구부정한 허리를 흔들며 진태 곁에 섰다.

"파도가 제법 높군."

내일 배로 옮길 조세금을 걱정하는 것이다.

"구름은 없습니다. 오후 들면 바람도 잦아든다고 하니 염려 마십시오."

진태가 지체하지 않고 답했다. 은행 업무에 혁필을 끼워 넣지 않는 것이 진태의 원칙이었다. 혁필이 손수건을 꺼내 턱으로 흐르는 침을 닦아냈다.

"어떤 선물을 해줄까?"

한가위 다음날 결혼식을 올린다는 소식이 혁필의 귀에도 들어간 것이다.

"괜찮습니다."

"괜찮긴……. 그리 말하면 섭섭하지. 나 권혁필을 자린고비로 만들 참인가. 아우님! 뭐든지 말해보시게."

"그럼 한 가지 건의를 드리고 싶습니다."

선물이란 단어를 건의로 바꿨다. 혁필이 희붐한 바다를 쳐다보며 고개를 끄덕였다.

"천년향을 한양에도 따로 차렸으면 합니다."

"한양엔 왜? 비누로 목돈 벌 구멍이라도 찾았는가?"

약삭빠른 혁필이 두세 수 앞을 넘겨짚었다. 진태는 잔머리를 굴리지 않고 속마음을 밝혔다.

"최 감사에게 그 회사를 맡겼으면 합니다."

혁필이 가래 끓는 기침을 한 뒤 물었다.

"최 감사 부탁인가? 그 사이 몇 차례 더 회사를 만들다가 실패했다지? 여자가 회살 운영하긴 아직 이 나라가……."

"최 감사에게 부탁받진 않았습니다. 지금은 본점 업무에만 집중하고 있지요. 하지만 저는 그미의 소원을 들어주고 싶습니다."

혁필은 굽은 등을 흔들며 웃어댔다.

"사나이 순정인가? 알겠네. 박 지점장 건의를 받아들이도록 하지. 한데 실망인걸. 난 아우님이 나한테서 독립이라도 하겠다며 덤빌 줄 알았네. 물론 허락하지 않을 테지만 말이야."

혁필이 낮은 신음을 토하며 미간을 찡그렸다. 뒷목이 저린 것이다.

"오후에 비가 오지 않는 게 확실한가? 이렇게 등이 저릿저릿 당기면 소나기가 내릴 징존데……."

진태가 담배를 권했다.

"한 대 피우시겠습니까?"

"싱거워서 싫네. 혹시……."

"저는 안 하는 거 아시잖습니까?"

"그래. 박진태와 장철호 너희 둘은 아편 따윈 거들떠보지도 않지. 새벽마다 운동한답시고 각국공원을 망아지마냥 뛰어다니고. 닮은 구석이 많았어."

"죽은 사람 얘긴 왜 하십니까?"

"아직도 싫은가보지? 혹시 괜한 죄책감을 갖고 있나? 장철호를 죽인 건 우리가 아냐. 충분히 탈출할 여유가 있었네. 침몰하는 배에 남은 건 그의 선택이었어. 자살이었다 이 말이야. 그러니……."

진태가 말허리를 잘랐다.

"장철호도 철인호도 다 잊었습니다."

혁필이 윗입술을 비죽 내밀며 이야깃거리를 바꿨다.

"본점 사정이 달라지질 않는 것 같아."

하루가 다르게 손님이 느는 지점에 비해 본점은 아직 약조한 자본금도 미납된 형편이었다.

"얼마나 부족합니까?"

"5만 6000원이 목푠데 연말까지 가도 1만 5000원쯤 될까 말까라고 하는군. 입에 담기도 부끄러울 지경이야. 이 사실이 공개되면 본점은 물론 지점까지 낭패를 보게 돼. 돈을 내겠다고 약속한 발기인들이 문제야. 간섭이란 간섭은 다 하면서 계속 눈치만 살피고 돈주머니는 열지 않는 게지. 이러다간 조선은행이나 한성은행처럼 신용을 잃고 몰락하겠어."

"다음 본점-지점 연석회의 땐 이 문제를 집중적으로 따지겠습니다."

혁필의 지적이 정확하다면 큰 문제가 아닐 수 없었다. 발기인들이 약속한 돈을 내지 않는 은행에 누가 예금을 맡기겠는가.

"따지긴 해야지. 하나 한양 불깍쟁이들이 쉽게 바뀌진 않아. 그보다 별부책이 더 문제야."

"별부책이라뇨?"

"황실이 따로 은행 돈을 빼내 쓰려고 비밀계좌를 만들었다는 풍문이야. 이준봉의 농간이지. 최용운이 관리한다는군. 잘못하면 돈이 황실로 줄줄 새겠어. 재주는 우리가 부리고 돈은 황제가 먹는 꼴!"

"어찌 그런 짓을?"

혁필은 오른팔로 왼 어깨를 주물렀다. 팔꿈치를 지나 손끝까지 아렸다.

"아우님! 인천지점장 정도로 만족할 건 아니지? 한양으로 가자고. 자넨 대한천일은행 본점을 먹고 난 한양상인을 무릎 꿇리고. 그 정도는 되어야 한 세상 멋지게 살았단 소리 듣지 않겠어? 머지않아 기회가 올 거야."

인천을 발판으로 한양까지 진출하는 것은 혁필의 오랜 바람이었다. 그러나 먼 미래가 아니라 가까운 시기에 야심을 실현하자는 소리를 직접 들으니 한바탕 불바람을 쐰 기분이었다.

"신접살림은 어디에 차리려고?"

"아직. 차차 알아볼 겁니다만⋯⋯."

진태는 말끝을 흐렸다. 혼인 날짜만 잡았지 신혼집을 어디에 둘지는 의논 못한 것이다.

"걱정 마. 인천에서 가장 멋진 집으로 구해줄게. 이게 진짜 내가 박 지점장에게 주는 결혼 선물이 되겠군. 최 감사는 신여성이니 한옥보단 양이 건물이 좋겠지? 각국 조계에 괜찮은 집이 몇 채 나왔다니 최 감사가 내려왔을 때 둘러보고 선택해줘. 그럼 난 들어가서 한 잔만 더 마셔야겠어. 취기를 더하면 통증이 사그라지려나. 자넨?"

"조금 더 있겠습니다. 먼저 가십시오."

혁필이 돌아간 뒤 진태는 눈을 지그시 감고 해안으로 들이치는 파도 소리를 들었다. 문득 한양에 있는 인향이 몹시 보고 싶었다. 신혼집을 고르러 오라고 날이 밝는 대로 전보를 치리라. 콧등까지 차올랐던 취기가 한순간에 사라졌다. 행복했다.

제6장

파열음

"문 열어. 하인 주제에 주인 명을 거역하겠단 거냐?"

조식병이 자정 가까운 밤에 금고실 철문을 쿵쿵 쳐댔다. 금고실을 뜻대로 지키라고 허락한 이는 조통달이다. 철호는 네 차례 조세금을 받을 때 외엔 문을 열지 않았다. 있어도 없는 사람, '투명 행원'다웠다.

"긴 시간 빼앗지 않겠어. 이 가비가 어디서 왔는지 아는가? 한양이라네. 보낸 이에게 감사 편지라도 띄워야겠군. 장철호에게 권했지만 마시지 않았다는 문장까지 넣어서!"

여전히 고요하다.

"조세금을 차질 없이 운송해줘서 고맙다는 뜻으로 온 가비라네. 이제 짐작이 가는가? 자네 부탁을 받고 내가 도장집과 도장을 건네줬던 최인향 감사가 보낸 가비야. 이래도 문을 열지 않을 텐가? 자꾸 이러면 나도 가만있지……."

문이 빼꼼 열렸다. 조식병의 등 뒤로 앉은뱅이 상에 커피 세 잔을 받쳐 든 조명희가 꾸벅 허리부터 숙였다.

"안녕하세요. 오빠!"

철호가 어둠을 등진 채 조식병에게 물었다.

"정말 최 감사가 보낸 가빕니까?"

"속고만 살았나? 한 잔씩만 마시고 가겠네."

조식병이 밀고 들어오자 철호는 비켜섰다.

호롱불을 상 위에 밝혀두고 세 사람이 둥글게 앉았다.

"내가 밉지?"

조식병이 눈을 자주 깜빡이며 물었다. 긴장하면 상대의 눈을 쳐다보지 못하고 손까지 떨었다.

"아닙니다."

검은 액체를 내려다보며 답했다.

"아니야. 내가 미울 거야. 장훈 그 친구가 비명에 간 일은 어쩔 수 없었다고 해도, 내가 너희 남매를 챙겼어야 했는데……. 변명 같지만 나도 형편이 매우 나빴단다."

옛 이야기를 주고받을 만큼 각별하진 않았다.

"제게 원하시는 게 무엇입니까?"

철호가 곧장 물었다. 어서 불청객을 내보내고 호롱불을 끄고 암흑에 젖길 원했다. 조식병이 커피를 두 모금 마시곤 말했다.

"조세금 중에서 돈이 넘칠 때는 내게 먼저 보고를 해줬으면 해."

해주에서 온 조세금을 확인한 것이 닷새 전이다. 그날도 밤을 새워 장부와 백동화를 비교하며 헤아렸는데 200원이 남았다. 본점 은행장 월급이 100원이니 적지 않은 돈이다. 돈을 받고 장부에 기입하지 않았을 수도 있고 장부보다 더 많은 돈을 거뒀을 수도 있다. 철호는 이 사실을 조통달에게 알렸고 조통달은 넘치는 돈을 따로 자루에 넣어 본점으로 보내도록 지시했다.

"어차피 다시 장부 들고 일일이 해주를 돌아다닐 수는 없어. 본점에 가도 공돈입네 누군가 꿀꺽 삼킬 거라고. 남의 입에 넣어줄 바에야 개성에서 취하는 게 백 번 낫지 않아? 나 혼자 먹진 않을게. 수고비로 1할 주지."

철호가 반응이 없자 조식병이 조건을 바꿨다.

"좋아 2할 준다. 아니아니 3할. 그 이상은 절대로 안 돼."

철호는 조용히 일어섰다.

"못 들은 걸로 하겠습니다."

"5할! 그래 반반으로 나누자."

눈을 부릅뜨고 딱 잘랐다.

"당장 나가지 않으시면 제게 하신 말씀 그대로 어르신께 알려드리겠습니다."

조식병이 잔을 비우고 일어섰다.

"호가호위하지 마. 반드시 후회할 날이 올 거야."

그리고 곁에 앉은 조명희에게 명령조로 말했다.

"아빈 먼저 갈 테니 넌 철호가 다 마시고 나면 빈 잔 챙겨가지고 와."

조명희가 철호의 눈치를 살피며 물었다.

"그래도 돼요? 명희도 오빠랑 가비 마시고 싶지만 오빠가 싫다면 관둘래요."

조명희의 눈망울이 너무 착하고 고왔다.

"괜찮아. 마시고 가."

"정말요? 고마워요 오빠. 명희는 가만히 있을게요. 오빠가 가비 마시는 모습 보고만 있어도 명희는 좋아요."

지점 정문까지 배웅을 나간 철호는 멀어지는 조식병의 뒷모습을 지켜보았다. 오래 전 목숨을 버린 장훈에게 문득 이렇게 따져 묻고 싶어졌다.

아버지! 왜 조식병 같은 자를 벗으로 두셨습니까? 돈밖에 모르는 버러지 아닙니까? 근묵자흑, 근주자적! 가르침을 주신 이는 아버지십니다.

금고실로 돌아온 철호는 철문을 닫아 걸었다. 호롱불에 검은 액체가 일렁거렸다. 허리를 곧게 펴고 상 앞에 앉았다. 조명희는 약속대로 숨소리도 내지 않았고 고개를 까닥이지도 않았다. 허리를 숙이지 않아도 커피향이 콧속으로 스며들었다.

커피를 마신 순간들이 스쳐갔다.

진태와 함께 인향을 따라 일본제1은행 인천지점에서 처음 커피다운 커피를 맛보았다. 현주와 재회한 후 그미가 차린 카페 나성의 커피는 얼마나 진했던가. 천년향 공장에서 밤을 새워 비누를 만들고 새벽 무렵 인향과 마주 앉아 마신 커피는 또 얼마나 달콤했던가.

향을 따라 생각이 흐르고 생각이 만드는 장면마다 커피 맛이 되살아나서 입 안 가득 은근하게 침이 고였다. 커피 잔을 천천히 들어 코끝에 갖다 댔다. 더 짙고 깊은 향이 밀려들었다. 인향의 웃는 얼굴이 보름달처럼 환했다.

당신!

아직도 커피를 즐기나 보네.

적당한 커피는 일의 능률을 높이지만 지나치게 빠지면 가슴이 뛰고 잠이 달아난다 했지. 나는 기껏 한 달에 두어 번이었지만 당신은 따로 커피를 갈고 내리는 기구까지 완비하고 하루에 한 번은 꼭 커피와 단 둘이 침묵을 즐겼어. 당신과 커피 사이에 끼고 싶었지만 참았지. 당신이 오롯이 당신 자신의 문제를 골똘히 짚어보는 시간이니까. 아무리 서로를 아끼더라도 각자의 과거와 현재와 미래를 홀로 살필 여유는 배려해줘야 하지.

당신은 이 커피를 나를 위해 보내진 않았어. 이유야 어떻든 당신이 보낸 커피를 마시며 시간 여행을 즐기는군. 이런 사치도 이제 끝이다. 올해 조세금이 다 걷히고 나면 나는 삼밭으로 돌아갈 테니까. 그곳까지 커피향이 풍겨올 리 없으니까.

커피를, 그것도 당신이 보낸 커피를, 당신을 생각하며 커피를 마실 순간이 내 생애에서 다시 올 줄 몰랐어. 나는 개화된 세상, 돈으로 층을 나누고 편을 가르는 세상으로 나가지 않을 결심을 굳혔으니까. 커피는 바로 개화의 상징이고 최인향 당신은 이 나라의 여자 중 가장 개화된 사람이니까.

오랫동안 당신을 잊고 지냈지. 아니 솔직히 말해 잊고 지내려고 노력했어. 사람이 아니라 삶에 모든 정성을 쏟았거든. 서책도 읽지 않고 한양 쪽으론 고개도 돌리지 않았어. 하지만 마음에 품었던 여인을 잊는 건 쉽지 않더군. 빛바랜 부분이 차츰 늘기도 하지만, 어느 날 갑자기 희미해진 기억보다 열 배 스무 배 선명한 새로운 기억이 찾아들었어. 뭔가 지극히 작은 계기로부터 당신과 이어진 사건과 풍광이 줄줄이 딸려 나왔지. 이 커피도 마찬가지야. 커피 하나만 가지고도 당신에 관해 밤을 꼬박 새워 얘기할 정도지.

······그래도 난 이제 당신을 잊겠어. 마지막으로 딱 한 번만 더 커피를 마시며 당신을 그린 후 영원히 어둠 속에 밀어 넣을 거야. 내 인생의 여인은 최인향 당신뿐!

철호는 차갑게 식은 커피를 머금었다. 인향과 나눴던 입맞춤을 기억해내려 애쓰며 검은 액체를 넘겼다. 혀를 감싸고 식도를 지나 위까지, 쓴 기운이 폭포의 속도로 떨어졌다.

"넌 왜 안 마셔?"

마주 앉은 조명희에게 물었다.

"사실, 명희는 가비 못 먹어요. 너무 써서 먹자마자 다 뱉거든
요. 사람들이 왜 가비를 마시는지 모르겠어요."

"그런데 왜 나랑 가비 먹고 싶다고 아깐 그랬어?"

"가비는 못 마시지만 가비 먹는 철호 오빠 얼굴 보는 게 명희
는 좋아요."

명희와 이야기를 나누니 문득 현주가 그리웠다. 명희는 소박
하고 현주는 화려하지만 둘 다 마음은 맑다. 철호가 미소를 지
으며 물었다.

"명희가 좋아하는 차는 뭐야?"

"명희는 국화차가 좋아요."

"그럼 다음엔 가비 대신 국화차를 같이 마실까?"

"정말요? 약속?"

명희가 새끼손가락을 내밀었다.

"그래. 약속!"

철호가 자신의 새끼손가락을 명희의 새끼손가락에 걸려다가
눈을 질끈 감았다 뜨곤 머리를 흔들었다. 졸음이 돌격병처럼 몰
려든 것이다.

아! 혹시……?

철호의 상체가 안기듯 기울었다. 놀란 명희가 울먹였다.

"오빠! 철호 오빠! 왜 이래요? 정신 차려요. 명희는 무서워요. 오빠!"

명희는 그를 조심조심 바닥에 뉜 채 어깨를 흔들었다.

"오빠! 왜 이래요? 자는 거예요? 죽은 거예요?"

그러나 철호는 깨어나지 않았다. 명희는 그 옆에 웅크리고 앉아 엉엉 소리 내어 울었다.

15분쯤 지난 뒤 철문을 두드리는 소리가 들렸다. 명희가 문 가까이 다가가서 젖은 목소리로 물었다.

"누구예요?"

"아빠다!"

조식병이었다. 지점 근처에 머무르다가 철호가 수면제에 취할 때를 기다려 돌아온 것이다.

"아빠! 철호 오빠가 이상해요. 죽었나 봐요."

"큰일 났구나. 빨리 이 문부터 열어라."

명희가 철문을 열었고 조식병은 금고실로 들어갔다. 철호가 항상 몸에 지니고 다니는 금고 열쇠부터 확보한 뒤 조식병은 판단력이 부족한 딸에게 겁을 줬다.

"아무래도 네가 탄 가비에 문제가 있었나보다."

명희가 눈물을 뚝뚝 흘리며 말했다.

"명희는 아빠가 시키는 대로만 탔어요. 몰라요. 오빠 죽나요?"

"걱정 마라. 아빠가 꼭 살려내마. 사람들이 몰려와서 철호가 왜 이렇게 되었느냐고 따져 물을지도 모르니, 넌 당장 집으로 돌아가도록 해라. 방에서 한 발자국도 나오면 안 된다. 넌 오늘 밤에 아빠와 함께 지점에 온 일 자체가 없는 거다. 넌 그냥 네 방에서 편히 잔 거야. 알겠지?"

"그래도 명희는 여기 가비 석 잔 타서 왔는걸요."

조식병이 눈을 부라렸다.

"감옥에 평생 갇혀 지내고 싶어?"

"싫어요. 명희는 갇혀 지내고 싶지 않아요. 감옥 싫어요."

"그럼 아빠 말 들어. 어서 가."

"알겠어요. 명희는 갈게요. 꼭 오빠를 살려내셔야 해요."

조식병은 조명희를 금고실에서 내보낸 뒤 철문을 닫고 입맛을 다시며 금고를 향해 걸어갔다. 그리고 코끼리란 별명으로 유명한 대형 금고를 손바닥으로 쓰윽 한 번 닦은 뒤 열쇠를 넣어 돌리며 말했다.

"마지막으로 크게 한판 놀려면 종잣돈이 필요한 법! 아버지, 죄송합니다. 열 배로 꽉꽉 채워 넣겠습니다."

얼마나 시간이 흘렀을까.

철호가 다시 눈을 떴을 때는 주위가 환했다. 날이 밝더라도 철문을 굳게 닫고 어둠에 머무르는 그였다. 고개를 돌려 금고부터 살폈다. 금고가 반쯤 열렸다. 고개를 반대로 돌렸다. 금고실 출입문 역시 반쯤 열렸고 그 틈으로 빛이 쏟아졌다.

머리가 조각나듯 아팠다. 조식병이 커피에 잠자는 약을 탄 것이 분명했다. 비틀대며 기어가서 금고 안을 살폈다. 텅 비었다. 고객 예금과 한양 본점으로 보낼 조세금이 모두 사라진 것이다.

우당탕탕, 계단을 오르는 발소리가 시끄러웠다.

조통달은 금고실 문을 걷어차고 들어섰다. 조식병이 은행 금고를 털어 달아났다는 보고를 이미 받은 것이다.

"어르신……."

철호가 뒤돌아서기도 전에 조통달의 주먹이 날아들었다. 뺨을 맞은 충격에 무릎이 휘청거렸다. 연이은 주먹이 콧잔등과 가슴과 명치를 때렸다. 철호는 더 이상 견디지 못하고 나뒹굴었다. 조통달이 사정없이 금고지기를 밟았다. 밟고 밟고 또 짓밟았다.

"내가 모를 줄 알아. 너희 둘이 짜고 돈을 빼돌렸지? 은혜를 원수로 갚다니…… 뭐해? 어서 이 도둑놈 새끼를 창고에 가둬."

"어르신! 죽을죄를 졌습니다. 하지만 저는 공범이 아닙니다. 지점장님이……."

"그래도 저 새끼가 함부로…… 억!"

달려들던 조통달이 제 뒷목을 잡더니 쓰러져 사지를 떨었다. 모진 광풍이 늙은 장사꾼의 삶을 뿌리째 뒤흔든 것이다.

아름답다는 칭찬만으론 부족한 전망이었다.

2층 발코니에 나가니 조계지는 물론이고 부두와 월미도까지 한눈에 내려다보였다. 갈매기가 떼 지어 부두에서 월미도로 날아갔다. 뭉게구름이 뒤따랐다. 다시 갈매기들이 부두로 돌아오다가 회오리처럼 뭉쳐 맴을 돌았다. 작은 무리로 흩어져 내려가더니 수면에 가슴을 부딪치며 질주했다. 물품과 승객을 그득 실은 쌈판들이 열을 지어 부두로 들어오는 중이었다. 음식 부스러기라도 얻어먹는 행운을 노리는 갈매기들이 쌈판을 쫓거나 쌈판 위에 올라 앉아 시끄럽게 울어댔다. 웃통을 벗은 구릿빛 선원들이 노를 휘휘 저어대도 갈매기들은 잠시 물러났다가 더 맹렬히 달려들었다. 갈매기들에게 손에 든 과자를 도둑맞은 아이들이 울음을 터뜨렸다.

"집은 맘에 들어?"

진태가 와인 잔을 건네며 난간에 팔꿈치를 나란히 기대섰다.

"황홀해! 인천을 다 안다고 생각했는데 이런 근사한 집이 있는 줄은 몰랐네."

"영국 외교관 스미스 씨가 별장으로 쓰려고 사둔 거래. 바다 풍광을 함께 보며 아침을 시작하고 싶어서 택했어. 주변에 2층 건물이 없어서 조용하고 아늑해."

진태가 가볍게 잔을 부딪쳤다. 인향이 와인 한 모금을 삼킨 뒤 심각한 표정을 지어 보였다.

"진태 씨! 나도 인천을 무척 좋아해. 하지만 여기서만 살 순 없어. 대한천일은행을 명실상부한 민족은행으로 만들기 위해……."

"하하하!"

진태가 갑자기 웃음을 터뜨리는 바람에 말이 끊겼다.

"당신에게 인천으로 와서 살라고 한 적 없어."

"그럼……?"

"난 아직 민족을 위해 산다는 게 뭔지 몰라. 당신도 알다시피 나는 저 부두에서 나고 자랐고 하역을 했지. 학교 근처엔 가지도 않았어. 하지만 당신처럼 배운 것 많고 열정이 대단한 여자를 집에 가둬두는 건 옳지 않다는 정도는 알아. 여긴 당신이 인천에 올 때만 머물 집이고 따로 한양에도 집을 마련할게."

"진태 씨!"

인향의 눈동자가 떨렸다. 진태의 배려가 뜻밖이었고 그만큼 감동적이었다.

"한양 집은 당신이 알아봐. 인천은 내가 워낙 잘 알고 또 싼값에 급매로 나온 집이라 미리 잡아뒀지만 한양은 아무래도 당신 맘에 드는 집을 구해야겠지? 은행에서 가깝고 또 장인어른 댁에서도 멀지 않은 곳이 좋겠어."

홀로 사는 최용운에게까지 마음을 쓰는 것이다.

"고마워. 난 그것도 모르고……."

목소리가 한결 부드러워졌다.

"의논할 게 하나 더 있는데……."

진태가 말끝을 흐리며 잔에 입술을 갖다 대기만 했다. 인향이 비스듬히 머리를 기대왔다.

"다시 회사를 해볼 마음 없어? 본점 일로 바쁜 줄 알지만, 은행원이 당신 꿈은 아니었잖아?"

"내 꿈?"

"그래, 당신 꿈! 최인향의 소원은 이 나라 최초로 번듯한 회사를 세운 여사장이지. 아직 그 꿈 간직하고 있겠지?"

그랬다. 일본에 가서 신문물을 배우고 인천으로 와서 서 행수 일을 도우며 장사를 익힌 뒤, 천년향을 설립하고 철인호를 인수했다가 잃고 대한천일은행 감사가 된 지금까지 인향의 소원은 회사 사장이었다. 헐값에 천년향을 일본제1은행에 빼앗긴 것이 내내 후회스러웠다.

"회사를 어디 내 맘대로 세워? 돈도 많이 들고……."

"돈 걱정은 마. 내가 종잣돈을 댈게. 천년향을 한양에도 두고 싶어. 공장을 만들고 직원도 뽑고 판매망도 구축하고. 신기술을 익히고 싶다면 외국 출장을 다녀와도 좋아."

진태는 혁필과 오간 이야기까지 털어놓진 않았다. 인향과 만날 때는 권혁필이란 이름 석 자를 일부러 피했다. 서상진과 권혁필의 혈투 속에서 그미가 받은 상처가 너무 컸기 때문이다. 한 번이 안 되면 두 번, 두 번이 안 되면 열 번이라도 설득할 작정이었다. 결국에는 천년향을 한양에 다시 차리자는 제안을 받아들이리라. 과거의 악연 때문에 현재의 기회를 놓칠 어리석은 여자가 아니다.

"지금 당장 답하라는 건 아냐. 고민해봐."

단칼에 거절하지 않은 것만도 수확이다. 진태는 잔을 내려놓고 인향의 팔을 당겨 안았다. 입 맞추기 전 귓불에 닿는 그미의 입김이 따스했다.

"고마워!"

진태는 만날 때마다 인향과의 동침을 원했다.

한양과 인천으로 떨어져 자주 만나지 못해서이기도 하지만 몸을 섞으면서 이 여자가 내 사랑을 받아들였다는 사실을 거듭 확인하고 싶었다. 대한천일은행 인천지점장실에 우두커니 앉아 있노라면 한가위 다음 날로 결혼식을 잡은 것도 꿈만 같았다. 입을 맞추고 알몸을 품고 사랑을 나눌 때만 실감이 났다.

내가 승자다. 영원히 이 여자를 갖는다!

인향도 그와의 동침을 거부하지 않았다. 처음 개성 삼밭 움막에서 사랑을 나눈 뒤론 더 깊이 더 오래 그 속에 머물렀다. 진태가 이끄는 대로 응할 뿐만 아니라 새로운 분위기를 스스로 만들고 낯선 움직임까지 제안했다. 몸도 마음도 뜨거운 여자였다. 철호를 포기하고 진태와 동고동락하기로 작심한 후로는 마음과 마음을 맞추는 일만큼이나 몸과 몸의 어울림에도 최선을 다했다.

뜨겁게 사랑을 나눈 뒤에도 진태는 공허했다. 그는 늘 사랑한다고 속삭였지만 인향은 아직 사랑한다고 화답하지 않았다. 손을 꼭 쥐거나 어깨에 기대긴 했지만, 진태 씨는 참 멋진 남자야 하고 칭찬하긴 했지만! 인향이 사랑하는 남자는 아직도 장철호였다. 이미 인향에게서 설명도 들었고 허락도 했으며 각오까지 다졌지만 씁쓸함을 지우긴 어려웠다.

오늘 인향은 두 번이나 머뭇거렸다.

침대도 이불도 없는, 아직 정식 계약을 마치지 않은 텅 빈 방에서 사랑을 나누기가 꺼려진 것이다. 진태의 손을 밀어내다가 다른 제안을 했다.

"여기선 싫어. 차라리 호텔로 가. 대불이든 스튜어트든."

호텔로 가는 것은 어렵지 않다. 대한천일은행 인천지점장 박진태 이름 석 자면 호텔이든 식당이든 관공서든 인천에선 언제 어디나 출입이 자유로웠다. 그러나 진태는 어깨를 잡아당기며 졸랐다.

"여기서 할래. 넓고 좋잖아?"

힘으로 제압하려 들자 인향이 네댓 걸음 물러나며 양손바닥을 펴보였다.

"아, 알았어. 잠시만! 창이라도 닫고 문이라도 잠그고……."

그마저 허락하지 않았다.

"귀찮아! 누가 온다고 그래? 와도 무슨 상관이야? 죄라도 짓는 것처럼 오늘 왜 이래? 우린 곧 결혼할 사이야. 분위기 깨지 말고 이리 와."

인향은 결국 진태를 받아들였다. 진태가 다리 사이로 몸을 밀어 넣는 동안 고개를 돌려 열린 창을 우러렀다. 갈매기 두 마리가 발코니에 앉아 있다가 한 마리가 날아갔다. 곧이어 나머지 한 마리도 제짝을 따랐다. 엎드리고 앉고 다시 누우면서, 날아간 갈매기 한 쌍이 자꾸 눈에 밟혔다. 창으로 고개를 돌렸지만 갈매기들은 다시 오지 않았다.

연이어 두 번 사랑을 나눈 뒤 인향은 옷을 챙겨 입고 발코니로 나갔다. 갈매기들이 앉았던 자리를 손으로 쓸었다.

담배를 문 진태가 윗옷을 걸치지도 않고 따라 나왔다. 아직 식지 않은 어깨에 땀방울이 맺혔다. 요즘은 지점장실에 종일 머물며 연필이나 돌리지만 부두 일로 단련된 가슴과 배 근육이 단단했다. 양팔을 뻗어 난간을 잡은 뒤 허리를 숙여 좌우로 흔들었다.

"본점이 어렵다고 들었어."

"헛소문이야."

말을 아꼈다.

"자본금이 덜 들어왔다며? 한양 샌님들이 이 눈치 저 눈치 살필 거라고 내가 그랬지? 발기인들이 약속한 돈을 내지 않는 은행에 누가 돈을 맡기겠어?"

"걱정 마. 곧 다 걷힐 거야."

대답이 더 차가워졌다. 자본금 미납에 따른 책임은 발기인을 모았던 본점 이사 최용운이 져야 했다. 진태가 허리를 세우고 인향에게 돌아섰다. 가슴까지 땀이 흘러내렸다.

"충고 하나만 할게. 장사꾼들에게 '민족'이니 '애국'이니 하는 걸 기대하진 마. 몇몇은 민족도 귀히 여기고 애국도 힘써 하겠지. 하지만 장사꾼들에게 가장 소중한 건 결국 돈이야. 이익이 되지 않는 일은 민족과 애국을 아무리 팔아도 하지 않는 족속이라고. 황제가 만약 그들에게 손해라도 끼친다면 가장 먼저 대한제국에 등을 돌릴지도 몰라. 명심해!"

진태는 지점에 들러 커피라도 마시자고 했지만 인향은 오랜만에 조계지를 혼자 산책하고 싶다는 뜻을 내비쳤다. 결재가 밀린 진태만 서둘러 비탈길을 내려갔다.

인향은 발코니에 서서 약혼자의 뒷모습을 바라보았다. 가볍고 날랜 걸음! 햇빛에 눈이 부셨다. 총총걸음이 점점 묵직하게 느려지더니 키가 자라고 어깨는 오히려 좁아졌다.

"장…… 철호!"

인향은 불쑥 그 이름을 혀끝으로 밀어냈다. 진태의 청혼을 받아들인 뒤에도 문득문득 휘도는 이름. 같이 아꼈던 공간에 닿을 때는 물론이고 아무런 상관이 없는 곳에서도 문신처럼 찾아드는 이름! 진태를 안을 때도 철호를 생각한 적이 여러 번이다.

지금 입을 맞추는, 젖가슴을 만지며 내 속으로 들어오는 사내가 장철호라면……. 슬픔과 나른함이 차올랐다. 삶의 의지는 사라지고 시간은 축 늘어져 흐느적댔다.

남자가 돌아섰다. 장철호의 얼굴을 상상했지만 박진태다. 약혼자가 팔을 흔들었다. 인향도 손을 들고 미소 지었다.

걸었다, 정처 없이!

몇 달만의 여유인가. 대한천일은행 설립을 위해 동분서주하느라 대낮의 산책 따윈 상상하기 어려웠다. 청국 조계를 돌고 일본 조계 은행거리로 접어들었다. 제1은행 제18은행 제58은행 그리고 전당포들! 한 블록 아래로 내려왔다. 창고 거리엔 행인이 적었다. 3년 전과 달라진 것이 없다. 부두 노동자들은 물품을 하역하느라 분주하고 아이들은 삼삼오오 벽에 붙어 낙서를 하거나 말놀음질을 즐겼다. 모두 그대론데 그 사내만 없다.

인향의 고개가 천천히 내려갔다. 낯익은 건물을 발견할 때마다 그가 보고프기 때문이다. 풍광을 감상하지 않고 땅만 살피며 걷는데도 추억이 찾아들었다. 부서진 벽돌 조각, 길 위까지 뻗어 올라온 나무뿌리! 어느 것 하나도 이야기를 품지 않은 것이 없다.

걸음을 멈추고 머리를 들고 간판을 읽었다.

송도상회!

어느새 조명종의 가게에까지 이른 것이다. 철호의 죽마고우라는 사실이 끌어당겼는지도 모른다. 가게를 기웃거리는데 양복 차림 조명종이 뛰어나왔다. 인향이 인사했다.

"안녕하세요!"

조명종이 멈춰 서서 얼굴을 확인하곤 놀랐다.

"이, 인향 씨가 이 시간에 여긴 어떻게……?"

"그냥 들렀어요. 급한 용무가 있으신가 보죠?"

"그게, 개성에 가야 해서……. 나중에 따로 말씀 나눌게요. 지금은 가봐야 할 것 같습니다. 미안합니다."

조명종이 꾸벅 절하고 거리를 뛰었다. 인향은, 옛 추억을 오늘은 함께 나누지 못하겠구나, 실망한 채 가게로 들어섰다. 한양 본점 행원들에게 나눠줄 선물이라도 살 생각이었다.

"어서 오십시오. 최인향 감사님!"

코리아호텔 요리사에서 송도상회 주임으로 옮긴 소진만이 반겨 맞았다.

"명종 씨 안색이 어둡던데요. 개성에 무슨 일이라도……?"

"조부님이 쓰러지셨답니다."

조통달의 넓은 이마와 복어처럼 처진 볼이 떠올랐다.

"지병이 있으셨습니까?"

소진만이 난처한 듯 얼버무렸다.

"나중에 어차피 아시게 되겠지만…… 개성지점장이 금고 돈을 훔쳐 달아났다는 소식을 들으시곤……."

"뭐라고요? 지점장이 돈을 훔쳐요?"

인향이 놀란 눈으로 거듭 물었다. 은행 금고가 털린 것은 개성지점만의 문제가 아니다.

"왜 그랬는지 모르겠습니다. 원숭이도 나무에서 떨어진다더니, 철호가 참……."

소진만은 제 입을 급히 막았다.

"방금…… 철호라고 했나요?"

인향이 묻자 양손을 휘휘 저었다.

"아닙니다. 철호는 죽은걸요. 조식병 지점장이 개과천선한 줄 알았는데 아니었단 소립니다. 그겁니다 그거!"

"동요가 크겠군요. 잘 수습해야 할 건데, 조통달 어른도 쓰러지셨다니……."

"조명종 대표가 깔끔하게 처결할 겁니다. 미리 사람을 보내 핵심 송상 스무 명만 모이는 회의를 소집했지요. 조통달 어른이 그 회의의 좌장이신데 조 대표가 할아버지를 대신하여 참석할 겁니다. 사람이 여리고 조금 느린 구석이 있는 건 맞지만 피는 못 속인다고 장사 머린 남다른 데가 있습니다. 어떻게 해야 개성지점의 손해를 최소화하고 또 지점에 종잣돈을 각출한 송상들에게도 피해가 가지 않는지, 조 대표가 묘안을 마련할 겁니다. 믿고 기다리십시오."

제7장
드러나는 비밀

다시 어둠이다.

철호는 손발이 묶인 채 지하창고에 갇혔다. 앓는 소리가 창고를 울렸다. 조통달에게 맞고 차이고 밟힌 부위가 돌아가며 아팠다. 특히 7년 전 인천 부두 창고에서 혁필이 쏜 총에 맞았던 오른 어깨가 퉁퉁 부으면서 화산처럼 달아올랐다. 할 수만 있다면 어깨를 잘라내고 싶었다.

어리석었다.

조식병이 커피를 건넬 때부터 의심할 일이었다. 금고실로 들인 것부터 잘못이다. 그 커피를 정말 인향이 보냈을까. 조식병이 경계심을 풀려고 일부러 인향을 들먹인 것일지도 모른다.

혼절한 조통달이 걱정이었다.

금고를 지키지 못한 하인에게 손찌검 발길질은 당연하다. 거금을 도둑맞았으니 단근질을 당한다 해도 할 말이 없다. 어떤 벌이든 달게 받겠지만 우선 이 어둠을 벗어나고 싶다. 조통달이 급사라도 하면 삼밭에서 먹고 자는 것도 힘들다. 나와 뜻을 모은 이들은 돈을 잃거나 몸을 다치거나 목숨을 잃었다. 왜 이런 사건이 자꾸 생길까. 세상의 모든 불행이 나를 따라다니는가. 내가 악마인가. 내가 그들을 불행의 늪에 빠뜨리는가.

배가 고프고 목이 탔다. 아무 일 없듯이 흘러가는 시간이 불안감을 더했다. 철호의 끼니를 챙기거나 멍석말이를 할 틈도 없이 상황이 급박하게 돌아가는 것이다. 어깨를 바닥에 비비며 끙끙 앓다가 잠들고 말라 갈라진 입천장을 혀로 닦으며 잠들고 주린 배에서 나는 꼬르륵꼬르륵 소리를 듣다가 잠들었다.

문이 열렸다.

한꺼번에 쏟아진 빛이 철호의 처참한 몸을 감쌌다. 겨우 눈을 떴지만 고개를 들거나 허리를 돌려 앉을 힘도 없었다. 빛을 등지고 사내 하나가 걸어 들어왔다. 목을 받쳐 안고 입술로 냉수를 흘려 넣었다. 철호는 거친 숨을 토한 뒤 물을 들이켰다. 갑자기 삼킨 물에 목멘 걸까. 온몸이 들썩일 만큼 기침을 해댔다.

"천천히! 철호야, 천천히!"

콧소리가 유난히 많은 목소리, 조명종이다. 손발을 묶은 끈이 풀리자 철호는 물을 마시는 대신 친구의 손을 잡고 물었다.

"어, 어르신은……?"

조명종이 고개를 가로저었다.

"장례를 치르고 오느라 늦었어. 문중에서 널 그냥 굶어 죽이자고 매정하게 구는 바람에 설득하느라 또 며칠이 지났네. 그들은 몰라. 네가 송상 장훈의 아들이란 것도, 내 아버지와 짜고 금고 돈을 빼돌릴 위인이 못 된다는 것도! 미안하다. 이제 걱정 마. 내가 다 알아서 할게. 우선 여기서 나가자."

조명종이 부축해서 일으키려고 했다. 철호는 도움의 손길을 밀어내다가 중심을 잃고 등부터 바닥에 닿았다.

"…… 나가. 그냥 날 내버려……."

세상의 모든 절망이 괸 목소리였다. 조명종은 철호를 일으켜 품에 안았다.

"아니! 널 버리곤 어디로도 안 가. 정신 차려. 네게 할 말이 있단 말이야. 네가 여기서 죽기라도 하면 난 평생 눈물과 후회로 살 수밖에 없어. 일단 나가자. 할 말이 있어. 조명종, 장철호의 지음인 내가 네게 꼭 해줄 말이 있다고. 친구 사이에 그것도 못 들어줘? 나가! 넌 나가야 해."

고개 돌려 외쳤다.

"들어와!"

대기하던 장정 둘이 뛰어 들어왔다. 한 사람은 발버둥치는 철호를 제지하고 한 사람은 등을 돌린 채 앉더니 업었다. 그리고 재빨리 창고를 벗어났다. 한낮의 태양이 자책에 빠진 금고지기의 야윈 몸뚱이를 내리쬐었다.

철호는 사경을 헤맸다.

조명종이 지하창고에서 강제로 끌어내지 않았다면, 하루만 늦었어도 어두컴컴한 냉골에서 절명했으리라. 별실에 뉘자마자 개성에서 용하기로 소문난 의원이 진료를 시작했다. 탕약을 끓이고 부황을 뜨고 침을 놓았다. 조명종은 잡인의 출입을 철저하게 막았다.

비싼 약에 좋은 음식을 써도 병세는 호전되지 않았다. 살겠다는 의지가 희박한 것이 문제였다. 마루까지 기어 나와 섬돌에 머리를 찧는 자해 소동까지 벌였다.

소동이 나고 사흘 뒤 늦은 밤, 인천과 개성을 오가며 바쁜 나날을 보내던 조명종이 별실로 들어왔다. 조통달은 죽었고 조식병은 금고 돈을 챙겨 달아났으니 대한천일은행 개성지점과 드넓은 삼밭을 관리하고 홍삼을 제조하는 일은 조명종의 몫이었다. 게다가 인천에선 송도상회까지 운영하지 않는가. 몸이 열 개라도 모자랄 판이었다.

"나가 있게."

조명종은 자해도 막고 약탕을 먹지 않으려 들 땐 완력으로 제압하기 위해 윗목에 대기시켰던 장정에게 명령했다.

"가여운 녀석!"

돌아누운 철호의 야윈 등을 한참 동안 바라보았다. 의논할 일이 산더미였지만 깨우지 않았다. 호롱불에 일렁이는 친구의 탁하고 가쁜 숨소리에 귀 기울였다. 짓밟힌 옆구리 붓기가 아직 빠지지 않았을까.

"죽겠다고? 할아버지 죽음에 책임을 지겠다고? 끔찍한 죄를 지은 이는 네가 아니라 내 아버지야!"

칼날을 닮은 목소리.

"……좋아! 책임질 때 지더라도 너희 집안과 우리 집안의 악연은 알아야 해. 오늘 내 이야기를 모두 듣고도 네 마음이 변하지 않는다면, 굶어 죽든지 먼 길을 떠나든지 마음대로 해. 어때?"

천성이 착하고 웃음 많은 조명종이다. 누군가를 공격하고 화를 내는 일과는 거리가 먼 사람! 그래서 조금은 아둔한 조명종을 친구로 가까이 두었던 것이다.

철호의 어깨가 스르르 돌았다. 조명종의 얼굴이 밝아졌다. 철호는 이불을 걷고 일어나 앉았다. 화답하여 미소 짓지 않고 시선을 내린 채 바위처럼 기다렸다. 조명종은 말을 건네려다 말고 검은 가방에서 두꺼운 서책 한 권과 큰 봉투 열 장을 꺼내 내밀었다.

"서책부터 봐. 무인년戊寅年, 1878년 3월 보름!"

철호는 겉장에 '記기'라고만 적힌 서책을 폈다. 날짜 별로 거래 내역이 빼곡했다. 그의 손길이 무인년 3월 보름에서 멈추자 조명종이 설명을 시작했다.

"할아버지의 비밀 금고에서 찾은 거야. 겉은 평범한 자개장인데 안은 중요 서책과 문서로 가득하더군. 할아버지에게 심각한 변고가 발생하면 금고 열쇠를 내게 넘긴다는 유언장을 미리 남기셨더라고. 아버질 믿지 못하셨던 게지. 장례를 마친 뒤 금고를 열었어. 5일 밤낮을 꼬박 샜기 때문에 무척 피곤했지. 대충 보고 넘기려다가 서책 묶음을 찾은 거야. 모두 열두 권인데, 오늘 가져온 것은 그중 셋째 권이야. 그날그날 거래 내역과 짧은 인물평이 대부분이지. 할아버지가 어떻게 부를 쌓아 대한천일은행 개성지점 설립까지 주도하게 되었을까 궁금하더군. 여러 인물들 특히 송상에 대한 단평을 읽는 재미가 쏠쏠했네. 예를 들면 할아버지는 네 아버지를 무척 믿음직스러워하셨어. '내 자식이 장훈과 같았으면'이란 구절이 일곱 번이나 나와. 그러다가 바로 이 날짜에 닿은 거야. 내 눈길이 멈춘 건 할아버지가 평한 장사꾼의 이름 때문이지. 보이는가. 첫머리의 그 이름, 권혁필!"

철호는 권혁필이란 이름을 벌쐬듯 노렸다.

무인년에 권혁필이 조통달을 만났다? 인천상인과 개성상인은 대대로 교류가 잦았으니, 행수 서상진의 내거간인 혁필이 조통달을 찾아가서 이야기를 나누었다고 하여 이상한 일은 아니다.

고개를 들어 눈으로 물었다.

이름 석 자 때문에 호들갑을 떤 거냐?

"그 다음이 더 중요해. 땅문서 아홉과 구입 가격이 적혀 있지? 봉투들을 열어봐. 할아버지가 그날 권혁필에게서 사들인 것들이니까."

철호는 문서들을 차례차례 꺼내 확인했다. 땅문서 아홉 장을 모두 합하면 조통달이 지닌 삼밭의 절반이 넘었다. 철호가 3년이나 지키며 가꾼 삼밭들이기도 했다.

"이상하지 않아?"

"뭐가?"

"가격 말이야. 할아버진 무인년 당시 시세로 따져도 절반에 미치지 않는 헐값으로 삼밭들을 사들였어. 피치 못할 사정이 있지 않고는 이렇게 팔진 않아."

"그때만 해도 권혁필은 서상진 행수 휘하의 내거간이었으니까, 서상진 어른과 조통달 어른이 큰 거래를 하신 건 아닐까? 권혁필은 두 어른을 오가며 수족 노릇만 했고. 거간은 원래 흥정 붙이는 걸 업으로 삼잖아?"

"개성엔 인천 행수가 가진 삼밭이 한 평도 없어. 아직도 모르겠어? 이 삼밭들은 원래 철호 너희 삼밭이야. 땅문서도 당연히 너희 것이고. 나머지 한 장은 아버지가 돈을 빌리고 네 선친께 맡긴 땅문서더군."

머리가 복잡해졌다. 이 삼밭의 원래 주인은 내 아버지 장훈인데, 아버지가 돌아가시고 네 달이 지난 무인년 3월 보름에 그 땅을 조통달에게 판 이는 권혁필이다. 어떻게 혁필이 그 밭의 주인 행세를 하게 되었을까.

정축년丁丑年, 1877년 겨울, 집과 삼밭이 불타버리고 장훈이 죽은 뒤, 철호는 서재의 금고까지 재로 변한 것을 알았다. 그 안에는 각종 차용증서는 물론이고 장훈 집안이 대대로 물려받은 삼밭들의 땅문서가 들어 있었다. 땅문서가 사라지자 삼밭을 부쳐 먹던 이들도 매년 땅세로 바치던 인삼을 내놓지 않았다.

삼밭 귀신으로 지내는 동안 그 땅들이 낯익기는 했다. 그러나 벌써 20년도 지난 과거였기에 조통달이 제값을 치르고 새로 샀겠거니 여겼다.

"타버렸다고 했어. 서재와 함께 모조리!"

넋두리처럼 내뱉는 철호의 말을 조명종이 뒤집었다.

"아니야. 혁필이 문서들을 빼냈어. 너희 금고에 보관된 더 많은 땅문서들을 훔쳤는지도 몰라. 잘 기억해봐. 그 밤 혁필이 너희 집에 왔었어?"

"모르겠어. 최용운 어른이 오셨고……."

철호는 인향과 현주를 데리고 개성 시장 구경을 나갔다. 그곳에서 진태를 만났지만 혁필은 기억나지 않았다.

사랑채엔 늘 사람이 붐볐다. 송상은 물론이고 팔도 상인이 인심 좋은 장훈의 소문을 듣고 모여들었던 것이다. 그들 틈에 혁필이 있었던가. 있었다고 해도 어떻게 불타는 서재에서 땅문서들을 가지고 나왔을까. 다가갈수록 더 많은 질문이 튀어나왔다.

"집은 전소되었는데 땅문서들은 혁필이 챙긴 셈이야. 이게 뭘 말하는 거겠어? 혁필이 너희 집과 삼밭에 불을 지른 방화범이란 얘기야."

조명종은 확신에 찬 목소리로 방화범 세 글자를 강조했다.

"방화범? 그치가 왜 그딴 짓을 해?"

"도둑놈에겐 도둑질 할 이유가 수백 가지야. 금고에서 땅문서들을 훔치지 않았다면 활활 모두 타버렸는데 어떻게 이것들만 멀쩡하겠어? 철호 네가 몽유병 때문에 불을 지른 것이라고 어른들이 수군거릴 때부터 난 뭔가 이상했어. 아무리 몽유병이 깊어도 어떻게 자기 집과 삼밭에 불을 놓겠어? 그 사달이 다 권혁필 짓이었던 거야. 그러니까 죽겠다느니 떠나겠다느니 하는 속 편한 소린 집어치워. 부모님을 돌아가시게 하고 너와 현주를 알거지로 만든 놈에게 복수해야지. 적어도 그 밤에 무슨 일이 있었는지는 밝혀내야지. 안 그래?"

철호는 즉답을 않고 조통달이 혁필에게 건넨 금액을 확인했다.

"삼밭을 싸게 넘겼다고 해도 어마어마한 거금을 챙긴 거야. 그 돈이면 뭐든 크게 한판 벌일 수 있다고."

철호의 머리가 바삐 돌아갔다. 내거간인 권혁필이 독립할 때 서상진이 뒷돈을 전혀 대지 않았다는 이야기를 들은 적이 있다. 객주를 따로 차리려면 목돈이 필요한데, 과연 혁필이 어디서 거

금을 마련했는지 모두들 궁금하게 여겼다는 것이다. 지금 따져
보니 혁필은 장훈의 삼밭들을 몰래 판 돈으로 객주를 차렸다.
조명종이 눈물을 글썽이며 이야기를 이었다.

"권혁필이 얼마나 악독한 놈인지는 인천 사람 누구나 알아.
땅문서를 훔쳤다면 당연히 팔아서 장사밑천을 삼았겠지. 내가
오늘 철호 네게 백배사죄하려는 대목은 내 할아버지가 장물인
줄 알면서도 그 땅을 혁필에게서 사들였다는 거다. 미안하다, 정
말!"

뺨을 타고 참회의 눈물이 흘렀다.

조통달과 장훈은 송상의 양대 축이었다. 조통달은 젊은 장훈
을 아끼면서도 질투했다. 장훈의 재능과 인품이면 개성 으뜸 나
아가 조선 으뜸 상인이 되는 것도 어렵지 않았다. 장훈의 죽음
에 뒤이은 혁필의 제안은 탐낼 만했다. 그 삼밭들이 철호에게 돌
아간다면, 지금은 괜찮지만, 조식병과 조명종에게로 가업이 내
려갔을 때 신동으로 이름난 장철호와 겨뤄 이길 가망이 없어보
였다. 그럴 바에는 확실하게 삼밭을 전부 빼앗고 철호 남매를 개
성에서 내쫓는 편이 나았다. 욕심꾸러기 조통달이라면 능히 이
런 생각을 품을 만했다.

철호는 아픈 기억을 더듬었다. 무인년 3월 중순부터, 몽유병
때문에 아비를 불태워 죽인 호래자식이란 비난이 부쩍 늘었다.
그전까진 철호 남매에게 식사와 잠자리를 내어주던, 장훈에게

한두 번은 신세를 진 송상들도 문전박대로 돌아섰다. 자리보전을 하고 누웠던 어머니 해주댁까지 그 와중에 세상을 뜨자 철호는 더더욱 궁지로 몰렸다. 잡신에 들려 부모를 죽이고 집안을 풍비박산시킨 아이에게 손을 내밀 사람은 개성에 더 이상 남아 있지 않았다. 굶주린 남매를 향해 또래 아이들의 돌팔매가 시작되었다. 현주가 돌멩이를 뒤통수에 맞고 피를 흘리며 잠시 기절했던 날 철호는 고향을 떠나기로 결심했다.

조통달이 배후에서 철호가 송상으로 크지 않도록 일을 꾸몄다면 전국의 송방에서 이 어린 소년을 사환으로 받지 않은 것도 납득이 되었다. 송상 회의의 좌장인 조통달이 장훈 부부의 때 이른 죽음을 철호 탓으로 돌리고 송상의 명예를 더럽힌 아이를 받지 말라는 서찰을 띄웠을 수도 있다.

아버지는 돈보다 사람을 보라 하셨고 특히 작은 어려움이나 불편함은 스스로 감당하며 송상과의 동업에 힘쓰라 하셨다. 같은 송상인 조통달이 아버지의 불행을 이용하여 배를 채우고 또 누명을 씌울 줄은 상상도 못한 일이다.

"날 용서해주겠니?"

조명종의 얼굴이 눈물범벅이었다.

"그만 가줄래?"

"땅문서들은 네게 돌려주려고 가져왔으니 두고 갈게. 내일 이야기하자. 쉬어."

"필요 없어. 가져가!"

"철호야!"

"가지고 가라니까!"

"싫어. 이건 네 것이야."

철호가 자리를 박차고 일어났다. 그리고 곧장 광으로 가서 도끼 하나를 집어 들고 나왔다. 조명종이 그 앞을 막아섰다.

"진정해. 이러지 말고 내려놔."

도끼가 철호의 머리 위로 높이 들렸다. 조명종이 놀라서 엉덩방아를 찧으며 양손으로 제 얼굴을 가렸다.

"따라오면 죽을 줄 알아!"

철호는 도끼를 품은 채 송악산 자락으로 올라갔다. 산 중턱까지 내려온 먹구름이 기어이 비를 뿌렸지만 걸음을 멈추거나 돌아서지 않았다. 아버지 장훈을 따라 철마다 오르던 바로 그 산길이었다. 아버지는 모름지기 장사꾼이라면 두 다리가 튼튼해야 한다고 했다. 골방에서 돈이나 세지 말고 틈만 나면 산을 오르라는 것이다. 그러나 철호는 가르침을 따르지 못했다. 열 살 때 개성을 떠난 후로는 한가하게 산의 정취를 즐길 여유가 없었다.

쿵!

언덕마루 솔숲에 들자마자 도끼를 휘둘러 나무 밑동을 찍으며 괴성을 질렀다. 사람이 만들었다고는 믿기 힘든, 크고 무겁고 날카롭고 슬픈 울부짖음이었다. 소나무 가지에 앉아 잠시 지친 날개를 쉬던 꿩이 깜짝 놀라 비 내리는 하늘로 날아올랐다.

철호는 도끼를 휘두르고 휘두르고 또 휘둘렀다. 이 나무가 쓰러지면 저 나무로 옮겨가고 저 나무가 넘어가면 다시 그 나무 앞으로 달려가서 미친 듯이 도끼질을 했다. 참을 수 없었다. 분노가 가슴 속에서 펄펄 끓어올랐다.

아버지 장훈은 일찍부터 가르쳤다. 홍삼을 만드는 데 6년이란 긴 세월이 필요하듯 참고 또 참아라. 인내는 송상의 가장 큰 미덕이다. 가르침을 깊이 새기며 실패의 순간마다 남 탓하지 않고 견디며 이겨냈다. 그러나 지금 이 순간만은 그 미덕을 지키기 어려웠다. 인내를 기본으로 삼고 돈보다 사람을 먼저 살펴 동업에 힘쓰는 상인이 바로 송상 아닌가. 조통달은 송상 회의를 주도하는 웃어른이다. 아버지 장훈이 갑작스레 죽은 뒤 조통달이 철호 남매를 차갑게 대했을 때도 섭섭하긴 했지만 원망하진 않았다.

그런데 아니었다. 장철호가 개성을 떠나서 팔도를 떠돌게 만든 이는 바로 송상 조통달이었다. 그가 한번 분위기를 잡자 다른 송상들도 그 권위를 꺾지 못하고 철호 남매를 구박하며 따돌리고 내쫓았던 것이다. 그 와중에 어머니 해주댁이 죽었고 철호는 현주를 마포 나루에서 잃어버렸다. 사환 자리를 얻지 못해 상거지처럼 굶으며 낯선 거리를 헤매었다. 허기와 추위는 참을 수 있지만 고향 장사꾼들의 냉대는 내내 쓰라렸다. 송상을 만나서도 나 역시 대대로 송상이라고 떳떳하게 밝히기가 점점 어려웠다. 아버지 장훈을 죽음으로 내몬 송상의 수치가 바로 장철호 자신이라고 여겼기 때문이다.

쿵!

네 번째 소나무가 기우뚱 흔들리더니 철호를 향해 보복하듯 곧장 넘어왔다. 급히 몸을 비틀며 뒹굴지 않았다면 나무에 깔려 즉사했을 것이다. 비에 젖은 흙이 옷은 물론 목덜미와 얼굴에 덕지덕지 묻었다. 쓰러진 나뭇가지를 손으로 잡고 비틀었지만 꺾이지 않았다. 더욱 화가 났다.

꼴이 이게 뭔가. 나보다 더 한심한 놈이 있을까.

저만치 떨어진 도끼를 주우려고 엉덩이를 들고 일어섰다. 첫발을 내딛으려는데 등 뒤에서 그르렁 위협하는 소리가 들려왔다. 철호는 뒤돌아보지 않고 곧장 달려 진흙에 박힌 도끼를 뽑아 들며 돌아섰다. 멧돼지 한 마리가 콧김을 품품 내뿜으며 앞발로 땅을 파는 시늉을 했다. 시끄러운 도끼 소리에 이끌려 언덕마루까지 찾아든 것이다. 철호가 도끼를 머리 위로 높이 든 채 외쳤다.

"덤벼! 죽여보라고!"

멧돼지가 철호를 향해 돌진했다. 성난 멧돼지와 정면으로 맞닥뜨리는 것은 목숨을 던지는 일과 다르지 않다. 빠르고 육중한 머리에 받히면 뼈가 부러지고 힘줄이 끊어지리라.

철호는 소나무나 바위 뒤로 숨지 않았다. 오히려 멧돼지가 도착하기 전에 서너 걸음 달려 나갔다. 그리고 힘껏 하늘에서 땅으로 도끼를 내리찍었다. 퍽, 소리와 함께 이마 한 가운데 도끼날이 박혔고 피가 튀었다. 그러나 멧돼지는 즉사하지 않고 도끼가 박힌 채로 달려들어 배를 들이받았다. 철호는 모로 넘어지면서 방금 벤 나무의 그루터기에 머리를 찧고 정신을 잃었다.

멧돼지는 달려가는 속도를 늦추지 못한 채 다른 소나무에 머리를 부딪쳤다. 시력이 나쁠 뿐만 아니라 비가 내리고 이마에서 피까지 흘러 시야를 방해한 것이다. 부딪치면서 도끼날이 더 깊숙하게 이마를 파고들었다. 멧돼지는 철호를 다시 공격하기 위해 몸을 돌리다가 발을 헛짚으며 쓰러졌다. 그리고 영원히 일어나지 못했다.

잠시 실신했던 철호가 겨우 정신을 차리고 비틀대며 일어섰다. 비에 젖은 옷은 흙과 나뭇잎으로 뒤범벅이었다. 쓰러진 멧돼지를 향해 터벅터벅 걸어가선 오른발로 멧돼지의 뺨을 누르곤 도끼를 뽑았다. 더운 피가 분수처럼 이마를 향해 솟아올랐다. 피하지 않고 그 피를 다 맞았다. 더운 눈물이 뚝뚝 피와 함께 떨어졌다. 이윽고 핏줄기가 약해지자 양손바닥을 들어 피로 물든 얼굴을 세수하듯 훔쳤다. 그리고 지금까지 지른 소리와는 비교할 수 없는 괴성을 천둥처럼 내질렀다.

늦은 밤 장대비를 쫄딱 맞고 붉은 얼굴로 돌아온 철호는 이불을 뒤집어쓰고 누워서 앓기 시작했다.

조명종은 다음 날도 그 다음 날도 새벽부터 찾아와서 밤까지 별실에 머물렀다. 그러나 철호는 말을 섞지도 눈을 맞추지도 않았다. 탕약은 물론이고 곡기도 끊고 물도 마시지 않았다. 밤엔 호롱불을 켜지 않았고 아침엔 이불을 걷지 않았다. 시체처럼, 썩어 들어가는 송장처럼, 꼼짝 않고 누워만 지냈다.

두 갈래 길뿐이었다.

하나는 철인호의 침몰과 더불어 돈으로 좌지우지되는 세상에 영원히 나가지 않겠다는 결심을 지키는 것이다. 물론 조씨 문중의 삼밭을 지키는 삶을 스스로 용납하기 어렵겠지만, 개성에 머무르든 혹은 고향을 떠나 다른 곳으로 가든 이름을 숨기고 조용히 여생을 보내는 것은 마찬가지다. 이 길로 계속 간다는 결정은 조명종이 어렵게 털어놓은, 아버지의 목숨을 앗아간 불을 낸 자를 추적할 단서를 땅 밑에 그냥 묻겠다는 의미다. 권혁필, 이름 석 자까지 나온 상황에서 세상과 연을 끊은 수도승처럼 살 수 있을까. 이것이 과연 옳은 선택일까.

또 다른 하나는 복수의 길이다. 지금까진 닥친 불행이 개항 이후 외국에서부터 들여온, 돈이 지배하는 새로운 세상 탓이라고 여겼다. 그 때문에 세상의 풍광과 욕망이 가장 적나라하게 펼쳐진 인천을 떠나 아버지와 아버지의 아버지와 아버지의 아버지의 아버지가 가꾸던 삼밭에서 여생을 보내고자 했던 것이다. 그러나 내게 밀어닥친 불행이 개항의 거센 물결 탓이 아니라면?

내가 겪은 모든 아픔과 패배와 슬픔의 근원이 조선 상인들, 더 좁게 보자면 송상 내부에서 비롯되었다면? 그로 인해 힘을 기르지 못하고 속수무책 당하고 당하고 또 당하고만 살았다면? 해결책은 전혀 달라지는 것이다. 내부에 숨어 내 속을 파먹으면서도 천연덕스럽게 때로는 내 아버지와 나의 벗인 척 굴던 이들을 찾아내서 응징하는 삶. 복수를 위해선, 당연한 일이지만, 지금까지의 은거 생활을 접고 다시 세상으로 나아가야 한다. 가서 내게 불행을 안긴 자를 만나 복수를 완성해야 한다. 그 일을 내가 제대로 마칠 수 있을까.

밤에서 낮으로 또 밤으로 가보지 않은 길을 향한 다양한 물음이 이어졌다.

사흘째 닭 울 녘, 조명종이 다시 철호를 찾아왔다. 문을 열고 들어서다가 깜짝 놀랐다.

"어? 일어났네!"

철호는 이불을 개고 서안에 반듯하게 앉아 있었다. 조명종이 마주 보며 자리를 잡자마자 철호는 앓으며 정리한 생각을 말하기 시작했다.

"땅문서는 받을 수 없어. 조통달 어른이 정당하게 값을 치르고 구입하신 거니까. 권혁필의 근황은 어때?"

혁필에 관해 묻는다는 것은 세상으로 나아가겠다는 뜻이다.

"인천 객주와 대한천일은행 인천지점을 발판 삼아 한양 상권과 은행 본점까지 노린다는 풍문이 파다해."

"……본점까지?"

"곧 주주 총회가 열릴 거래. 발기인들이 내기로 한 자본금이 절반도 걷히지 않았나 봐. 철호야! 난 송도상회는 그럭저럭 꾸려 가겠지만 은행 일은 못해. 네가 맡아줘. 부탁이야. 지금 나서지 않으면 최용운 이사까지 위험해."

조명종은 일부러 최용운을 거명한 뒤 표정을 살폈다. 철호 가 세상에 나오지 않으려던 결심을 뒤집는 이유를 설명하기 시 작했다.

"송도상회를 맡아달라고 했다면 결코 응하지 않았을 거야. 장 사로는 이 돈의 세상에서 승자가 되기 힘들어. 아무리 장사를 해 서 돈을 많이 벌어들인 거상이라도, 돈이 돈을 만드는 은행과 맞 서긴 역부족이지. 철인호의 침몰이 상업과 은행업의 관계를 극 단적으로 보여줬다고 생각해. 물론 장사가 잘 되어 돈을 벌 때는 큰 문제가 없지. 그러나 장사가 어려워지면 상인은 어떻게든지 활로를 찾으려고 발버둥치기 마련이야. 활로가 거저 얻어지는 건 아니지. 물건을 사고파는 일이란 대부분 돈이 들어. 궁지에 몰렸 다는 건 돈이 말랐다는 뜻이기도 하고. 그때 상인들이 찾아가는 곳이 은행이야. 은행은 약해질 대로 약해진 상인에게 흔쾌히 돈 을 빌려주지. 상인에게는 큰 돈이지만 은행으로선 보유금의 아 주 일부일 뿐이야. 상인이 장사를 잘해서 빌린 원금과 이자를 갚는다면 상인과 은행 모두 이득을 보게 돼. 그런데 상인이 그 돈을 갚지 못하면 은행은 상인의 전부를 빼앗지. 백 번 장사를 잘하다가도 단 한 번 실수하면 전부를 잃는 지극히 불공정한 거래야. 돈의 나라에서 최후의 승자는 은행이지. 상업이든 제조업이든 결국 은행의 발 아래서 놀 날이 곧 올 거라고. 1876년 개항한 조선이란 나라가 지금까지 은행도 하나 없고 상인들만 득실거린다는 게 참으로 안타까워. 그 사이 조계지에 들어선 일본은행은 엄청난 돈을 벌었고 조선의 장사꾼들을 빚쟁이로 만들어 끝내 파산하게 만들었으니까. 이게 점점 확장되면 결국 대한제국 황실과 정부는 은행으로부터 빚쟁이로 몰릴 것이고, 상인들이 파산하듯 나라를 잃을지도 몰라. 은행이라면 그것도 민족은행이라면, 마지막으로 한 번 목숨을 걸어볼 만하지 않을까 하는 생각이 들었어. 많이 힘들겠지만 상업으로 은행업에 맞서는 것보단 훨씬 승산이 있지. 하지만 명심해! 개성지점장은 어디까지나 너야. 난 잠시 대리만 하겠어. 그리고 네가 꼭 들어줘야 하는 조건이 둘 있어."

제8장

천하제일상

한가위가 이틀 앞으로 다가왔다. 마포 나루는 쌀섬으로 언덕을 이뤘고 흥타령이 절로 흘렀다. 떡이며 생선이며 과일을 실은 배들도 바삐 움직였다. 배를 따라 강가를 달리는 아이들 걸음도 힘찼다.

인천 행수들을 이끌고 배에서 내린 혁필은 마중 나온 진태를 보자마자 눈부터 흘겼다.

"도깨비는 어디 가고?"

양복을 헐렁하게 걸쳐도 툭 튀어나온 등을 감추기 어려웠다. 진태는 결혼식 준비를 위해 이레 전부터 한양에 머무르고 있었다.

"급히 참석할 회의가 생겨 가셨습니다."

혁필이 송곳니를 드러냈다.

"인천 행수들을 죄다 데려왔는데 마중도 안 나온다? 깍쟁이에 법도도 모른다더니 사실이군 그래."

"그게 아니라……."

진태가 혁필을 이끌고 창고 옆으로 갔다. 속삭이듯 목소리를 낮췄다.

"자본금 납입 문제 때문에, 최용운 이사 주재로 깃식과에서 상황 보고를 한 후 계속 회의 중입니다."

"홍 도깨비, 그 영감은 완납했지 않은가?"

"맞습니다. 하지만 아직 상당수가 미납이라서 참관하러 가셨습니다."

"내일 본점–지점 연석회의는 차질 없지?"

"네. 본점에서 최 이사와 최 감사, 인천지점과 개성지점에서 각각 두 사람씩 참석하기로 했습니다."

"최 이사가 나온다고? 행장은?"

혁필의 쇳소리가 카랑카랑했다. 진태가 주위를 살핀 뒤 답했다.

"차관 문제 때문에 내일은 입궐하셔야 한답니다. 약속이 없다 해도 행장님으로선 불편하신 자리일 테니……."

"불편하면 단가? 본점이 무너지면 지점이 얼마나 큰 피해를 입는지 알기나 해? 자본금은 걷히지도 않는데 한양상인들에게 대출을 엄청나게 해줬다며? 나도 다 듣는 귀가 있어."

"여기서 계속 언쟁하실 겁니까? 행수들이 기다립니다."

혁필이 진태의 등을 도닥이며 돌아선 뒤 함께 웃었다. 행수들이 우르르 다가와서 진태에게 축하인사를 건넸다.

"혼인 준비는 잘 되고 있나?"

"인천 아닌 한양에서 식을 하는 것도 손해 보는 느낌인데 날짜를 왜 한가위 다음 날로 정했어? 오고 싶어도 못 오는 이들이 한둘인 줄 알아?"

결혼식 날짜는 진태도 불만이었다. 그날이 길일이라고 인향이 우겼지만 인천 하객을 되도록 받지 않으려는 마음이 큰 것 같았다. 혁필이 너스레웃음을 지으며 자기 자랑을 시작했다.

"한가위 땜에 걱정하는 행수들까지 죄다 몰고 왔지. 한가위는 내년에도 있고 내후년에도 있지만 박 지점장 혼인은 한 번뿐이니까. 오늘부터 결혼식 끝날 때까지 한양에 머무르기로 했네. 숙식비는 전부 나 권혁필이 부담하고 말이야."

다시 뭇웃음이 터졌다.

"앞장서. 오늘은 돈의문과 정동 거리 구경을 하자고."

진태가 침착하게 말했다.

"따로 뵈시라 하셨습니다. 긴히 말씀을 나누고 싶으시다고."

"도깨비가 나를?"

혁필이 허리를 최대한 폈다. 그래봤자 정수리가 진태의 턱에도 미치지 못하지만.

"한양 으뜸 행수님이 왜 날 보자 하실까? 도깨비 방망이라도 휘둘러 요 뺨에 혹이라도 서너 개 붙이려는 수작이신가?"

행수들의 웃음이 충분히 따라 나오기를 기다렸다가 이야기를 이었다.

"가야지. 내일 회의에 앞서서 입을 맞춰보자는 뜻일 테니까. 도깨비랑 이러긴 난생 처음이군. 여러분은 먼저 효경교 옆 숙소에 가서 기다리시오. 한양 구경은 내일 아침부터 본격적으로 합시다."

"오늘 저녁 술자린 어찌합니까?"

행수 중 하나가 묻자 혁필이 주먹을 들어보였다.

"도깨비가 맞는지 아닌지 그것만 확인하고 가리다. 도깨비가 아니고 사람이면 한 주먹에 때려뉘겠소. 내가 도착하기 전에 술판 미리 벌이지 마시오. 다녀오리다."

행수들을 먼저 보내고 둘만 남게 되었을 때 진태가 물었다.

"함께 오지 않았습니까?"

현주가 일행 중에 없었던 것이다. 혁필이 미간을 좁히며 짜증을 부렸다.

"곧 뒤따라 올 거야. 혹시 딴 사람에게 축가를 부탁한 건 아니지?"

혁필은 한양에서 식을 하더라도 축가만은 인천 으뜸 가수가 맡아야 한다고 줄곧 주장했었다. 그때마다 현주는 진태를 노려보며 협률사 가을 공연 스케줄이 빡빡해서 시간이 날지 모르겠다고 둘러댔다.

"아직 정하진 않았습니다."

"정하지 않았다니? 당연히 장현주가 부르는 거지."

"그래도 협률사 일이 바쁘다 하니……."

진태는 차라리 현주가 결혼식에 참석하지 않기를 바랐다. 신랑은 흠모하는 남자고 신부는 친오빠와 약혼까지 하려던 여자가 아닌가. 현주로선 불편하고 불쾌할 수밖에 없는 자리다. 혁필이 갑자기 진태의 팔목을 쥐고 당겼다. 허리를 반쯤 숙인 진태에게 썩은 입 냄새를 풍기며 물었다.

"혹시 말이야. 아직도 현주에게 미련이 남았나?"

"무슨 말씀이신지……."

팔목을 쥔 손에 힘이 실렸다.

"박 지점장, 자네가 현주의 첫사랑 아닌가? 나는 그렇게 알고 있네만."

진태가 시선을 피하지 않고 버텼다.

"아닙니다."

"아니라! 웃기는 대답이군. 자네가 현주를 마음에 뒀단 말이 아니라 현주가 자넬 흠모했단 소린데, 아니라고? 그건 현주가 대답할 문제지. 도대체 자넨 뭐가 아니란 거야?"

식은땀이 흘렀다. 3년 전 철인호가 침몰하기 전날 밤, 현주는 진태의 집에서 나오다가 북두칠성에게 납치당했다. 혁필은 이

사실을 알고도 진태에게 따져 묻지 않았다.

"친구의 여동생 그 이상 이하도 아니란 뜻입니다. 따로 몇 차례 만나고, 또 한 번은 이른 아침에 제 집에 와서 아침을 먹고 간 적이 있긴 하지만, 사랑이라든가 뭐 이런 사인 아닙니다."

혁필이 손을 놓고 굳은 표정을 풀며 볼살이 떨릴 만큼 웃었다.

"그렇군. 아니란 건 그런 뜻이로군. 한데 말이야 현주가 박 지점장 친구의 여동생이었나? 장철호가 자네 친구였어? 철호는 자넬 친구로 여겼지만 내가 보기에 자넨 철호를 친구로 대한 적이 없는 것 같은데?"

"그, 그건……"

당황한 진태가 말을 더듬었다. 혁필이 그 정도에서 말머리를 돌렸다.

"하여튼 현주와 그렇고 그런 사이가 아니라면 축가는 그미에게 맡겨. 노래 솜씨야 끝내주지 않는가. 이참에 한양 여러 귀빈께 선도 뵈고 싶어."

"승낙을 했는지요?"

"기분 좋은 표정은 아니었지만 내가 하라는데 거부할 입장은 아니지. 주걱턱과 땅꼬마가 호위하여 올 거야. 신부에게도 이 사실을 전해줘."

"알겠습니다."

"그럼 도깨비 만나러 가볼까?"

홍도깨비는 이름만큼이나 신출귀몰한 장사꾼이다. 1876년 개항 직전 결의형제한 장훈과 서상진은 벌써 저세상 사람이 되었지만, 그는 여전히 마포에 기반을 두고 한강 물줄기를 틀어쥔 거상으로 군림했다. 외국 상선이 인천에 닻을 내리지 않고 곧바로 마포까지 종종 들어오는 것도 홍도깨비에게 가면 팔지 못할 물건도 사지 못할 물건도 없다는 풍문 때문이다. 개성의 조통달만이 연륜과 실력을 겨룰 만했는데 그마저 죽었다. 이제 대한제국 으뜸 장사꾼 자리는 홍도깨비의 아성에 권혁필이 도전하는 꼴이었다.

홍도깨비는 탁자에 그득 쌓인 장부를 병풍처럼 두고 혁필에게 차를 권했다. 영국인이 아침마다 마시는 홍차라고 했다.

"바쁘실 텐데…… 내일 만나도 되고……."

혁필은 말끝을 흐리며 경강상인의 산 역사를 쳐다보았다. 이 노련한 장사꾼과 마주 앉은 이는 과연 그가 어디를 보는지 늘 헷갈렸다. 사팔뜨기도 홍도깨비에겐 흉이 아니라 무기였다.

혁필은 찻잔으로 눈을 깔며 아예 시선을 피했다. 만나자고 청한 사람이 말을 꺼낼 때까진 기다리는 법이다. 홍도깨비가 궁한 사정을 털어놓았다.

"듣자 하니 최 이사를 해임시키자는 건의를 내일 하신다고 들었소."

혁필이 곁에 앉은 진태를 째렸다.

"애꿎은 박 지점장 탓하진 마시오. 권 행수가 어제 본점으로 보낸 전보를 봤을 뿐이외다."

연석회의의 원활한 진행을 위해 지점에선 논의 사항을 본점에 미리 알려왔다. 본점에 닿은 전보 내용이 고스란히 홍도깨비 귀로 들어간 것이다. 불쾌했다.

"최 이사를 왜 해임시키려는 게요? 조선은행과 한성은행을 거쳐 대한천일은행까지 그 모두를 뒤에서 궂은일 마다 않고 만든 이가 바로 최용운 이사라오. 인천부사를 지냈으니 권 행수도 최이사의 사람 됨됨이를 알 게 아니요? 그 정도 성실하고 은행 업무에 밝은 이는 대한제국에 없소. 게다가 이준봉 대감과도 잘 통하고 황제 폐하의 신임까지 돈독하지 않소이까?"

"사람이야 더할 나위 없이 좋지요. 하지만 발기인 34인 중 절반도 자본금을 내지 않았습니다. 황실에서 3만 원을 지원하지 않았다면 은행 개업도 못했을 거예요. 최 이사보다도 강력하게 업무를 추진할 사람이 필요합니다."

"적임자가 있소? 은행 업무에 능한 이는 최 이사와 그의 외동딸 최인향 감사 정도라오."

홍도깨비는 인물이 없다는 이유를 댔다. 그의 입장에선 최용운을 잃을 순 없었다. 세월의 풍파 속에서도 돈독한 관계를 유지한 지 20년이 넘었다. 최용운이 본점에 버티는 한 따로 여웃돈 걱정을 할 필요가 없었다.

"찾으면 있겠지요. 없기야 하겠습니까? 개성지점처럼 지점장이 거액을 챙겨 달아나는 한심한 경우도 있지만 은행 업무는 인천지점도 큰 탈 없이 보고 있지 않습니까? 찾아도 찾아도 적당한 인재가 없다면 여기 박진태 지점장이 본점 이사로 옮겨 앉는 것도 한 방법이겠지요. 인천지점은 이제 정상궤도에 올라섰으니 박 지점장 없이도 그럭저럭 꾸려갈 만합니다. 어떤가, 아우님 생각은?"

진태는 혁필의 짓무른 눈두덩을 쳐다보았다. 야심의 첫발을 내딛는 순간이었다.

"부족하지만 맡겨주신다면 최선을 다하겠습니다."

짧은 침묵이 흘렀다. 인천상인의 바람이 명확해진 것이다. 홍도깨비가 왼 눈으론 진태를 오른 눈으론 혁필을 보며 절충안을 냈다.

"흥미로운 제안이오. 그럼 이렇게 합시다. 최 이사는 그대로 두고 적당한 시기에 박진태 지점장을 본점 이사로 옮겨 앉히지요. 결혼식이 바로 코앞입니다. 사위가 장인을 몰아냈다는 비난은 면해야 하지 않겠소이까? 하하하!"

인향은 한 시간 일찍 와서 2층 회의실을 점검했다.

혁필과 인천 행수들이 어제 마포에 내렸다는 소식을 진태 편에 들었다. 개성지점에선 누가 오는지 깜깜무소식이다. 조통달의 손자이자 전임 지점장 조식병의 아들인 조명종은 참석이 확정적이지만 나머지 한 사람은 미정이다.

어젯밤 인향은 자본금 확보에 관한 업무를 깃식과로 완전히 넘기라고 최용운에게 권했다. 자본금 미납 책임을 그가 모두 안을 이유는 없는 것이다.

"누구 좋으라고? 네가 뭘 걱정하는지는 안다. 하지만 지금 내 업무를 줄이며 약한 모습을 보이면 권 행수가 본점까지 먹으려 들 거다. 넌 아비 걱정 말고 결혼식 준비나 열심히 해. 천년향을 서울에 차리는 일만 해도 정신없지 않아?"

바쁜 일은 어미닭을 따르는 햇병아리들처럼 몰려오는 법이다. 결혼식 준비가 인향에겐 이상하게도 대한천일은행과 천년향보다 후순위였다. 진태가 몸만 오라고 큰소리를 쳤지만 신부 입장에서 준비할 부분이 적지 않았다. 오늘 회의를 마친 후엔 결혼식 드레스부터 입어보러 갈 생각이었다.

회의 15분 전 최용운이 마석회와 함께 자료를 안고 들어왔다.

부녀는 눈길이 마주치자 말없이 웃었다. 최용운은 대한천일은행을 발판으로 중앙은행을 설립할 때까지 본점 이사에서 물러설 마음이 없었다. 오늘이 위기를 넘겨야 하는 첫 시험무대였다.

회의 5분 전 진태의 안내를 받으며 홍도깨비와 혁필이 나란히 들어왔다. 세 차례 연석회의를 열었지만 두 사람이 함께 입장한 적은 없었다. 가장 멀리 떨어져 앉아서 서로를 노려보며 약점을 찾는 견원지간! 천하제일상을 다투는 두 사람이 웃으며 같이 입장했고 붙어 앉아 귓속말을 주고받았다. 불길했다.

"개성지점은 아직이오?"

홍도깨비의 물음에 혁필이 물음을 하나 더 달았다.

"한데 누가 오는 게요? 새 지점장은 임명이 되었소? 거금을 챙겨 달아난 전임 지점장의 아드님은 여전히 인천에서 송도상회를 운영하고 있다오. 은행도 하고 상회도 하는 게 쉽지 않을 터인데……. 지점장이 자주 은행을 비우면 또 어떤 불상사가 생길지도 모르는 일이오."

약속된 회의 시간 정각에 중절모를 쓰고 은색 양복을 쌍둥이처럼 갖춰 입은 두 사내가 들어왔다. 조명종이 앞장을 섰고 낯선 사내가 뒤따랐다. 좌중의 시선이 그에게 쏠렸다. 조명종이 소개했다.

"신임 개성지점장 대리입니다."

사내가 모자를 벗자 인향이 털썩 바닥에 주저앉더니 그대로 혼절했다. 장철호였다.

최용운이 쓰러진 인향을 부축해서 품에 안았다.

"얘야! 정신 차리렴."

그러나 인향은 깨어나지 못했다. 혁필이 진태에게 권했다.

"어서 병원으로 옮기게."

진태가 인향에게 다가가려다가 멈춰 섰다. 그리고 고개를 돌려 출입문에 대기 중이던 마석회를 손짓으로 불렀다. 마석회가 급히 달려왔다.

"마 차인! 그대가 최 감사를 병원까지 책임지고 신속히 옮기도록 하시오."

"알겠습니다."

마석회가 무릎을 꿇고 돌아앉아 인향을 업은 뒤 재빨리 회의실을 빠져나갔다. 멀어지는 발소리를 들으면서 혁필이 귓속말로 진태에게 물었다.

"왜 자네가 가지 않고?"

"병원으론 누가 옮겨도 마찬가집니다. 지금은 돌발상황에 대처해야지요."

혁필이 앞에 선 개성지점장 대리를 보며 고개를 끄덕였다. 철호의 부활은 그 누구도 예상 못한 악재였다.

인향이 빠져나간 뒤에도 회의는 한동안 속개되지 못했다. 조명종을 제외한 참석자들이 철호의 갑작스런 등장에 크게 놀란 것이다. 혁필은 다가와서 철호의 팔을 잡아끌며 냄새까지 맡았다.

"귀신이 아냐!"

최용운은 회의를 진행하지도 않고 눈물바람부터 했다.

"살아 있었구나. 네가 살아 있을 것만 같다는 인향의 말을 믿지 않았는데, 정말 살아 있었어."

홍도깨비도 반가움을 보탰다.

"개성 으뜸 미남자의 환생이로세."

말을 얹지 못한 이는 진태뿐이었다.

장철호가 죽지 않았다? 내가 폭파시킨 철인호와 함께 인천 앞 바다에 수장된 것이 아니다? 멀쩡하게 살아 있는데 왜 3년 동안 이나 나타나지 않았을까? 인향과 혼인을 이틀 앞둔 오늘 본점에 등장했을까? 그리고 개성지점장 대리라고?

혁필이 진태의 궁금증들을 알아채기라도 하듯 조명종에게 확인했다.

"신임 개성지점장 대리라고 하였소?"

"그렇습니다. 송상 회의에서 그리 정했습니다. 저는 송도상회 등 바깥에 벌여놓은 일이 많아서 장철호 씨가 당분간 지점장 업무를 대리하게 되었습니다."

진태가 처음으로 철호를 노려보며 입을 열었다.

"당황스럽군요. 은행 업무를 전혀 모를 텐데 무슨 근거로 장철호 씨를 임명한 겁니까? 혹시 조씨 문중에서 사사로운 이익을 위해 일방적으로 추천한 것 아닙니까?"

조명종이 기다렸다는 듯이 답했다.

"서상진 행수로부터 두터운 신임을 받았고, 서 행수에 이어 객주를 맡아 운영한 사실은 박 지점장이나 권 행수께서 저보다 더 자세히 아실 겁니다. 최 이사님도 그때 인천부사를 지내셨으니 또한 증인이시겠네요. 이름을 숨기고 나서진 않았으나 장철호 씨는 그동안 개성지점에서 행원으로 일해왔습니다. 지점에 들어온 조세금을 관리하고 또 한양 본점으로 보내는 중책을 도맡은 이가 바로 장철호 씨지요."

혁필이 비꼬았다.

"엄청나군. 살아 돌아온 것도 신기한데 단번에 개성지점을 꿀꺽? 세상 버린 조통달 행수의 약점이라도 쥐었는가?"

조명종이 잘라 답했다.

"그런 일 없습니다. 장철호 씨는 성실하고 사람 좋기로 인천에서도 명성이 자자했습니다. 초대 감독관 자리를 놓고 여기 박진태 지점장과 경쟁했을 만큼 능력도 출중하고요. 무엇보다도 그는 원래 송상 출신입니다."

혁필이 코웃음을 치며 굽은 등을 흔들어댔다.

"까마귀 고기라도 삶아 먹었소? 내쫓을 땐 언제고 이제 와서 송상 타령이오? 처음부터 송상이 감쌌으면 그가 인천까지 상거지 꼴로 흘러왔을 리도 없소."

철호가 혁필을 쏘아보며 무겁게 입을 뗐다.

"악연을 바로 잡을 날이 있을 겁니다."

악연! 혁필보다 진태가 먼저 반발했다.

"개성지점장이 거액을 훔쳐 달아난 사건은 대한천일은행 전체에 타격을 줬습니다. 신중하게 난국을 극복해야 합니다. 송상에 적임자가 없다면 본점에서 지점장 대리를 파견하는 것도 한 방법입니다."

조명종이 화살을 최용운에게 돌렸다.

"손실금은 이미 조씨 문중에서 채워 넣었습니다. 더 이상 잡음은 없을 겁니다. 대한천일은행이 어려운 까닭은 인천지점과 개성지점 때문이 아닙니다. 창립총회 때 약속한 자본금이 완납되지 않았을 뿐만 아니라 본점에서 한양상인들에게 과도한 대출을 해주기 때문이 아닙니까? 그 문제를 의논하고자 모인 것으로 압니다만……."

혁필이 뜻밖에도 최용운을 두둔하고 나섰다.

"나도 처음엔 최용운 이사를 해임할까 했소만 은행 설립부터 지금까지 일한 공이 크니 새로운 대안을 낼까 합니다. 이사 한 사람을 더 선임하여 최 이사와 공조하는 게 어떻겠소? 인천지점에 때마침 적임자가 있소이다."

조명종이 물었다.

"적임자가 누굽니까?"

혁필이 고개를 돌려 진태와 눈을 맞췄다.

"여기 앉은 박진태 지점장이오."

"박 지점장은 인천을 맡고 있지 않습니까?"

조명종의 반박에 혁필이 눈을 치뜨고 답했다. 웃는 건지 성난 건지 헷갈렸다.

"개성지점과는 달리 인천지점은 박 지점장의 탁월한 능력 덕분에 안정기에 접어들었소. 조금 벅차긴 하겠지만 박 지점장 없이도 운영할 만하오. 최 이사와 박 지점장은 곧 장인과 사위 사이가 되니 합심하여 일을 해나가기도 좋지 않겠소?"

혁필의 시선이 홍도깨비에게 향했다. 이쯤에서 맞장구를 쳐 분위기를 몰아가기로 합의를 봤던 것이다. 그러나 홍도깨비는 혁필을 돕지 않고 물었다.

"개성지점 쪽 생각은 어떠하오?"

시선이 철호에게 쏠렸다. 그는 참석자 한 사람 한 사람과 눈을 맞춘 후 답했다.

"본점에 이사 자리를 하나 더 늘린다면 개성지점도 인천지점과 동등한 권리가 있겠지요. 개성지점에 불미스러운 사고가 생겼으니 그로 인한 상처를 지우고 송상들의 사기를 북돋아주는 측면에서도 본점의 새 이사를 개성지점에서 찾는 것이 어떨까 합니다."

논리적으로 전혀 밀리지 않는 주장이다. 혁필이 말머리를 돌려 조명종을 노렸다.

"송상에 그만한 인물이 있소? 조통달 행수가 살아 돌아오실 리도 없고."

조명종은 즉답을 못하고 철호만 쳐다보았다.

"인물이야 인천만큼은 있습니다. 본점 이사라면 제가 할 수도 있고……."

박진태가 말허리를 잘랐다.

"지점장 대리를 맡은 지 얼마나 되었다고 본점 이사로 옮기겠다는 겁니까?"

철호가 지지 않고 답했다.

"위기 국면이라면서요? 본점이 무너지면 지점에서 좋은 성과를 내도 파멸에 이른다고 하신 이는 권 행수십니다. 개성지점 사정도 좋진 않지만 본점을 지키기 위해선, 또 제가 도움이 된다면 할 수도 있단 겁니다. 한 말씀만 더 드리자면 최 이사님과 박 지점장의 능력이 출중한 건 인정하지만 장인과 사위가 나란히 이사를 맡고 또 최 이사님의 따님이 감사로 일하는 건 외부에서 보기에 좋지 않을 듯합니다. 대한천일은행이 최 이사님의 은행은 아니니까요. 제가 아는 최 이사님은 누구보다도 명예를 소중히 여기는 분이십니다. 자칫 아름다운 이름에 흠결이라도 생길까 걱정이군요."

최용운이 쓴웃음을 지으며 좌중에게 물었다.

"모든 것이 제 잘못입니다. 자, 이제 어찌하는 것이 좋겠는지요? 저는 따로 의견을 내지 않고 여러분 뜻에 따르겠습니다."

인천지점도 개성지점도 물러나지 않겠다는 입장을 밝혔으니 무게 중심은 자연스럽게 홍도깨비에게 쏠렸다. 혁필은 어제 맺은 약속을 지키라고 계속 눈짓을 보냈지만 홍도깨비는 새로운 제안을 내놓았다.

"양쪽 주장이 모두 타당하니 섣불리 결론을 내진 맙시다. 주주들에게 오늘 논의 사항을 알리고 정정당당하게 한판 붙어보는 건 어떻겠소?"

"한판 붙는다는 건 무슨 뜻입니까?"

최용운이 되물었다.

"박진태와 장철호 중 누가 더 본점 이사에 적합한지 자웅을 겨루는 거요. 하늘 아래 으뜸 은행에서 하늘 아래 으뜸 인간을 뽑는 시합, 근사하지 않겠소이까?"

철호와 진태의 눈이 동시에 빛났다.

"그게 가능할까요?"

"불가능할 것도 없지. 개성지점과 인천지점은 보유금과 창립일이 비슷하니 올해 말까지 누가 더 많은 돈을 벌어들였는지 비교하는 겁니다. 숫자 놀음이니 승패가 분명할 게요. 어떻소?"

권혁필도 조명종도 장철호도 박진태도 이의를 달지 못했다. 인천 부두 초대 감독관에 이어 대한천일은행 본점 이사 자리를 놓고 또 한 번 숙명의 대결을 벌이게 된 것이다. 도깨비놀음에 놀아난 꼴이기도 했다.

제9장

흔들리는 사랑

"감사합니다."

철호는 탑골공원 근처 찻집 나비에서 홍도깨비와 마주 앉자마자 인사부터 했다.

"인사받을 만한 일을 한 게 없네."

"저를 도와주지 않으셨으면 박 지점장과 경쟁할 기회를 얻지 못했을 겁니다."

홍도깨비가 탁자에 놓인 빈 잔 세 개로 삼각형을 만들었다.

"『삼국지연의』 읽어봤겠지? 제갈공명이 삼고초려한 유비에게 다리가 셋인 솥단지를 설명하는 대목이 있네. 예전에는 의주상인이나 평양상인도 한몫들 했어. 하나 지금은 한양과 개성과 인천 이렇게 셋일세. 장훈과 서상진 그리고 나 홍도깨비가 뭉쳤을 땐 인천이 가장 약했지. 서상진의 됨됨이가 뛰어나지 않았다면 끼워주지도 않았을 거야. 하여튼 우리 셋은 의형제를 맺고 새로운 시절에 함께 대처하기로 했다네. 한데 둘은 죽고 나만 남았군. 그 사이 인천이 오히려 한양과 개성을 압박할 지경에 이르렀으이."

검지로 개성이라고 가리켰던 잔을 들고 흔들었다.

"장철호 자네가 오늘 나타나지 않았다면, 난 권 행수의 부탁대로 박진태를 이사에 추천했을 걸세. 한양과 인천이 손을 잡고 개성을 짓밟는 게지. 섭섭해 말게. 강자가 약자를 누르는 건 당연한 이치야. 조통달의 죽음과 조식병의 도둑질. 누가 보더라도 송상은 몰락하고 있었으니까. 한데 자네가 등장한 거야. 의형제 장훈의 외아들 장철호가 말일세. 자네 편을 완전히 들지는 못하더라도 최소한 기회를 줘야겠다고 생각했지. 그게 먼저 간 자네 선친에 대한 예의일 테고. 이길 자신은 있는가?"

커피 두 잔이 나왔다. 철호는 홍도깨비가 커피를 한 모금 마시고 내려놓을 때까지 기다렸다.

"자신이 있고 없고의 문제가 아니었습니다."

"그럼?"

"짓밟히지 않으려고요."

짧은 침묵이 흘렀다. 홍도깨비의 냉정한 형세 파악을 고스란히 등에 업은 것이다. 철호의 속마음을 꿰뚫듯 홍도깨비의 사팔뜨기 눈동자가 돌아갔다.

"날 믿지 않는군."

"어르신을 믿지 않는다기보다는 오늘 결정이 의리의 문제는 아닌 것 같습니다."

"의리가 아니라면?"

"솔직히 말씀드려도 되겠는지요?"

"바라는 발세."

"저랑 박 지점장이 다투면 최 이사님에 대한 책임 추궁은 약해질 겁니다. 홍 어르신과 최 이사님의 인연이 얼마나 길고 아름다운지는 말씀드릴 필요가 없겠지요."

홍도깨비가 긍정도 부정도 않고 고개를 사선으로 흔들었다.

"선친과 서 행수 어른이 돌아가셨으니 홍 어르신이 의리를 지킬 사람은 남아 있지 않지요. 조명종이나 권혁필은 솔직히 한참 아랫사람 아닙니까. 의리를 떼어내고 보면 이익을 논하는 자리만 남습니다. 호랑이 두 마리가 싸우는 형국이지요. 진 놈은 영원히 숲을 떠나야 하고 이긴 놈도 적지 않은 상처를 입을 겁니다. 구경하던 호랑이는 큰 힘 들이지 않고 상처 입은 호랑이를 제압할 수 있지요. 제가 홍 어르신이라고 해도 경쟁을 붙이라는 의견을 냈을 겁니다. 어느 한 쪽을 편들면 다른 쪽과 원수가 됩니다. 원수를 만들지 마라! 장사꾼이라면 이 가르침을 무시할 수 없습니다."

홍도깨비가 잔에 든 커피를 쏟을 만큼 웃었다.

"호랑이가 고양이를 낳는 법은 없군 그래. 시인들은 흔히 세상을 숲에 비유하지만 은행이야말로 명암이 더욱 확실하게 갈리는 숲이지. 양달을 차지한 맹수가 전부를 차지하는 대신 응달로 밀린 짐승은 굶어 죽고 말아. 자네 말대로 둘 중 하나는 응달 행이야. 난 구경꾼이고 누가 양달로 나오든 상관할 바는 아니네만, 자네가 쉽게 패하진 않을 것 같아 흥미롭군. 신명나게 싸워 보게."

찻집 문이 부서질 듯 열렸다. 홍도깨비는 고개를 돌리는데 그쳤지만 철호는 잽싸게 일어섰다. 지옥의 밑바닥에 닿아본 사람만이 가진 방어 본능이다. 찻집 나비로 들어선 이는 살기를 내뿜는 사내가 아니라 눈물을 흩뿌리는 키 큰 여인이었다. 곧장 철호에게 안겼고 등을 두드리며 반가움과 원망을 동시에 쏟았다. 장현주였다.

"왜 연락 안 했어? 오빠! 인천에서 강화도까지 섬마다 돌아다니며 얼마나 오빨 찾은 줄 알아? 개성에서 인천이 몇 걸음이나 된다고, 딴 사람은 몰라도 나한테는 연락을 했어야지. 오빠가 살아 있는 줄도 모르고 천애고아 신세라며 마신 술이 몇 병인데……. 미워! 아, 정말 오빠지? 날 사랑하는 철호 오빠 맞지?"

철호는 울음이 잦아들 때까지 꼭 껴안아주기만 했다. 하나뿐인 여동생을 챙길 마음이 왜 없었겠는가. 그러나 그는 세상에 나설 뜻이 없었고 이를 위해 먼저 끊어야 할 인연이 혈육이었다.

"현주야! 인사 드려. 홍도깨비 어르신이시다."

현주가 손바닥으로 눈물을 닦으며 허리를 숙였다. 홍도깨비가 사람 좋게 웃었다.

"인천 협률사에서 공연은 두 번 봤지. 어머니를 닮아 곱구나! 다음엔 한양에 와서 멋진 노래 들려줘. 자, 모처럼 남매 상봉이니 회포를 풀게. 난 이만 일어나겠네."

"고맙습니다."

"이왕 겨루게 되었으니 최선을 다하게. 혹시 힘든 일이 생기면 언제든 찾아와. 송상이 내치더라도 이젠 내가 거두겠네. 의형제의 아들이니 곧 내 아들과 같아. 아니 그런가?"

홍도깨비가 찻집을 나선 뒤 현주는 그가 앉았던 자리를 차지하곤 따져 물었다.

"왜 그랬던 거야? 영영 숨어 지낼 작정이었어? 내가 보고 싶지도 않았어? 인향 언닌……."

말을 멈추고 철호의 안색을 살폈다. 인향 언니가 진태 오빠와 이틀 뒤 혼인한다는 사실을 오빠는 알까?

"들었어."

철호의 짧은 대답이 오히려 현주의 언성을 높이게 했다.

"들었다니? 오빠랑 결혼을 약속했던 인향 언니야. 진태 오빠한테 간다고! 근데 그냥 들었다? 진작 왔어야지. 인향 언니를 잡았어야지."

철호는 전혀 다른 길로 이야기를 틀었다.

"아편을 한다며? 권 행수가 계속 못 살게 굴어? 이제 이 오빠가 지켜줄게. 미안하다."

현주는 겨우 진정시킨 울음을 다시 쏟았다.

"몹쓸 놈의 팔자소관이지 오빠 잘못 아냐."

"당장 개성으로 같이 가자. 네가 원하는 건 무엇이든 해주마."

남매의 시선이 마주쳤다. 현주의 눈에선 눈물이 계속 흘렀고 철호의 눈도 촉촉하게 젖었다. 그미가 확인하듯 다시 물었다.

"오빠 맘에 인향 언닌 더 이상 없는 거야? 오빠! 아직 결혼식을 올린 건 아니야. 지금이라도……."

"그만!"

철호가 단칼에 잘랐다.

"두 가지를 이루기 위해 세상에 다시 나왔어. 첫째, 재력財力을 회복하고 덕을 쌓아 선친의 꿈을 이룰 거야. 외세와 겨뤄도 지지 않는 송상으로 우뚝 설 테야. 대한천일은행 개성지점장 대리는 시작일 뿐이지. 그리고 또 하난 너! 현주 널 지옥에서 구할 거야. 그러니 오빠랑 개성으로 가자. 새로 시작해."

현주가 헛웃음을 흘렸다.

"오빤 새로 시작할 수 있나 보지만 난 안 돼. 지옥이라 해도 이제 인천을 떠나선 살고 싶지 않아. 아니 살 수 없어. 개성으로 간다고 달라질 것 같아? 내 뒤를 따라다니는 꼬리표들. 기생에 아편쟁이에 권혁필의 첩년이지. 내가 개성으로 가는 것 자체가 오빠가 그토록 되찾고 싶은 아버지의 명성에 먹칠을 하는 일이야. 난 이틀 뒤 결혼식에 가서 마음에도 없는 축가를 부르고 인천으로 돌아가겠어. 그래, 그래야겠어."

철호가 다시 권했다.

"인천엔 희망이 전혀 없어. 거기 가면 넌 서서히 말라 죽을 뿐이지. 개성으로 돌아가서도 당장 편안하진 않을 거야. 지난날을 비웃으며 수군거리는 자들도 있겠지. 아편을 끊는 것도 힘겨운 일임에는 분명해. 하지만 적어도 혁필의 곁에 있는 것보단 개성으로 가는 게 백 배 천 배 낫지. 오빠랑 함께 사는 게 평생소원이라고 했잖아?"

현주가 슬픈 눈으로 웃었다. 그리고 울음을 참으며 그동안의 마음고생을 드러냈다.

"맞아. 내 평생소원! 근데 어떤 소원은 이뤄져야 멋지고 또 어떤 소원은 평생 바라기만 하다가 이뤄지지 않기 때문에 아름답다고 하더라. 오빠! 솔직히 말할게. 오빠가 없으니까 문득문득 슬프고 가슴이 답답하고 땅이 푹푹 꺼지더라. 그냥 있으면 바다에 걸어 들어갈 것 같은 기분이었어. 권 행수에 의해 강제로 아편을 피우기 시작한 건 맞지만, 나중엔 나 스스로 아편을 찾는 날이 많아졌어. 그거라도 피워야 오빠 잠깐이나마 잊을 수 있으니까. 근데 아편을 피면서 노래 솜씨가 점점 줄어들더라고. 호흡도 짧아지고 소리가 자주 갈라져. 겨우겨우 무대에 서긴 하는데 대불호텔 3층에서 자랑하던 노래 솜씬 아닌 게지. 그러니까 내가 점점 시들시들 맛이 가고 있단 오빠 말도 맞아. 근데 말이야 오빠! 이렇게 오빠가 살아 돌아왔으니 이제 그 망극한 슬픔과는 안녕이네. 지금 오빠를 따라 가면 다음에 또 이별할 땐 정말 난 미쳐버릴 거야. 그러니 난 인천으로 갈래. 대신 약속할게. 오빠에게 이 세상에서 가장 아름다운 노래를 들려주기 위해 노력할게. 아편도 이 순간부터 끊고 몸을 만들게. 내가 목소리를 완전히 되찾았단 확신이 들면 오빠에게 초청장을 보낼게. 그땐 무슨 일이 있어도 참석해서 내 노랠 듣고 평해줘. 그리고 칭찬해줘. 오빠 칭찬을 들으면 정말 신날 것 같아. 그렇게 해줄 수 있지?"

철호는 현주의 손을 꽉 그러쥔 채 답했다.

"그래, 초청장 보내주렴. 꼭 참석하마."

웨딩드레스를 입은 인향이 천천히 식장으로 향한다. 식장 입구 명패엔 오늘 부부가 될 선남선녀의 이름이 적혀 있다. '신부 최인향 신랑 장철호' 철호의 이름에 시선이 오래 머문다. 문이 열리자 박수가 쏟아진다. 최용운의 손을 잡은 인향이 객석 가운데 통로로 걸어 들어온다. 박수가 점점 커진다. 양복을 깔끔하게 입은 신랑이 최용운 앞으로 와서 허리 숙여 절한다. 최용운이 그에게 인향의 손을 넘긴다. 그 손을 쥔 신랑이 허리를 펴면서 고개를 든다. 그런데 살점 하나 없는 해골이다. 인향이 깜짝 놀라 뒷걸음친다. 신랑이 잡은 손을 당긴다. 인향이 다시 신랑의 얼굴을 본다. 해골에 살점들이 찰흙처럼 더덕더덕 붙는다. 장철호가 아니라 박진태다.

인향은 발딱 일어나 앉은 뒤 거친 숨을 몰아쉬었다. 양손으로 어깨를 더듬었다. 하얀 웨딩드레스는 사라지고 땀에 전 환자복이다.

"정신이 드느냐? 아비다! 날 알아보겠어?"

침대 옆 의자에 앉은 최용운이 물었다.

"……철호 씨는?"

"연석회의는 무사히 마쳤단다."

"철호 씨가 맞느냐고요?"

최용운이 마지못해 답했다.

"그동안 조씨 문중 삼밭을 지켰다는구나. 올해 들어서 개성지점 금고지기를 했고."

인향이 다시 정신을 놓았다.

남몰래 눈물 바람을 한 세월이 3년을 훌쩍 넘었다. 왜 자기만 두고 먼저 갔느냐는 원망도 깊었다. 평생 지닐 마음의 상처였다. 그런데 장철호가 죽지 않고 살아 있다! 살아 있는데도 나를 찾아오지 않았다! 그리고 이틀 뒤로 다가온 박진태와의 결혼! 가습을 뚫을 듯 황소바람이 몰아쳤다. 모든 것이 뒤죽박죽이었다.

다시 눈을 떴다.

최용운 대신 현주가 그미의 손을 쥐고 옆에 앉았다. 현주의 머리 뒤로 진태의 심각한 얼굴이 보였다. 눈매가 더욱 날카로웠다.

"언니!"

인향이 현주를 지나 진태에게 눈길을 주었다.

"…… 철호 씨는 어디 있어?"

현주가 진태보다 먼저 답했다.

"오빠 갔어."

"가다니?"

"개성으로 돌아가겠다고, 지점에 일이 많다고 그랬어."

나를 만나지도 않고 돌아갔다고?

현주가 뒤에 선 진태를 곁눈질한 후 이야기를 이었다.

"언니가 병원에서 치료받는 동안 내가 따로 찻집에서 만났어. 언니를 만나러 가자고 설득했지만 오늘은 보지 않는 게 좋겠다는 답만 들었어."

충격이 그리움으로 그리움이 원망으로 바뀌었다.

"우릴 보러 오지도 않고 3년 동안이나 대체 뭘 했다니? 개성에서 한양이 만 리 길이라도 된대? 하루 마음만 먹으면 얼마든지 와서 기쁜 소식 전할 수 있는데, 왜 안 왔대?"

"나도 자세히는 몰라. 중요한 건 철호 오빠가 살아 돌아왔단 사실이야. 지금은 그것만이 중요해. 오빠가 돌아왔으니 제자리로 돌아갈 건 돌아가야 하고 달라질 건 달라져야 할 거야."

인향의 감정이 격해지면서 말이 빨라졌다.

"그가 죽었기 때문에 아니 죽었다고 여겼기 때문에 우리 삶이 엉망진창으로 바뀌었어. 그런데 갑자기 생환했고 아무 설명도 없이 개성으로 가버렸다고? 이 생환을 어떻게 받아들이라고? 우린 설명을 들을 권리가 있고 그는 해명할 의무가 있는 거야. 지난 시간이야 어찌 되었든지 나한테 와야지. 와서 차디찬 인천 앞바다에서 어떻게 살아나왔고 무슨 꿍꿍이로 숨어 지냈으며 또 왜 하필 지금 다시 내 앞에 나타난 건지 구구절절 변사처럼 지껄여야지. 내가 싫다고 해도 한사코 붙어서 이야기하고 또 이야기해야지. 그런데 개성으로 돌아가버렸다고? 그게 다야? 남은 우린 어쩌라고? 데려와. 장철호를 당장 이리 데려오라고!"

"잠깐만 나가 있어."

인향과 현주의 대화를 듣고만 있던 진태가 끼어들었다. 현주는 답답한 표정으로 무엇인가를 덧붙이려다가 일어서서 병실을 나갔다. 인향은 등을 보이며 돌아누웠고 진태는 창밖을 올려다보았다. 공활한 가을 하늘이다.

"선물이야."

진태가 인향의 손에 작은 보석함을 쥐어주었다. 인향이 일어나 앉으며 제 손에 든 보석함을 진태에게 다시 건넸다.

"가져가. 지금 선물 받을 기분 아니야."

진태가 받지 않고 설명했다.

"나도 선물 줄 기분 아니긴 마찬가지야! 내가 주는 게 아냐. 황궁에서 내려왔대. 이준봉 대감이 장인어른께, 장인어른이 내게 주셨어."

"황궁이라면?"

"대한제국 황제께서도 우리 결혼을 아시는 게지."

인향이 보석함을 조심해서 열었다. 하트 모양에 다이아몬드가 박힌 금 목걸이가 휘황했다.

"혼란스런 마음은 이해해. 나도 무척 놀랐으니까. 장철호가 살아 있을 줄이야. 그것도 개성지점장 대리가 되어 나타날 줄이야. 하지만 혼절은 한 번으로 족해. 당신은 현명한 여자니까 이 결혼의 의미를 잘 이해할 거야. 당신과 내가 부부가 되는 데 그치는 일이 아니지. 황실의 신임을 받는 최씨 가문과 개항 인천의 객주들이 당신과 나의 결혼으로 한배를 타는 거야. 그럴 리는 없겠지만 이 결혼이 깨어지면 장인어른과 당신은 사면초가에 빠지고 말아. 오늘까진 쉬어. 그리고 내일부턴 결혼 준비에 집중해."

"그렇게 간단히 은행 업무 보듯 처리할 문제가 아냐."

"아니! 이런 문제일수록 간단히 처리해야 해. 장철호가 나타났다고 결혼식을 미루고 질질 끌기라도 할까? 곧 소문이 퍼질 거야. 인천 행수 장철호가 죽지 않고 개성지점으로 생환했다고.

입 싼 자들은 당연히 철호와 당신의 사랑 놀음을 기억하며 이야기판에 올리겠지. 다행인 건 우리 결혼이 이틀밖에 남지 않았다는 거야. 소문이 나기 전에 당신이 박진태의 아내가 되면 그걸로 모든 상황은 끝이지. 그러니까 매우 간단한 일이야."

"그래도 우선 철호 씨를 만나 자초지종을 듣는 게……."

진태는 이마저도 끊었다.

"자초지종을 듣는 건 듣는 거고 우리 결혼은 다른 일이야. 전혀 관련이 없는 이것과 저것을 반드시 거쳐야만 하는 단계로 두지 마. 철호가 왜 당신이나 나를 찾지 않고 개성으로 돌아갔을까? 당신과 내가 이틀 뒤 결혼한다는 걸 그도 알고 있어. 그럼에도 그냥 간 건 지금은 만나지 않겠다는 뜻이야. 시시콜콜 과거 얘길 하지 않겠다는 의민 곧 당신과 내가 부부가 된 다음에 만나도 만나겠다는 뜻일 게고. 한 시간 뒤 퇴원할 테니 준비해. 입원조차도 구설수에 오를 일이니까."

진태가 자기 할 말만 마친 채 병실을 나갔다.

인향은 보석함을 가슴에 품고 꼼짝도 하지 않았다. 굵은 눈물이 보석함으로 떨어졌다. 철호가 실종된 뒤 진태는 항상 따뜻하게 인향을 지지하고 후원해왔다. 오늘처럼 자신의 뜻을 밀어붙인 적은 없었다. 진태의 지적은 흠 잡을 데 없이 옳았다. 둘의 결혼 소식은 널리 퍼졌다. 혁필은 인천의 축하사절을 이끌고 벌써 한양으로 들어왔다. 철호에 대한 애틋함과 원망은 지난날의 잡지 못할 뜬구름이며 진태와의 결혼은 현실이었다.

인향도 이런 상황을 충분히 알지만 장철호란 이름만 떠올려도 온몸이 떨렸다. 죽은 철호를 그리워할 때보다 살아서 대한천일은행 본점 회의장에 들어선 철호를 만나니 가슴이 열 배 백 배는 더 크고 빠르게 뛰었다.

어찌할까.

답 없는 물음이 눈물방울로 떨어졌다. 흔들리는 사랑이었다.

제10장

즐거운 나의 집

개성에 도착한 철호는 조명종과 함께 옛집으로 향했다. 장훈 부부가 죽고 철호 남매가 고향을 떠난 뒤 한참이 지나서야 주막이 들어섰다. 불길한 기운이 서렸다는 흉문 탓이다.

철호는 개성지점장 대리를 수락하는 조건으로 두 가지를 내걸었다. 하나는 조명종의 여동생 조명희와의 결혼이고 또 하나는 옛집에 신접살림을 차리는 것이다. 조명종은 값을 후하게 얹어 주막을 산 뒤 곧장 헐고 새 집을 짓도록 했다. 길어야 한 달, 서리 내리기 전에는 아담한 기와집을 완성할 것이다.

주막을 헐 때 들풀로 뒤덮인 집터에 불을 놓았다. 허리까지 자란 풀들이 검은 재로 변한 땅에서 부서진 기왓장이며 귀가 나간 토기며 썩은 지게들이 나왔다. 이 자리에서 뜻을 펼치던 장훈의 흔적이었다. 철호는 그 조각들을 버리지 않고 광 한 구석

궤짝에 모았다. 아버지와 어머니가 그리울 때, 혼잣말이라도 건네며 기운을 얻고 싶을 때 꺼내서 만져보기 위함이었다.

조명종이 정색을 하고 물었다.

"날 배려해서라면 다시 생각해. 네가 명희를 아내로 달라고 했을 때 솔직히 안 될 일이다 싶었지만 욕심이 났어. 모자라는 그 아일 평생 내가 거둘 생각이었거든. 한데 본점 회의실에서 최 감사가 기절하는 걸 보고 정신이 번쩍 들었어. 너랑 최 감사, 정말 깊이 사랑하는 사이잖아?"

"이미 약속한 일이야. 재론하고 싶지 않아."

"그래도 이건 아니다 싶어."

"명종아!"

철호의 목소리가 평소보다 낮게 깔렸다. 고개를 돌린 조명종의 눈동자가 떨렸다. 말은 명희와의 결혼을 다시 생각하라고 권했지만 철호가 약속을 접을까봐 걱정하는 것이다.

"부탁이 있어?"

"무슨?"

"명희와의 결혼식, 꼭 성대하게 해야 해?"

하지 않겠다는 소린 아니다. 일단 안심이다.

"남들 하는 만큼은……."

"하나뿐인 여동생을 아끼는 맘은 알겠는데, 너도 알다시피 진태의 결혼식이 끝나고 또 내가 명희와 결혼을 한다고 하면 아무래도 나쁜 소문이 돌 것 같아. 괜히 명희에게 상처 주지 않을까 걱정도 되고, 또 조씨 문중에 해를 입힐 것도 같고. 그래서 말인데 결혼식은 조촐하게 했으면 해. 오해 없길 바라. 조촐하게 하는 게 목적이라기보다는 빨리 명희를 아내로 맞고 싶어. 그렇게 하려면 격식을 최대한 생략해야겠지?"

"명희를 더 빨리 데려가겠단 말이지?"

조명종은 확인하듯 되물으며 철호의 표정을 살폈다. 진태와 인향의 결혼이 철호의 마음을 흔들기보다 오히려 하루라도 빨리 자신도 안정을 찾는 쪽으로 움직인 듯했다. 전화위복이었다.

"그래."

"얼마나?"

"열흘에서 보름 사이! 가능할까?"

"그렇게나 빨리? 그때까진 신혼집이 절반도 완성되지 않을 텐데?"

"집이 뭐 중요해? 두 사람 마음만 맞으면 되지."

조명종은 철호의 서두르는 마음을 막지 않기로 했다. 철호는 인향과 다시 사귈 뜻이 없는 것이다. 병문안을 가지 않은 것도 곧장 옛집 공사장으로 돌아온 것도 자신의 길을 걷겠다는 확고한 의지로 읽혔다. 철호가 약속을 깨겠다고 해도 매달려야 할 상황이 아닌가. 결혼식을 앞당기자고 하니 감읍할 일이다.

"알았어. 그렇게 맞춰볼게."

"고마워."

철호가 앞서 걸었다. 조명종은 바삐 보폭을 맞췄다.

"꼭 여기서 신접살림을 할 필요가 있어? 삼밭이 불타버린 뒤엔 인삼 농사도 시원치 않아. 가끔 늑대들이 내려온단 흉문까지 떠돌지. 게다가 술과 웃음을 판 자리니 아무래도 신혼부부에겐 적당하지 않네."

철호가 걸음을 멈추고 왼 무릎을 꿇었다. 조명종도 덩달아 엉거주춤 앉았다.

"여기야!"

"뭐가?"

"유심당 자리! 아버지는 일이 없는 날엔 온종일 여기서 책을 읽으셨지. 북경 유리창에서 사온 책들로 가득했었네."

"그래? 그 서재가 여기란 말이지? 그런 것도 같군. 너랑 함께 처음 셈법을 배운 그 겨울 아침 기억나? 엄청 추웠었지 정말! 사개치부법을 익히느라 땀을 뻘뻘 흘렸던 여름도 떠오르네."

"여기에 서재를 다시 짓고 싶어."

조명종이 고개를 끄덕였다.

"지점장 대리님 부탁이신데 거절할 순 없지. 그리 함세. 이참에 현판도 '遊心堂'이라고 하나 만들겠네."

"아니! 현판은 됐어. 아직 때가 아니야. 천천히, 천천히 할게."

조명종이 목소리를 심각하게 바꿨다.

"네가 여기서 다시 시작하려는 이유를 알아. 조상 대대로 바로 이 집에서 살아왔으니까. 여기가 장철호의 뿌리지. 하지만 모든 걸 훗날로 미루진 마. 난 네가 승승장구하리라 믿지만 오늘을 즐기는 일 또한 중요해."

"차용증서는 써왔어?"

조명종은 화를 냈다.

"선물이라니까. 내가 상속 받은 재물이 얼마나 되는지 잘 알잖나? 동생 부부에게 겨우 이 정도 해주고 차용증서를 받는다면 남들이 욕해. 못 들은 걸로 하겠네."

철호는 제 뜻을 바꾸지 않았다.

"차용증서를 주게. 아니면⋯⋯."

"결혼 약속이라도 취소할 기세군. 난 평생 철호 네 말을 따랐어. 하지만 이번만은 안 돼. 네 마음이 불편하면 나중에 돈 많이 벌어서 적당히 갚아. 이자까지 받아줄게. 증서로 남기는 일 따윈 싫어. 착한 사람이 한번 고집부리면 끝까지 간다는 거 알지?"

팽팽한 침묵이 감돌다가 두 친구는 동시에 웃음을 터뜨렸다. 조명종이 어깨동무를 하며 한양에서부터 궁금했던 문제를 꺼냈다.

"진태를 어떻게 이길 거야? 경쟁하고 싶다는 네 제안을 듣고 얼마나 놀란 줄 알아?"

본점 이사 자리를 놓고 진태와 겨루겠다는 철호의 선언은 조명종에게 충격이었다. 조식병이 엉망으로 만든 개성지점을 추스르기에도 벅찬 상황이었다. 철호는 서재가 들어설 터를 천천히 돌며 이야기를 풀어나갔다.

"소문이 날 거야."

"소문?"

"대한천일은행 지점들끼리 한판 붙는다고. 인천지점이 제일 잘 나가는 건 누구나 알아. 개성지점이 인천지점과 대결한다는 소문만 나도 우리에겐 이익이지. 고객들도 개성지점이 저대로 무너지는 건 아니구나 안심할 테고. 져봤자 우린 잃을 게 없어. 개성지점을 잘 운영하면 되니까."

조명종이 고개를 끄덕였다. 철호가 무리하게 싸움을 건 이유를 깨달은 것이다.

"난 또 돌다리를 백 번은 두드리고 건너가는 사람이 왜 그러나 했어. 네 말이 맞아. 따라잡긴 힘들어. 게다가 아버지 일까지 겹쳤으니."

조식병이 훔쳐간 돈까지 손실금으로 잡히는 것이다. 장철호가 걸음을 멈추고 돌아섰다.

"근데 명종아! 나 지고 싶지 않아."

"이기면 나야 좋지. 하지만 알다시피 개성지점에서 실적이 나는 부분이 빤한데 어떻게 인천지점을 따라잡을 수 있겠어? 오늘이 한가위고 곧 낙엽 지고 겨울이 올 거야. 올해도 7할이 지나갔어. 따라잡는 건 솔직히 어렵지 않을까……."

조명종이 말꼬리를 흐렸다. 판세를 뒤집을 묘안을 내놓으리라 여겼지만, 철호는 너무 쉽게 동의했다.

"맞아. 어렵지……."

이기고 싶다는 바람과 이기기 힘들다는 상황의 간극이 두 친구를 침묵으로 몰아넣었다. 역시 지나친 기대였을까. 조명종이 멋쩍은 웃음을 흘리는 순간 철호가 안개처럼 흐려진 말끝을 분명하게 잡았다.

"최후의 수단을 사용해야 할지도 몰라."

"최후의 수단이라고?"

조명종의 눈이 커졌다. '최후'라는 말보다 사용할 '수단'이 남았다는 말에 귀가 솔깃했다.

"그게 뭐야?"

철호가 다급한 친구의 눈을 들여다보며 수수께끼를 내듯 또박또박 말했다.

"송상이라면 누구나 아는 것!"

조명종이 그 말을 반복했다.

"송상이라면 누구나 아는 것이라!"

그리고 무엇인가 깨달은 듯 물었다.

"철호 너 혹시……?"

철호가 주위를 둘러보며 말허리를 잘랐다.

"아직은 생각일 뿐이야. 무조건 그 수단을 쓸 수 있는 것도 아니지. 여러 조건이 맞아야 해. 너만 알고 미리 마음의 준비를 해둬."

"그럴게."

고개를 끄덕이는 조명종의 얼굴이 한결 밝아졌다.

"내일은 뭐해?"

지나가는 말처럼 물었다.

"신입 행원 선발 최종 면접이 있어……."

철호는 개성지점장 대리를 수락하자마자 신입 행원 선발 공고를 내자고 했다. 조명종은 철호가 지점을 맡는다는 사실만으로도 기뻐서 그 청을 받아들였다. 그러나 이미 행원은 충분했기 때문에 뒤늦게 물었다.

"몇 명이나 뽑을 건데?"

"면접을 봐야 정확한 숫자가 나오겠지만 다섯 명 정도는 뽑을 생각이야."

"다섯 명이나? ……지금 인원으로도 업무를 보는 데 불편함이 없어."

"현상유지를 원한다면 네 말이 맞아."

"현상유지가 아니면?"

"은행도 성장해야 해. 취급하는 상품의 종류와 양이 많아질수록 객주의 수익이 늘 듯이 은행도 마찬가지지. 지금은 대한천일은행 개성지점밖에 없지만 언제 은행이 인근에 더 생길지도 몰라. 그리고 비싼 이자로 돈놀이하는 놈들부터 근절시켜야 돼."

"그런 일까지 은행이 해야 한단 말이야?"

"편안히 지점에 앉아서 들고 오는 돈이나 저금해주고 또 돈이 필요하다고 애원하는 이들에게 대출해주는 낡은 방식을 바꿔야 해. 개성지점이 더 사랑받으려면, 고객이 은행으로 찾아오기 전에 은행이 먼저 고객을 찾아가야 한다고."

"은행이 사람도 아닌데 어떻게 찾아가?"

"신입 행원 다섯 명을 뽑으면 일주일에 절반 정도는 외근으로 돌릴 생각이야. 개성지점의 주요 고객인 송상들의 삼밭을 직접 둘러보고 개성 시장에서 그들을 만나 고충을 챙기고, 개성 근방 고을에도 정기적으로 가서 은행의 역할을 알리는 일을 맡길 예정이야. 그리고 간단하게라도 내일 신입 행원 선발을 마친 뒤 전체 행원을 모아 놓고 개성지점의 운영 목표를 공유하고 싶어."

"운영 목표? 그런 건 본점에서 정하는 것 아냐?"

개성지점을 설립했으나 목표를 따로 정하진 않은 것이다. 초대 지점장인 조식병이 지점을 단순히 합법적으로 돈놀이하는 조직쯤으로 여긴 탓이다.

"목표가 정해져야 일사분란하게 움직이지."

"생각해둔 목표라도 있어."

"상부상조相扶相助."

"상부상조? 그건 송상 회의의 목표인데……."

"그 목표를 지점에 차용하는 거지. 송상 회의의 상부상조는 개성상인으로 국한되지만 개성지점의 상부상조는 개성과 인근 백성 모두를 품는 거야."

"그래서 신분이나 성별, 직업의 귀천을 두지 않고 누구나 행원 선발에 응할 수 있다는 방을 붙인 거야?"

갑오년 개혁으로 신분제는 폐지되었으나 지금까지 행원은 중인인 개성상인 중에서 추천을 받아 선발했다. 그러나 철호는 천민에서 양반까지 자격 제한을 없앴다.

"맞아. 신분이나 인맥이 아니라 실력에 따라 뽑을 거야."

"혁신의 바람이 불겠군. 역시 장철호답다. 이렇게 많은 궁리를 해놓고 어떻게 삼밭에서 3년 가까이나 틀어박혀 있었던 거야? 내가 설득하지 않았다면 꽁꽁 숨겨둔 깨달음들을 세상에 내보이지 않을 작정이었어? 무섭다 무서워! 네 뜻대로 해. 약속한 것처럼 은행 일에 일절 관여하지 않을 테니까. 그런데 난 내일 일찍 한양으로 다시 갈 거야."

진태와 인향으로부터 정식으로 결혼식 초대를 받은 것이다. 조명종이 눈으로 그 다음 물음을 던졌다.

철호 넌 어떻게 할래? 신입 행원 면접 잠시 미루고 같이 갈래?

침묵이 흘렀다. 철호의 시선이 먹장구름으로 향했다. 까치 두 마리가 앞서거니 뒤서거니 날아왔다. 그중 한 마리가 철호의 머리 위에서 갑자기 방향을 바꿔 오던 길을 되돌아갔다. 두 마리가 같이 날던 마지막 지점을 응시하며 철호가 답했다.

"지점에서 작성한 장부와 서류를 계속 일람해야겠어. 하루 이틀로는 벅차. 적어도 열흘은 걸리지 않을까 싶어."

적당한 핑계였고 조명종은 눈감아주기로 했다.

"다 본다고? 그럴 필요까지 있겠어? 행원들에게 요약 보고를 받지?"

"아냐. 흙을 다져 집을 새로 짓듯이 내가 이 자리에 앉기 전에 개성지점에서 벌어진 일들을 모두 알아야겠어."

"또 그 버릇 나왔군. 하나하나 밑바닥부터 전부 따지시겠다! 은행에서 계속 먹고 잘 생각은 아니지? 당분간 내 집에 와 있어. 명희랑 얼굴도 좀 익히고. 네 말대로 첫눈 오기 전에 식을 올리려면 눈도 맞추고 이야기도 나누고 그래야 되지 않아? 내 방 써도 돼. 난 결혼식에 참석했다가 곧장 인천으로 갈 테니까."

철호가 웃으며 고개를 저었다.

"서류뭉치를 펼쳐놓고 보려면 은행이 편해. 명희랑은 따로 시간 내서 만날게. 평생 내 곁에 머물 사람인데, 암, 만나야 하고말고. 근데 나도 궁금한 게 있는데 하나만 물을게."

"뭐?"

"명종이 넌 왜 결혼 안 해?"

갑작스런 반격에 조명종의 뺨과 이마가 붉게 물들었다.

"나는 뭐 아직……."

말꼬리를 흐렸다.

조명종을 사로잡은 여인은 장현주였다.

어렸을 때부터 고운 얼굴에 마음이 끌렸지만 연정을 느낀 것은 1892년 그러니까 장철호의 초대 감독관 취임 축하연이 열린 대불호텔 3층 홀에서 노래 부르는 모습을 본 순간부터였다. 그땐 서운이 현주란 사실도 몰랐다. 그 밤, 부두 창고가 불에 타고 서운이 철호의 잃어버렸던 하나뿐인 여동생 장현주란 사실이 밝혀 졌다. 철호가 죄를 뒤집어쓰고 옥에 갇힌 뒤 조명종은 현주의 가게 나성에 자주 들러 그미의 노래를 들으며 짝사랑을 키워나갔 다. 철인호가 침몰하지 않았다면 조명종은 용기를 내서 3년 넘게 키워온 연정을 고백했을지도 모른다. 그러나 철호의 실종에 연이 어 현주는 혁필의 차지가 되었다. 지금은 협률사에서 노래를 들 으며 안타까운 마음을 달래는 것이 고작이다. 현주가 아편에 빠 져 노래 실력이 예전만 못하다는 풍문을 소진만이 전하면 조명 종은 그답지 않게 지나치게 화를 내거나 지나치게 우울해했다. 남의 여자가 된 사람, 잊어야지! 수십 번 다짐해도, 무대에 선 현 주를 보면, 그미가 부르는 노래 한 자락만 들으면, 1892년의 첫 마음이 되살아났다. 아편보다도 지독한 순정이었다.

"조씨 문중은 물론이고 송상도 모두 네가 혼인하지 않는 까닭 을 궁금해해. 흠모하는 여인이라도 숨겨놨어? 나한테만 털어놔 봐."

조명종이 딱 잡아뗐다.

"없어, 그딴 거. 지금은 바빠. 송도상회, 개성지점 일만 해도 머리가 아픈데 여자라니! 휴우 결혼이라니! 당장은 싫어. 철호 네가 내 동생 명희랑 살아보고 얘기해줘라. 결혼을 꼭 해야만 하는지, 할 만한 것인지. 네가 좋다면 그땐 박연폭포에서 목욕을 즐긴다는 선녀 닮은 배필을 맞아들일게."

"좋았어. 그럼 네 중매는 특별히 내가 보겠어."

두 친구가 마주보며 웃었다.

"오빠들, 여기 계셨네요."

조명희가 보자기 하나를 품고 나타났다.

"삼순이는 어디가고 혼자 온 거야?"

조명종은 보이지 않는 몸종부터 찾았다.

"걘 명희가 어딜 가자고 하면 안 된다고만 해요. 명희는 삼순이가 싫어요."

조명종이 달랬다.

"그래도 혼자 다니다가 길이라도 잃으면 큰일 나. 이제 곧 결혼식도 올려야 하니 집에 얌전하게 있어."

"알겠어요. 명희는 얌전하게 집에 있는 거 잘해요."

조명희의 시선은 이미 철호에게 쏠렸다. 철호가 미소를 지으며 물었다.

"여기까진 어쩐 일이야?"

"혹시 이번에 한양 가셨을 때 현주 만나셨어요?"

철호가 고개를 끄덕였다. 조명희의 표정이 당장이라도 울음을 터뜨릴 것처럼 바뀌었다.

"현주는 왜?"

조명종이 끼어들었다.

"만나자고 미리 약속한 게 아니라 우연히 봤어. 약속을 했다면 명희를 데리고 갔을 거다. 다음엔 꼭 같이 가자."

철호가 조명희의 섭섭한 마음을 헤아리며 따듯하게 말했다. 조명희가 젖은 눈을 감추려는 듯 손등으로 비볐다.

"명희는 예쁜 신부가 되어야 해요. 그래서 한양까진 못 간다고 명종 오빠가 그랬어요. 그래서……."

조명희가 쭈뼛거리며 품에 안은 보자기를 내밀었다. 철호가 보자기를 풀자 학을 수놓은 흰 손수건이 나왔다. 날개가 몸통보다 지나치게 크고 두 다리도 앞뒤로 갈려 어색했다.

"명희는 수 잘 놓아요. 이건 여덟 살 때 놓은 거예요. 현주가 송도를 떠날 때 두 개를 만들어서 하나씩 가지자고 한 건데요, 현주는 아마 잃어버렸을 거예요. 명희는 예쁜 신부가 되어야 하니까, 개성에 머물러야 하니까, 이 손수건을 좀 전해주세요. 명희는 현주가 정말 보고 싶어요."

철호가 가만히 조명희의 손을 쥐었다. 그미는 시선을 어디에 둘지 몰라 고개를 좌우로 흔들며 떨었다.

"명희야! 우린 곧 결혼할 거야. 결혼식엔 현주도 올 게고. 손
수건은 네가 직접 주렴."

"곧?"

명희가 조명종을 돌아보았다. 조명종도 젖은 눈으로 웃어 보
였다.

"그래 곧!"

제11장

결혼식

결혼식장은 정동 벧엘 예배당을 빌렸다. 작년 10월 완공된 벽돌 예배당의 함석지붕과 높이 솟은 종탑이 장안의 화제였다.

정동은 인천 조계지와 비슷한 구석이 많았다. 서양식 건물들 사이로 양장 차림의 외국인들이 거리를 오갔으며 간간이 이화학당과 배재학당에서 영어 노래가 흘러나오기도 했다. 가을 햇살 받으며 자전거를 타거나 공터에서 테니스를 즐기는 남녀들을 보는 것도 어렵지 않았다.

진태는 결혼식이 열리기 2시간 전에 예배당에 닿았다. 아직 축하객이 도착하기 전이었다. 텅 빈 식장을 둘러본 뒤 신부 대기실 문을 조용히 열었다. 일찌감치 와서 머리를 매만지던 인향이 벽 거울로 출구를 봤다. 진태는 머리 손질을 돕는 미국 여인들에게 인사한 뒤 오늘의 신부에게 다정하게 말했다.

"내 예감이 맞았네. 와 있을 것 같더라고…… 천천히 해."

문을 닫고 나온 진태는 인적이 드문 뒷마당으로 갔다. 궐련 담배를 꺼내 피워 물곤 벽에 기댔다. 어젯밤 갑자기 숙소로 찾아온 현주의 성난 얼굴이 떠올랐다.

"권 행수는 어찌하고……?"

빈 방에 마주 앉으니 어색함을 감출 수 없었다. 철인호가 침몰하고 현주가 아편에 빠진 뒤론 이런 자리가 처음이었다.

"행수들이랑 초저녁부터 부어라 마셔라 하더니 곯아떨어졌어요."

현주는 진태를 잡아먹을 듯 노렸다. 그 시선을 피하긴 어렵다고 판단하였을까. 진태가 감사 인사부터 하고 나섰다.

"축가까진 기대하지 않았어. 고마워."

"정말 고마워요? 지금 제정신이에요?"

현주가 내쏘았다.

"무슨 소리야 그게?"

"철호 오빠가 살아 돌아왔는데 내일 이 결혼식을 할 작정이에요? 나한테 축가를 지금도 부르라고 청하고 싶으냐고요?"

진태가 싸늘하게 답했다.

"해야지."

찬 기운이 현주의 분노를 더욱 타오르게 했다.

"해야 한다고요? 철호 오빠와 인향 언니 사이를 모르고 하는 얘긴가요? 지금 인향 언니 심정이 어떻겠어요? 죽은 줄 알았던 연인이 살아 돌아왔어요. 진태 오빠가 인향 언니를 아낀다면 적어도 언니에게 이 상황을 정리할 시간을 드려야 해요."

진태가 얼음송곳처럼 잘라 말했다.

"정리할 것 없어. 철호는 과거고 난 현재야. 인향은 현재 연인인 나와 결혼하는 것이고. 과거 남자가 나타났다고 결혼식을 취소하는 법은 없어. 난 인향의 과거까지도 사랑해. 하지만 그 과거가 인향의 발목을 잡도록 두진 않아."

"인향 언니도 같은 생각인가요? 물어봤어요?"

거기까지 묻진 못했다. 결혼식을 올려야 할 당위들을 열거하고 병실에서 나왔을 뿐이다.

결혼식을 혹시 취소할 마음이 있는지 왜 묻지 않았을까. 고민할 시간을 갖기 위해 그랬으면 좋겠다고 인향이 답할까 두려웠던 것일까.

철호가 나타났을 때부터 진태는 불안했다. 완벽하게 쌓아올린 탑에 금이 가는 기분이었다.

"어떤 불만도 없었어. 싫다는 여잘 억지로 식장에 데리고 들어가려는 파렴치범으로 몰아세우지 마. 이 결혼, 인향도 원한 거야. 결혼식 취소 운운하려면 철호의 뜻을 먼저 살폈어야지. 철호가 이 결혼이 취소되길 바란다고 그 사이 혹시 알려왔어?"

"……."

현주의 활활 타오르던 분노가 순식간에 잦아들었다. 철호에게 결혼식 소식을 알렸지만 가타부타 말이 없었다.

"철호도 자신과 인향 사이가 먼 과거의 일임을 인정한 거야. 철호가 가만히 있는데 현주가 이러는 건 지나치다고 생각하지 않아? 내일 축가를 부르기 힘들면 지금이라도 그만둬. 우리 결혼을 축복하는 이들은 한양과 인천에 차고 넘치니까. 자, 이제 그만 돌아가줘. 그리고 앞으론 이렇게 불쑥 찾아오는 일 없었으면 해. 단둘이 만나는 건 서로에게 좋지 않아."

진태가 뒷마당에서 담배 세 개비를 연이어 필 때, 인향은 머리 손질을 마치고 웨딩드레스 차림으로 신부 대기실에 혼자 앉아 있었다. 현주가 악보책을 품고 대기실로 들어왔다. 인향을 뚫어져라 내려보다가 따지듯 물었다.

"곱네 고와! 언니! 이 결혼 진짜 할 거야?"

"……그게 말야……."

"내 축가를 듣고 싶냐고? 철호 오빠가 언닐 섭섭하게 한 건 맞아. 나도 오빠가 그렇게 개성으로 돌아간 걸 받아들일 수 없어. 하지만 그런다고 언니까지 이러는 건 아니지. 난 어젯밤이라도 언니가 결혼식 취소하고 철호 오빨 만나러 갈 줄 알았어. 그런데 아니네. 이렇게 예쁘게 몸단장하고 행복한 신부가 될 준비를 마쳤네."

"현주야!"

"할 거야 안 할 거야? 간단히 둘 중 하나만 택해."

"······."

인향이 주저하자 현주는 뒤돌아섰고 축가 반주자와 연습이나 하겠다며 문을 꽝 닫고 나가버렸다.

복도의 웅성거림이 대기실까지 들려왔다. 밀려든 하객이 식장은 물론 복도까지 넘쳤던 것이다. 일부는 마당에서 이 근사한 신식 결혼식의 주인공들에 대한 이야기꽃을 피웠다.

인향은 지난밤 한숨도 못 잤다. 일찍 잠을 청했지만 철호와 함께 누린 시절이 자꾸 떠올랐던 것이다. 새벽녘엔 목이 말라 냉수라도 마실까 하고 부엌으로 나갔다. 거기, 텅 빈 마당 한 가운데 최용운이 서 있었다. 담배 연기가 피어오르는 등이 더욱 작아 보였다. 천식이 심하여 3년 전에 끊은 담배였다.

아버지!

최용운은 철호가 실종된 뒤에도 또 생환한 다음에도 심각한 의논을 하지 않았다. 같이 밥을 먹고 차를 마시고 일본과 인천에서의 좋은 시절을 그리워했지만, 장철호에 대한 이야기는 지우거나 건너뛰었다. 철호를 향한 인향의 연정을 누구보다도 잘 아는 아버지였다. 신여성으로서의 당당한 삶을 후원하는 아버지였다. 그러나 실종된 철호의 망령과 사는 것보단 돈에 대한 욕심이 지나치긴 해도 명석하고 일 잘하는 진태와 부부가 되기를 바란 아버지였다.

저는 어찌해야 하나요?

하마터면 마당으로 나갈 뻔했다. 아버지의 슬픈 눈을 쳐다볼 뻔했다. 그러나 참았다. 들려줄 충고가 있었다면 벌써 자리를 마련했으리라. 새벽녘 마당에 서서 끊었던 담배를 피우는 것은 가슴속 이야기를 결혼식이 끝날 때까지, 어쩌면 무덤에 갈 때까지도 꺼내놓지 않겠다는 뜻이다.

질문은 고스란히 인향 스스로에게 향했다.

장철호가 돌아왔다. 온몸 온 마음으로 사랑한 내 남자! 그를 두고 박진태의 아내로 살아갈 수 있을까. 박진태의 아내로 장철호를 만날 수 있을까. 행복할까. 지금이라도 철호 씨가 와준다면 얼마나 좋을까. 내 손목을 잡아끈다면 못 이기는 척하며 그를 따라 이곳을 나갈 텐데. 철호 씨! 날 혼자 두고 어디 숨은 거예요?

마지막 질문에 숨이 막혀 손에 든 보석함을 떨어뜨릴 뻔했다. 붉은 드레스로 갈아입은 현주가 무뚝뚝한 표정으로 들어와서 물었다.

"잠깐이라도 만나고 싶다는 하객이 문밖에 줄을 섰어."

"인사받을 기분이 아냐."

"알아. 근데 이 사람은 만나보는 게 어떨까 싶어. 송도상회 대표 조명종!"

조명종이라면 철호와 가장 가까운 벗이다. 철호를 개성지점장 대리에 앉힌 이도 그라는 소문이 파다했다. 혹시 철호 씨가 온 걸까. 인향이 강하게 거절하지 않자 현주가 일어서서 대기실 문을 반만 열었다. 그 틈으로 깔끔한 양복 차림의 조명종이 들어왔다.

"와! 정말 아름다우십니다. 최 감사님 결혼을 진심으로 축하드립니다."

인향이 미소로 화답했다.

"감사합니다. 조 대표님이 계셔서 든든해요. 한데 개성지점에선 혼자……."

말꼬리를 흐렸다. 조명종이 재빨리 인향의 궁금증을 알아차렸다.

"철호 말씀이시군요. 같이 오려 했는데 아시다시피 지점에 일이 너무 밀려 못 왔습니다. 다음에 집들이하실 땐 제가 꼭 데리고 오겠습니다."

인향이 저도 모르게 한숨을 내쉬었다.

은행 일이 나보다 중요한가. 정녕 이대로 최인향이 박진태의 아내가 되어도 상관없단 말인가.

문이 거칠게 열렸다. 누구도 신부 대기실을 저렇듯 여는 이는 없으리라. 인향과 현주와 조명종의 시선이 동시에 입구로 향했다. 허리가 굽은 혁필이 어깨를 흔들며 들어왔다. 손바닥으로 입술을 훔친 뒤 잇몸을 드러내며 웃었다.

"신부가 정말 아름답소. 축가를 맡은 가수 또한 인천 아니 대한제국에서 으뜸이니 빠질 게 없겠고. 오늘 결혼으로 대한천일은행의 앞날은 탄탄대로외다. 앞으로 힘든 일 있으면 찾아오시오. 박 지점장은 내게 친동생과도 같으니 이제부턴 최 감사를 사석에선 제수씨라 부르겠소."

인향의 대답을 기다리지도 않고 제멋대로 한번 불러보았다.

"제수씨!"

인향의 미간이 좁아졌다. 진태의 청혼을 승낙할 때 끝까지 권혁필이 걸렸다. 그 불편한 마음에 혁필이 바위 하나를 더 얹었다.

"천년향도 멋지게 키워보도록 하오. 비누회사에 은행 감사 일에 눈코 뜰 새 없겠지만 빨랑빨랑 해서 떡두꺼비 같은 아들도 낳고⋯⋯."

"그만하세요. 이제 나가세요."

현주가 더 이상 참지 못하고 끼어들었다. 혁필이 과장되게 떠밀리는 체하며 현주에게 웃어보였다.

"축가 연습은 충분히 했나? 잘해. 한양에서 노래 꽤나 듣는다는 고관대작과 외국인은 죄다 모였으니까. 올해가 가기 전에 한양에서 멋진 공연 올리려면 그들 도움이 필요해. 인천은 이제 좁아. 그렇지 않니 현주야?"

"내가 알아서 해요. 간섭 말라고요. 나가요 나가."

현주의 손이 혁필의 튀어나온 등에 닿았다. 혁필의 표정이 성난 이리처럼 바뀌었다. 혁필은 그 누구에게도 제 등을 만지는 것을 허락하지 않았다. 실수로 등을 건드린 부하의 등을 망치로 두들길 정도였다. 당황한 현주는 변명도 못한 채 멈칫거렸다. 인향이 얼어붙은 분위기를 녹이려고 혁필에게 말을 건넸다.

"저도 현주가 한양 아니 대한제국 으뜸 가수로 성공하도록 도울 게요."

혁필이 인향을 보며 다시 미소를 지어 보였다. 잔칫날 분위기를 망치진 말자고 마음을 다스린 듯 엄살까지 떨었다.

"장현주가 노래만 잘하는 줄 알지 이렇게 손매가 매운 줄 아무도 모를 것이오. 제수씨! 웃기는 얘기 하나 더 해드릴까?"

"뭔데요?"

"아편쟁이 장현주가 아편을 끊겠다고 하오. 물귀신이 되었다가 살아 돌아온 오빨 만나고 머리가 어떻게 됐나 보오."

그리고 현주를 향해 독설을 퍼부었다.

"일주일도 못 가서 한 쌈지만 달라고 무릎을 꿇고 빌 거다. 그땐 손톱만큼도 안 줄 테니 각오해!"

인향이 좋은 말로 달랬다.

"한양 공연을 하려면 몸을 다듬는 게 좋지요. 아편도 끊을 수만 있다면 끊는 게 최선이고요. 권 행수님도 현주의 목이 가장 좋은 상태에서 무대에 오르길 바라시죠?"

"그거야 뭐……."

대답이 궁색해진 혁필의 시선이 현주 옆에 선 조명종에게 향했다.

"조 대표는 신부 대기실까지 어쩐 일이오? 혹시 그 녀석도 왔소?"

혁필이 조명종과 연관해서 '그 녀석'이라 부를 사람은 장철호밖에 없다.

"아, 아닙니다."

조명종은 혁필의 일그러진 표정에 주눅이 들어 말까지 더듬었다.

"다 된 죽에 코 빠뜨리지 마시오. 허튼짓하면 어떻게 되는지 알지?"

반말로 째리며 제 목을 손날로 긋는 시늉을 했다. 조명종이 양손을 모은 채 답했다.

"물론입니다. 결혼식을 축하하러 왔을 뿐입니다. 정식으로 초대받은 자립니다."

혁필이 성난 표정을 웃음으로 재빨리 바꿨다.

"맞소. 대한천일은행 관계자라면 본점이든 지점이든 참석하여 축하할 자리요. 조 대표! 우린 그만 나갑시다. 충분히 예쁘지만 더 꾸밀 게 남았나 보오. 여자들이란 항상 그렇지 않소? 하하하!"

혁필이 조명종을 데리고 대기실을 나섰다.

현주가 선수를 쳤다.

"고맙단 인사받을 생각은 마."

"아편을 끊기로 했어? 철호 씨가 권했나보지? 잘 생각했어."

"그만! 사랑하는 남자를 두고 딴 남자랑 결혼하는 여자의 인생 충곤 사양하겠어."

인향이 보석함을 쥔 채 말했다.

"잠시만, 혼자 있고 싶어."

"그래. 나가줄게. 오늘 이후로 나 아는 척하지 마. 평생 사랑할 여자가 생겼다고 기뻐하던 철호 오빠만 불쌍하지."

현주가 마지막 극언을 쏟고 자리를 뜬 뒤 인향은 양손에 얼굴을 묻었다. 참았던 눈물이 쏟아졌다. 새벽부터 시작한 신부 화장이 엉망이 되었다. 눈두덩에서 뺨까지 검고 긴 얼룩이 졌다.

장철호는 장철호 이상이었다. 그 남자와 함께 만들고 싶은 내일이 있었다. 회사도 은행도 학교도, 작게는 개항 인천과 크게는 이 나라를 부강하게 만드는 꿈! 철호가 실종되면서 그 미래는 인향에게서 떠나갔다.

박진태도 박진태 이상이었다. 인천지점장이 되기까지 그를 떠받힌 자들이 있었다. 권혁필로 대표되는 상인들 역시 회사와 은행 어쩌면 학교까지 원할지도 몰랐다. 그들에게 새로운 제도와 문물은 사사로운 이익을 채우는 도구였다. 방금 혁필의 너스레로 진태와 함께할 암울한 미래가 성큼 다가왔다.

보석함을 열었다. 목걸이를 꺼내 들고 둥근 벽 거울 앞에 돌아았다. 목걸이를 건 후 다이아몬드가 박힌 하트 모양을 만지작거렸다. 곱고 아름다웠다. 천천히 거울로 다가갔다. 어깨에서 턱과 뺨을 지나 퉁퉁 부은 두 눈이 거울을 가득 채웠다. 인향의 젖은 눈동자에 한 남자의 모습이 어른거렸다. 눈을 질끈 감아 눈물을 털고 다시 떴지만 눈동자 속 남자의 얼굴은 또렷해지지 않았다. 인향이 홀로 읊조렸다.

"철호 씨? 지금 웃고 있어? 왜 웃는 거야?"

진태는 결혼식 전에 잠깐이라도 신부 대기실에 다시 들를 참이었다. 그러나 밀어닥치는 하객과 인사를 나누다보니 어느새 식을 시작할 시간이었다. 맞은편에서 하객을 맞던 최용운이 다가왔다.

"내 가서 신부를 데려옴세."

"네, 장인어른!"

바삐 사라지는 최용운의 뒷모습을 가리며 또 새로운 하객이 인사를 건넸다. 그들은 인천지점장 박진태가 곧 본점 이사로 옮길 것이라는 풍문을 이미 접했으리라. 장철호와의 대결을 언급하는 이도 있겠지만 본점 이사의 사위이자 감사의 남편이 훨씬 유리한 승부임을 그들도 모르진 않았다. 대한제국 은행권의 중심에 박진태가 우뚝 서는 것이다.

"인천지점 일은 염려 말고 신혼을 즐기도록 해."

혁필이 다가와서 거들먹거렸다. 결혼식을 치른 뒤 일주일 동안 특별휴가를 쓸 예정이었다. 진태는 혁필의 굽은 등을 보며 짧게 웃었다.

본점 이사가 되고 황실과 조정의 실력자들과 교분을 쌓으면 가장 먼저 권혁필 당신을 누를 거야. 그리고 최용운도 처치하고 홍도깨비의 목도 댕강 잘라야겠지. 하늘엔 태양이 둘일 수 없어. 당신을 없애야 인천 상권을 내 손아귀에 넣고 한양까지 편안히 접수하지. 언제까지 꼭두각시나 하며 늙어갈 순 없으니까. 기다려. 곧 호랑이 발톱을 보여주마.

식이 시작되었다. 진태는 고개를 돌려 신부 대기실 쪽 복도를 살폈다. 아직 최용운과 인향이 도착하지 않았다. 마음 같아서는 대기실로 달려가고 싶었지만 신랑이 등장할 순서였다.

"신랑 입장!"

사회자의 낭랑한 목소리가 들렸다. 진태는 식장 중앙 복도로 힘차게 걸어 들어갔다. 뜨거운 박수가 쏟아졌다. 돌아서서 좌우 하객에게 허리 숙여 인사했다. 신부를 맞을 채비가 끝났다.

"신부 입장!"

사회자가 신부 입장을 알렸지만 복도 끝엔 최용운과 인향이 나타나지 않았다. 진태가 목을 길게 빼고 발뒤꿈치를 들어 살폈다.

"신부 입장!"

사회자가 반복해서 신부 입장을 알렸다. 복도로 들어선 이는 최용운뿐이었다. 놀라고 난처한 표정으로 빈손을 든 채 진태를 쳐다보았다. 진태가 방금 전 박수갈채를 받으며 걸었던 복도를 달리기 시합하듯 뛰었다. 최용운이 진태의 팔꿈치를 잡고 겨우 말했다.

"없어!"

진태는 최용운을 지나서 복도를 달려 신부 대기실을 열고 들어갔다. 식을 기다리며 몸단장을 하던 인향이 사라졌다. 앉았던 의자를 흔들고 거울을 밀어 깨뜨렸다. 탁자에 놓인 보석함으로 눈이 갔다. 신부는 오늘 대한제국 황제의 하사품인 목걸이를 걸고 입장할 예정이었다. 진태는 보석함을 집어 들고 뚜껑을 열었다. 목걸이가 그 안에 곱게 놓여 있었다. 대기실을 나오려는데 혁필이 막아섰다.

"뭐야? 이게 어찌된 일이야?"

"비키십시오."

"판은 벌써 깨졌어. 신부가 도망친 줄 다 알아버렸다고. 혼주가 나 권혁필인 걸 팔도 상인과 고관대작까지 모두 아는데 완전 개망신이야! 이렇게 큰 결례를 저지르고 어떻게 얼굴을 들고 그이들을 만나겠어? 쌍! 너, 정말 몰랐어?"

답을 않고 나가려는 진태의 어깨를 혁필이 잡아당겼다. 진태가 그 팔을 뿌리치려 했다.

"놔, 이거!"

"이 새끼가!"

혁필의 주먹이 옆구리에 묵직하게 박혔다. 진태가 허리를 숙이며 푹 주저앉았다. 가슴이 답답하고 숨이 막혔다. 혁필은 신부를 잃어버린 신랑의 뺨을 손바닥으로 툭툭 치며 쏘아붙였다.

"날 무시하는 놈은 누구든 용서 못해. 잘 들어. 최인향, 그년은 내가 꼭 잡겠어. 제수씨라고까지 불러줬는데 내 얼굴에 먹칠을 했어. 북두칠성을 풀었으니 곧 끌려올 거야. 흠씬 두들겨 팬다음 찬찬히 따져보자고. 왜 이런 일이 생겼는지. 누가 얼마나어떻게 책임을 져야 하는지."

제12장

사랑, 전투 같은

폭우가 쏟아졌다. 가을치고는 흔치 않는 장대비였다. 낮부터 먹구름이 송악산을 꾸물꾸물 넘어오더니 해질 무렵부턴 거리 곳곳에 흙탕물이 괼 만큼 빗줄기가 굵어졌다. 창문을 꼭꼭 닫고 커튼까지 쳤지만 빗소리가 정수리를 두들겼다.

대한천일은행 개성지점에는 철호가 머무르는 지점장실만 불이 꺼지지 않았다. 개성지점장 대리를 수락한 후부터 그 방에서 숙식을 해결하며 은행 서류와 장부를 검토해왔다. 철호가 귀가하지 않고 은행에 머무르는 것만으로도 행원들에겐 큰 두려움이었다. 한 푼이라도 오차가 있거나 궁금한 부분이 생기면 담당 행원을 불러 철저하게 따졌다.

새로운 잘못 몇 가지가 적발되었다. 조식병이 훔친 돈은 2층 금고에 넣어둔 예금과 조세금이 전부가 아니었다. 철호가 금고실을 지키기 전에도 적게는 몇 십 원 많게는 몇 백 원이 조식병의 호주머니로 들어갔던 것이다. 조식병과 공모했던 행원 조태은과 탁형식이 오늘 아침 지점을 떠났다. 둘 다 송상 회의에 참석하는 개성상인의 친인척이었다. 그들은 조식병의 명령을 따랐을 뿐이라며 억울해했다. 철호는 두 사람에게 단호하게 말했다.

"지점장이 부당한 명령을 내리면 최소한 그 명령의 문제점을 지적하고 바꿀 노력을 한 번이라도 해야 하오. 그러나 그대들은 전임 지점장의 명령을 곧이곧대로 따랐고 또 그 대가로 지점장이 준 돈을 받아 챙기기까지 했소. 앞으로도 지점장이 부당한 명령을 내리면 그대들은 공돈을 기대하며 비위를 맞출 게 분명하오. 지금 떠나지 않겠다면 이 문제를 공식적으로 본점에 알리고 조사할 수밖에 없소. 그동안의 공을 생각하여 해고로 끝내는 것이니 다시는 이런 악행을 저지르지 마시오."

그리고 철호는 다섯 명의 수습 행원을 지점장실로 불렀다. 오늘 면접을 본 쉰 명 중에서 그가 직접 선발한 행원들이었다. 연말까지 수습 기간을 거쳐 내년부터 정식 행원으로 일할 기회를 얻은 것이다. 18세 주방태는 백정 출신 천민, 29세 송덕수는 몰락 양반, 24세 강수는 개성 시장 어물전 상인, 22세 변전립은 농부, 27세 홍치상은 어부였다.

철호는 잔뜩 긴장한 그들 한 사람 한 사람과 눈을 맞추며 충고했다.

"여러분의 합격을 우선 축하드립니다. 아직 정식 행원은 아니고 연말까지 수습 과정을 거쳐야 한다는 건 알죠? 여러분이 대한천일은행 개성지점에 취직하려는 이유는 제출 서류에서 읽었습니다. 만약 서류에 적은 대로 수습 행원 근무를 한다면 나는 여러분 모두를 정식 행원에서 떨어뜨릴 수밖에 없습니다."

철호가 말을 멈추고 수습 행원들의 당황한 표정을 살폈다. 합격 첫날부터 정식 행원에서 탈락할 수 있다는 경고를 한 것이다. 차가운 침묵을 깨며 이야기를 이었다.

"은행에 취직하려던 지금까지 이유는 모두 잊어야 합니다. 행원은 벼슬이 아닙니다. 선심을 베풀고 잘난 체하는 자리는 더더욱 아닙니다. 여러분은 오직 이 한 가지만 기억하십시오. 행원은 고객의 벗입니다. 부모나 배우자에게 털어놓지 못하는 고민도 벗에겐 의논하지요? 벗인 고객이 원하는 바를 행원은 미리 살펴 열심히 도와야 합니다. 고객의 어려움을 내 일처럼 아파하며 최선의 방책을 찾아야 합니다. 충분히 시간을 두고 고객을 만나십시오. 고객을 은행에 맞추는 것이 아니라 은행을 고객에 맞추도록 노력하십시오. 그리하는 사람만이 대한천일은행 개성지점의 정식 행원이 될 수 있습니다. 연말에는 각자 몇 명의 벗을 새로 사귀었는지, 어떻게 그 벗을 만났고 어떤 부분을 도왔는지 자세히 적어 제출하세요. 알겠습니까?"

"네! 명심하겠습니다."

철호는 2층 회의실로 수습 행원들을 이끌고 올라갔다. 기존 행원들이 철호가 들어서기도 전에 일어서서 기다리고 있었다. 지점 개업부터 은행을 지켰던 조태은과 탁형식의 해고에 적잖은 충격을 받은 것이다. 두 사람이 조식병을 도와 돈을 빼돌리고 수고비를 챙긴 혐의가 있지만 지점을 떠나지는 않으리라고 다들 추측했었다. 그러나 철호는 능숙하지만 부패한 기존 행원을 버리고 서툴지만 의욕이 넘치는 수습 행원을 다섯 명이나 뽑았다. 언제라도 문제가 생기면 기존 행원을 내보낼 수 있다는 무언의 압박이었다.

철호는 직접 다섯 행원을 소개한 뒤 커피를 곁들여 아침 회의를 시작했다.

"아직 지점의 서류와 문서들을 모두 검토하진 않았습니다만, 하루라도 빨리 지점의 목표와 행원들의 업무수칙부터 정하는 것이 좋을 듯하여 이렇게 회의를 소집하였습니다. 개성지점장은 조명종 씨가 맡아야 하지만 인천 송도상회 대표 등 당장 개성으로 돌아오기 어려운 형편이라서, 당분간은 제가 지점장 대리로 업무를 총괄할 겁니다. 먼저 지점의 목표를 담은 으뜸 표어로 '상부상조'를 택하였습니다. 일찍이 저는 개항 인천에 들어선 여러 일본은행들의 영업 행태를 보고 겪었습니다. 그 은행들에서 돈을 쉽게 대출하였다가 갚지 못한 많은 조선인들이 고금리의 전당포에 손을 벌려 돌려막기를 한 끝에 패가망신하고 자살에 이르는 끔찍한 사고도 여러 번 벌어졌지요. 일본은행들은 조선인의 사정을 전혀 봐주지 않았습니다. 오직 계약서에 적힌 대로 돈을 받아 수익을 높이는 것이 목표였지요. 은행들은 그렇게 번 돈을 자국으로 가져가거나 혹은 팔도 곳곳의 금광들을 사들였습니다. 대한천일은행 개성지점은 일본은행들처럼 백성의 돈을 빼앗아 배를 불려서는 안 됩니다. 황제 폐하께서도 명하셨듯이, 대한천일은행은 조선인을 위한 '민족은행'입니다. 개성지점은 개성을 중심으로 인근 고을 백성이 은행 덕분에 더욱 잘 사는 길을 찾을 겁니다. 은행이 백성을 돕고 백성이 은행을 돕는 상부상조! 잊지 마시길 바랍니다. 자, 다 함께 개성지점의 목표를 외쳐볼까요. 상부상조!"

"상부상조!"

행원들이 힘차게 복창했다.

"다음으로 직원수칙을 정할까 합니다. 지점을 개업한 지 얼마 되지 않고 고객도 은행을 아직 완전히 알지 못하기 때문에, 예상 밖의 일들이 매일 발생하지요. 당나귀나 황소를 지점까지 끌고 와서 가축을 담보로 돈을 빌리겠다는 이도 있고, 돈을 빌려간 이가 야반도주했다는 소식을 듣고 찾아갔더니 병들고 굶주린 아내와 자식들밖에 없는데 그들로부터 대출금을 돌려받는 것이 과연 옳은가 등도 문제로 삼을 수 있습니다. 행원마다 업무를 처리하는 방법과 원칙이 제각각이면 고객에게 믿음을 주기 어렵지요. 업무의 수칙을 중요도에 따라 정해두면 혼란을 막을 수 있습니다. 가장 중요한 수칙은 '정직'입니다. 여러분은 어떤 경우에도 거짓말을 하거나 고객을 속여서는 안 됩니다. 실수를 했다면 잘못을 솔직히 인정하고 그에 따른 상벌을 받으면 됩니다. 거짓으로 변명하는 행원은 결코 함께 일할 수 없습니다. 그 다음 수칙은 '안전'입니다. 전임 지점장이 금고의 돈을 훔쳐 달아난 사건은 여러분 모두 알 겁니다. 고객은 은행이 가장 안전하다고 믿고 소중한 돈을 맡깁니다. 그런데 은행에서 횡령이나 분실 사건이 다시 일어나면 우린 그 즉시 폐업의 위기에 빠질 겁니다. 특히 돈을 직접 만질 때는 첫째도 안전 둘째도 안전에 유의해야 합니다. 지점 내부 구조를 비롯하여 조직 체계를 알고자 염탐하는 이가 있다면 당장 보고하십시오. 셋째는 '친절'입니다. 아무리 업무가 바빠도 고객이 질문을 하거나 무엇인가를 요구할 땐 그 일부터 먼저 살피도록 하세요. 항상 웃는 얼굴로 고객을 맞이해야 합니다. 정직, 안전, 친절. 이 셋을 항상 마음에 새기십시오. 업무를 보는 내내 이 수칙들을 근거로 움직인다면 개성지점은 나날이 발전할 겁니다. 하나씩 따라해볼까요. 먼저 정직."

"정직!"

"안전!"

"안전!"

"친절!"

"친절!"

복창하는 목소리에 점점 힘이 실렸다. 지점의 목표와 세 가지 업무수칙을 정했을 뿐인데도 행원들의 표정에 자신감이 차올랐다.

"다음으로 근무방식입니다. 당분간은 2교대로 실내 근무와 실외 근무를 나누겠습니다. 차인 은세중과 배범동이 각 조의 조장을 맡으세요."

"실외 근무가 무엇입니까?"

은세중이 물었다.

"이미 지점과 거래를 하고 있는 고객들은 물론 장차 지점과 거래를 할 가능성이 있는 고객들을 미리 찾아가서 만나는 겁니다."

"만나서 무얼 하나요? 저금을 받고 대출을 해주나요?"

배범동이 물었다.

"아닙니다. 안전이 중요하니까 저금이나 대출 업무는 반드시 지점 안에서만 해야 합니다. 외근일 때는 가장 기본적인 은행 소개로부터 시작하여 최근 은행과 관련된 여러 가지 소식들을 알리도록 하세요. 양반 천민 가리지 마시고요. 시장을 비롯하여 그들의 일터와 거주하는 고을 곳곳까지 가는 겁니다."

"은행에 오면 알 일들을 발품을 팔고 가서 만나란 말씀입니까?"

은세중과 배범동은 계속 머리를 갸웃거렸다. 그들은 지금까지 단 한 번도 근무 시간에 지점 바깥으로 나간 적이 없었다.

"저는 개성지점을 송상의 은행이 아니라 개성과 그 인근 고을 백성 모두의 은행으로 바꾸고 싶습니다. 그렇게 하기 위해선 이 바뀐 목표와 여러 가지 소식을 우리가 먼저 알려야 하겠지요. 평생 은행에 한 번도 오지 않고 죽을 사람이 아직도 우리 주변엔 많습니다. 그들을 만나서 은행이란 쉼터라고, 누구나 와서 편히 머물다 갈 수 있는 곳이라고, 꼭 저금을 하러 오지 않아도 좋다고, 일단 한번 구경 삼아 오시라고 설득하십시오. 그들 중 한 사람도 오지 않는다 해도 괜찮습니다. 여러분이 만난 이들이 적어도 한두 번은 개성지점에 관해 생각하고 또 가까운 이들과 이야기를 하는 것만으로도 성과를 거두는 것이니까요."

"입소문을 내라는 말씀인가요?"

은세중이 다시 물었다.

"꼭 입소문을 노리고 하는 일은 아닙니다만 개성지점이 새롭게 탈바꿈하고 있다는 입소문이 난다면 참으로 기쁜 일이겠지요. 나쁜 소문은 빨리 퍼지고 좋은 소문은 더딘 법입니다. 전임 지점장이 금고를 털어 달아났다는 소문이 벌써 개성을 덮었겠지요. 여러분이 부지런히 다닌다면 이 흉한 소문이 조금이라도 빨리 사라질 겁니다. 입소문보다 더욱 소중한 업무는 고객들이 은행으로부터 원하는 바를 알아내는 겁니다. 지점에 앉아서는 시장이나 삼밭에서 어떤 일이 벌어지고 있는가를 파악하기 어렵습니다. 직접 그들을 만나서 탁주라도 한 사발 같이 마셔야 고충을 들을 수 있겠지요. 생생한 문제점들을 지점 행원은 물론 지점장 대리가 파악하고 고민해야 적절한 대처가 가능합니다. 아시겠습니까?"

"네!"

철호의 설명엔 망설임이 없었다. 오늘 같은 날이 올 줄 알고 철저하게 준비한 사람 같았다. 노련한 선장을 만나 항해의 기대에 부푼 선원처럼 행원들의 눈이 반짝였다. 철호가 수습 행원 주방태를 쳐다보며 물었다.

"주방태 씨는 개성지점이 어찌 되면 성공한다고 봅니까?"

"인천지점과의 경쟁에서 이기는 겁니다. 맞나요?"

좌중의 시선이 철호에게 쏠렸다. 개성지점과 인천지점, 장철호와 박진태의 대결은 그들에게도 큰 관심사였다. 철호가 그 옆에 앉은 송덕수에게 같은 질문을 던졌다.

"송덕수 씨는 개성지점의 성공을 어찌 파악할 수 있다고 봅니까?"

"역시 이익을 많이 내는 것 아니겠습니까?"

철호가 행원들을 쭉 훑은 뒤 답했다.

"둘 다 정답이 아닙니다. 물론 이익을 많이 내고 인천지점을 누르는 것도 멋진 일이겠지요. 그러나 성공의 기준이 되긴 어렵습니다."

배범동이 물었다.

"지점장 대리님이 생각하시는 성공은 그럼 무엇입니까?"

"고객에게 사랑받는 은행이 되면 성공했다고 감히 말할 만하겠지요."

"사랑받는 은행이라고요?"

"사랑하는 이가 아프다면 여러분 심정은 어떠하겠습니까?"

"아픕니다."

주방태가 힘차게 답했다. 그 소리가 워낙 커서 좌중에 웃음이 터졌다. 철호도 미소와 함께 고개를 끄덕였다.

"그렇습니다. 만약 개성지점에서 무슨 문제가 생겼을 때, 고객이 자기 몸이 아픈 것처럼 은행을 걱정한다면 개성지점은 성공한 은행일 겁니다. 상부상조를 통해 고객에게 사랑받는 개성지점이 되도록 다 함께 노력합시다. 아시겠습니까?"

"네!"

그렇게 첫 전체회의를 마친 뒤에도 철호는 지점장실을 떠나지 않았다. 빗소리에도 고개 들지 않고 내내 서류를 뒤적이며 보냈다.

딱 한 번 창을 쳐다보았다. 인향이 결혼식을 치르기로 예정된 시간이었다. 그의 시선이 창 아래 놓인 도끼로 옮겨갔다. 조통달과 권혁필의 더러운 비밀 거래를 알아버린 날 송악산에서 나무를 베고 멧돼지의 머리를 찍은 바로 그 도끼였다. 그날의 울분을 잊지 않기 위해, 책상에 앉아서 고개만 들면 보이는 자리에 도끼를 둔 것이다. 다시 서류로 돌아온 시선은 해가 지고 어둠이 깊을 때까지 흔들리지 않았다.

딱!

창문을 때리는 소리에 고개를 돌렸다. 유리창이 깨지진 않았다. 종종 작은 새들이 유리가 없는 줄 알고 날아와서 이마를 부딪치곤 했다. 장부를 내려놓고 눈을 감았다. 잠도 자지 않고 숫자로 가득 찬 장부들을 검토하느라 눈이 몹시 피곤했다. 일렁대는 어둠 속에 환하게 웃는 인향의 얼굴이 갑자기 나타났다. 일부러 저만치 던져두었던 그리움이 밀려들었다.

결혼식은 진작 끝났을 테고 축하연도 마무리되었을 터. 지금쯤이면 잠자리에 들었겠구나.

가슴이 찢어지는 듯한 결정이었다. 어젯밤까지도 말을 달려 한양으로 갈까 고민했다. 그러나 멈췄다. 무엇보다도 앞으로의 일에 인향을 끌어들이고 싶지 않았다. 혁필의 죄상을 밝히고 복수를 완수하는 일은 어디까지나 철호 혼자 짊어질 몫이었다.

딱!

다시 창문을 때렸다. 의자에서 일어나서 청가로 갔다. 짙은 자주색 커튼을 걷자 비바람에 절규하는 나뭇가지가 먼저 눈에 들어왔다. 빗방울 들이치는 유리창을 살폈다. 새의 깃털이나 핏자

국은 없었다.

딱!

세 번째 소리가 들렸다. 작은 돌멩이가 철호의 두 눈을 향해 정면으로 날아오다가 창에 부딪친 것이다. 무릎을 굽히며 고개를 숙였다가 돌멩이가 날아온 곳을 살폈다. 거기, 어둠 속에 한 사람이 장대비를 맞고 서 있었다. 우산도 우의도 없었다. 어둠이 짙어 얼굴을 확인하긴 어려웠지만 키는 크지 않았고 몸도 야위었다.

그때 마침 천둥이 쳤고 뒤이어 번개가 떨어졌다. 찰나에 눈이 마주쳤다. 평생 잊지 못할, 그리워하고 또 그리워할 초승달 눈매.

"인향!"

황급히 밖으로 나갔다.

인향은 정문 옆 마당에 가지 잘린 나무처럼 떨고 서 있었다. 작은 돌멩이를 손에 꼭 쥐었다. 잠긴 문을 두드리는 대신 창을 향해 돌멩이를 던진 것이다. 철호를 보자마자 그 자리에 주저앉았다. 굵은 빗줄기가 창백한 이마와 두 뺨을 쉼 없이 때렸다.

철호는 인향을 부축해서 업고 지점장실로 돌아왔다. 의자에 앉힌 후 마른 수건을 가져와서 얼굴을 닦으려 하자 그미가 손을 저었다.

"내, 내가 할게."

수건을 받아 제 뺨에 댔다. 그러나 손이 떨려 제대로 닦아내지 못했다. 극심한 한기가 온몸을 흔들었다.

"옷을 갈아입어야겠어. 잠깐만 기다려."

철호가 금고실 쪽방으로 가서 제 옷을 챙겨가지고 왔다. 왜 지금 이 시간에 여기 있는지 따져 묻고 싶었지만 온기를 되찾는 일이 급했다.

"우선 이거라도 입어."

인향은 내민 옷을 받지 않고 쳐다보기만 했다.

"몸을 따듯하게 해야 해. 그렇지 않으면 큰일 나."

"참 듣기 좋네. 장철호가 최인향 걱정하는 소리!"

인향이 그제야 옷을 쥐곤 가슴에 댔다. 철호와 눈을 맞추며 부끄러운 듯 말했다.

"돌아서줄래?"

인향은 '돌아서줄래?'라고 했지만 철호는 방문을 닫고 나왔다. 등 뒤에서 그미가 옷 갈아입는 소리를 들을 자신이 없어서였다. 대신 그는 물을 끓였다. 한기를 쫓는 데는 인삼차보다 나은 것이 없다.

찻잔을 받쳐 들고 지점장실로 돌아갔다. 문을 두드린 후 기다렸다가 열었다.

철호의 옷을 입은 인향의 몸이 더 작아 보였다. 소매가 손등을 완전히 덮고 바지 속에 발등이 숨은 탓이다. 인향은 철호가 제 앞에 인삼차를 놓을 때까지 수건으로 머리를 훔쳤다.

"야! 인삼차네."

손뼉까지 치며 차를 후후 불며 마셨다. 부어오른 눈두덩이 아니라면 방금까지 비를 맞으며 울고 서 있었다는 사실을 믿지 못할 유쾌함이다.

"······ 어쩐 일이야?"

불길한 느낌을 품은 채 물었다.

"잠시만! 온종일 말을 타다가 또 걷다가 비까지 쫄딱 맞고 나니 힘드네. 밤은 길어. 차 한 잔 편히 마실 여유도 없어?"

인향이 인삼차를 마시는 동안 철호는 기다렸다. 기다리면서 생각했다. 오늘은 최인향과 박진태의 결혼식 날이다. 그런데 한양에서 개성까지 말을 타고 달렸다? 결혼식을 하지 않고 개성으로 이 밤에 나를 보러 왔단 말인가.

"솜씨는 여전하네. 송상 장철호가 개성 인삼으로 만들어주는 인삼차는 세계 제일이야."

"결혼식은?"

마음이 급했다. 예상 못한 상황이다. 진태의 성난 얼굴이 스쳤다.

"다시 시작해, 우리!"

인향 역시 구구절절 변명하지 않고 자신의 바람을 곧바로 드러냈다. 철호의 목소리가 커졌다. 그미가 저지른 일을 정확히 알고 싶었다.

"식은 어떻게 했냐니까? 왜 여기로 온 거야? 지금쯤이면 결혼식을 마치고 진태와⋯⋯."

인향이 지지 않고 말허리를 잘랐다.

"박진태의 아내로 살라고? 장철호, 당신이 살아 돌아왔는데, 이렇게 따뜻한 인삼차까지 나를 위해 타줄 수 있는데, 박진태의 아내로 살다 죽으라고? 싫어. 난 그렇게 못해."

"무슨 짓을 저지른 줄이나 알아? 오늘 그 결혼식에 참석한 이들은 대한제국을 좌지우지하는 사람들이야. 그들을 초청해놓고 약속을 깬 거야."

"몰라 그딴 거! 오늘 밤엔 딴 사람들 얘긴 하고 싶지 않아. 당신과 나 우리 둘에 대해서만 의논하고 싶어. 솔직히 말해줘. 당신은 내가 박진태의 아내로 살다 죽어도 좋아?"

"⋯⋯."

좋고 나쁨의 문제가 아니라고 여겼다. 섶을 지고 불로 뛰어들 운명이니 인향을 불행의 불똥이 튀지 않는 먼 곳으로 밀어두고 싶은 마음뿐이었다. 진태가 아니라면 더 낫겠지만, 철호가 세상에 나와 혁필의 비밀을 파헤치기로 마음을 정했을 때 이미 인향은 진태의 예비신부였다.

"맞아. 내가 오늘 약속을 깼어. 파혼인 게지. 지금쯤 흉문이 한양 성내를 뒤덮었겠네. 어떤 식으로든 미안한 마음을 전하긴 할게. 진태 씨도 만날 거고 은행 주주들도 따로 찾아갈 거야. 천년향도 다시 하기 어렵겠네. 무엇보다도 아버지에겐 평생 사죄하며 살아야 해. 맞아. 오늘 같은 일은 명예를 중히 여기는 아버지께 큰 불효지. 나는 불효녀야. 하지만 그 모든 손가락질과 슬픔과 미안함과 고통도 철호 씨를 잃는 것에 비하면 아무 일도 아니었어. 지금 이 순간부터 최인향, 내 인생을 다시 시작하고 싶어. 장철호 당신과 함께! 곁에 머무르며 평생 날 지켜줄 거지?"

인향은 승낙을 받자마자 철호의 품으로 파고들 기세였다. 시선을 내려 장부를 쳐다보던 철호가 결심을 굳힌 듯 눈을 맞췄다. 그리고 답했다.

"아니! 그렇게는 못해."

인향의 아랫입술이 나방의 날개처럼 떨렸다. 머뭇대고 주저하더라도 정성껏 설득하면 결국 자신을 받아들이리라 믿었던 것이다. 그런데 철호는 단칼에 밀어냈다. 결혼식장에서 뛰쳐나왔다는 설명을 듣고도 요지부동이다. 슬프기보다는 답답하고 화가 났다.

"난 다 버리고 온 거야. 돌아갈 데가 없다는 걸 알잖아?"

"내가 개성지점을 맡은 건 당신과 다시 시작하기 위해서가 아니야. 그래서 병문안도 안 갔고 결혼식에도 참석하지 않았어."

"이제 날 사랑하지 않는 거야? 그래?"

인향은 곁가지 대신 뿌리를 쥐고 흔들었다. 철호는 창문으로 고개를 돌렸다.

"비가 그치면 날이 밝는 대로 돌아가."

"왜 대답을 안 해? 날 사랑 안 해? 정말 그래?"

인향이 손을 뻗어 철호의 팔을 잡고 다그쳤다. 그는 슬픈 눈으로 그미를 바라보기만 했다. 숨소리가 들릴 만큼 가까운 거리였다.

스르륵!

문이 밀리는 소리가 났다. 구두 소리가 또각또각 들리다가 멈췄다. 철호와 인향의 시선이 동시에 문으로 향했다. 거기 조명희가 두 눈을 동그랗게 뜨고 서 있었다. 양볼엔 주근깨가 가득했고 턱은 넓고 각이 졌다. 큼지막한 보자기를 품에 안았다.

"오빠! 저, 저 명희예요. 명희가 옷가지를 좀 챙겨왔어요……. 손님이 계신 줄은 몰랐어요……. 여기 두고 갈게요."

옷가지를 문 옆 탁자에 올려두고 나가려 했다.

"잠깐 거기 있어."

철호가 일어나서 조명희에게 갔다. 인향이 나란히 선 두 사람에게 물었다.

"누구예요?"

철호가 조명희의 어깨에 손을 얹고 답했다.

"내 아내 될 사람이야. 인사해. 여긴 대한천일은행 최인향 감사님이야. 이 사람 이름은 조명희, 명종이 여동생이기도 해."

조명희가 머리 숙여 먼저 인사했다.

"반갑습니다. 명종 오빠 여동생 조명희라고 해요."

인향은 답례를 하지 않고 노려보기만 했다. 조명희는 이 어색한 분위기가 제 잘못인 것처럼 사과했다.

"미안해요……. 오빠가 은행 밖으론 나오지 않고 계속 일만 해서…… 깨끗한 옷으로 갈아입으면 기분이 좋아지잖아요? 그래서 명희가 챙겨왔어요. 아무도 없을 줄 알았어요. 손님이 계셨다면 오지 않았을 거예요. 정말이에요. 믿어주세요. 명희는 그만 갈게요."

철호가 나가려는 조명희의 손을 쥐었다.

"아냐. 당신을 부르려던 참이었어. 우리도 슬슬 결혼식 준비를 해야 하니까. 옆방에서 잠시만 기다려. 곧 갈게."

조명희는 밝게 웃었다.

"명희는 잘 기다려요."

인향이 철호와 조명희 사이를 가로질러 성난 표범처럼 지점장실을 나갔다. 어깨를 부딪친 조명희가 엉덩방아를 찧으며 쓰러졌다.

"괜찮아? 다치지 않았어?"

조명희가 고개를 끄덕이며 다시 웃었다.

"명희는 다치지 않았어요. 잘 기다려요."

"그래, 그럼 여기 잠깐만 있어. 난 손님 배웅하고 올 테니."

"비가 너무 많이 와요. 우산 꼭 챙겨 드리세요."

철호는 급히 은행 밖으로 나갔다.

장대비가 여전히 쏟아졌다. 인향은 우산이나 우비도 없이 철호의 옷을 입은 채 사라졌다. 이렇게 굵은 빗방울이라면 스무 걸음도 딛기 전에 다시 물에 빠진 생쥐 신세가 될 것이다. 더군다나 길도 낯선 개성이지 않은가. 철호는 어둠을 향해 소리쳤다.

"최인향! 인향아!"

그러나 이내 빗소리에 묻혔다. 철호는 달리고 또 달렸다. 사랑을 잃고 절망 속으로 달아난 여자를 찾기엔 무척 힘든, 가을비 쏟아지는 밤이었다.

그래도 철호는 찾고 싶었다.

찾아야만 했다.

3권에서 계속